류린석·신규식 외

류린석·신규식 외

Series of Korean Literature at China

이 전집은 대산문화재단의 2006년 해외한국문학연구 지원을 받았습니다.

연세국학총서 73
중국조선민족문학대계 1

# 류린석·신규식 외

연변대학교 조선문학연구소
김동훈·허경진·허휘훈 주편

보고사

◉ 권 철

중국 연변대학 조문학부 졸업. 연변대학 조문학부 교수로 재직하며 민족연구소장을 역임하고, 현재 조선문학연구소 고문으로 있다. 저서로『광복전조선민족문학연구』, 『중국조선족문학』등이 있다.

◉ 김동훈

중국 중앙민족대 중문학과 졸업, 중앙민족대와 연변대 교수를 거쳐 현재 상해공상외대 한국어 학부장으로 있다. 연변대조선언어문학연구소 소장, 북경대조선문화연구소 고문 역임. 저서로는『중국조선족구전설화연구』, 『조선족문화』, 『중국조선족문학사』(공저), 『간명한국백과전서』(주필), 『중국조선족문화사대계』(총주필) 등이 있다.

◉ 허경진

한국 연세대 국문학과 및 동 대학원 졸업. 목원대 국어교육과 교수를 거쳐 현재 연세대 국문학과 교수로 있다. 2005년부터 중국 연변대 겸직교수로 재직중이다.

◉ 허휘훈

중국 연변대 조문학부 및 동 대학원 졸업. 문학박사. 현재 연변대 조문학과 교수로 있다. 연변대 조선문학연구소 소장, 연변민간문예가협회 이사장이다. 저서로『조선민간문화연구』, 『조선문학사』(공저), 『중조한일민담비교연구』(주필) 등이 있다.


연세국학총서**73**
중국조선민족문학대계 1

# 류린석 · 신규식 외

초판 1쇄 발행 _ 2007년 6월 28일

주편자 _ 김동훈 · 허경진 · 허휘훈
　　　　연변대학교 조선문학연구소
발행인 _ 김흥국
발행처 _ 도서출판 보고사
등　록 _ 1990년 12월(제6-0429)
주　소 _ 서울시 성북구 보문동 7가 11번지 2층
전　화 _ 922-5120/1(편집) 922-2246(영업)
팩　스 _ 922-6990
메　일 _ kanapub3@chol.com
홈페이지 _ www.bogosabooks.co.kr
ISBN _ 978-89-8433-402-1(94810)
　　　　978-89-8433-401-4(세트)
정　가 _ 32,000원

＊잘못된 책은 바꾸어 드립니다.
＊저자와의 협의에 의하여 인지는 생략합니다.

# 간 행 사

　우리 조상들이 중국 땅에 이주해온 이후, 오랜 역사를 통해 탁월한 저력으로 독자적인 문화를 창출해냈고 또한 많은 문화유산을 물려주기에 이르렀다. 그 가운데 우리 조상들의 알찬 삶의 지혜와 다양한 경험들이 축적되어 있다. 바로 이 때문에 문화유산 중 큰 비중을 차지하는 구비문학과 기록문학이 소중하며, 다시 읽어야할 보전(宝典)으로 남게 되었다.

　과경(跨境)민족으로서의 중국 조선민족은 19세기 후반이래로 수차의 문화적 격변의 시대를 살아왔다. 이른바 개화기의 격류 속에서는 전통문화와 서구문화사이의 갈등, 한문학과 국문문학 간의 교체를 경험했고, 식민지시대에는 국문문학의 문체혁신과 일제에 의해 책동된 전통문화의 쇄멸 말살이라는 시련을 겪기에 이르렀다. 이런 변화와 역경 속에서도 중국 땅에 망명하였거나 이 땅에서 유·이민 혹은 정착민으로 생활해온 우리 겨레의 지조 있는 애국문인들은 결코 붓을 던지지 않았다. 류린석, 김택영, 신규식, 신채호, 안중근, 리상룡, 김정규, 김소래, 최서해, 염상섭, 주요섭, 최상덕, 강경애, 현경준, 김창걸, 안수길, 박영준, 황건, 김조규, 윤동주, 박팔양, 이육사, 함형수, 리학성, 천청송, 김학철, 윤해영, 채택룡, 설인 등 헤아릴 수 없이 많은 문학도와 시인, 작가들이 바로 필설로 그 시대를 증언해온 대표적인 지성인들이다.

　그들 중에는 고국을 떠나 갈바람에 흩날리는 낙엽처럼 정처 없이 떠돌다 두만강, 압록강을 건너와 허허 넓은 만주벌판, 낯선 이국땅 서러운 추녀 밑에서 간도아리랑을 부른 망향시인이 있었고 하늬바람 불어치는 산해관을 넘어 북경, 서안, 상해, 무한 등 천년고도에 떠돌이로 남아 언론매체를 빌어 '천고'를 울리고 '진단'을 노래하고 청구의 '광명'을 만방에 호소한 청년전위가 있었는가 하면 백산, 흑수, 송료, 제로, 태항, 중원의 고전장에서 융마일생을 수놓아 가며 목숨을 바친 무명용사도 있었다. 여순, 나가사끼, 후꾸오까의 감옥에서 단지혈맹의 뜻을 굽히지 않고 다리를 절단해가면서도 끝까지 혁명의 지조를 지켜왔거나 끝내 '한 점 부끄럼 없이' 꽃처럼 피어나는 피를 민족의 제단 앞에 바친 암흑기의 푸른 별들도 있다. 그들은 문자에 앞서 몸으로 지탱해온 삶 그 자체가 더 고결하고 값진 것으로 여겨왔던 것이다. 그들의 피와 땀으로 가꾸어온 문화의 숲은 헌걸찬 우리 민족의 에너지를 부단히 충전시켜 주는 불멸의 혈맥, 끈질긴 생명력의 고동으로 무성하게 자라고 있으며 영광과 비애의 굴곡, 흥망과 성쇠의 기복이 교차되는 수많은 역사 주체의 명멸을 간직한 채 굳건하고 강인한 기백으로 오늘날까지 민족의 정기를 면면히 이어주고 있다.

　그들이 남긴 풍부한 문학유산은 그동안 중외(中外)학자들에 의하여 적지 않게 발굴 연구되었으나, 지금까지의 연구는 단편적인 자료에 근거를 둔 것으로서 그 진면목을 체계적으로 파악하기에는 역부족이라고 할 수 있다. 이런 의미에서 중국 조선족과 광복 전 재중 한인, 조선인들의 문학 자료를 체계적으로 발굴, 정리, 출판하는 것은 정체(整体)적인 민족문학연구에서 대단히 중요한 작업이 아닐 수 없다. 그들이 남긴 문학 자료는 지금도 중국각지와 해외의 여러 도서관, 박물관, 문서보관소에 신문, 잡지, 일기, 필사본, 프린트본, 활자본 등 형식으로 흩어져있다. 이런 현실을 감안하여 본 대계는 선배들이 중국 땅에 남긴 문학 자료들을 집대성하여 후세인들로 하여금 문화민족으로서의 자긍심을 갖게 하고 애국애족의 정신을 계승 발양하며 문학, 언어, 역사, 민속, 언론, 사회 등 여러 분야를 망라한 학계인사들에게 21세기 중국 조선민족문화의 새로운 비약을 위한 계통적인 연구 자료를 제공하는데 그 목적과 의의가 있다.

　중국조선민족문학의 진수를 정리, 간행하기 위한 계획이나 준비 작업은 연변대학 조선언어문학연구소(현재의 조선문학연구소)의 창립과 더불어 20세기 80년대부터 본격적으로 시작되었다. 권철교수를 비롯한 연변대학 조선언어문학연구소의 조선문학 관계 선배학자들은 1950년대부터 벌써 재중조선인

문학자료 수집에 착수하였고 1990년에는 권철, 조성일, 최삼룡, 김동훈 등 네 연구원의 공동 집필로 된 ≪중국조선족문학사≫를 공개출판하기에 이르렀다. 1992년 연변대학 조선언어문학연구소(현재의 조선문학연구소)는 한국 숭실대학교 인문대학과의 공동연구과제로서 소재영, 권철, 김동훈, 조규익 교수를 중심으로 집필한 ≪연변지역조선족문학연구≫를 펴냈다. 같은 시기에 김영덕, 최문식 교수를 비롯한 연변대학 고적연구소에서는 ≪류린석전집≫, ≪김택영전집≫, ≪윤동주유고집≫, ≪한양가≫, ≪연변조사실록≫ 등 중국지역에서 발굴, 정리한 17권의 민족고전을 출판하였다.

이와 동시에 문학현장의 사실을 증언하기 위해 두 연구소 산하의 수십 명의 연구원들은 연변의 각 현시와 북경의 백림사, 상해의 서가회, 남경의 용반리, 심양시 서류보관소 그리고 하얼빈, 대련, 서안, 남통 등지의 도서관, 박물관 등 중국 국내 수백처의 자료관을 누비면서 우리 민족의 해방 전 문학자료들이 흩어져 실려 있는 ≪천고≫, ≪진단≫, ≪천고≫, ≪진단≫, ≪독립신문≫, ≪민성보≫, ≪북향≫, ≪만선일보≫, ≪카톨릭소년≫, ≪광복≫, ≪신한청년≫, ≪조선의용대통신≫, ≪한민≫, ≪연변문화≫ 등 신문과 잡지, 그리고 지난 세기 초부터 이 땅에서 유전되었던 ≪백두산민담≫, ≪장백산강강지략≫, ≪초등소학수신≫용 우화집과 ≪싹트는 대지≫, ≪재만조선인시집≫, ≪혈해지창≫ 등 최초의 소설집, 시집 및 극본들을 속속 발굴하였으며 무려 1,500만 자에 달하는 작가문학 자료와 800여 수의 민요, 2,000여 편의 전설과 민담을 수집하였다. 그들은 하늘을 비상하는 나비가 아니라 발로 땅을 기어 다니는 지네와 같이 지나간 역사와 문화현장에 파고들어 문학현상 자체를 자기의 피부로 촉감하고 확인함으로써 오늘의 이 방대한 민족문학대계의 탄생을 준비하였던 것이다.

본 대계의 출간과 관련하여 우리는 다음과 같은 몇 가지 원칙에서 이 사업을 추진키로 하였다.

첫째, 본 대계에는 중국 조선족 작가와 재중 한국인, 조선인 작가들이 건국(1949년) 이전에 창작한 시, 소설, 일반 산문, 극작품 등 일체의 문예작품들을 수록한다.

둘째, 우리 문학의 세 가지 큰 갈래인 조선문 문학, 한문문학, 구비문학을 통해 역사적으로 이룩한 모든 양식을 함께 수록한다. 먼저 건국 전에 창작된 작품을 30권에 나누어 1차적으로 간행하고 이를 더욱 확대하여 진정한 의미의 문학대계가 되게 한다.

셋째, 구비문학작품은 건국 전에 수집된 것과 건국 후에 수집된 것을 망라하며, 그 내용이 해방 전에 이미 구전으로 전승되었음을 감안하여 이를 모두 1차 간행분에 포함시킨다.

넷째, 언어상으로나 역사적으로 가치가 있는 일부 원전은 원전과 현대어역을 동시에 수록한다. 현대어역을 통하여 한문과 원전의 감상을 가능하게 하고 정확한 원전의 제시로 그 연구의 자료가 되게 한다. 단 일부 한시와 고문은 번역 사업이 미처 미치지 못해 원문만 그대로 싣기로 한다.

다섯째, 건국 전의 작가문헌은 그 문체들이 발생한 시대적 선후를 염두에 두면서 한시, 현대시, 소설, 산문, 희곡 순으로 배열하고 구비문학은 민요, 전설, 민담 순으로 배열한다. 건국 이후의 작품은 대부분 쉽게 찾아볼 수 있는 것들이어서 2차적으로 그 출간을 계획해보려 한다.

1차 간행에 교부된 작품집 목록은 아래와 같다.

제1-3권 한시집
제4-6권 시집(조선문)
제7-13권 소설집
제14-16권 산문집
제17권 희곡집
제18권 민요집
제19권 문헌설화
제20-21권 전설집
제22-27권 민담집
제28-29권 중국에 번역 소개된 문학작품
제30권 별책(색인)

끝으로 본 대계가 편집 출판되는 동안 관심 있는 모든 분들의 협력과 질정을 바라며 어려운 가운데도 이 사업에 동참해주신 편찬위원, 책임편자, 역주자 여러분과 연변대학 고적연구소 임원들에게 감사드린다.

그리고 본 사업의 취지를 이해하고 편집비를 지원해주신 한국 대산문화재단, 2005년도 연세특성화지원금으로 「중국내 한국관련 문헌자료집성사업단」을 지원해주신 한국 연세대학교의 후의에 감사드리며, 아울러 편집과 교정에서 제작에 이르기까지 노고를 아끼지 아니한 보고사 여러분께도 고마움을 표한다.

2005년 12월 26일


중국 연변대학교 조선문학연구소 전 소장 김동훈
중국 연변대학교 조선문학연구소 소장 허휘훈
한국 연세대학교 국학연구원 허경진

이 ≪대계≫는 다음과 같은 요령으로 엮었다.

1. 중국 조선족의 기록, 구비문학작품을 비롯하여 재중한인(韓人), 조선인이 중국 지역에서 창작한 작품들을 함께 수록하였다.

2. 20세기 전반기에 창작 발표된 문학작품을 일차적 선제대상으로 확정하였다.

3. ≪대계≫ 각권의 출판은 한시, 현대시, 소설, 산문, 희곡, 민요, 전설, 민담 순으로 배열하였다.

4. 한시와 기타 한문(漢文)으로 쓰인 원전은 매 편마다 원문을 앞에 싣고 역문을 뒤에 함께 수록하여 상호 참조하기에 편리하도록 하였다.

5. 원전에 나오는 일부 지명, 인명, 전고, 방언과 알기 어려운 글자, 누락, 오기 등에 대해 필요한 주를 달았다. 주석표기는 원문(혹은 역문)에 번호를 붙이고 해당 면 하단에 각주(脚注)함을 원칙으로 하였다.

6. 고한문 원전은 번체자로 표기하고 이해가 어려운 한자어의 경우에는 괄호 안에 한자를 넣어 병기하였다.

7. 간행사와 일러두기 그리고 해설은 한국에서의, 작품의 맞춤법·띄어쓰기·외래어 표기는 중국에서의 현행 조선말 규범원칙을 따르되, 어학적·민속적 가치가 높은 해방 전 원전은 원문 그대로 수록하였다.

8. 본문은 연변의 표기방식대로 실었으며, 해설은 한국의 표준법에 맞추어서 윤문하였다.

9. 이 ≪대계≫에서 사용한 주요 부호는 다음과 같다.

   1) (   ) : 음이 같은 한자를 병기함.

   2) [   ] : 음은 다르나 뜻이 같을 때나 혹은 풀이한 한문을 병기함.

   3) ≪ ≫ : 책명, 작품명, 대화나 인용을 나타냄.

   4) 〈 ? 〉 : 불확실한 경우를 나타냄.

   5)  □   : 원전 또는 원문에서 누락된 문자를 나타냄.

   6) 주석은 ①②로 표시하여 해당 면 하단에 표기함.

# 차 례



## 류린석 편

## 장지연 편

## 전덕원 편



## 로백린 편



## 안중근 편

## 신채호 편

## 계봉우 편



## 김정규 편

## 김승학 편



## 김지섭 편

# 중국 조선민족문학 발전개관

권 철·김동훈

중국의 조선민족은 유구한 역사와 찬란한 문화를 가지고 있는 선진민족이다. 지금 근 200만에 달하는 중국의 조선민족은 주로 길림, 요녕, 흑룡강 세 개 성에 분포되어있다.

역사적 기록에 의하면 조선민족의 선조들은 일찍 조선반도와 동북지역에서 오랜 역사시기에 걸쳐 생활하면서 부동한 사회발전단계를 거쳤다. 그러다가 장기간의 역사적 변천과정에서 대륙에 거주하던 그중의 대부분이 조선반도로 남천하였으며, 남은 일부분은 기타 민족들과 함께 생활하는 가운데서 점차 동화되었다. 그 후 조선민족이 다시 중국 동북지역에 이주하기 시작한 것은 17세기 초엽이고, 이주민이 보다 많이 들어와 정착하기는 19세기 중엽부터이다. 이주하여온 조선민족은 이 고장 기타 민족들과 함께 중국의 동북변강을 개척하고 건설하였으며, 장기적으로 제국주의 침략을 물리치고 봉건통치제도를 뒤엎는 투쟁에 참가하였다. 이렇게 조선민족은 평탄치 않은 역사적 행정에서 자기의 피땀으로 중화민족의 역사에 빛나는 한 페이지를 장식하였다.

중국의 조선민족과 조선반도의 조선인민은 본시 동일민족으로서, 장기간 부동한 역사발전단계를 함께 걸어오면서 힘써 자기의 문학을 가꾸어 풍부한 문학유산을 남겨놓았다. 중국 조선민족은 18세기, 보다 분명하게는 19세기말로부터 본 민족의 문화전통과 문학유산에 토대하여 중국 조선민족의 생활과 밀착된 자기 나름의 새로운 문학을 창조하기 시작하였다. 그러면서도 중국 조선민족문학은 자기발전의 전반행정에서 조선인민과 동일민족으로서의 공통한 지향, 장기적인 역사적 연계, 그가 처한 지리적 환경 등의 특수한 인연관계로 하여 조선문학의 영향을 많이 받았을 뿐만 아니라 때로는 함께 문학창작을 진행하기도 하였다. 이런 밀착된 역사과정에서 취득한 풍부한 문학성과들은 이미 조선민족의 공통한 유산으로 되고 있다.

중국 조선민족문학은 또한 중국에서의 한족을 위시한 다른 민족의 문학과 세계 진보적 문학의 우수한 성과들을 부단히 섭취하면서 민족적 특색을 보다 짙게 구현한 독자적인 문학으로 발전하였다.

본문에서는 지금까지 수집된 일부 문학자료와 이미 취득한 연구성과들에 의거하여, 19세기 말엽부터 1990년대에 이르기까지의 중국 조선민족문학발전의 행적과, 그 과정에서 취득한 문학성과들을 근대와 현대 그리고 당대의 세 부분으로 나누어 윤곽적으로 살펴보려 한다.


1


19세기 중엽으로부터 많은 이주민들이 황막한 중국 동북지방에 들어온 후 기타 민족들과 함께 생활하면서 민족문학을 발전시키기 위하여 피나는 노력을 기울였다. 하지만 초기 이주민중의 절대부분이 극빈상태에 처한 농민들이었고, 본 민족의 문필가와 출판기관을 가지지 못하는 등 제반여건의 제한으로 말미암아 자기의 문학활동을 발랄하게 전개할 수 없었다. 그 뒤 20세기에 들어와 새로운 사회정치적 환경에서 일어난 조선애국문화계몽운동의 영향과 흥기된 문화교육사업에 힘입어 조선민족의 문학활동도 날로 심입 전개되었다.

이 시기 조선민족문학의 새로운 성격적 특징은, 우선 그 주제내용이 제국주의와 봉건주의를 반대하고 중세기적인 권위와 인습을 타파하며, '민권옹호'와 '자유평등', '문명개화'를 주장하는 자산계급 민주주의를 기본으로 한 데 있다.

이 시기 문학의 새로운 성격적 특징은 또한 시대의 전초에 선 신형의 전형적 형상을 묘사한 데서 집약적으로 표현되고 있다. 이때 작품의 중심에 등장한 긍정적 주인공들은 많은 경우 민족해방의 성스러운 위업에 떨쳐나선 항일지사들이거나, 중세기적인 몽매와 무지를 반대하고 자유와 평등, 민권옹호, 문명개화 등의 근대적 의식을 고취한 선각자들이였다.

이 시기 문학실천에서는 사회의 초미의 문제에 중시를 돌리고, 민족적 현실에 토대한 생활의 논리와 언문일치원칙 등에 좇아 인민대중의 시대적 의식과 지향을 진실하게 묘사하려는 노력들을 보이고 있는 것이 또 하나의 특징이었다.

이 시기에 새로운 시대적 요구와 조선민족의 사상미학적 수요에 따라 일련의 새로운 문학형식이 산생되었으며 기존의 문학형태들도 새로운 내용을 담으면서 계속 발전하였다.

근대 조선족문학에 있어서 시가문학은 다른 장르보다 더 풍부한 성과를 거둔 분야이다. 그중에서도 창가가 퍽 많이 창작·보급되었으며, 또한 보다 큰 영향력을 산생하였다. 근대적인 반일문화계몽운동의 조류 속에서 성행된 창가는 민족의 독립적 염원과 개화의 의지를 대언하면서 시대적 사조를 여러모로 구가하였다.

이제 이 시기에 널리 불렸던 창가들을 그 주제별로 나누어보면, 우선 중세기적 몽매와 질곡에서 한시 빨리 벗어나 날로 문명개화하는 시대적 조류에 따를 것을 권유하는 내용을 담은 것이 중요한 자리를 차지하고 있다. 창가 ≪학도가≫, ≪권학가≫, ≪수하가≫와 각지 사립학교가, 그리고 여성해방, 남녀평등, 혼인자유 등을 노래한 ≪동심가≫, ≪자유가≫, ≪녀자는 근본≫, ≪사랑의 축복≫등이 그 예중으로 된다.

이 시기에는 또 비운에 처한 민족을 구원하고 자주독립을 이룩하기 위하여 떨쳐나설 것을 호소한 창가가 널리 보급되었다. 창가 ≪3월가≫, ≪독립운동가≫, ≪복수설치가≫, ≪절개가≫, ≪작대가≫, ≪동원가≫, ≪소년모험행진가≫ 등과 ≪용진가≫를 비롯한 여러 수의 ≪독립군가≫를 그 대표적 작품으로 들 수 있다.

이밖에 불우한 운명에 허덕이는 조선민족의 고국상실과 망향의 한을 달랜 ≪망향가≫, ≪도강가≫, ≪사향곡≫, ≪나비가≫ 등도 광범한 인민대중 속에서 보다 넓은 공명을 획득하였다.

이상에서 밝혔다시피 이 시기 창가는 시대적 조류에 따르면서 민족독립과 개화의식을 신속하고도 열렬히 선양함으로써 당시의 문화계몽운동과 반일투쟁에 유력하게 이바지하였다. 그리고 그 예술형식과 기법에서도 시대적 사조와 조선민족의 심미적 정서에 맞는 참신한 형식과 표현수법들을 도입함으로써 조선민족시가의 혁신과 발전에 기여하였다.

이 시기에 이르러 창가의 창작보급과 더불어 시조와 한문시도 적지 않게 창작되었고 현대자유시도 나타나기 시작하였다. 그러나 여러 가지 원인으로 말미암아 적지 않은 작품들이 인멸되다보니 지금까지 남아있는 작품은 많지 못하다. 그리고 현존하는 일부 시편들은 당시의 우국지사거나 진보적인 지식인들에 의하여 지어진 것으로 추단할 수 있으나 그 작자들을 똑똑히 밝힐 수는 없다.

이 시기에 창작된 시조작품 중 현존하는 것으로는 ≪류화절(柳花節)≫, ≪청년아≫, ≪장부사≫, ≪갑중검≫, ≪벽동월(碧空月)≫, ≪지사음≫ 등이 있다. 이런 시조에서는 민족의 운명에 대한 작자들의 깊은 심려와 절절한 염원을 감명 깊게 토로하고 있다. 그중 시조 ≪류화절≫에서는 역사적 전환기의 거세찬 시대적 조류를 봄소식에 비기면서, 봉건적 몽매 속에서 깨어나지 못하고 있는 거레의 현 상태를 개탄하며, 하루속히 개화발전의 길로 나갈 것을 간곡히 바라는 정을 감명 깊게 읊조리고 있다. 그리고 1919년 3·1운동 전야에 지은 것으로 추정되는 ≪갑중검≫, ≪장부사≫와 같은 시편들은 고시조의 풍격을 본받아 창작한 작품들이다. 민족적 향기가 짙은 이런 시조들에서는 정중하고도 심오한 서정세계를 통하여 민족의 정기를 한 몸에 지닌 우국지사들의 충정과 비장한 결의를 읽을 수 있다.

이 시기에 한문시도 많이 창작되었다. 한문시 ≪월강곡≫과 ≪가다림≫[1]은 청조정부가 봉금정책을 엄하게 실행하던 시기에 중국으로 이주해오던 우리 겨레들의 비참한 처지를 읊조린 의의 있는 시편이다. 이런 시편들에서는 19세기 이조봉건통치의 혹정과 계속되는 기근에 못 이겨 살길을 찾아 강을 건너간 임을 애타게 기다리며, 혹여나 임의 신변에 불상사나 생기지 않았나 하여 애간

---

1) 이 두 수의 시는 한문시이다. 1910년대에 조선문으로 번역되어 사립학교 교과서에 수록되었었다. 그러나 지금에 이르기까지 그 원문을 찾지 못하고 있다.

장을 태우는 농촌여인의 순정을 절절하게 토로하고 있다.

1910년대에 들어서면서 저명한 시인 김택영, 신규식 등에 의하여 한문시창작이 전개되었을 뿐만 아니라, 반일투사들과 초야에 묻힌 문필가들도 한문시를 적지 않게 지었다.

저명한 시인 김택영(1850-1927)은 훌륭한 역사학자이고 열렬한 반일계몽사상가이며 근대 조선민족문학을 더욱 높은 차원에로 끌어 올린 탁월한 문호이다. 그는 한문시창작에서 출중한 문학적 재예를 보여주었을 뿐만 아니라 전기, 수필 등 산문창작과 선진적 사실주의 미학이론의 연구 그리고 조선문학의 성과를 소개하는 등 국제적 문화교류에 있어서도 빛나는 업적을 이룩하였다. 김택영의 대부분 작품은 1911년 이래 여러 번 재판한 바 있는 그의 문집 ≪소호당집≫2)과 ≪차수정잡수≫3)에 수록되어 있다. 한문시 ≪의병장 안중근이 나라 원수 갚았다는 소식 듣고≫(1909년), ≪누에 올라서≫(창작년대 미상), ≪조공정의 노래≫(1921) 등이 그의 대표적 작품들이다. 이 시편들에서는 민족에 대한 진지한 사랑과 일제 및 그 주구에 대한 증오와 중조인민간의 두터운 친선의 정 등을 심각히 보여주었다. 그의 시는 함축성과 여운이 풍부한 것이 특징적이다. 시형식에 있어서는 율시, 절구, 고시가 절대다수를 차지하고 있다. 김택영은 조선민족의 한문시의 제재와 주제영역을 확대하고 생활세태에 대한 구체적 묘사 등으로써 새로운 시풍을 개척한 탁월한 사실주의 시이다.

저명한 시인 신규식(1880-1922)은 일찍 민족독립운동에 나선 선구자이며 교육가이고 문필가로서 그 명망이 높았다. 그는 중국에 온 후 손중산 선생이 영도한 신해혁명에 참가하였으며, 저명한 시인단체 ≪남사≫에 가입하여 활동하면서 많은 훌륭한 시편들을 발표하였다. 그에게는 시집 ≪아목루(兒目淚)≫(일명 ≪예관시집≫)와 장편정론 ≪통언≫(일명 ≪한국혼≫)4)이 있다. 시집 ≪아목루≫에는 시인이 1909년부터 1922년에 이르기까지의 사이에 창작

---

2) ≪소호당집≫(제1판)은 1911년에 출판된 ≪창강고≫(전14권 6책)이다. 그 후 ≪소호당집≫으로 개제하여 네 번 재판하였다. 제5판 ≪중편소호당집≫(전15권 7책)은 1924년 7월에 출판되었다.

3) ≪차수정잡수≫는 통주 한묵림서국에서 간행. 출판연대는 미상.

4) ≪한국혼 및 아목루≫는 신규식의 탄생60주년을 기념하여 1939년에 중경에서 출판됨.

한 160여 수의 율시와 산문시들이 수록되어있다. ≪아목루≫라는 제목이 말하여주고 있다시피, 이 시집은 나라를 빼앗긴 ≪소년의 피눈물≫로 엮어진 고통과 울분의 호소로서, 자유와 민주에 대한 열렬한 지향과 더불어 불굴의 투지를 불러일으키고 있다. 시 ≪여순에서 처형당한 이를 애도하여≫(1910년), ≪보검≫(1911년), ≪남사에 드리는 글≫(1915년), ≪연시조약이 체결되었다는 소식을 듣고≫(1921년) 등은 그의 대표적 작품들이다. 그의 시는 서정-정론적 성격을 다분히 띠고 있고, 진실하고도 호방한 것이 특징적이며, 5언 및 7언의 절구, 율시가 대부분이다.

그리고 이 시기의 반일투사들인 류린석(의암), 리상룡(석주), 리정 등도 적지 않은 훌륭한 시편들을 남기었다. 그중에서 류린석의 시 ≪원통의 눈물≫(1911년), ≪의를 위해 몸 바친 의사를 추모하여≫(1912년), 안중근의 ≪장부가≫, 장지연의 ≪상해로 향하다≫, 김승학의 ≪큰 뜻을 품고≫, 리상룡의 ≪내 어찌 무릎을 꿇리≫(1911년), 김정규의 ≪리준을 애도하여≫, 김중건의 ≪백두산유정≫, 김좌진의 ≪조국 향해 진군≫ 그리고 리정의 ≪진중음≫(1920년)과 같은 작품은 보다 큰 영향력을 일으켰다.

1910년대 중기에 들어서면서 새로운 주제의식과 시형식이 결합됨으로 하여 지난날의 가사거나 창가 등과는 다른 현대자유시가 출현하기 시작하였다. 이를테면 신채호의 ≪너의 것≫(1910년대 중기), ≪맴의 노래≫(1910년대 중기), ≪새벽의 별≫(1910년대 후기) 등과 일부 시창작자들이 창작한 ≪아, 경술 8월 29일≫(해일) ≪새빛≫(류영)5)과 같은 시편들이 그 좋은 설명으로 된다.

조선민족의 소설문학은 20세기 초에 이르러서까지도 제대로 발전하지 못하고 있었다. 이 시기에 간혹 산출된 작품으로, 일부 가문에서 오래전부터 전해지는 구전설화데 토대하여 쓰인 소설들이 있었다. 그 한례로 민간문인 권재용(호 흑석)이 부친의 구술에 좇아 필사정리한 우화체로 된 소설 ≪두꺼비전≫

---

5) 상해 ≪독립신문≫ 1919년 8월 29일 제1면에 실림.

을 들 수 있다.

1910년대에 들어서면서 시대의 발전과 더불어 근대적 성격을 띤 소설과 여러 가지 형식의 산문작품들이 출현하였다. 조선의 신소설은 이곳 소설문학에도 크나큰 영향을 주었다. 이 시기에 출현한 신채호의 단편소설 《꿈하늘》(1916년), 《류화전》(창작연대 미상), 《백세로승의 미인담》(창작연대 미상), 공월의 《피눈물》(1919년)등은 당시 소설 창작의 수준을 집약적으로 보여주고 있다. 이 시기의 소설들은 민족독립 자주의식을 고취하였으며, 그 구성에서도 고대소설의 틀을 벗어나 시대적 현실에 토대하여 생활을 진실하게 묘사하고 있다. 그리고 문체에서도, 언문일치의 원칙을 관철함에 있어서도 새로운 발전을 보여주고 있다. 하지만 이런 소설들은 그 내용과 구성 그리고 형상화의 수법, 언어구사 등에 있어서 고대소설의 틀을 아직 철저히 벗어나지는 못하였다. 그러나 이런 소설들은 현대소설에로 발전하는 과정에서 개척적 의의를 가지고 있었다.

소설 창작과 더불어 이 시기에 우후죽순처럼 나타난 반일민족주의단체거나 진보적인 지식인들에 의하여 꾸려진 간행물들에는 창의문, 취지서, 성토문, 장편정론 등이 적지 않게 발표되었다. 예를 들면, 1910년 남만주에서 결성된 반일민족주의단체 《경학사》가 창립될 때 살포한 《경학사취지서》(리삼룡 집필), 이 시기에 발표된 류린석의 저술 《우주문답》, 지룡담과 김정규가 오록정에게 보낸 《관리에게 드리는 글》, 1915년에 신정이 남사에 올린 《동사여러분께 드리는 글》과 같은 격문, 호소문, 수필 등과 신규식의 장편정론 《통언》(한국혼), 김택영과 신채호의 다양한 형식의 산문들이 있다. 이상에서 볼 수 있는 바와 같이, 이 시기 산문들은 주로 반일에 앞장선 선각자들에 의하여 쓰인 바, 이러한 격문과 정론 등 산문들은 그 주체의식이 명백하고 격정적이며 선동력이 강한 것이 특징적이다.

이 시기에 신파극과 근대적 연극이 출현하였다. 구전된 자료에 의하면 당시 일본에 가서 류학한 문예청년들이 이 고장에 와서 당지의 문예청년들과 함께 일본, 조선에서 성행하던 신파극 또는 근대적인 연극형식을 본떠서 자체로 극본을 창작하고 공연하였다고 한다. 일찍 이 시기에 연극을 직접 보았다는 이들의 회고담6)에 따르면, 1914년을 좌우하여 용정, 연길 그리고 기타 도시와 농촌에서 연극활동이 벌어짐에 따라, 민권자유, 남녀평등, 자유혼인, 미신타파와 같은 주제를 담은 ≪신가정≫, ≪미신타파≫ 등 극들이 공연되었다. 그리고 또한 역사적 기록7)에 의하면, 1915년 4월 10일부터 17일 사이에 길림시 조선족중학생들이 일제의 야만적 침략죄행을 폭로 단죄한 기동선전극 ≪원흉≫을 공연하였으며, 이 시기에 반일단체와 사립학교들에서도 연극활동을 널리 전개하였다. 하지만 당시에 공연된 연극대본이거나 연극공연상황을 밝힌 자료들을 입수하지 못하였기에, 이 시기의 극문학 발전면모를 보다 자상히 고찰할 수 없는 것이 유감스럽다.

이 시기에 서사문학과 더불어 구전민요와 설화들을 비롯한 구전문학이 많이 창작 보급되었다. 민요 ≪북간도 벌판≫, ≪신아리랑≫, ≪부모처자 다 리별하고≫, ≪이사길≫, ≪광복군아리랑≫, ≪의병대가≫와 민담 ≪용천골≫, ≪룡드레촌≫, ≪무빈골≫, ≪삭발갱의≫, ≪포태마을의 이야기≫, ≪물≫, ≪은혜≫, ≪소가죽 한 장만큼≫ 등이 그 례로 된다. 이런 구전문학작품들에서는 조선민족인민들의 생활투쟁과 열망과 추구가 진실하게 반영되었으며, 저항과 비판적인 성격이 강한 것이 특징적이다.

이 시기 구비문학창작에서 또 하나 특기해야 할 사실은 ≪백두산민담집≫(1898년 러시아 작가 가린 수집, 노문잡지 ≪미르보쥐이≫에 발표, 1904년에 단행본으로 발행), ≪장백산강강지략≫(1908년 청나라 문인 류건봉 채집 정리), ≪초등소학수신서≫(1914년 계봉우 개편) 등 3부의 민간설화집이 활자본 혹은 프린트본으로 출간된 것이다. 52편의 조선족설화를 수록한 ≪백두산민담집≫은 두만강, 압록강 양안과 백두산지역에 살고 있던 조선족 민중들의 구술에 의해 채록하고 해외에서 발행한 근대 최초의 조선민담집이라는 점에

---

6) 일찍 민족독립운동에 참가하였으며 건국 후 연변대학 역사학부에서 교편을 잡고 있던 지회겸 교수의 회고담.
7) 길림시 조선족문화관에서 조사한 문헌자료에 따름.

서 획기적 의의를 갖고 있으며, ≪장백산강강지략≫은 '한인(韓人)구술'이라고 밝힌 20여 편의 조선민족관계 백두산전설을 수록하고 있어 세인의 주목을 받고 있다. 프린트본 ≪초등수학수신서≫는 리동휘, 계봉우 등 근대계몽교육가들이 애국계몽을 목적으로 편찬한 최초의 우화집으로서 이 시기 조선민족 민중 속에서 유전되고 있던 민간우화들의 실태를 보여주고 있다는 점에서 시사하는 바가 매우 크다.

이 시기 문학은 당시 우리나라 사회발전의 역사적 제반여건과 창작자들의 인식의 제약성으로 말미암아 이러저러한 결함들이 있었음에도 불구하고, 그 반제반봉건적인 성격과 예술적성과로 하여 당시 조선민족인민의 생활과 미학적 요구를 반영함에 있어서, 그리고 중국 조선민족문학의 새로운 발전에 있어서 커다란 기여를 하였다.


2


현대 중국 조선민족문학은 1920년 전후시기로부터 1949년 중화인민공화국의 창건에 이르는 시기에 그 복잡다단하고도 치열한 반제반봉건투쟁의 사회적 현실 속에서 발전하였다. 이제 특정한 이 시기 문학을 시대저견실과 문학발전의 실정 등에 비추어 1920-1931년, 1931-1945년, 1945-1949년의 세 개 시기로 나누어 고찰하려 한다.

1) 1920년대에 들어서면서 10월사회주의 혁명과 기타 선진적문화사조의 영향 아래 일어난 5·4 애국문화운동에 힘입어 조선민족은 그 같이 험악한 정치환경 하에서도 민족의 선구자들과 조기 마르크스주의 단체의 영도 밑에 반제반봉건적인 신문화운동을 널리 벌리었다.

이 시기 문학은 급격히 변화하는 현실생활에 토대하여 반제반봉건과 민족해방의 기치를 더욱 철저하게 내세웠으며, 반동통치를 뒤엎고 새로운 사회제도를 건설하려는 인민대중의 염원과 동경을 진실하게 반영하였다. 또한 이 시기 문학은 지난날의 민족문학의 전통을 참답게 계승하고 조선민족의 현실생활을 진실하게 재현하는 많은 성과를 거두었다.

역사적 기록에 의하면 이 시기 문학비평활동은 비교적 활약적이었다. 1920년대에 간행된 ≪독립신문≫, ≪민성보≫ 등에서 문학의 본질에 대한 토론들이 비교적 높은 차원에서 진행되었다. 이를테면 1928년에 있은 ≪문예연구회≫와 ≪문우회≫의 활동, 그해에 문학의 본질, 문학유산 계승 등 문제를 에워싸고 진행된 '백악산인', '황무촌' 등과 '북극성', '문봉' 등과의 논쟁은 그 좋은 실증으로 된다.

이 시기에 새로운 투쟁현실을 진실하게 반영한 시가와 소설, 연극 등 다양한 양식의 작품들이 쏟아져 나왔다. 그중에서도 자유시창작이 활약적이었으며, 한문시, 시조 등도 많이 창작되었으나 지난날 모진 세파에 그 대부분 작품이 산일되었다. 하지만 현재 남아있는 일부 시작품을 통하여 당시 문학창작의 일각을 더듬어 볼 수 있다. 이때 발표된 자유시, 한문시, 시조 등에서도 당시의 기타 문학양식에서와 마찬가지로 반동통치제도의 죄악을 폭로하고, 우리 겨레의 염원과 지향을 노래한 작품들이 주류를 이루었었다. 그중에는 고국을 그리는 겨레의 고매한 감정과 민족자주의 절절한 숙원을 피타게 토로한 서정시 ≪향수≫(김여)[8] ≪내가 죽었어? 룡화에 꽃구경하고≫(목신)[9], ≪웬 일이냐?≫(작가 미상)[10], ≪조선심≫(백악산인)[11], ≪님찾는 마음≫(리월촌인)[12] ≪연가해≫(작가 미상)[13], 눈물 없이는 보지 못할, 망국노로 전락된 민족의 불우한 운명을 통절히 읊조린 서정시 ≪님을 찾으며≫(근파)[14], ≪단오절≫(초래생)[15], ≪여름의 농촌≫(김근타)[16], 시조 ≪류랑인≫(P.A.S)[17] 등이 그

---

8) ≪독립신문≫, 1920년 5월 11일 제1면.
9) ≪독립신문≫, 1922년 4월 15일 제1면.
10) ≪독립신문≫, 1922년 8월 1일 제1면.
11) ≪독립신문≫, 1928년 4월 27일 제4면.
12) ≪민성보≫, 1930년 5월 21일 제3면.
13) ≪민성보≫, 1928년 6월 3일 제4면.
14) ≪민성보≫, 1928년 6월 10일 제4면.
15) ≪민성보≫, 1928년 6월 29일 제4면.
16) ≪민성보≫, 1930년 5월 7일 제3면.
17) ≪민성보≫, 1928년 6월 30일 제4면.

실례로 된다.

저명한 시인 김택영, 신규식, 신채호 등도 이 시기에 많은 한문시를 남기었다. 그리고 이때 민족독립운동에 투신하여 활약하던 일부 시창작자들도 상해, 북경, 광동 등지에서 간행된 ≪진단≫, ≪천고≫, ≪광명≫ 등 잡지에 정치적 격정이 충만한 시편들을 발표하였다. 또한 역사적 기록에 의하면, 1921년에 용정에는 한문시를 짓는 시인들로 묶어진 ≪신유시사≫18)가 나왔으며, 그 시우들에 의하여 많은 시편들이 창작되었다고 한다. 그러나 그 작품들은 거의 다 산실되다보니 지금까지 전해지고 있는 것으로는 근근이 ≪모춘(暮春)≫(리장원), ≪잠두봉≫(작가 미상), ≪모아산≫(작가 미상) 등 몇 수가 남아 있을 뿐이다.

이 시기 반제반봉건투쟁이 심입되는 정세 하에서 혁명가요가 많이 창작되었다. 이때 창작된 혁명가요는 그 전시기에 비하여 소재와 주제범위가 더욱 확대되었고, 착취제도와 암흑한 현실에 대한 폭로가 신랄하며 미래에 대한 동경과 추구가 강렬한 것이 특징적이다.

10월사회주의혁명의 승리는 온 누리에 영향력을 산생한 획기적인 사건이었다. 이에 사회주의를 격조높이 구가한 혁명가요들이 많이 창작 보급되었는데, 그 대표적인 작품들로는 ≪붉은 봄 돌아왔다≫, ≪10월혁명가≫, ≪의회주권의 노래≫, ≪혁명가≫, ≪쏘련옹호가≫ 등이다.

이 시기 혁명가요 중에는 또한 민족적, 계급적 모순과 불합리한 사회제도를 폭로 비판하는 내용을 담은 것들이 적지 않은 비중을 차지하고 있다. 혁명가요 ≪현대사회모순가≫(김중건), ≪자유가≫, ≪불평등가≫, ≪반농민자탄가≫, ≪가난한자의 노래≫등은 바로 그와 같은 주제를 힘 있게 표현한 작품들이다.

당시 많이 불린 혁명가요가운데서 계급적, 민족적 투쟁의 앞장에 선 투사와 영웅들의 숭고한 품성을 격조높이 칭송한 ≪총동원가≫, ≪계급전가≫, ≪혁명자의 노래≫, ≪기사전가≫, ≪추도가≫ 등이 또한 중요한 자리를 차지하였다. 이밖에도 여성해방, 혼인자유 등의 주제를 다각적으로 다룬 창가 ≪녀성의

___
18) ≪문학예술연구≫, 1982년 제1호, p.58.

노래≫, ≪나의 가정≫, ≪녀성해방가≫, ≪리혼가≫ 등이 널리 애창되었다.
　이런 혁명가요는 그 내용면에서 자기의 특색이 있고 그 시적형식이 간소하며 시어가 소박하고 평이하여 이 시기 인민대중의 환영을 받았다.

　1920년대 산문과 소설문학도 상당한 정도로 발전하였다. 이 시기에 격문, 수필 등 산문형식이 성행되었는데 그것은 당시의 혁명적 정세와 깊은 연관이 있다. 신채호, 김중건 등이 현실을 고발하고 통치제도를 반대하여 쓴 많은 격문과 정론, 수필 등이 그 좋은 예로 된다. 이 시기 소설 창작에서 최서해, 주요섭, 최상덕, 신채호 등은 주목할 만한 성과들을 취득하였다.
　1920년대 조선문단에서 새로운 경향을 대표한 사실주의 작가로 이름을 떨친 최서해(1901-1932)는 1910년대 후기에 간도에 와 다년간 어렵게 생활하다가 1923년에 조선으로 돌아갔다. 그 후 그는 단편소설 ≪탈출기≫(1925년), ≪기아와 살육≫(1925년) 등 여러 편의 작품을 발표하였다. 그의 일련의 작품은 거의 다 간도에서의 체험에 토대하여, 일제식민통치하에서 가난과 주림에 허덕이는 이곳 거레들의 비참한 처지와 현실제도하의 암흑상을 신랄히 폭로하고, 인민대중의 반항과 투쟁을 진실하게 묘사함으로써, 이 시기 소설문학에서 새로운 경지를 개척하였다.
　작가 주요섭(1902-1972)은 20년대 초에 중국 상해에서 사회의 최하층에서 허덕이는 조선사람들과 당지 근로인민들의 극도의 빈곤상과 사회의 부조리를 사실주의적으로 묘사한 단편소설 ≪인력거군≫(1925년), ≪살인≫(1925년), ≪개밥≫(1927년), ≪할머니≫(1930년) 등, 작가 최상덕(1901-1970)도 1920년대에 ≪상해일일신문≫의 기자 등으로 있으면서 최하층에서 시달리는 근로인민들의 생활을 진실하게 묘사한 단편소설 ≪소작인의 딸≫(1926년), ≪유모≫(1926년), ≪바보의 진노≫(1927년) 등을 세상에 내놓았다. 이 시기에 신채호(1880-1936)도 단편소설 ≪룡과 룡의 대격전≫을 창작하였는데, 이것은 20년대 새로운 사조의 영향 하에서 창작한 것으로서 이 시기 진보적 낭만주의문학의 성과로 간주되고 있다.

1920년대부터 대중적 연극창작활동이 널리 전개되었다. 일부 자료에 의하면 1920년대 초에 남만 길흥학교 대강당에서는 "안중근의사가 하얼빈 역두에서 이또 히로부미를 저격한 내용"을 담은 극이 공연되었다.[19] 그리고 1923년에 남경기독녀자청년회에서는 "독립운동을 위하여 활동하다가 곤욕 당하던 광경을 묘사한" 연극을[20] 무대에 올렸고, 1924년에 상해 예수교회에서는 새해를 맞으면서 연극 ≪탕자회개(蕩子悔改)≫를 공연하였으며,[21] 1925년 3월 1일에 상해 의성학교에서는 역사극(작품명 미상)을, 남경의 어느 단체에서는 독립운동을 반영한 연극 ≪백년의 공(功)≫(림창모 등 연출)[22]을 선보였다. 그리고 1920년대 후반기에간도 일대에는 연극단체들이 나타나 많은 극작품을 무대에 올렸었다. 그러나 지금에 이르기까지도 그 상황자료들을 수집하지 못하였는 바, 이는 우리들의 이 시기 극문학연구에 지대한 곤란을 주고 있다. 하여 당시 극출연에 직접 참가하였다거나 그 극들의 공연을 본 목격자들의 회상 또는 일부 전해지고 있는 극줄거리 등 단편적인 자료에 의하여 당시 연극활동의 대체적 상황을 더듬어보는 수밖에 없다.

이 시기에 출연된 우수한 극작품들로는 ≪경숙의 마지막≫(1925년), ≪파랑새≫(1925년), ≪수상한 청년≫(1929년), ≪야학으로 가는 길≫(1920년대 후기), ≪학우지정≫(1928년), ≪어디로 갈것인가≫(1930년?)와 벙어리극 ≪이렇다≫(1927년) 등이 있다. 그중에서도 1925년에 훈춘일대에서 공연된 극 ≪경숙의 마지막≫은 광범한 인민대중의 환영을 받았다. 이런 극작품들은 당시의 새로운 사조에 발맞추어 다양한 주제를 다룸으로써 사회적 현실투쟁에 기여하였다.

1920년대에 있어서도 새로운 사조와 인민들의 생활을 환상적 수법으로 진실하게 반영한 민요와 설화 등 구전문학이 많이 창조되어 널리 전파되었다.

---

19) 박영석, ≪한민족독립사연구≫, 일조각, 1982, p.31.
20) ≪독립신문≫, 1923년 3월 1일 제3면.
21) ≪독립신문≫, 1924년 1월 7일 제3면.
22) ≪독립신문≫, 1925년 7월 28일 제1면.

그러나 지금에 이르기까지 채집사업이 따라가지 못한데서 그 당시 구전문학의 실태를 딱히 밝히기는 어렵다. 지금까지 전해져 내려온 민요로는 암흑통치하에서 허덕이는 민족의 불우한 처지를 노래한 ≪뉘라서 간도가 좋다더냐≫, ≪헛농사≫, ≪새아리랑≫, ≪우리 살림≫ 등과, 만난을 극복하여 새 보금자리를 마련하려는 인민들의 염원과 의지를 읊조린 ≪벼가 자라네≫와 같은 작품들이 있다. 또한 이 시기에 창작된 것으로 추단되는 설화로 근로여성의 미덕과 슬기를 구가한 ≪어머니의 마음≫, 일제 경찰을 감쪽같이 속여넘기고 역경을 모면하는 기민한 반일투사들의 예지와 용맹, 그리고 일제 경찰의 추태를 핍진하게 보여준 ≪혼나간 오장≫, ≪청산리전투≫, ≪불행중 다행≫ 등이 전해지고 있다.

2) 9·18사변으로부터 1945년 8월 광복을 맞기까지의 14년 동안 조선민족은 전국항일민족통일전선에 가담하여 가열 처절한 투쟁을 진행함으로써 끝내 일제침략자를 물리치고 항일전쟁의 승리를 취득하였다.

9·18사변 후 날로 깊이 있게 전개된 항일무장투쟁의 거창한 현실은 우리의 문학 앞에 새로운 요구를 제기하였다. 이에 응하여 이 시기 문학은 바로 항일구국의 절박한 시대적요구와 광범한 인민대중의 사상미학적 요구를 반영하면서 발랄하게 발전하였다.

항일시기에 있어서 조선민족의 문학활동은 일제의 통치하에 있던 동북의 적점령구에서와 당의 직접적인 영도하에 있던 동북 항일유격구(대) 그리고 관내에서 항일에 나섰던 조선의용군과 여러 반일부대들에서 진행되었다.

이 시기 일제의 통치하에 있던 전 동북지구의 정치적환경은 실로 험악하였다. 더욱이는 항일투쟁이 심입됨에 따라 멸망의 운명을 만회할 수 없게 된 일제는 더욱 가혹하게 파쑈통치를 감행하였다. 이런 역경 속에서도 조선민족의 진보적 작가들은 문학창작활동을 끈질기게 벌려나갔다. 당시의 우리의 문단에서는 저명한 여류작가 강경애를 비롯하여 시인 윤동주, 김조규, 리학성, 함형수, 류치환 , 송철리, 천청송, 리수형, 김달진, 박귀송, 박팔양, 조학래, 리호남, 손상보 그리고 소설가 현경준, 김창걸, 안수길, 황건, 박영준, 최명익, 신서야, 김국진, 극작가 리주복, 리헌, 평론가 김우철, 엄무현 등 수십 명으로 헤아리는 작가들이 활약하였다. 30년대 초기에 용정에서는 작가 리주복 등이 발기한 문학동인단체 ≪북향회≫가 발족되어 문학창작의 발전을 힘써 도모하고 문학후진양성사업을 활발하게 진행하였다. 같은 시기 시단에서는 ≪시현실≫동인들이 활약하였다. 이들은 당시 문학동인 ≪북향회≫에서 간행한 ≪북향≫지, 천주교회에서 꾸린 ≪카톨릭소년≫등과 조선에서 출간한 여러 잡지에 그리고 일제문화경찰의 눈을 속이며 ≪만선일보≫와 같은 신문에 자기의 작품을 내보내었다. 어려운 역경 속에서도 일부 작가들은 출판자금을 마련하여 소설집 ≪싹트는 대지≫(1941년), 시집 ≪만주시인집≫(1942년), ≪재만조선인시집≫(1942년), 종합작품집 ≪만주조선문예선≫(1941년) 등을 출판하였다.

상술한 바와 같이 이 시기 적점령구에서 문학창작은 어려운 환경 속에서도 일정한 발전을 가져온 바, 작가대오의 장성, 작품수량의 증가, 현실생활을 폭넓고 깊이 있게 형상화하는 기능, 예술방법의 도입 등 면에서 족히 볼 수 있다.

이 시기에도 시가문학이 보다 활약적이었다. 많은 진보적 시인들은 자기의 시작품을 통하여 민족의 주체의식을 고취하며 인민대중을 항일민족투쟁에로 궐기시켰다. 당시 시단에서 보다 활약한 대표적 시인들로는 윤동주, 김조규, 리학성, 함형수, 류치환, 송철리, 천청송 등을 들 수 있다.

시인 윤동주(1917-1945)는 이 시기에 많은 시를 쓴 것으로 알려지고 있으나 그 시들은 거의 다 그가 옥고를 겪는 때에 발표조차 하지 못한 채 산일되었다. 지금 남아있는 시들로는 유고집 ≪하늘과 바람과 별과 시≫에 수록된 ≪자화상≫(1939년), ≪십자가≫(1941년), ≪별헤는 밤≫(1941년), ≪새로운 길≫(1938년)등 100여수가 있을 뿐이다. 시인 윤동주는 항일투쟁말기에 이지러지는 민족의 얼과 존엄을 수호하고 되찾기 위하여 민족시인으로서의 주어진 사명을 수행하기에 진력하였다. 그의 시문학은 해방 전 조선민족시문학을 더욱 빛냈으며 또한 이 시기 시문학의 수준을 한결 높은 차원에로 끌어올렸다.

시인 김조규(1914-1990)는 시 ≪련심≫, ≪검은구름이 모일 때≫가 1931년 전후로 ≪조선일보≫와 ≪동광≫에 입선되면서 시단에 나섰다. 그는 한 시기

≪단층≫과 ≪맥≫의 동인으로 활약하였으며 모더니즘에 경향하였다. 그 후 시인은 1939년 중국에 이주한 후 겨레의 참담한 삶을 몸소 체험한 실제에 토대하여 겨레의 지향과 염원을 리얼하게 형상화한 서정시 ≪두만강≫(1939년), ≪3등대합실≫(1940년), ≪북행렬차≫(1940년), ≪미스<조선>에서≫(1942년), ≪전선주≫(1941년) 등으로 이 시기 시단에 남다른 기여를 하였다.

시인 리학성(1907-1984)은 1930년대 초에 시단에 나섰다. 그러나 이 시기에 쓴 그의 대부분 작품은 거의 다 산일되어 지금 찾아볼 수 있는 시편으로는 서정시 ≪척촉화≫(1935년), ≪별≫(1942년), ≪북두성≫(1955년) 등 30여 편이 남아있을 뿐이다. 그의 시편들에는 보다 다양한 제재와 주제를 다루면서 강한 민족의식으로 겨레의 고매한 지조와 품성 그리고 미래에 대한 드팀없는 지향을 구가하였다. 그의 시는 호방하고 낭만적이며 철리적인 색채가 짙은 것이 특징적이다.

시인 함형수(1914-1946)는 일찍 조선에서 ≪시인부락≫동인으로 활약하다가 1937년경에 중국에 이주하였다. 그 후 그는 육속 서정시 ≪나의 신(神)은≫(1943년), ≪정오의 모랄≫(1940년), ≪가족≫(1940년), ≪비애≫(1943년)를 발표하였는데, 이런 시편들에서는 겨레의 자존의 의지와 미래에 대한 정렬적인 이상주의를 읊조리고 있다. 그는 그 어떤 시적형식에도 구애되지 않고 자유롭고 허식 없이 진솔하게 자기의 감정을 드러내보였다.

시인 류치환(1908-1967)은 1938년에 중국에 이주하였는데, 그는 조선에서 벌써 우리 겨레의 삶의 본질과 운명을 깊이 있게 파헤친 시편들로써 시단의 주목을 끌었었다. 중국에 이주한 후 그가 내놓은 많은 시편들 가운데서 대표적인 시편으로는 ≪생명의서≫(1938년), ≪광야에 와서≫(1940년), ≪편지≫(1942년), ≪바위≫(1942년), ≪음수≫(1942년) 등을 들 수 있다. 이런 시편들은 회한과 자학, 그것을 극복하고 순수한 본질적 자아에로 복귀하려는 의지와 지향을 소박하고도 구김 없는 표현 속에 담고 있다.

시인 송철리(생존년대 미상)는 1930년대 후반기에 시창작에 나선 이래로 ≪로변음(爐邊音)≫(1940년), ≪도라지≫(1942년), ≪설야≫(1939년), ≪고향≫(1940년) 등 수십 편의 작품을 발표하였다. 일제통치 말기에 뚜렷한 시의식으로 시창작에 나선 이 젊은 시인은 짧은 기간에 감명 깊은 시편들을 많이 남기였다.

시인 천청송(1914-?)은 1935년을 전후하여 ≪북향≫지를 편집하면서 시창작에 나섰다. 시인은 1940년대에 이르러 서정시 ≪꿈아닌 꿈≫(1940년), ≪닭잡아먹던 집≫(1940년), ≪무제≫(1940년), ≪드메≫(1942년), ≪서당≫(1942년) 등을 발표하였다. 그의 시는 언어가 평이하고 시적구조가 단순하며 맑고 분명한 이미지를 주고 있는 것이 특징적이다.

상기한 시인들 외에 리수형, 김달진, 박귀송, 조학태, 리호남, 손상보 등도 자기들의 시작으로써 이 시기 시문학의 발전에 기여하였다.


항일시기 소설문학에서도 보다 뚜렷한 성과를 거두었다. 이 시기 저명한 여류작가 강경애를 위시하여 현경준, 김창걸, 안수길, 황진, 박영준 등은 자기의 주제의식과 의식성향을 기본으로 하여 꾸준히 소설창작을 진행함으로써 보다 뚜렷한 성과를 거두었다.

작가 강경애(1906-1944)는 전반 창작활동을 거의 용정에서 벌렸으며 사회적 주제를 다룬 중편소설 ≪어머니와 딸≫(1931년), ≪소금≫(1933년), 단편소설 ≪채전≫(1933년), ≪지하촌≫(1936년) 등 수십 편을 발표하였다. 그의 대표작 ≪인간문제≫에서는 일제통치하의 불합리한 사회제도를 뒤엎고 새 사회를 건설하기 위한 일련의 문제들을 제기하고 그에 대해 해답을 주려하였다. 소설은 구성이 째이고 언어적 표현이 섬세하며 몹시 정서적인 것이 특징적이다. 그는 뚜렷한 창작성과로서 우리 중국조선민족문학발전사에 빛나는 한 페이지를 남겨놓았다.

일찍 조선에서 문단에 진출하였던 작가 현경준(1910-1951)은 중국에 이주한 이래 꾸준히 창작에 진력하였다. 그는 도문에서 교편을 잡고 있는 동안 중편소설 ≪류맹≫(1943년), ≪인생좌≫(1943년), 단편소설 ≪오마리≫(1939년), ≪사생첩(寫生帖)≫(1941년), ≪급료일≫(1939년) 등 적지 않은 소설을 발표하였다. 그의 초기작품은 거의 다 경향파적주제내용들을 다루고 있다. 이 시기 작품에서는 암담한 현실속의 타락된 인간들과 세태를 진실하게 묘사하면서 현실을 고발하고 작중인물들에게 재생의 길을 제시하려는 시도를 보아였다. 현경준의 이와 같은 작품들은 이 시기 중국 조선민족문학의 중요한 실적을 과시하였다.

중국 조선민족의 《향토작가》로 불리는 감창걸(1911-1991)은 1936년에 처녀작 《무빈골전설》을 쓴 때로부터 1943년 붓을 꺾기까지의 8년 사이에 단편소설 《암야》(1939년), 《락제》(1940년), 《두번째고향》(1938년) 등 많은 작품을 창작하였다. 그의 단편소설계보에서는 암흑한 현실 속에서의 근로인민들의 수난과 원과 한을 묘사하고, 그들의 민족의식과 저항의 의지를 심각히 파헤친 작품들이 주조를 이루고 있다. 그의 단편소설 《암야》 등은 그가 거둔 예술적성과로 하여 그의 소설창작에서 이정표로 되고 있을 뿐만 아니라 이 시기 소설창작의 중요한 성과로 간주되고 있다.

장기간 용정에서 문학창작에 종사한 작가 안수길(1911-1977)은 이 시기에 중편소설 《벼》(1942년), 《새벽》(1943년), 단편소설 《새마을》등 14편을 수록한 소설집 《북원》(1943년)을 출판하였으며 장편소설 《북향보》(1944년)를 발표하였다. 이 시기 그의 소설창작에는 이런저런 문제점을 안고 있지만, 그의 작품은 중국에 들어온 조선민족의 수난사를 역사적 연계 속에서 사실주의적으로 폭넓게 묘사함으로써, 이 시기 소설문학에 남다른 기여를 하였다.

작가 황건(1918-1991)은 전라북도 무주에서 교편을 잡다가 1939년에 중국으로 온 뒤 《만선일보》에서 약 1년간 기자로 지냈으며, 이때로부터 소설을 내놓은 것으로 알려지고 있다. 그는 이 시기에 소설 《기적(汽笛)》, 《지연》을 쓴 외에 중편소설 《제화》등을 발표하였다. 소설 《제화》는 암흑한 만주의 현실에서 좌절의 고배를 마신 한 지식청년의 고뇌와 현제도에 대한 회의와 부정을 보여주고 있다.

일찍 30년대에 조선문단에서 농민작가로 불리던 박영준은 중국으로 이주하여서도 소설창작에 꾸준히 나섰다. 이 시기 그의 작품에서 다룬 주제는 작가의 초기작품과는 달리 주로 소시민층의 고민과 애정 및 윤리를 묘사하는데 모를 박고 있다. 이와 같은 《전향》은 당시의 현실 및 작가의 의식성향과 관련된다. 이 시기의 그의 주요작품으로는 단편소설 《아름다운 길》(1939년), 《의수》

(1940년), ≪중독자≫(1940년), 장편소설 ≪쌍영(雙影)≫ 등이 있다.

위에 열거한 소설가들 외에 이 시기 문단에서 창작에 정진한 박계주, 최명익, 신서야, 김국진 등도 창조적 노동으로 소설문학의 발전에 적지 않은 실적을 더하여주었다.

이 시기 적점령구에서의 연극창작과 활동은 일제의 파쑈적 문화전제주의의 통제로 하여 큰 저애를 받았다. 그리하여 이때 공연된 연극들이란 고작해야 조선에서 순회공연을 온 ≪조선유일극단≫이거나 ≪호화선≫에서 공연한 비극 ≪울고 갈 길 왜 왔는가≫(작가 미상), ≪인생의 향기≫(송영), ≪무정≫(리광수), ≪그 여자의 방랑기≫(리운방), ≪고향에 돌아갈 사람들≫(작가 미상), ≪장한가≫등이 있을 뿐이다. 그리고 당시 지면을 통해 발표된 희곡도 그리 많지 못하였다. 지금 볼 수 있는 것으로는 장막극 ≪파천당(破天堂)≫(리주복, 1936년), ≪려명전후≫(리무영 원작 리갑기 개편, 1940년), 단막극 ≪곽첨지 사는 마을≫(리헌, 194년), 아동극 ≪리야왕≫(김상덕, 1939년) 등이 있다. 그중 단막극 ≪곽첨지 사는 마을≫은 부동한 계층의 생동한 형상의 창조를 통하여, 19세기말 조선농민들의 빈궁화와 봉건통치에 대한 항거의식을 보여주고 있다.

항일유격구의 광범한 조선족 인민과 전투원들은 어려운 무장투쟁을 진행하면서도 다양한 형태로 대중적 문예사업을 전개하였다. 이 과정에서 산생한 대중적 혁명문학은 항일무장투쟁에 힘있게 이바지 하였다. 이때 항일가요, 연극, 격문 등 여러 가지 문학양식이 출현하였으나 그중 항일가요와 연극 창작이 더욱 활기를 띠였었다.

항일무장투쟁가운데서 널리 보급되었던 항일가요가 다룬 주제는 퍽 다양하였다. 그중에서도 일제의 침략적 죄악을 폭로, 단죄하고 광범한 인민대중을 항일에로 동원한 노래들이 아주 많은 비중을 차지하였다. ≪반일전가≫, ≪9·18사변≫, ≪인민의 처지≫, ≪민족해방가≫, ≪일어나라 무산대중≫ 등이 그 대표적인 가요들이다.

이 시기에는 또 민족과 계급의 해방을 위하여 몸 바쳐 싸우는 항일투사들의 숭고한 품성과 굴함 없는 의지를 찬미한 노래들이 많이 창작 보급되었다. 항일가요 ≪붉은 군인 되련다≫, ≪끓는 피는 더 끓어≫, ≪혁명군의 노래≫, ≪연길감옥가≫, ≪빨찌산추도가≫ 등이 그 좋은 예로 된다.

이밖에 10월사회주의혁명과 국제적 친선을 구가한 ≪쏘련혁명가≫, ≪메데가≫, 항일투사들의 낙관적인 정서생활을 다감하게 보여준 ≪유희곡≫, ≪무도곡≫ 그리고 고국과 부모처자를 그리며 향수를 달랜 ≪추억의 고향≫, ≪고아의 노래≫, ≪감추가≫ 등도 널리 불리었다. 항일가요에서의 대립된 두 개 세계의 갈등과 대조적인 전시, 정론성과 시적격정의 통일, 서정과 서사적 내용의 유기적 결합, 선명한 민족적 특색 등은 자못 특징적이다.

이 시기에 항일유격구에서는 항일가요의 보급과 더불어 대중적인 연극활동을 널리 전개하였다. 당시 연극창작자들은 의의 있는 내용과 생신한 형상의 무대화를 통하여 직접적으로 항일을 선전하고 고동하는 역할을 훌륭히 수행하였다. 당시 무대에 올린 대부분의 연극은 항일무장투쟁에 직접 투신한 군민들에 의한 집체작들이다. 그들은 작은 등장인물과 명료하고도 직선적인 슈제트를 통하여 심오한 주제를 다룬 연극들을 간소화된 무대장치로 간명하고도 통속하게 표현하기에 힘썼다. 이때 공연된 연극종목 가운데서 보다 영향력을 가졌던 것들로는 연극 ≪혈해지창≫(까마귀, 1937년), ≪싸우는 밀림≫(까마귀, 1938년), ≪4·6제≫(1932년), ≪유언을 받들고≫(1930년대), ≪굿과 약≫(1930년대) 등이 있다.

연극 ≪혈해지창≫은 30년대 후반기 장백산지구의 항일무장투쟁을 그 배경으로 삼고 일련의 영웅적 형상을 부각함으로써 항일무장투쟁의 본질적 특성을 서사시적 화폭으로 집약하였으며, 조한민족 인민간에 피로써 맺어진 친선을 찬미하였다. 연극 ≪싸우는 밀림≫은 일제와 백병전을 벌리던 1938년 이른 봄에 벌어진 항일유혈투쟁의 생동한 화면을 통하여 영웅적 항일군민의 군상을 성공적으로 조각하였다.

항일시기 관내 여러 지역에서도 조선군민들에 의하여 문학활동이 전개되었다. 이때 화북, 화중 등 지대에서 활약하던 의용군과 광복군에서는 ≪조선의용대통신》, 《민족해방》, 《전고》, 《한국청년》 등 근 20여 종에 달하는 잡지를 간행하였다. 당시 문학창작자들은 이런 잡지들에 문학작품을 발표하였으며, 전투원들로 이루어진 선전대들에서도 많은 가무와 연극들을 무대에 올렸다.

이 시기에 의용군부대에서 항일가요창작이 널이 진행되었다. 그 대표적 작품들로는 《최후의 결전》(석정), 《어둠을 뚫고》(김학철), 《자유는 빛난다》(작가 미상), 《진군가》(작가 미상), 《조선의용군추도가》(김학철) 등이 있다. 당시 일구 시작품들도 발표되었는데, 그 가운데는 민족의 재생에 대한 갈망과 앞날에 대한 동경을 읊조린 《광복과 부흥의 길로》(려전), 《압록강》(백치), 《어머니를 그리여》(운청) 등과 같은 감명 깊은 시편들이 있다.

그리고 특기할 만한 것은 장기간 혁명활동에 투신한 시인 리륙사의 시문학이다. 그는 장기간 북경, 상해 등지에서 민족독립운동을 진행한 투사이다. 시인은 1931년부터 1944년 북경에서 옥사하기까지의 10여년사이에 많은 시편을 창작하였었으나 지금은 그중의 30여수(조선의 간행물에 발표됨)가 전해지고 있을 뿐이다. 서정시 《황혼》(1933년), 《청포도》(1939년), 《절정》(1940년), 《교목》(1940년), 《광야》(?)는 그의 대표적 작품들이다. 그의 시는 거의 다 식민통치하에서 유린 받는 민족의 비운이 소재로 되거나 주제를 이루고 있다. 그의 시는 잃어버린 고국과 고향에 대한 실향민의 비애와 더불어 강렬한 저항정신과 광명의 세계를 염원하는 민족이 의지를 표현하였다.

이 시기에 산문, 소설작품도 창작되었다. 산문 《적진에서 보내온 편지》(작생, 1940년), 《한 청년의 망명생활수기》(최동운, 1940년), 《하루생활》(렬부, 1940년) 등이 지금까지 전해지고 있다. 그리고 30년대에 중국에 들어온 후 광복에 이르기까지 상해 등지에서 문학창작에 나섰던 작가 김광주는 문학동인들과 함께 《보헤미언》지를 발간하였으며, 동시에 《밤이 깊어갈 때》(1934년), 《파혼》(1934년), 《북평서 온 령감》(1945년), 《남경로의 창공》(1935년), 《예지(野鷄)》(1936년) 등 단편소설을 발표하였다. 그의 소설에서는 최하층에서 허덕이는 지식인과 여인들의 불안상과 고통으로 충만된 생활을 깊이 있게 그려내고 있다.

이 시기에 관내재역의 반일부대에서는 늘 연극활동을 진행하였다. 당시 공연된 연극 ≪승리≫(김학철), ≪황군의 꿈≫(김창만), ≪북경의 밤≫(김창만) 등은 투항을 일삼는 국민당의 반동적 소행을 폭로한 극작품들이다. 연극 ≪강제징병≫(고철)에서는 조선의 한 노모가 일제에 강제 징병되어 전쟁터로 나가는 외아들을 바래는 기막힌 장면을 무대화하여 관중들의 마음을 울려주었다. 1940년 여름 서안 의용대에서 무은 ≪전지공작대≫에서는 단막극 ≪국경의 밤≫(집체작), ≪한국의 한 용사≫(박동운, 한유한)와 가무극 ≪아리랑≫(한유한)을 공연하여 일대 성황을 이루었다.

항일시기 민요와 설화 등 구전문학이 민중들 속에서 널리 창작, 전승되었다. 그렇지만 아직까지 이 시기 구전문학에 대한 전면적인 수집과 연구사업이 뒤따르지 못하여, 항일시기 구전문학의 실태를 보다 전면적으로 고찰, 개괄하는 작업은 이후로 미룰 수밖에 없다. 지금까지 전승되어온 민요중에는 전투에서 패배당한 일본군대들의 추악상을 여지없이 폭로, 야유한 ≪유격대≫, ≪왜호박≫, ≪어이 앵고댕고≫, ≪개눈≫, ≪왜놈병 벼락맞았네≫, ≪하루밤사이에≫ 등과 같은 작품들이 있다. 이 시기의 민담들에는 항일투쟁의 역사적 현실중의 인물과 사건들을 다룬 작품들이 절대 대부분을 차지한다. 민담 ≪박지형≫, ≪신창동전투≫, ≪신출귀몰≫, ≪제1루사건≫, ≪오랍누이≫, ≪별천지≫, ≪정찰반장 김봉숙≫과 같은 작품들이 그 예로 된다. 상기 구전문학작품들의 사상미학적 특성은 항일투쟁의 현실에 대한 폭넓은 일반화와 환상적 수법에 의한 생활반영의 진실성 그리고 격조의 명랑성, 대담한 과장과 상징, 비유수법의 애용 등에서 표현되고 있다.

3) 1945년 9월 3일 항일전쟁의 승리와 더불어 조선민족인민은 드디어 일제 식민지통치의 기반에서 해방되었다. 따라서 조선민족집거구들에서는 일련의 사회적 개혁이 힘있게 추진되었으며 따라 세차게 타오르는 민주개혁의 열화 속에서 우리 조선민족의 문학도 발전하기 시작하였다.

이 시기 각지에서는 문예단체들이 우후죽순마냥 출현하였다. 그때 연변에는 《동라문인동맹》이 나왔고, 목단강지구에는 《동북신흥예술가협회》가 설립되었으며, 선후로 간행물들을 꾸려 문학창작자들에게 작품을 발표할 원지를 제공하여주었다.

이때 조선민족문단은 날로 활성화되었고 창작에 일떠선 작가들에 의하여 다양한 형태의 문학작품들이 쏟아져 나왔다. 그중에서 가사를 포괄한 시문학과 연극이 보다 활약적이었다.

이 시기 시단에서 성과를 거둔 시인들로는 해방 전부터 시가창작에 나섰던 리욱, 천청송, 윤해영, 채택룡, 김례삼, 설인 등과 새로 시단에 데뷔한 신활, 김태희, 임효원, 김순기, 장만련 등이다. 이 시기에 당시 시단에서 활약한 15명 시인들의 시작을 수록한 종합시집 《태풍》(연길한글연구회 편, 1947년)과 리욱의 시선집 《북두성》(1947년), 《북륙의 서정》(1949년)이 출판되었다. 이는 광복 후 새로운 현실을 격정적으로 구가한 첫 시집들이라는 데 그 문학사적 의의가 있다.

참신하고도 벅찬 현실을 맞은 시인들은 해방된 인민들이 민족적 감격과 기쁨, 근로대중의 창조적 노력과 각항 민주개혁의 승리 그리고 국내인민해방전쟁에 대한 인민대중의 전폭적인 지지 등을 목청 돋워 노래하였다. 해방의 감격과 아름다운 미래를 격조높이 환호한 서정시 《환호성》(설인), 《그날의 감격은 새로워》(리욱), 《승리의 감격》(김순기), 《동북인민행진곡》(윤해영)과 토지개혁을 중심으로 한 각항 민주개혁을 노래한 서정시 《토지얻은 이 기쁨 쏟아쏟아》(김진), 《토지얻은 기쁨》(박순연), 《내 땅에 내 곡식》(채택룡), 《석양의 농촌》(리욱) 그리고 국내인민해방전쟁의 승리와 전사들의 숭고한 품성을 감명 깊게 읊조린 《동북자치군송가》(윤해영), 《폭파영웅 조성두용사》(최득화 등), 《전우의 영령앞에서》(장만련), 《편지》(임효원) 등이 이 시기 대중들 속에서 널리 애송되었다.

해방 후 연극활동은 인민대중의 관심과 지지 속에서 널리 전개되었다. 이때 각 지구와 각 부대들에서 성립한 연극단과 문공단 그리고 각 공장과 농촌의 구락부들에서도 연극활동을 널리 벌리었다. 당시 연길일대에서는 장막극 《승리의 혈사》(김평, 천일, 신영준), 《꼬맹이 참군》(고철), 《동지구》(박노을)

가 공연되었고, 목단강지구에서는 장막극 ≪밀림의 고백≫(리한룡), ≪너, 이
놈≫(신룡검), ≪광명≫(황봉룡), 단막극 ≪봉기≫(김태희) 그리고 하얼빈과
통화지구에서는 장막극 ≪안중근≫(김진문), ≪태항산의 혈적≫(최채), ≪우
리의 맹세≫(장만련), ≪광영패≫(최정연 등), ≪민주련군이 오던 날≫(최정
연, 김우수), ≪폭파영웅 조성두용사≫(최득화 등)를 무대에 올렸다.

산문, 소설 창작은 당시 여러 가지 여건의 제한성으로 말미암아 그렇게 활
기를 띠지는 못하였었다. 당시 인민대중의 환영을 받은 일구 성과작들도 여러
지역에서 속출하였다. 그중 지난날 항일투사들의 영웅적 모습과 품덕을 찬미
한 김학철의 단편소설 ≪담배국≫(1946년), ≪야맹증≫(1946년), ≪적구≫
(1948년), 해방을 맞은 감격과 새생활에 대한 지향을 묘사한 리한룡의 단편소
설 ≪고백≫, 자기의 일체를 성스런 인민해방전쟁에 바치기 위하여 선열의
뒤를 이어가는 후대들의 숭고한 형상을 생동하게 부각한 김창호의 단편소설
≪그들의 길≫ 등이 그 대표적 작품들이다.


3


1949년 중화인민공화국의 창건과 더불어 발전하기 시작한 당대조선민족문
학은 거창한 역사적 발전의 현실 속에서 50년의 여정을 걸어왔다. 이 시기
문학은 중국 조선민족문학발전의 전반 행정에서 획기적 의의를 갖는다.

중화인민공화국이 창건된 후 중국공산당은 반동적 통치계급들이 실시하던
민족압박제도를 폐기하고 각 민족의 대단결과 진정한 평등을 도모하였다. 조
선민족은 ≪중화인민공화국 민족구역자치실시요강≫의 각항 규정에 좇아 길
림성, 흑룡강성, 요녕성 등의 조선민족집거지구들에다 선후로 조선민족의 자
치주거나 자치현 또는 자치향을 세우고 민족구역자치를 실시하게 되었다. 이
와 같은 새로운 사회적 현실은 중국 조선민족들의 생활과 운명에 근본적인
변화를 가져오게 하였으며 민족의 의지에 좇아 정치, 경제, 문화의 발전을 도
모할 수 있도록 그 기본적 여건들을 마련하여주었다.

새로운 역사적 시대를 맞은 조선민족문학은 자기의 민족적문화전통과 유산

의 토대 위에서 민족의 생활과 지향을 반영하면서 장성발전하게 되었다. 이제 당대 조선민족문학을 이 시기 역사적상황과 자기발전의 실제에 비추어 대체로 세 시기 즉 1949년 새중국의 창건으로부터 1966년에 이르는 17년 시기, 1966년으로부터 1976년에 이르는 ≪대동란≫시기 그리고 1976년으로부터 1990년대에 이르는 새로운 역사시기로 나누어 개략적으로 살펴본다.

 1) 새중국의 창건으로부터 1966년에 이르는 17년 동안에 조선민족문학은 새로운 사회적 환경속에서 우리 작가들의 창조적 노력에 의하여 적지 않은 성과를 취득하였다. 그러면서도 또한 이 시기 문학은 ≪좌≫적경향의 교란과 연속부절한 정치운동에 부대끼며 복잡다단한 길을 걷기도 하였다.

 새로운 사회주의제도와 현실생활은 우리 작가들에게 삶의 보람을 주었고 그들로 하여금 앞날에 대한 희망으로 가슴 벅차게 하였다. 이런 새로운 현실에 고무된 작가들은 문학창작활동을 더욱 조직적으로 벌려나가기 위하여 각 항 제도의 개혁과 문단의 정비에 적극 참여하였다. 작가들은 기타 문예가들과 함께 1950년 1월에 연길에서 연변문예연구회를 무었다. 이 연구회는 분산 상태에 있던 우리 작가들을 한데 뭉치고 문학창작활동을 벌리는데 크게 이비지하였다. 1951년 4월에 이르러서는 정세발전의 요구에 비추어 연변문예연구회를 해산하고 연변문학예술계연합회를 설립하기 위한 준비위원회를 내왔다. 그 후 일련의 준비과정을 거쳐 1953년 7월에 제1차연변조선족자치주문학예술일군대표대회를 소집하고 연변문학예술계련합회를 정식으로 창립하였으며 또한 그 기관지로 ≪연변문예≫를 간행하였다. 그리고 1956년 8월에는 중국작가협회의 소속단체로 되는 중국작가협회 연변분회를 설립하고 문학월간지 ≪아리랑≫23)을 창간하였다. 중국작가협회 연변분회의 설립은 바로 조선미족 문단이 진일보 정비되고 작가대오가 초보적으로 형성되었음을 표징한다. 중국작가협회 연변분회는 작가들을 창작활동에 뛰어들도록 도와 나섰고, 문학 신진의 양성에도 큰 힘을 기울이었다.

---

23) ≪아리랑≫은 그 후에 ≪연변문학≫, ≪연변문예≫, ≪천지≫, ≪연변대학≫등으로 개칭됨.

이 시기 우리 작가들은 인민대중과 호흡을 같이하면서 문학창작에 정진하였다. 작가들의 노력에 의하여 시문학과 소설, 산문, 희곡 등 분야에서 적지 않은 성과를 거두었다.

그렇지만 이 17년래에 조선민족문단은 실로 평탄치 않은 길을 걸었었다. 1957년 하반년에 진행된 문예계에서의 ≪수정주의사조≫를 비판하는 운동 등으로 하여 갖 발전궤도에 들어섰던 조선민족문학은 크게 파괴되었다. 연이어 진행된 정치운동 가운데서 시비가 전도되고 적아관계가 혼동되자, 당시 문단에서 활약하던 김학철, 리욱, 김창걸, 채택룡, 주선우, 최정연, 김례삼, 서헌, 리홍규, 김순기, 임효원 등 중견작가들이 선후로 얼토당토않은 죄명을 쓰고 모진 어려움을 겪었으며 창작의 권리마저 박탈당하였다. 그리고 상기 작가들의 역작들을 '독초'로 몰고, 그 작품의 발행과 열독을 무단적으로 금지시키기까지 하였다. 이 시기에는 또 "문예는 정치를 위하여 복무하여야 한다"는 명제를 절대화하여 문단에 강요함으로써, 문학의 공능을 부인하며 작가들의 문학창작의 적극성을 압살하는 등 많은 폐단들을 빚어냈다. 이런 오류들은 그 후 '문화대혁명' 시기에 더욱 악성적으로 발전하였다.

1966년으로부터 10년간이나 지속된 문화대혁명은 "지도자가 잘못 발동하고 반혁명집단에 리용되여 당과 국가 및 각 민족인민들에게 엄중한 재난을 들씌운 일장 내란이다."24) 10년간이나 지루하게 지속된 '대동란' 시기에 문예계에서 진행된 투쟁은 "혁명적인민과 반혁명적 야심가, 음모가와의 투쟁이고 당의 <백화만발, 백가쟁명> 방침과 봉건파쏘적문화전제주의 및 문화허무주의와의 투쟁이며 문예사상의 변증법적유물론과 주관적관념론, 혁명적사실주의와 공식주의 방팔고(幇八股)와의 주쟁으로서 매우 치렬하고도 첨예한 투쟁이였다."25) 문화대혁명이 시작되자 '4인무리'는 이른바 "건국 이래 문예계에서의 모주석사상과 대체되는 반당반사회주의 검은 선"을 파낸다는 허울을 내걸고 문예계에 대토벌과 대청산을 들이대었다. 조선민족문단도 결코 예외로

---

24) ≪건국이래 당의 약간한 력사문제에 관한 결의≫에서.
25) ≪지난날의것을 이어받아 앞날을 개척하고 사회주의 신시기 문예를 번영시키자≫(문예보, 1979년 제1-제2기)에서.

될 수 없었다. 대동란의 광풍이 이곳에 휘몰아치자 곧 작가들의 문학단체가 해산되고 이어서 문학잡지도 폐간 당하였으며, 나아가 김학철, 김철, 최정연 등 많은 작가들이 '나라의 반역자', '현행반혁명분자', '간첩' 등으로 몰려 '비판'을 받았고, 심지어는 감옥살이까지 하였다. 그리고 '4인무리'와 그 파벌에 속하는 자들은 조선민족문단에도 건국 이래로부터 '민족문화혈통론'을 핵으로 한 매국토항주의적 문예노선이 통치적 지위를 점하였다고 억설하면서, 소위 '민족문화혈통론'에 대한 '대비판'을 전개하는 것으로써 우리의 민족적 전통과 민족문화유산을 그 근본으로부터 부정하였다. 이에 따라 지난 시기에 창작된 조선민족의 역사생활과 지향을 반영한 성과작들을 '매국적 투항주의'의 '대독초'로 몰고 부정하였으며 민족의 얼, 민족의 감정, 민족의 특성 등은 아예 금기적인 것으로 치부함으로써 입에 올릴 수조차 없게까지 되었다.

'4인무리'가 통치하던 시기에 우리 문단은 산산이 흩어지고 작가들의 창작활동은 정지상태에 들어갔다. 1971년 림표반당집단이 분쇄된 후 일부 문학잡지들이 복간되고 문학활동이 활성화되는 것 같은 기분을 보였지만, 이 시기도 의연히 '4인무리'가 독단하던 때였으므로 근본적인 전환은 가져올 수 없었다. 그러다보니 10년동란 시기에 발표된 작품이란 거의 다 극'좌'적 정치노선이나 개인숭배를 선양한 것들이었다. 이때 간혹 인민대중의 생활과 지향을 다룬 작품들이 나오기는 하였으나 극히 적었으며, 또한 그런 작품들마저도 그릇된 정치와 문예사조의 영향을 면치 못하였다. 이 문화대혁명의 10년은 조선족문단이 모진 어려움을 겪던 수난기이며 문학창작이 대퇴보를 한 시기이다. 그렇지만 우리의 작가들은 그런 역경 속에서도 자기의 지조와 의지를 굽히지 않고 침묵, 절필 등 각이한 자기 나름의 방식으로 '4인무리'에 저항하면서 암흑이 가실 그날을 고대하고 있었다.

1976년 10월에 ≪4인무리≫가 분쇄되자 조선민족문학은 소생과 번영의 새로운 국면을 안아오게 되었다. 이어 우리의 작가들 앞에는 오랫동안 문단을 통치하였던 극'좌'적 경향을 철저히 비판하고, 우리의 머리를 짓누르던 정신적 질곡에서 벗어나 전도되었던 역사를 바로잡고, 진정한 민족문학을 발전시킬 과업이 제기되었다. 민족적 사명감으로 불타던 우리작가들은 '4인무리'가 저지른 죄악을 폭로, 공소하고 그들이 날조한 일련의 유설을 비판한 토대 위에서 시비를 가르고 억울한 사건과 그릇되게 처리된 사건들을 시정하였다. 이에 따라 장기간 무고하게 정치적 권리와 창작의 권리를 박탈당하였던 김학철, 김순기, 최정연, 김철, 리홍규, 김용식, 조룡남 등 많은 작가들이 해방되고 그 명예를 회복하였으며, 지난날 ≪대독초≫로 몰려 발행을 금지 당하였던 많은 작품들도 다시 햇빛을 보게 되었다.

문화대혁명 후 '4인무리'가 빚어낸 죄악에 대한 비판과 문예계의 정비작업이 심입 전개됨에 따라 우리 문단은 날로 활력을 회복하였다. 1978년 10월에는 중국작가협회 연변분회가 회복되고, 또한 80년대에 접어들면서 연변 외의 조선민족집거구, 이를테면 하얼빈, 길림, 통화, 북경 등 지구에서 다양한 형태의 문학단체들이 새로이 발족되었으며, 문학원지도 이에 대응하여 퍽 많이 늘어났다. 원유의 중국작가협회 연변분회의 기관지인 ≪연변문예≫26)를 계속 간행한 외에도, 문학평론지 ≪문학과 예술≫과 문학지 ≪아리랑≫, ≪장백산≫, ≪도라지≫, ≪송화강≫, 문학번역지 ≪진달래≫와 ≪세계문학≫을 새로이 창간하였다. 그리고 기타 각 성의 신문과 출판사들에서와 종합지들에서도 많은 지면을 문학분야에 돌렸다. 그리고 이 시기 조선민족작가대오도 크게 발전되었다. 문화대혁명 전 중국작가협회의 조선민족회원은 10명밖에 되지 않았었지만 1989년에 이르러서는 40여 명으로 증가되었고, 둥국작가협회 연변분회 회원은 원유의 100명 좌우로부터 300여 명으로 늘어났다. 이와 같이 새로운 역사시기에 진입하여 작가대오와 문학원지는 물론이고 문학활동의 지역적공간도 전례 없이 확대되었다.

문학활동이 날로 활성화됨에 따라 우리 문단에서는 전례 없이 많은 작품들이 쏟아져 나왔다. 당시 간행된 문학지와 각 신문의 문예란, 종합지 등에 발표된 작품을 내놓고 연변, 북경, 흑룡강성, 요녕성 등에 있는 민족출판사(또는 문예편집실)들에서 정식으로 출판하여 광범한 독자들에게 선보인 작품집만 하더라도 시집이 50여 부, 단편소설집이 30여 부, 중장편소설이 40여 부에 달

---

26) 1985년 1월부터 ≪천지≫로 개칭.

하였다. 이 시기에 산출된 많은 작품에서는 지난 시기에 있었던 바와 같이 행정의 부당한 간섭과 정치적 단속에서 벗어난 작가들이 개혁, 개방 조류의 고무하에 현실생활에 대한 적극적인 참여의식과 고발의식 그리고 새로운 가치관으로써 민족의 역사생활과 인간의 운명, 도덕, 애정에 대하여 자아적 사색을 거쳐 예술적 창조를 진행하고 있음을 기껍게 보게 된다. 이 시기 작품들 가운데는 또한 민족의 역사와 현실에 대한 반성의식을 수용한 작품들이 많은 비중을 차지한 바, 이런 부류의 작품들은 민족의 운명과 미래를 심려하는 우리 작가들의 우환의식을 짙게 보여주고 있다.

예술적형식과 표현기법 등에서는 어디까지나 자아의 창작실제의 요구에 비추어 대담하게 국내외의 우수한 성과를 도입하여 보다 높은 차원에서 예술적 창조를 기여하기에 노력하였다. 그리하여 이 시기 문학운동과 창작실천에서 취득한 빛나는 성과와 경험은 금후의 문학발전에 여러모로 시사하는 바가 크다.

2) 건국이후 50년래의 우리 시문학은 조선민족문학의 제반분야에서 보다 성과를 거둔 분야이다.

새중국이 창건된 후 정확한 민족정책의 빛발아래 우리 시단은 날로 정비되어 갔으며 그와 더불어 시창작대오도 날로 장성하였다. 건국 전부터 시창작에 나선 시인들인 리욱, 채택룡, 김례삼, 설인, 주선우, 김태희, 임효원 그리고 새로 장성한 김철, 김성휘, 조룡남, 윤광주, 김태갑, 리상각, 리삼월 등이 시단에 데뷔하였다. 이 시기에 종합시집 ≪해란강≫(1954년), ≪창작선집≫(1956년), ≪청춘의 노래≫(1959년), ≪아침은 찬란하여라≫(1961년), ≪푸른 잎≫(1962년), ≪변강의 아침≫(1964년), ≪연변시집≫(1964년) 등과 시인들의 자선시집인 리욱의 ≪고향사람들≫(1957년), ≪연변의 노래≫(1957년), ≪장백산하≫(1959년), 주선우의 ≪잊을수 없는 녀인들≫(1957년), 김철의 ≪변강의 마음≫(1957년), 임효원의 ≪진달래≫(1957년), 리민창의 ≪김옥희와 팔거북≫(1957년) 등이 선후로 출판되었다.

이 시기에 보다 넓은 공명대를 획득한 작품들로는 서정시 ≪어머니와 애기≫(리욱, 1956년), ≪지경돌≫(김철, 1956년), ≪피보다도 진한 눈물이≫(설인, 1959년), ≪쓰지 못한 사연≫(윤광주, 1955년), ≪아버지와 아이들의 이야기≫(조룡남, 1956년), ≪고동하시초≫(김성휘, 1958년), ≪숭선시초≫(리상각, 1958년), ≪옥중의 노래≫(김태갑, 1962년), ≪첫사랑≫(주선우, 1956년), ≪아, 산딸기는 익어가건만≫(임효원, 1956년), 서정서사시 ≪청송 두그루≫(서헌, 1955년), ≪고향사람들≫(리욱, 1957년), ≪산촌의 어머니≫(김철, 1956년) 등을 들 수 있다. 상기 시편들에서는 거창한 현실생활에서 일어난 심각한 변혁, 오늘의 새로운 역사를 펼치기 위하여 인민대중을 이끈 은혜로운 향도자들에 대한 다함없는 찬미와 송가가 중요한 자리를 차지하고 있다. 그리고 새로운 현실에서 발현되는 인민대중의 고상한 품성을 노래한 작품들과 조선민족이 걸어온 피눈물 겨운 역사를 회고하면서 가열 처절하였던 전투의 나날에 피흘린 선열들을 추모하여 그들의 빛나는 업적과 숭고한 정신을 찬미한 시편들도 상당한 비중을 차지하였다. 이밖에 '백화만발 백가쟁명' 방침의 빛발아래 사회주의 혁명과 건설과정에서 나타난 부정부패와 폐단 등 암흑면을 고발하고 풍자한 시편들과 애정, 윤리 등의 소재를 재치 있게 다룬 시편들이 이채를 더하여주었다.

17년 이래 우리 시문학은 일정한 성과를 거두었으나 한편 연이어 일어난 정치운동의 교란을 받아 우여곡절을 겪었다. 그 시기에 정치성을 절대화시킴에 따라 예술적 민주가 압제되고 시인의 주체성과 개성이 짓눌리게 되었다. 하여 시단에는 시적자아가 결여된 정치내용풀이식의 개념화된 시들이 범람하고, 암흑면을 고발하거나 애정, 윤리 등 소재는 금기적인 것으로 치부 당하였으며, 예술형식과 예술기법 등의 탁마가공도 도외시 당하였다.

문화대혁명 시기에 이르러 우리 시단은 퇴보의 길에 들어섰다. 이때 '4인무리'의 '좌'적문예로선의 피해를 입어 많은 시인들이 붓을 꺾다보니 시단은 볼 모양 없이 되었다. 이 시기에 나온 시편들이란 거의 다 '4인무리'의 정치노선을 선양하며 개인숭배를 고취한 것들이었다. 이런 시는 시적감정이 진실하지 못할뿐더러, 예술적으로도 조작감을 자아내는 것들이었다.

10년 대동란의 결속과 더불어 정치적으로 해방을 받은 우리 시단은 새로운 역사시기의 개혁, 개방의 격류 속에서 거족적인 발전의 길에 들어서게 되었다. 재생의 기쁨을 안은 러시아 시인들과 새로 시단에 등단한 신인들이 시창작에 열성적으로 나서자 시단은 활력으로 차넘쳤다. 이어 서정시, 산문시, 서정서사시, 장편서사시 등 다양한 체재의 시편들이 쏟아져 나왔다. 그중에서도 서정시 창작이 보다 뚜렷한 성과를 거두었다. 이시기에 종합시집 ≪시선집≫(1979년), ≪변강의 무지개≫(1979년), ≪봄바람≫(1981년), ≪진달래의 노래≫(1981년), ≪서정시집≫(1982년), ≪칠색무지개≫(1984년)와 시인들의 자선시집 50여 부가 출판되었다. 이 새로운 역사시기에 인민대중 속에서 널리 애송된 시편들로는 서정시 ≪북방의 성격≫(김철, 1982년), ≪아침≫(리욱, 1982년), ≪북녘의 서정≫(임효원, 1980년), ≪압록강물결따라≫(리상각, 1980년), ≪농민들은 땅을 떠난다≫(리삼월, 1984년), ≪나는 나입니다≫(석화, 1985년), ≪백두의 설련화≫(허홍식, 1988년), ≪벗들에게≫(김성휘, 1980년), ≪원혼이 된 시인에게≫(송정환, 1978년), ≪그대 우리는 어찌하여≫(한춘, 1979년), ≪해빙기의 강변에서≫(조룡남, 1983년), ≪태양이 웃는 거리≫(박화, 1984년), ≪사랑의 애가≫(김응준, 1985년), ≪할머니≫(남영전, 1986) 등을 들 수 있다. 상기한 서정시들에서는 '4인무리'가 저지른 죄악에 대한 폭로와 비판으로부터 흘러간 역사와 대동란에 대한 심각한 반성, 거세찬 개혁의 물결 속에 뛰어든 혁신자들의 격정과 희로애락, 현실에서 발로된 봉건의식과 각종 부패현상에 대한 고발과 타매, 애정, 윤리와 아름다운 경물에 대한 찬미에 이르기까지 시대의 주선률을 자기 나름의 목소리로 노래하고 있다.

1980년 전후로부터 장편서사시와 서정서사시 창작이 활기를 띠였었다. 이시기에 20여부에 달하는 장편시들이 선을 보였다. 그 대표적인 작품으로는 장편서사시 ≪새별전≫(김철, 1980년), ≪장백산아 이야기하라≫(김성휘, 1979년), 서정서사시 ≪아, 청산골≫(조룡남, 1985) 등을 들 수 있다. 상기한 시편들을 통하여 역사적 반성의식을 수용하여 지난 역사시대와 참신한 현실생활을 거시적이며 전일적으로 재조명하고 형상화하려는 시인들의 탐구적 노력을 볼 수 있다.

3) 건국 이래 우리 문단에서 소설, 산문 문학은 성과도 뚜렷하지만 오류적 문예론의 해도 퍽 많이 입은 분야이다.

새중국의 탄생은 소설창작의 발전에 퍽 유리한 여건들을 마련하여주었다. 그리하여 건국초기 소설문학은 사회적 현실의 변천과 더불어 새롭게 발전하는 길에 들어섰다. 건국 후 문단에 등단한 작가들로는 전시기부터 소설창작에 나섰던 김학철, 김창걸, 렴호렬, 백호연, 김동구 등과 새로 데뷔한 리근전, 리홍규, 박태하, 최현숙 등이다.

소설문학이 발전됨에 따라 이 시기에 적지 않은 작품집을 펴내게 되었다. 이를테면 종합단편소설집 ≪세전이벌≫(1954년), ≪창작선집≫(1956년), ≪빨간 다리야≫(1958년), ≪병상에 핀 꽃송이≫(1959년), ≪장화꽃≫(1962년), ≪봄날의 이야기≫(1962년), 오체르크집 ≪강철≫(1958년), ≪푸른 전야≫(1965년) 등이 나왔고, 작가 김학철과 리근전의 소설, 산문집 7부가 출판되었는데, 이는 당시 소설, 산문 문학의 성과를 표징하여 주고 있다.

그중 대표적 작품으로는 해방된 농민들의 희열에 찬 생활과 강렬한 지향을 묘사한 김창걸의 단편소설 ≪새로운 마을≫, 렴호렬의 ≪소골령≫(1950년), 활력으로 넘친 새생활에 대한 찬가로 엮어진 김학철의 ≪새집드는 날≫, ≪뿌리박은 터≫(1953년), ≪고민≫(1956년), 새시대 신형농민의 형상창조에 모를 박은 리근전의 ≪과일꽃 필무렵≫(1954년), 인민교원의 미더운 풍모를 찬미한 백호연의 ≪꽃은 새 사랑속에서≫(1950년), 애정 윤리의 소재를 소박하고도 다감하게 묘사한 최현숙의 ≪나의 사랑≫(1955년)과, 사회주의건설시기 조선족전사의 혁명적 영웅주의를 노래한 박태하의 ≪사막에서의 조난≫(1959년), 근로대중의 농촌건설에서의 다함없는 열의를 찬미한 김병기의 ≪쇠돌골의 변천≫(1958년) 등이 있다.

그리고 이 시기에는 또 지난날의 역사시대를 거시적으로 포착하고 그것을 폭넓게 예술화하려는 작가들의 노력에 의하여 중, 장편소설들이 창작되었다. 이 시기에 선후로 김학철의 장편소설 ≪해란강아 말하라≫(1945년), 중편소설 ≪번영≫(1955년), 김동구의 중편소설 ≪꽃쌈지≫(1957년), 리근전의 장편소설 ≪범바위≫(1962년) 등이 출판되었는데, 이와 같은 작품들은 조선민족소설문학의 발전에 있어서 개척적 의의를 갖는다.

　상술한바와 같이 이 시기 소설문학은 일정한 성과를 거두었다. 소설작품이 보다 많이 창작되었고, 다룬 소재와 주제범위도 넓어졌으며 예술창조에서도 심화되는 자세를 보였다. 그러나 연이어 진행된 정치운동과 오유적인 문예노선의 범람은 이 시기 소설문학의 발전을 크게 저해하였다. 정치를 절대화시킴에 따라 작가들의 개성이 무시되고 현실에 대한 참여의식과 고발의식이 부당한 비난과 간섭을 받게 됨에 따라, 소설창작에서는 흔히 현실의 부조리에 대한 고발을 외면하지 않으면 안되었고, 진정한 예술적 추구를 진행할 수 없게 되었다. 소설문학의 주제는 단일화, 도식화되고 현실을 미화하는 경향이 날로 조장되었으며, 인물형상의 창조와 예술형식에 대한 다양한 탐구들이 홀시되었다. 1966년 이후 대동란이 일어나자 소설창작은 더욱 쇠퇴의 길에 들어서게 되었다. 우리 작가들은 오류적 노선으로 하여 모진 시련을 겪으면서도 자기의 지조와 양심을 간직하고, 다양한 방법으로 ‘4인무리’의 정치노선에 대처하면서 다가올 해빙기를 기다렸다.

　‘4인무리’가 분쇄된 후 새로운 역사시기에 진입되자 소설문학은 다시 활력을 회복하였다. 대동란 시기에 정치적 박해를 받아 붓을 꺾었던 원로작가들과 새로 진출한 신진작가들이 선후로 소설창작에 적극 나서게 되어 많은 작품들이 쏟아져 나왔다. 그중에서도 단편소설창작에서 많은 수확을 거둔 바, 이 시기에 ≪단편소설선집≫(1979년), ≪사랑에 대한 이야기≫(1980년), ≪불타는 백사장≫(1981년), ≪단편소설집≫(1982년), ≪군자란≫(1983년)과 작가들의 자선집, 이를테면 ≪김학철단편소설집≫(1982년), 림원춘의 ≪몽당치마≫(1984년), 정세봉의 ≪하고싶던 말≫(1985년), 류원무의 ≪아, 꿀샘≫(1986년), 리홍규의 ≪개선≫(1988년), 김순기의 ≪잔치전날≫, 김훈의 ≪청춘의 활무대≫(1986년), 리광수의 ≪새로운 길≫(1987년), 류재순의 ≪녀인들의 마음≫(1988년), 문창남의 산문집 ≪동집게≫(1986년) 등 30여 부에 달하는 소설, 산문집이 출판되었다. 그 가운데서 대표성을 띤 소설작품으로는 문화대혁명이 빚어낸 인간들에 대한 육체적 및 정신적 유린을 고발하는 상처문학의 계보에 속하는 정세봉의 ≪하고싶던 말≫(1980년), 박천수의 ≪원혼이 된 나≫(1979년), 과거의 역사를 엄숙하게 돌이켜보며 한심스럽게도 우롱 당하였던 지난날을 신랄히 고발한 리원길의 ≪배움의 길≫(1980년), 류원무의 ≪비단이불≫(1982년), 거창한 개혁, 개방의 물결 속에서 변화하는 새로운 인간관계와 기풍을 찬미한 림원춘의 ≪몽당치마≫(1983년), 홍천룡의 ≪구촌조카≫(1982년), 김훈의 ≪그 여자가 준 유혹≫(1986년), 지난날 '금지구역'에 속하였던 애정 윤리 등을 둘러싸고 보다 높은 차원에서 부동한 인간의 내심세계와 잠재적 심리를 파헤치고 그릇된 의식을 신랄히 타매한 김학철의 ≪짓밟힌 정조≫(1985년), 림원춘의 ≪도라지꽃≫(1978년) 등이 있다.

이 시기에는 또 민족의 역사와 현실을 보다 폭넓게 다면적으로 묘사하기 위한 작가들의 노력에 의하여 예술면에서도 일정한 성과를 과시한 중편, 장편 소설이 적지 않게 창작되었다. 이 시기에 출판된 중편, 장편 소설은 무려 40여 부에 달한다. 그중 김용식의 ≪규중비사≫(1980), 리원길의 ≪한 당원의 자살≫(1985년), 김훈의 ≪청춘략전≫(1985년), 최홍일의 ≪생활의 음향≫(1985년), 우광훈의 ≪시골의 여운≫(1985년) 등 중편소설과, 김학철의 ≪격정시대≫(1986년), 리근전의 ≪고난의 년대≫(1982년), 류원무의 ≪봄물≫(1987년), 리원길의 ≪설야≫(≪땅의 자식들≫의 제1부), 리운룡의 ≪새벽의 메아리≫(1986년), 윤일산의 ≪포효하는 목단강≫(1986년) 등 장편소설이 이 시기의 문단을 더욱 빛냈다.

상기한 바와 같이 새로운 역사시기에 있어서의 소설창작은 부당한 정치적 단속에서 벗어나 인민대중이 펼친 새로운 생활을 구김 없이 묘사하는 한편, 현대적 의식에 토대하여 지난날 대동란의 사상적 근원을 파헤치고 존재한 부정면을 서슴없이 고발, 타매하는 등으로 사회적 문제를 보다 심각하게 다루었다. 그리고 예술형식과 표현기법 등의 탐구에서도 예술적 표현력을 높이기 위하여 ≪의식의 흐름≫파, 상징파, 황당파 소설 등 수법까지 대담히 도입한 노력들을 기껍게 볼 수 있다.


4) 건국 이후 50년래 극문학분야에서도 지난시기 극 ≪좌≫적경향의 해를 크게 입으면서도 또한 일정한 성과를 거두었다.

　　건국 후 작가들은 당시 전민적으로 벌인 문화해방운동, 애국증산운동 등의 일련의 사회개혁운동에 보조를 맞추기 위하여 극문학창작에 달라붙었다. 당시에 공연된, 이를테면 농업호조합작의 시책을 노래한 김태희의 장막극 ≪우리 조장동무≫(1950년), 농민들의 문화해방운동을 찬미한 최수봉의 단막극 ≪농민학교로 가는 길≫(1953년), 반혁명분자의 죄악을 폭로하고, 50년대 중기에 농업합작화와 사회주의개조의 고조가 일자 이에 일떠선 농민들의 새로운 정신적 풍모와 낡은 사상의식의 전변을 묘사한 극작품들이 무대에 많이 올랐다. 그 대표적 작품들로는 농업합작화에 일떠선 농촌생활의 이모저모를 형상화한 단막극 ≪합작사는 내 집이다≫(윤지현, 1956년), ≪완두씨≫(최정연, 1954년), 전쟁에 의하여 빚어진 사회적 비극을 깊이 있게 파헤친 단막극 ≪귀환병≫(최정연, 1957년), 동북지구 항일무장투쟁과 항일투사들을 묘사한 장막극 ≪장백의 아들≫(황봉룡, 1959년), 가정민주화에서 제기되는 일련의 문제를 소재로 한 단막극 ≪김원장일가≫(황봉룡, 1957년), 노동자들의 드높은 노동열의와 선진인물을 찬미한 단막극 ≪5·1전야≫(김세형 등, 1964년), '삼로인'[27] 형식으로 농촌에서의 신구의식간의 투쟁을 묘사한 ≪풍년가≫(리영근, 1964년) 등이 있다.

　　상기한 바와 같이 건국 후 17년래 희곡창작에서는 일정한 성과들을 거두었지만, 이 시기 극문학은 기타 문학분야보다도 더 직접적으로 극'좌'적 문예노선의 교란을 받은 분야이다. 그 당시 당과 정부는 극문학분야에, 정치적 중심과업과 밀접히 결부시키라고 강요한데서 더욱 많은 폐단들을 초래하였다. 이를테면 희곡창작에서 정치통수의 원칙을 관철하다보니 작품의 주제는 단색화되어 갔고 작가의 각이한 문화적 시각이 도외시되었으며, 그리고 극형식에 있어서도 정극 외의 다른 희극, 비극, 풍자극 등이 거의 자취를 감추다시피 되었다.

　　문화대혁명의 결속과 더불어 우리의 극문학도 커다란 발전을 가져왔다. '4안무리'가 타도된 후 지난날의 그릇된 노선을 시정하고 개혁, 개방의 새로운

---

27) 삼로인은 건국 전후 시기에 창출된 조선민족의 구연형식의 일종이다.

방침이 시달됨에 따라 우리 극작가들의 정신면모도 일신된 바, 그들은 새로운 시대와 인민대중의 미학적 요구를 반영하기 위하여 보다 시대화한 안목으로 극창작 실천에 뛰어들었다. 극작가들의 고심한 노력에 의하여 많은 극작품이 산출된 바, 예를 들면 ≪장백의 아들≫(황봉룡, 1978년), ≪희곡집≫(1982년), ≪황봉룡희곡집≫(1985년), ≪울고웃는 사람들≫(1985년), ≪망각된 인간들≫(1988년) 등이 출판되었다.

이 시기의 우수한 극작품들로는 황봉룡의 장막극 ≪괴상한 간력표≫(1979년), 홍성도·박응조의 장막극 ≪눈속에 핀 꽃≫(1980년), 최정연의 장막극 ≪해토무렵≫(1981년), 김훈의 막간 경희극 ≪두부장사≫(1982년)와 ≪울고웃는 사람들≫(1984년) 등이 있다. 이런 극작품들에서는 ‘4인무리’의 그릇된 노선이 빚어낸 악과들을 심각히 고발하는 동시에, 모진 시련을 겪어내고 행복하게 살아가게 된 인민대중의 격정과 염원과 지향을 힘 있게 형상화하였다. 이런 극작품들은 진실성과 구체성을 생활의 흐름 속에서 생동하게 구현하고 있으며, 대체로 비극이 많고 신랄한 풍자적요소가 다분한 것이 특징적이다.

5) 건국 이후 50년래 구전문학의 채집, 정리와 연구에서도 뚜렷한 성과들을 거두었다. 1958년에 연변민간문예연구회(연변구전문예가협회의 전신)가 설립된 후 구전문학 연구사업이 가일층 강화되었다. 구전문학의 수집, 정리에서 성과를 올린 이들 중에서는 정길운을 위시하여 김례삼, 박창묵, 김태갑, 김명한, 리룡득, 김재권, 배영진 등이 있다. 우리의 구전문학 수집, 정리자들의 다년간의 노력으로 하여 선후로 ≪조선구전민요집≫(리상각, 1979년), ≪민요집성≫(김태갑·조성일, 1982년), ≪배뱅이굿≫(장동운 정리, 1982년)과 구전설화집 ≪천지의 맑은 물≫(정길운 정리, 1962년), ≪천도복숭아≫(김례삼 정리, 1982년), ≪연변민간문학자료집≫(도합 4권, 연변민간문학수집소조 편), ≪조선족구전설화집≫(1979년), ≪사랑산≫(박창묵 정리, 1982년), ≪삼태성≫(김명한 정리, 1983년), ≪불로초≫(리룡득 정리, 1984년), ≪천생배필≫(황구연 구술, 김재권 정리, 1986년), ≪파경노≫(박창묵·김재권 정리, 1988년), ≪김

덕순구전설화집≫(김덕순 구술, 배영진 정리, 1983년), ≪팔선녀≫(차병걸 구술, 림승환 등 정리, 1987년), ≪고산장군≫(정영석 정리, 1989년), ≪백두산전설≫(리천룡·최룡관 정리, 1989년), ≪금망아지≫(황상박 정리, 1990년), ≪조선족전설집≫(김태갑 편, 1991년), ≪항일전설설화집≫(김태갑·박창묵 편, 1992년), ≪호랑이옛말 50컬레≫(김재권 편, 1993년), ≪해당화≫(한정춘 정리, 1995년), ≪천암삼거리 능수버들≫(리창인 정리, 1995년), ≪달팽이 아가씨≫(정해철 정리, 1996년), ≪두만강 전설집≫(한정춘 정리, 1999년) 등 70여 부의 구전문학작품집을 출판하였다.

새로운 역사시기에 획득한 상기 문학성과들이 보여주다시피 이 시기는 개혁, 개방의 새로운 형세와 활성화된 국내외의 사상문화 교류 속에서 지난날 '좌경' 노선으로 하여 형성된 그릇된 사상관념을 포기, 갱신하고, 현대의식, 민족의식, 주체의식의 각성을 초래한 연대이다.

이 시기는 또한 우리의 작가들이 혁신적인 문학적 환경 속에서 자기를 속박하던 숱한 금지구역을 타개하고, 새로운 가치관과 다양한 창작방법으로써 민족의 역사적 현실과 지향과 염원을 형상화하기에 힘써 일정한 성과들을 거둔 시기이다. 그러나 시대적 발전과 인민대중의 심미적 욕구에 비추어볼 때, 이러한 성적은 극히 초보적인 것이며 또한 일부 미흡점도 동반하고 있다.

그러면서도 기꺼운 것은 1990년대에 들어서면서 더욱 심화되는 개혁, 개방의 새로운 형세와 더불어 발랄하게 전개된 국내외의 문학교류의 영향하에서 우리 작가들의 사상관념이 진일보 갱신, 제고되고 보다 성숙되고 있는 그것이다. 양지가 있는 우리의 작가들은 시장경제로 이행하는 변혁기에 부딪친 그 많은 어려움과 곤혹 속에서도 민족의 위업에 자기를 바치려는 초지를 굽히지 않고 문학사업에 진력하고 있다. 이런 노력으로 하여 우리의 작가대오는 날로 늘어나고 취득한 성과들도 가시적이다. 지금 중국에는 500명으로 헤아리는 연변작가협회 회원이 있다. 그리고 그중에는 중국조선민족문학의 태두 김학철 선생을 위시하여 많은 중견과 신진작가들이 우리의 문학의 화원을 가꾸고 있다. 1950년대 초반부터 그 뒤로 시창작에 나선 김철, 조룡남, 리상각, 리삼월,

남영전, 한춘, 김동진, 최룡관, 석화, 리성비, 김학송, 리임원, 조광명 그리고 소설, 산문분야에서의 중견작가들인 림원춘, 류원무, 김영금, 리원길, 정세봉, 박선석, 김훈, 고신일, 최홍일, 우광훈, 윤림호 그리고 문단에 갓 나선 최국철, 리동렬, 김혁 등과 희곡문학창작에서 남다른 기여를 한 리광수 등이 그 대표적 작가들이다. 그리고 특기할 것은 90년대에 이르러 허련순, 리혜선, 리선희, 박향숙 등 여러 여성작가들로 이룩된 여성작가군의 출현이다.

90년대에 진입하여 우리 문단에는 심각한 주제내용을 다양한 문학창작방법과 형식으로써 형상화한 무게 있는 작품들이 산출되어 국내외의 각광을 받고 있다. 그중 ≪20세기중국조선족문학선집≫(연변인민출판사 출판)에 수록된 작품 중의 일부와, 시집 ≪그 언덕에 묻고 온 이름≫(조룡남), ≪나의 고백≫(석화), 소설집 ≪도시의 곤혹≫(최홍일), ≪여름은 더운 계절이 아니다≫(최국철) 중의 부분작품, 장편소설 ≪춘정≫(리원길), ≪눈물젖은 두만강≫(최홍일), ≪바람꽃≫(허련순) 등이 그 예가 될 것이다.

끝으로 새 천년을 맞는 오늘의 시대적 시점에서 새로운 인식으로 지난날의 역사와 경험들을 잘 총화하고 새로운 자세로써 우리 문학을 열심히 가꾸어 나간다면 우리 문단에는 반드시 더욱 빛나는 미래가 도래하게 될 것이다.

이상으로 당대 중국조선민족문학의 지난날의 성과들을 개략적으로 발려보았다. 이 졸고에는 필자의 인식의 한계로 하여 미흡점은 물론 오류도 적지 않을 것이다. 여러 독자들의 사심 없는 비평과 지적이 있기를 바라마지 않는다.

# 한시집(1)에 대하여

중국 조선민족의 기록문학은 한시로부터 시작되었다. 조선 문단에서는 20세기 초에 이미 국문학이 대두하기 시작하여 한문학의 폐단이 낱낱이 지적되었으나, 반생을 한문을 통해 사리판단을 해온 김택영 등 전통적인 문인들은 20세기 20년대까지 줄곧 한시의 정통을 수호하였으며, 국문문학에로의 전환논리를 펼쳐온 장지연도 한시창작을 완전히 외면할 수는 없었다. 이 시기 한시창작의 담당층은 주로 항일지사, 의병장, 독립군장병과 임정요원 및 초야에 묻힌 일부 한학자, 지성인들이었다.

이 책에는 선차적으로 류린석, 장지연, 전덕원, 로백린, 안중근, 신규식, 신채호, 계봉우, 김정규, 김승학, 김지섭, 김좌진, 리정, 김중건, 김두봉, 윤봉길, 조정환, 부평초, 림지산, 완사, 극화, 현천묵, 조완구, 계민오각, 백산학인, 무명씨 등 26명의 항일지사들이 중국 망명시에 창작한 애국애족 및 반일 한시 700여 수를 수록하였다. 이런 작품들은 그들의 문집이나 일기에 수록된 것이 대부분이고 일부는 그 당시의 신문, 잡지에 게재된 것들이다. 그들의 생애와 작품의 출처, 창작배경, 문학적 가치 등은 해당 작품의 해제에서 간단하게 제시해주었다.

원전에 대한 이해의 편리를 위해 매수마다 역문을 첨가하고 동시에 필요한 주석을 달았다. 번역에서 원문의 내용을 충실히 전달하고 될수록 간결하면서도 시적정취가 풍기도록 하느라고 애썼지만, 자료의 부족과 시간적 제한으로 말미암아 불비하고 미숙한 점들, 심지어는 오류도 적지 않으리라고 생각하면서 독자들과 전문가들의 기탄없는 비평과 도움이 있기를 바란다.

편자 일동

류린석 편

# 해 제 ◉

## 1. 류린석(柳麟錫)의 생애

류린석은 1842년 조선 강원도 춘천군 가정리의 한 선비가정에서 출생하였다. 그의 호는 의암(毅庵), 자는 여성(汝聖)이다.

14살 때 화서파 유교대사 리항록 선생의 가르침을 받고 '춘추대의'와 '충군애국'의 명분을 내세워 화서파의 '위정척사론'과 '존화양이론'을 계승 발전하였다. 1895년 말에 을미사변을 도화선으로 "국모를 위해 복수하자"는 격문을 돌리면서 충청북도 제천에서 무장봉기를 일으켜 일제침략자와 친일주구들을 호되게 타격하였다. 1896년 일제와 봉건집정자의 무단적 탄압을 피해 의병대오를 거느리고 평안도를 거쳐 중국 요녕성 관전현, 길림성 통화 일대에 이동해와 군사를 확충하여 동산재기를 도모하였다. 1897년 가을 고종황제의 부름을 받고 귀국하였다가 1898년 봄에 재차 도강하여 요동지역에 정착하였다. 1900년에 재차 고국에 돌아가 저술에 힘쓰면서 유교예의에 기초한 항일구국의 대의를 주장하였다. 을사조약, 정미조약의 체결, 고종의 퇴위, 조선군대의 해산 등 일련의 사변에 직면한 류린석은 1908년에 의병중견인사들을 거느리고 러시아 해삼위에 건너가 조선 각 도에서 달려온 의병장들을 통합하여 13도의군을 묶어세우고 도총재에 천거되어, 러·중·조 세 나라에 분산된 의병조직을 통일적으로 지휘하였다.

1910년 강제적인 한일합방조약의 체결에 통분한 그는 '수화종신(守華終身)'의 염원을 품고 연해주를 떠나, 1912년 제3차로 중국 길림성 집안현에 이주하여 ≪우주문답≫, ≪도모편(道冒篇)≫ 등 저술을 내놓고 애국지사를 배

---

◉ 이 작품은 1913년 3월 시천교월보에 발표되었다.

양하는 한편, ≪보약사(保約社)≫를 조직하여 반일주장을 널리 선전하고 의병자금을 징모하였다. 그는 동방의 전통문화를 고수하고 서양문화에 대해 비판적인 태도를 취하였으며, 조선의 광복을 지향하고 유교문화혈맥의 연속성을 주장하였다.

그는 장기간의 노심초사로 병석에 드러눕게 되었으나 항일의 지조를 끝까지 굽히지 않았다. 만년에 저술과 항일인재양성에 힘써오다가 1915년 음력 1월 29일 요녕성 관전현 방위구에서 별세하였다.


## 2. ≪의암집(毅庵集)≫과 그의 한시 창작

류린석의 유고는 그의 제자 김직신, 백삼규에 의하여 1917년 7월 요녕성 홍경현 평정산 난천구에 설치된 한 인쇄소에서 ≪의암집(毅庵集)≫이란 이름으로 활자화되었다. ≪의암집≫은 전 29책 54권으로서 중국남방과 요녕 일대 및 조선 국내에 전파되자마자 일제경찰에 검거되었으며, 난천구에 소장되어 있던 나머지 40여 질은 전부 몰수당해 소각되었다. 조사한 바에 따르면, 현존한 1917년 판본은 모두 세 질이 있는데, 그중에서 한 질은 류린석의 후손 류명상 선생이 보존하고 있고, 다른 두 질은 일본국립도서관과 중국 절강성도서관에 소장되어 있다고 한다. 연변대학 고적연구소에서는 절강성의 소장본 ≪의암집≫을 저본으로 1987년부터 ≪류린석전집≫을 육속 출판하고 있다.

≪의암집≫에는 1, 200여 편의 산문과 ≪우주문답≫, ≪도모편≫등 논문 외에, 근 700여 수에 달하는 한문시가 수록되어 있다. 그의 한시들은 19세기 말부터 20세기 초에 이르는 근대사회로부터 현대사회에로 전환하는 과정에서의 조선반도와 중국 동북지역 및 러시아 연해주지역의 반일의병투쟁과 사회현실을 다각적으로 조명하고 있으며, 전통적 유교예의에 입각한 저자의 '위정척사', '유학구국'의 세계관과 인생관을 여실히 반영하고 있다. 그의 한시들에는 외국 열강들의 침략을 반대하는 반제, 반봉건적 사상과 항일무장투쟁으로써 조선의 자주독립을 쟁취하려는 애국주의 정신이 빛발치고 있다.

류린석이 주장하는 전통적 유교사상 체계에는 역사적 발전의 객관적 법칙에 어긋나는 일부 보수적인 측면과 복고주의적 경향도 드러나 있지만, 항일의병투쟁과 유학구국운동의 걸출한 조직자, 지도자로서의 그의 사상주류에 비하면 그것은 지엽적인 문제라고 할 수 있을 것이다.

이 한시집에는 류린석의 600여 수의 한시가운데서 중국지역에서 창작한 것과 해외에서 창작한 중국관계 작품 215수를 선택 수록하였다.

## 愚溪宅拈杜詩 ≪秋盡≫韻*

挾書兒伴釣翁廻, 茅屋相連一水隈.
秋節江山多傑句, 豐年野社有深盃.
低風細鸞流形去, 向日郡鷗閃翅來.
認取客心愁老熱, 梧桐樹下小筵開.
(時砥平李困留)

* 당나라 시인 두보가 보응(寶應) 7년 7월에 고향집이 그리워 지은 시임.

## 우계댁에서 두보의 ≪추진≫시운을 따서

책을 긴 어린아이 늙은이와 돌아오네
시내물 굽이목에 자리잡은 초가로
가을철 강산에 묘한 시구 수두룩
풍년철 들놀이에 술잔도 크구나
제비는 바람속에 쏜살같이 사라지고
그제날 갈매기떼 나래쳐오누나
무더위 저어하는 길손 마음 헤아려
오동나무 아래에 작은 술상 벌렸네.
(그때 저평의 리모가 와서 묵고있었다.)

## 共詠杜詩韻

曲曲清溪帶白蘋, 故園詩句續前春.
筵設薄樽爲厚俗, 琴彈古調異今人.
十世青山流水宅, 一村深樹白雲鄰.
弟兄迭唱梧壇上, 無數清蟬霽景新.

## 두시운으로 함께

굽이굽이 청계수에 마름꽃 떠있는데

옛뜨락의 시구는 지난봄과 이어있네
간소한 술상이나 풍속은 후하거니
거문고의 애곡조 사람 놀래우네
청산류수 더불어 열세대째 살아온 집
흰구름과 이웃하는 심산속의 작은 마을
오동나무 제단에서 형제들 노래하고
매미소리 쟁쟁한데 비가 개여 산뜻해라.


## 立石

大石龍門北, 夏后所未平.
不降九年水, 至今老江聲.
(石在禹揖山下松湖之上. 俗言夏后治水到此因揖而去. 蓋因南有龍門山,
又是山適名禹揖, 故設此言耳.)


## 립석

현명한 우임금도 옮기지 못한
룡문산*북쪽의 바위돌 하나
9년동안 비 한방울 안내렸지만
지금도 강물소리 의구하구려.
(립석은 우읍산아래 송호우에 있다. 민간에 전하는 말에 의하면 우임금이
물을 다스리려 이곳까지 왔다가 읍을 하고 돌아갔다 한다. 남에는 룡문산이
있고 또 이 산을 마침 우읍이라 하기에 이렇게 써놓았다.)

---

* 경기도 양평군에 있는 산의 이름.


## 次怡雲丈拈杜律韻

冰圻前江動臥船, 輕黃文流映長天.

韻語時令問鳥聽, 幽情更披白雲牽.
四海幾人能對酒, 一春無日不開筵.
心超事物眞仙術, 何用丘山飮赤泉.


## 이운장이 따온 두보의 률시운을 밟아

앞강의 얼음장 배전에 부딪치고
문전의 버드나무 봄물이 오르네
시구를 읊으며 새울음도 듣지만
그윽한 정 오히려 흰구름에 끌리네
이 세상에 대작할자 몇이나 있을가
봄날엔 날마다 술상을 벌리네
초탈한 마음이 신선되는 길이거니
구태여 구산의 샘물을 마시리까.


## 次怡雲丈 ≪岳陽樓≫韻

平索男兒何所願, 願言一上岳陽樓.
巫山北列詩肩聳, 湘水南開醉眼浮.
秋日聞吟王傑賦, 春風高倚杜陵舟.
時人謂我大疎放, 杖履尋常于澗流.


## 이운장의 ≪악양루≫운을 밟아

대장부의 소원이 무엇이냐 묻는다면
악양루 오르는게 소원이라 말하리
북쪽의 무산은 시흥을 돋구고
남쪽의 상강은 취한 눈에 떠오르네
가을에는 한가로이 왕찬의 부* 읊어보고
봄에는 지그시 두릉의 배에 기대리

세상사람 나를 몰라 제멋에 산다지만
죽장을 짚고서 청계수 찾아보리.

---

* 왕찬의 부 《루락에 올라서》를 가리킴.


## 怡雲, 昭山(李明瑞)來會, 共拈唐律韻

午筵詩會自晨鐘, 雲樹連天重復重.
小院風恬喧鳥雀, 寒江冰拆動魚龍.
永今宵有於爲客, 作主人看好箇峰.
拂袖春風樓上立, 千立萬戶國恩濃.


## 이운, 소산(리명서)과 함께 당률시의 운을 따서

구름덮인 수림은 하늘가에 닿았는데
아침부터 점심까지 술상 벌려 시 읊네
실바람 부는 뜨락에서 새들이 지저귀고
강에는 얼음꺼져 어룡을 놀래우네
잊지 못할 오늘저녁 벗들이 여기 있어
주인질을 하면서 멋진 산봉 바라보네
봄바람 건들 부는 누각우에 서서 보니
천가만호 집집마다 국은을 누리누나.


## 再從弟聖協來見, 共拈杜詩韻

絶俗惟靑嶂, 怡神有小園.
肯來眞箇喜, 謾詠若干存.
夜雨經綸起, 春天意緖繁.
那堪君去後, 書永此山門.

## 찾아온 륙촌동생 성협과 함께 두보시의 운을 따서

속세를 멀리떠난 푸른 산아래
이신의 자그마한 정원이 있네
이곳까지 찾아주니 참말로 기뻐
청산류수 시를 읊어 몇수 남겼네
밤비가 내릴 때 경륜 론하나
봄이라 마음은 산란도 한데
산문에서 지루한 낮 지켜야 하니
군이 간후 어떻게 견뎌내리오.

## 怡雲丈拈唐韻共詠春雨

綠楊江畔紫霞臺, 臺上望春春雨來.
野巡遠當花外暗, 村門盡向樹中開.
潤龍齊發靑心麥, 滋石新醒碧色苔.
且解吾人詩思困, 隨風纏綣不相催.

## 이운장이 당시운을 골라 함께 봄비를 읊노라

록양강 강가의 자하대우에서
봄구경 하노라니 봄비가 오누나
만발한 들꽃사이 들길은 멀리 뻗고
사립문 문마다 숲을 향해 열렸네
비에 젖은 밭고랑에 파란 보리 일매진데
축축한 바위에 푸른 이끼 잠을 깨네
엉키었던 내 시상 풀어주면서도
바람에 날리며 재촉지 않누나.

## 伏和省齋先生 ≪詠玉溪九曲≫

丙子春, 先生自楊根, 移定幾案于嘉陵郡北玉溪之下紫里村, 麟錫亦從之. 溯溪十數里, 境甚幽深奇壯. 先生卽通記山水, 又定九曲. 曰: 臥龍湫、撫松巖、濯纓瀨、鼓瑟灘、一絲臺、秋月潭、靑楓峽、龜游淵、弄湲溪, 而有詠重庵先生, 荷塘族祖(㤞)有和, 和者更多, 小子玆有蕪構:

夫子玉溪九曲詩, 尋眞選勝卜居時.
春風操杖從容後, 閒聽溪聲曲曲遲.

一曲臥龍湫上臨, 龍乎爾臥卽何心?
興運作雨須臾事, 古待天時畜養深.

二曲疎松老石看, 摩挲不獨愛幽閒.
滿山紅紫非無色, 誰似歲寒能翠顔.

三曲欲賡孺子歌, 誰看水可濯纓多.
却憐山下寒流水, 淸澈絶無泥帶波.

四曲風淸鼓瑟灘, 冷冷終日送聲寒.
如今春服來遊地, 恰是浴沂眞趣看.

五曲一絲臺下遊, 桐江垂釣仰風流.
漢時聞說多人物, 扶鼎如何盡讓頭.

六曲潭開滿月光, 來看何必待秋揚.
瑤琴橫抱徘徊久, 夜靜春山興已長.

七曲靑楓擁峽深, 坐來極愛張繁陰.
也知重到微霜後, 紅葉成章照滿衿.

八典依移俯磵幽, 胡爲此地有龜游.
吾師方理圖書說, 質爾神州連返休.

九曲問源閒弄湲, 巖花自落寂禽言.
及冠列坐開絃誦, 泉響遶山蒼翠喧.

## 성재선생의 ≪옥계구곡≫에 삼가 화답하노라

병자년 봄, 성재선생*이 양근군으로부터 강릉군 북쪽 옥계*아래의 자리촌에 이사하였는데 나도 따라갔다. 계수물을 거슬러 몇십리를 가노라면 경치가 아주 그윽하고 장려하다. 산수를 모두 기술한 성재선생은 또 그 구국을 정하였는바 와룡추, 무송암, 탁영뢰, 고슬탄, 일사대, 우월담, 청풍협, 귀유영, 룡원계라 명명하고 또 그 구국을 두고 시를 썼다. 중암선생*과 족조 하당(언)께서 화답시를 지었는데 따라서 화답한 사람이 아주 많았다. 이에 나도 대강 엮는다.

그이가 옥계의 구곡시를 읊은것은
명승지 골라서 새집잡던 그때라네
봄바람 산들산들 죽장 짚고 따라가니
졸졸졸 물소리 간간이 들려오네

1곡은 와룡추라 와룡추에 다달으니
와룡아, 어이하여 여기에 누웠느냐
구름비 몰아옴은 순식간의 일이라
천시를 기다리며 정력을 키우겠지

2곡은 무송암 돌사이에 로송이라
로송은 그윽함만 즐기는건 아니거늘
만산의 뭇꽃은 빛깔을 자랑해도
그 뉘가 세한에도 푸른 빛 띠우리까

은 탁영뢰라 ≪유자가≫*에 회답하니
갓끈 씻는 내물이 뉘라서 많다더냐
어여뻐라 산아래서 흐르는 저 강물

파도가 일어나도 티없이 맑아라

4곡은 고슬탄 바람 또한 청량쿠나
조잘조잘 물소리 종일토록 차겁더니
오늘은 봄옷처럼 물가에서 노니나니
기수에서 미역 감은* 그 재미를 알겠도다

5곡은 일사대라 그아래서 노니나니
동강에 낚시놓던 풍류들을 흠모하네
한나라때 인걸도 많았다 이르건만
나라를 위한 일에 어쩌면 목숨 다하리

6곡은 추월담 못에 비낀 달도 밝다
가을이 아니여도 무슨 상관 있으랴
거문고 옆에 끼고 오래도록 비장일 때
고요한 밤 호젓한 산 춘흥은 끝없어라

7곡은 청풍협 산나무 빼곡하고
우거진 록음이 이내 마음 끄누나
첫서리 내린후 다시 한번 온다면
단풍잎 빨갛게 옷자락 비추리라

8곡은 귀유연 골짜기도 그윽하다
어이하여 여기에 거부기 논다더냐
때마침 나의 스승 ≪도서설≫*지었거니
너의 등에 실어서 신주에 보내리라

9곡은 롱원계라 발원지에 찾아드니
소리없이 꽃은 지고 새소리가 잦구나
거문고의 반주에 시우들 시 읊으니

샘물소리 출랑출랑 숲속으로 울려가네.

______________

* 성재선생은 류린석의 스승이며 종숙으로서 이름은 중교(重敎)라 함.
* 경기도 가평군 가평읍내에 있는 명승지임.
* 중암선생은 류린석의 스승으로서 성은 김씨, 이름은 평묵(平默)이라 함.
* ≪맹자·리루편≫에 수록된 노래의 이름으로서 일명 ≪창랑가≫(滄浪歌)라고도 한다.
* ≪론어·선진편≫에 ≪늦은 봄에 봄옷을 입고 어른 5~6명과 어린이 6~7명이 함께 기수에서 미역을 감고 무에서 바람을 쏘이고 시를 읊으며 돌아오겠다.≫는 말이 있다.
* ≪하도≫(河圖)와 ≪락서≫(洛書)를 가리킴.


# 朝宗川歌

天下豈無可稱水, 何必稱謂朝宗川.
長江大河中國地, 流聲已撤三百年.
有川左海加平縣, 東流洋洋眞可憐.
此得江漢朝宗心, 朝宗川稱豈偶然.
所以川有如斯者, 屬意鄭重前後賢.
大明處士許滄海, 暨李忠潭高義肩.
彷徨乾坤安適歸, 于此川矣來相連.
烈皇大字孝宗批, 刻石鐫心心惓惓.
後有朝宰趙鎭寬, 後立崇碑記末顚.
皇朝遺民王磐川, 謳歌皇朝心常懸.
此設壇儀享高皇, 崇禎九義亦配焉.
大統行廟史義當, 皇明大統于以延.
歲爲苾芬克明 , 四方紳衿　恭虔.
磐川有子曰灘隱, 慷慨高潔敬承先.
我師華老重斯地, 名亭見心擬議專.
重省二翁暨信叔, 文以發揮力周旋.
更與灘隱襟期合, 悲歌節　相聯翩.
水哉朝宗人朝宗, 朝宗大義特朝鮮.
南有巴溪萬東享, 天地中間義雙全.
昔歲我曾華陽去, 巍瞻日月皇廟前.

今日我乃川上來, 繞向進極帝壇邊.
我將依歸讀春秋, 我有俯仰感風泉.
朝宗川歌歌又長, 歌聲上徹大明天.

## 조종천의 노래

천하에 강물이름 지을것 없어서냐
별다르게 그 이름 불러불러 조종천
장강과 황하는 중국땅을 흘러서
흐름소리 못들은지 3백년이 되누나
좌해*의 가평현*에 개울물 하나 있어
동으로 흘러흘러 애닲기만 하구나
장강과 한수가 하나로 합치듯
조종천 그 이름 우연치 않다네
이러한 강이름 그 뉘가 지었나
몇세대 내려오던 여러 성현 뜻이라네
명나라 처사 허창해
그리고 리충담, 고의견이 있거니
어디 갈가 이러저리 방황하다가
여기 이곳 조종천에 찾아왔어라
효종이 써주신 ≪렬황≫이란 두글자
간절한 효성담아 돌우에 새기니
명나라 재상이던 조진관 뒤를 이어
또다시 비석을 높디높게 세웠네
그뒤를 따라나선 명조유민 왕반천
고국산천 잊지 못해 마음고생 하다가
제단 쌓고 명태조께 제사를 올렸는데
숭정황제 구의도 더불어 모셨다네
대통 이은 사당의 명의가 지강하니
명나라 전통은 이로써 이러지고
제사상엔 향기가 해해년년 감돌아

유명한 선비들 공손하게 찾아드네
왕반천 아들있어 이름은 왕탄은이요
호방하고 고결함은 아버지 닮았다네
나의 스승 화로도 이곳을 중히 여겨
정자이름 별다르게 마음담아 지으려고
중암, 성재 두 늙은이 신숙하며
붓대를 휘둘러 이리저리 주선하다
더더욱 왕탄은과 마음이 맞았기로
죽장 짚고 비가의 련을 이어 지었다네
강물도 조종이요, 사람도 조종이니
조종의 대의는 조선이 유별나네
남녘에는 파계에 만동묘의 제향있어
하늘땅사이엔 의리가 쌍전하네
지난날에 이내 몸이 화양동에 갔을적에
황묘앞에 숙연히 일월인양 앙첨하고
오늘은 이내 몸 조종천에 다달아서
북극성 에워돌듯 황제제단 돌고도네
이내 몸 돌아가서 《춘추》를 읽으려니
그대와 부앙하면 풍천을 감동하리
조종천의 노래는 길기도 하구나
노래소리 울려퍼져 대명천지에 들리리.

---

* 조선의 별칭임.
* 지금의 경기도 가평군을 가리킴.


## 敬題大明高皇帝"忠孝節義"四大字

大明高皇四大字, 胡爲遠來我東隊.
熱臨滄海龍氣盤, 神逐風崖虎步至.
決知整頓乾坤手, 氣槃古今限此比.
況復字義有最大, 立則萬世炳垂示.

嗚呼忍說崇禎運, 東國惟有賠臣淚.
睠彼華陽一區土, 平生血心尊周義.
凡周之蹟無不求, 所以萬仞壁上寄.
皇靈在天昭日月, 俯視蒼茫興一喟.
吾友錦溪慷慨士, 往遊玆谷逐感意.
描來遠播竦人目, 余曾虛遊還多愧.
奉之千巖萬壑裏, 風雷時驚遁鬼魅.
西天惡氣雖憑凌, 持此可以不怖悸.

## 대명고황제가 쓴 ≪충효절의≫네글자를 삼가 읊노라

대명고황제*의 충효절의 네글자
어이하여 머나먼 동국에 와있나
창해가에 틀고앉은 청룡의 기세런가
벼랑에 다달은 호랑이의 걸음인가
결연코 천하를 다스릴 손일진대
그 기개 누를건 고금에 없으리라
하물며 네글자의 의의가 제일 크니
세운다면 만세에 영원히 전하리
아, 숭정의 비운을 어떻게 말하리오
동국의 배신만이 눈물을 흘린다네
저 멀리 자리잡은 화양동 사모하여
평생에 진정으로 주례를 숭상하거니
주나라의 유적을 빠짐없이 찾아보며
만장높은 절벽에도 서슴없이 올랐네
황제 신령 하늘에서 일월같이 밝고밝다
창망한 대지를 굽어보며 탄식했네
나의 친구 금계*씨는 이 나라 강개지사
화양동에 유람갔다 느낀바 많아서
네글자 다시 베껴 세상에 알렸더니
헛되게 놀러 갔던 이내 얼굴 뜨거웁네

천암만학 높이높이 네글자 모신다면
우레가 울어울어 귀신들도 달아나고
서천의 악마가 요기를 뿜어대도
이 네글자 가졌으니 무서울것 없어라.

---

* 명태조 주원장을 가리킴.
* 류린석의 친구 리근원(李根元)의 별호임.


## 洪武壁歌(乙未)

洪武壁, 屹然宇宙間
左海壽春州*, 南柯亭洞口, 綠江灣西指二舍.
神宗川上山峩峩, 有我洪武皇帝神亭壇.
神州陸沉三百年, 壁下趨洪武衣冠.
洪武衣冠奚特乎?
箕子封疆域, 所明皇極至理.
于此可驗觀箕封疆域, 洪武衣冠雙聯語.
昔我師鐫壁, 壁前行酒此盤桓.
年來東西氛祲漸大揚.
箕封一葉靑, 并此盡凋傷.
洪武衣冠影隨絶, 我向壁前呼號如醉狂.
我亦聞之五百年必有王者興, 中原洪武大聖倘復挺.
我裝衣冠日望西, 洪武壁歌歌更永.

---

* 壽春은 강원도 춘천의 옛이름임.


## 홍무벽의 노래(을미*)

홍무벽은 우뚝 우주공간에 솟았구나
좌해의 수춘주 남가정 동네어귀
록강만 서쪽으로 륙십리

조종천 물가에 산은 높은데
홍무황제 제단이 여기에 있네
신주의 땅 꺼진지 어언간 삼백년
홍무의 천지는 이 강산이러니
벽우에서 홍무일월 비추어주고
벽아래서 홍무의관 다시 보이네

물어보자 홍무의관 무엇에 짝이 되랴
기자가 봉을 받은 강토이라네
황극의 지리를 밝히였거니
여기에 기자강토 보여지거늘
홍무의 의관과 련계있다고
지난날 스승께서 이 벽에 새겼어라

벽앞에서 숨돌리고 바장이오니
근년에는 동서요기 갈수록 심함이라
기자의 강토에는 푸른 잎 하나도 없고
가냘프게 파르르 지려고 하고
홍무의관 그림자도 사라지거니
나는 취한처럼 벽앞에서 울부짖노라

나도 들었노라, 5백년이면 왕자가 일어난다니
중원에 홍무대왕 다시 일어선다면
홍무의관 떨쳐입고 날마다 서천을 바라보련다
홍무벽의 그 노래 끝이 없으리.

---

* 을미: 1895년.

## 奉和恒窩(柳重岳)寄示韻
### (再入遼時)

鯤䲔京長尙頑冥, 計乏如今再此程.
所賴錦恒同猛虎, 可令不懼國人情.


## 항와(류중악)가 보내온 운에 삼가 화답하노라
### (다시 료동에 들어갈 때)

곤어와 고래는 북명을 탐하는데
계책궁해 오늘 다시 오르는 이 길
범같이 용맹한 금계 항와 의지하면
나라의 인정세태 두려움 없게 되리.


## 曆留蓬坪

殘兵昔歲住蓬坪, 再束遼裝間此程.
山深高士也嘉遯, 地美大賢之毓靈.
痛哭人爲禽獸日, 忍言身去國家情.
有友伴行兼贈約, 爲存華制計非輕.


## 봉평에 다시 머물러

패잔병 거느리고 지난날에 머문 봉평
료동으로 가는 길에 다시 한번 들려보네
산이 깊어 인걸들 숨어있기 알맞춤하고
땅이 좋아 현인들 령화하기 좋아라
사람이 짐승된 그날을 통곡하고
소리없이 나라 일로 이 몸은 떠났노라
친구가 동행하고 돌아오마 약속해도
중화제도 보존하기 쉬운 일 아니여라.

## 遵海謾吟

我行遵海而東北, 無賴山河勝景中.
獨見明生魯連月, 更聞淸送伯夷風.

## 바다가를 따라가며 읊노라

바다따라 동북으로 걸어가는데
지나는 산천은 모두다 절경일세
오로지 로련*의 달 밝게 떠오르고
백이*바람 더더욱 시원히 불어오네.

---

* 로중련을 가리킴. 전국시대 제나라의 공신으로 임금이 수여한 작위를 거절하고 바다가에
  숨어버림.
* 은나라말 고죽군의 양자로서 주나라의 록봉을 먹지 않기 위해 수양산에 들어가 산나물
  을 캐먹으며 살아오다 나중에 산속에서 굶어죽음.


## 客遼見倡戱

軒皇堯舜古衣裳, 影落倡優遊戱場.
斯客無禁雙涌淚, 中華心性忍尋常.

## 료동에서 창희를 보고

헌원 황제 요순의 옛스런 의상을
배우들 입고서 유희장에 나타났네
길가던 나그네 눈물이 글썽글썽
중화의 심성은 참는것이 으뜸일세.


## 奉和梧湖李友(鳳夏)寄示韻

痛哭扶桑子我均, 誰知此意在君民.

鐵籠初計全齊室, 捧土徵誠試孟津.
江曲潛行愁野老, 天涯回首悵佳人.
去留彼此無同異, 華脈存時與有身.

## 친구 오호 리봉하가 보내온 시의 운에 따라 삼가 화답하노라

부상을 통곡함은 군과 내가 피차일반
그 뜻이 임금백성 위함임을 뉘 알리오
처음에는 집을 돌보리라 타산했건만
고향흙을 모아쥐고 나룻배에 오르노니
강굽이서 밀행하니 촌늙은이 시름겹고
천애에서 돌아보니 가인들 슬퍼하니
떠나나 남으나 필경은 다름없고
중화맥락 남을 때에 우리 몸 남을거네.

## 贈洪汝質(德初), 鄭建中(華銘)

天下至難者, 一番男子生.
小心動爾去, 萬里有前程.

## 홍여질(덕초), 정건중(화용)에게 드리노라

천하에서 제일 힘든 일이 있노니
다름아닌 남자로 사는것이요
조심하며 부지런히 그대 가소서
만리에 해빛 넘쳐 앞길 되였소.

## 贈南胤五(永洙)

萬古鴨江頭, 云胡此去留.

風塵悲宇宙, 歲月讀春秋.
默默遼大樹, 遲遲洌水舟.
何時見道泰, 且下幼安樓.

## 남윤오(영수)에게 드리노라

만고의 압록강 강머리에서
물어보자, 어이하여 떠나가느냐
우주에 풍진이 비애 날리고
세월이 춘추를 읽고있나니
료동땅에 묵묵히 나무 서있고
렬수*에 느릿느릿 쪽배 가누나
언제 태평세월 내가 만나서
바람따라 유안루에 달려가볼가.

---

* 대동강을 가리킴.


## 追輓鄭校理(寅協), 略述同庚, 同鄰, 同習禮, 同擧義之懷, 以和去年遠贈詩章

同我人聞先我天, 湖山風月憶曾年.
詩歌未答哀辭送, 萬里遼陽淚泫然.

適我南爲先已東, 遊仙嚴畔兩衰翁.
觀鄕欲輓先王道, 洪武衣冠揖讓同.

風雨東南皷義鄰, 幄籌抱送玉麒麟.
祖宗重典中華脈, 痛惜乾坤一葉春.

異域艱難此寄身, 書生自歎少經綸.

掃淸宇內如無已, 上訴瑤皇降大人.

卓然已仰古家聲, 玉樹春風箇箇明.
爲念諸君追述事, 能全所受是揚名.


## 정교리(인협)를 추모하면서 그와 동갑이였고 이웃이였으며 습례와 의거를 같이하였던 회포를 간술하여 작년에 그가 멀리서 보내준 시편에 화답하노라

인간세상 같이 살다 내 먼저 타계 가니
산수풍경 즐기던 어제날 생각나네
화답을 못하고 애사를 부치노매
머나먼 료양*에서 눈물만 흘리네

이내 몸 남행할 때 그대 이미 동쪽에 가
유선암옆에는 로쇠한 두 령감 있어
선왕지도 추모하려 향간에 내려가
홍무의 의관에 더불어 절하누나

풍우를 헤가르며 동남이웃 환기시켜
장막에서 모의하여 옥기린*보내였네
중화의 기맥을 조상들 중히 여기고
천지의 일엽지춘 가석해누나

이역에서 몸부림치고 살기가 려려워
경륜의 모자람을 서생은 개탄하네
이 세상 티끌을 남김없이 쓸어내고
대인을 내려달라 료황*에게 상서하리

기묘년 옛집의 노래소리 탁연했고
봄바람에 옥수들 저마다 명랑했네
제군들의 추억을 또다시 적노니

명예에 손상없이 이름을 날리리오.

---

* 중국 료녕성 료양시를 말함.
* 옥으로 만든 기린이라는 뜻으로서 걸출한 인재를 비유하여 이름.
* 전설에 나오는 천궁의 옥황상제를 이름.


## 贈元景明(世炳)歸故國

千秋必返古知常, 歲暮徘徊意更長.
送子招招巖穴士, 別般桂樹在遼陽.


## 귀국하는 원경명(세병)에게 드니노라

고향에 돌아감은 옛날부터 인간상정
그믐에 바장이니 측은한 정 더하여라
그대를 내보내여 은사들을 모아오리
별다른 계수나무 료양땅에 서있으니.


## 贈柳群躍(基淵)

麟錫之再入遼, 淸州柳友晚洲基淵, 同其子寅鎬先至相待. 令子讀書, 躬兼助耕. 經夏之秋, 將還國, 爲率眷再來之計. 蓋以吾約定義諦, 有曰: "萬古華夏一脈墜盡之餘, 千辛萬苦, 準保其典型, 永基來復. 固其望也. 雄加一日, 愈於已". 以此爲固守心法. 附昔日尤門傳受, "忍痛含冤, 迫不得已"八字之意也. 而爲可以興共也. 奉贈短篇, 忘其拙俚云:

華陽夫子作, 大義炳乾坤.
柳君生其鄕, 來此知有聞.
夫子幷苦辛, 此意兩難言.
君去且復來, 吾事已說君.

## 류군약(기연)에게 드리노라

린석이 재차 료동땅에 들어서니 청주에 있던 친구 만주 류기연씨가 아들 인호를 데리고 먼저 와 있다가 나를 맞아주었다. 그는 아들에게 책을 읽게 하고 겸해서 농사도 함께 짓게 하였는데 여름이 가고 가을이 돌아오면 고국에 가서 가족들을 데려오려고 하던중이였다. 대체로 이는 곧 내가 약정한 의체였다. 즉 ≪만고화하의 일맥이 쇠진하여 가는 이때, 천신만고를 겪더라도 기어이 그 전현을 보논하며 그 기반을 회복하는것이 소망이거늘 비록 더 하루를 견지하더라도 그만두는것보다 낫다.≫이것을 심법으로 굳게 지킨다는것이며 스스로 전날 우암문하에서 전수하여 오던 ≪인통함원, 박부득이≫란 8자의 뜻을 부가한것을 그가 함께 실행할수 있다는것이였다. 이에 졸렬하고 속된 시재를 넘두에 두지 않고 짧은 시편을 삼가 그에게 드리노라.

화양*에 스승이 계시여
대의로 건곤을 환히 비추네
류군은 고향에서 태여났지만
여기에서 그대를 체득했노니
부자가 신고는 아니 하여도
이 뜻을 말하기 어려워하네
군이 가도 또다시 돌아오리라
나의 일군에게 말해줬으니.

___________

* 청주(淸州)의 별칭임.

## 夜起書懷

靜夜書樓自罷眠, 新秋五道有聲邊.
逍遙杖履云千壑, 整頓胸襟月一天.
誰與同歸虞夏物, 吾從所好魯鄒篇.
獨抱眼前無限念, 斗炳河明共轉旋.

## 밤에 일어나 회포를 적노라

고요한 밤 서루에서 단잠을 깨니
초가을 오도에서 각종 음향 들려오네
천학에 구름필 때 죽장 짚고 소요하고
중천에 달이 뜰 때 옷깃을 다듬는데
그 뉘와 더불어 우하시대 돌아갈가
이내 마음 즐기는건 공맹*의 문장일세
홀로 눈앞에 온갖 생각 그리는데
북두성 돌아가고 은하수 흐르누나.

---

* 공자와 맹자를 가리킴.

## 中秋節日, 和謵齋(李宜愼, 初名昭應, 又改直愼)韻

魂去故園朝復朝, 今朝始覺故園遙.
一年見月中秋夜, 盡日看云萬里霄.
懸崖無路天猶闊, 大樹有根風不搖.
免爲爾我斯須地, 百十斤椎獨木橋.

## 중추절에 습재(리의신, 초명은 소응 또 직신으로 고침)의 시운에 화답하노라

새벽마다 고향은 꿈속에 찾아와도
고향이 멀고멈을 오늘아침 깨달았네
한해에 한번뿐인 중추가절 달구경
해지고 달이 둥실 밤하늘 천리만리
벼랑에 길이 없고 하늘은 가없는데
큰 나무 뿌리 있어 바람도 못 흔드네
힘 내소서 그대와 나 만리타향 이곳에서
로둔한 이 몸으로 독목교를 놓아주리.

## 同日呼韻自詠, 請節谷(邊錫玄), 習齋俯和

支離書室雨三庚, 起看中秋月一明.
玉宇遙寒歌水操, 鐵衣誰拂聽江聲.
天以明辰休衆力, 人由大禮節平生.
天時人事有如許, 慟矣蠻夷今蔑貞.

## 같은 날에 운을 내여 시를 읊고 절곡(변석현)습재께 화답을 청하노라.

지루하게 비내리는 삼경의 서재에서
중추가절 둥근달 호올로 올려보네
우주는 차거웁고 노래는 영원한테
그 뉘가 갑옷 입고 강물소리 듣는가
하늘은 명절로 사람들 쉬게하고
사람은 계절로 평생을 절제하네
천시와 인간사 본시부터 이러하니
애통하다, 오랑캐가 정렬을 업수이보네.

## 次習齋 《落木》韻

千山皆赤滿山黃, 無限風吹夜許長.
凍不死吾看見汝, 枝枝葉葉上新陽.

## 습재의 《락목》운을 밟아서

천산만산 산마다 붉은 단풍 노란 잎
바람은 불어불어 밤은 더 길어지고
얼어죽지 아니하고 그대를 만난다면
가지마다 잎마다 새 해빛이 어리리라.

## 金仁伯亨麟自撾勸第侄讀書, 節谷、習齋諸友作詩以美之, 爲題軸後

金君家道好, 無事戒方圓.
未聞繆肜撾, 勸讀也爲然.

## 인백 김형린이 자신을 매질하면서 동생, 조카들에게 독서를 권고 하매 절곡, 습재 등 친구들이 시를 지어 찬미하니 책뒤에 써놓아라

김군의 가도가 좋고좋아서
무사히 방원을 경계해가네
잘못을 고치라고 매질했던가
독서를 권하느라 그리했다네.


## 奉和邊節谷

唯吾志事與君同, 今日胡爲鴨江風.
宇宙草荒蹄跡裏, 遼東樹碧講聲中.
經權自裁千古義, 死生只恃一心公.
大好人間雷萬戶, 何天消息起扶筇.

## 변절곡에게 화답하노라

애오라지 나의 뜻 그대와 같아서
오늘은 압록강 강바람을 쏘이네
우주의 수풀속에 말밥굽 자리있고
료동땅 숲속에 가의소리 들리는데
때에 따라 처사하며 천고지의 지켜가고
죽건살건 오로지 공심에 의거하리
살기 좋은 인간세상 천가만호 환호할
그 소식 언제 있어 죽장 짚고 일어나랴.

## 夜坐讀 《易》

忍痛含冤此一翁, 遼天萬里雪堆中.
四千餘載中華脈, 五百年來列聖功.
歲莫能寒松柏勁, 春無不到海山瀜.
屈伸有感看於易, 耿耿燈光徹夜紅.

## 밤에 앉아 《역경》을 읽으며

호올로 아픔참고 원통품은 한 늙은이
료동만리 허허벌판 눈더미속에 있네
4천여년 이어오던 중화의 맥락이요
5백년래 쌓아오던 성현들의 공적이라
세밑의 강추위도 송백은 이겨내고
어디라 없이 봄이 오면 산과 바다 다 녹으리
굴신의 도리를 역경에서 읽으면서
초롱초롱 등잔불을 장밤두고 밝히누나.

## 奉和錦溪(李根元)見示韻

吾友錦翁如泰山, 正容磊落立入寰.
同心惟有遼東客, 白首青燈夜幾闌.

## 금계(리근원)씨가 보여준 시운에 화답하노라

나의 벗 금계로인 정직하고 솔직하여
태산같이 거연히 세상에 우뚝 섰네
마음을 같이하자 애오라지 료동손님
등잔불 켜놓고서 이 밤을 새워가네

## 奉和趙樗庵(廷夏)寄示韻

哀哉大道宗, 海左幾多容.
時輩乾綱蝕, 昔賢間氣鐘.
熱窮居屈蠖, 運到見飛龍.
老子心憂獨, 天涯慰至庸.
(原詩以屈蠖見龍見慰)


## 조저암(정하)이 보내온 시운에 화답하노라

애통하다, 대도의 정종이
해좌에 얼마나 용납되느냐
현세사람 건강을 좀먹건마는
옛날 현인 간기를 모아지녔네
시세가 궁하면 웅크려 살고
시운이 틀 때는 나는 룡 보리
그대의시름은 유독 깊은데
천애에서 보낸 위안 온화하여라.
(원시에 자벌레가 룡을 보는 것으로 위안했었다.)


## 和誓齋 ≪混江卽事≫

八王洞闢混江陽, 老客琴書歲月長.
天時正夏看亭午, 地勢中州憶大方.
萬事慰心今也是, 千秋必返古之常.
好友有詩頻起我, 且將杯酒弄風光.


## 습재의 ≪혼강즉사≫에 화답하노라

혼강수 북안에 팔왕동 자리잡아
나그네 금서로 세월을 보내는데

보아하니 천시는 한여름의 한낮이고
생각하니 지세는 중국의 대방이라
일만번 죽을 마음 오늘도 의구하고
고향에 돌아감은 천추의 상정이라
친구들 시흥에 내까지 끌려가서
술잔을 기울이며 풍류를 즐기노라.


## 八王所寓比鄰有陳君瀛昭, 字仙舫, 陳胡公後也. 自山東登州府來住, 有志操, 能文辭, 暇日相訪

聖人之後有人佳, 我往朝暾返日斜.
始喜開樽臨玉樹, 還驚操筆落天花.
山河尙麗堯封大, 禮樂曾云箕域遐.
學古幼安同此地, 天眞守得庶堪誇.


팔왕동 거처 이웃에 진영소군이 살고있는데 그의 자는 선방으로서 진호공의 후손이다. 산동 등주부에서 와 사는데 지조가 있고 문장에 능란한지라 한가한 날에 서로 오가군 했노라.

성인의 후대에 훌륭한자 있노니
아침에 놀러 갔다 저물어 돌아오네
나무아래 즐겁게 술잔을 기울이고
돌아와 붓을 드니 천화가 떨어지네
산천은 요임금이 봉할 때 그대로나
례악은 기자의 명예로 멀리 왔다네
유안을 따라배워 한땅에 사는데
천진하니 칭찬을 어찌 감당하리오.

## 奉和今溪大兄見投(二章)

萬古千今有經常, 乾坤一幕我歌長.
遼北汕南撓桂樹, 一般留色竚新陽.


合道而權權便常, 經權何必較誰長.
出處皆應君子事, 同心努力保徵陽.


## 금계형님의 시에 삼가 화답하노라(2수)

옛날에도 지금에도 상법이 있듯이
세상이 저물어도 내 노래 끝없노라
료동북에 산수*남의 인재들 모여있어
다같이 굳건히 새봄을 바라누나


도에 맞는 권도라면 권도도 도가 되니
경법이야 권도냐 따질것 무엇이냐
하는 일 모두가 군자의 일이거니
마음과 힘을 모아 양기를 보존하세.

______________

* 산수는 조선의 강이름. 이 구절은 조선의 의병들이 중국 료북에 모였다는 말임.


## 華東、圭堂、竹溪、恒窩、景淵、敬軒(崔永勳)、敏窩(宋敏榮)、强窩(李子善)諸公, 各步麟錫向所爲 ≪元雅義窩別章≫ 韻送來. 寄意鄭重, 萬里之外, 不勝感歎. 詩思拙澀, 未能各致謝意, 只用三則, 以供諸公一粲云

萬里同心勉守常, 憂之深矣且歌長.
使吾金透精誠在, 天地元無可盡陽.


備經辛苦也期常, 會見何天運到長.

從中起化先東□, □□□□□□陽.

大願諸公萬出常, 扶持世道使終長.
好教我伴靑春返, 歌詠昇平洌水陽.


화동, 규당, 주계, 항와, 경연, 경헌(최영훈), 민와(송민영), 강와(리자선) 제공이 린석이 일찍 지은 ≪원아의와 별장≫의 운을 밟아 지은 시를 각기 보내오매 그 뜻이 정중하여 말리 밖에서 감탄을 금치 못했다. 시상이 졸렬하여 따로따로 사의를 드리지 못하고 겨우 시 3수를 제공들게 웃음거리로 드리노라

수심은 깊어도 노래는 끝이 없네
이내 맘 깨달아 정성이 있으나
온 천지를 다 밝게 할수는 없구나

신고는 많아도 상도를 기대하니
언제나 만날가 운이 틀 날 아득하네
(이하 2행 탈락 - 역자 주)

바라거니 제공들 상도에 맞추어
세도를 부축하여 길이 남게 하시라
봄날과 더불어 고국에 돌아가면
렬수의 남쪽에서 태평세월 노래하리.


## 書懷

數歲遼天拂榻塵, 懷憂深處發歎頻.
二儀剖判來吾道, 萬事艱貞有爾身.
泄泄眼前悲九宇, 明明頭上照三辰.
晴窓且坐看書久, 大訓煌煌我聖人.

## 회포를 적노라

료동에서 수년간 침대먼지 쓸어내며
시름겨운 이내 심사 쉴새없이 탄식했네
천지가 갈라져 공자학설 예 왔거니
만사에 간정하는 나의 몸 있다네
눈앞에 세상 보고 비통해서 우노니
머리우엔 삼신이 밝은 빛 뿌려주네
해맑은 창가에서 오래도록 책을 보니
성인들의 대훈이 눈부시게 비춰주네.

## 雙溪洞講會有約, 臨發口呼

書榻八王洞, 支離暑雨過.
出門風禾黍, 懷友露蒹葭.
詩樽聊復爾, 講說正如何.
杖屨逍遙去, 山川見許多.

## 쌍계동 강회에 참석할 약속이 있어 떠나기전에 읊노라

팔왕동 평상에서 글을 보면서
지루하던 여름비를 겪어냈구나
문 나서니 기장밭에 바람이 불고
벗 그리니 갈밭에 이슬맺히네*

시흥과 주흥이 갈마드는데
모임은 지금쯤 어찌됐을가
죽장에 짚신바라 길을 떠나니
수려한 산천경개 많기도 하네.

---

* 이 시구는 ≪시경·진풍·겸가≫의 첫 두구절 즉 ≪갈대는 우거지고 흰이슬 서리되니≫
  라는 시구에서 온것이다. ≪겸가≫는 현자를 그리는 시임.

## 八王洞秋夕聯句(乙亥)

遼上三年仲秋月, 海東萬里小華人(毅庵)
夷獸惡氛難混跡, 皇王制度以存身(習齋)
自古處艱誰似者, 如今見復更何因(毅)
致來取法先誠積, 好使神州賁再新(習).

## 팔왕동의 추석 련구

의암:
료동에서 세해째 추석달 맞으니
해동의 소화인 만리밖에 있구나
습재:
오랑캐가의 요기속에 휩싸이기 저어하여
황제의 제도속에 이 한몸 보존하네
의암:
자고로 그 뉘가 이리도 불운할가
지금 세상 어이하여 이리도 험난할가?
습재:
신주의 고아명이 새로워지리니
법도를 얻으려는 정성을 먼저 쌓소.

## 李長津(文欽)壽筵韻

聞說雲翁宴六旬, 遼天有客感懷新.
願門先業尊周大, 循吏嘉名接漢眞.
炳義扶華千古脈, 血忠回國萬年春.
子孫逢吉身强健, 不肯祇爲好福人.

## 리장진(문흠)의 수연에서

운옹이 예순돐 생일잔치 베푼다니
료동의 나그네 감회가 새롭구려
명문의 선업은 주나라 존대했고
벼슬의 좋은 명성 한나라를 계승했네
천고의 중화맥락 의로써 부축기고
고국의 만년 봄은 피로써 충성하네
자손들 길하여 신체가 튼튼한데
만복만 누리려고 생각지 않누나.


## 戊戌除夕, 次實谷(李弼熙)示韻

萬古入無眠, 衆心同炳然.
吾說貞元理, 子看新舊年.


## 무술년 그믐에 실곡(리필희)이 내놓은 운을 밟아

오랜 세월 밤잠을 못이루어도
사람들 마음마다 밝아있다오
우리의 학설은 정대하노니
그대는 신구년을 두고보시라.


## 己亥元朝, 用前韻

覺來除夕眠, 心地更醒然.
終知吾道貫, 十萬九千年.


## 기해*초하루날 아침에 앞의 시운으로

그믐날 밤잠에서 깨여나 보니

마음은 더더욱 환하여지네
내 종내 알았노라 우리의 도가
10만 9천년* 관통했다네.

---

* 기해: 1899년임.
* 실제수가 아니라 아주 오랜 세월이란 말임.


## 與瞀齋次韻

至難難底學存存, 通閉多時道義門.
得正斃心餘日我, 不虛生志幾年君.
雲過視彼唐虞大, 曷放看他桀蹠昏.
萬事不須求別處, 此身元有這乾坤.


## 습재의 시운을 밟아서

모진 고난 겪고나면 보존함을 배우나니
도의문을 연지가 오래도 되었다네
여생에 이 몸은 막힌 마음 바로 하고
몇해던 그대는 살아갈 뜻 헛되이 말라
구름이 지나가면 요와 순이 보이고
세월이 흘러가면 걸척*혼암 보이리라
만사를 남들에게 의지해서 무엇하랴
이 한몸은 천지지도 타고났거니.

---

* 걸은 중국 고대의 폭군이고 하조의 말대 임금이다. 척은 춘추전국시기의 노예봉기의 두
 령이다. 시인은 전통적관념에서 척을 포악무다한 도적의 우두머리로 간주하였다.


## 謁淸聖廟

雲胡夫子首陽餓, 可事君非周武王.

萬古生他淸子聖, 特然天爲此綱常.

## 청성묘*를 배알하고서

어찌하여 부자*가 수양산*에서 굶었으랴
주무왕이 섬길 임금 아니기때문이라
청고한 성인이라 만고에 전해오니
하늘이 이를 두고 강상으로 하였다네.

---

* 황해도 해주에 있는 절임. 리조 숙종 신미(1691)년에 백이, 숙제를 기념하기 위하여 세운
  것이다. 신사(1701)년에 어필로 된 편액을 걸었다고 한다.
* 옛날에 유교학자를 높이여 부르는 말인데 여기서는 상조말기의 백이, 숙제 형제를 가리킨다.
* 일명 뢰수산이라고 하는데 산서성 영제현 남쪽에 위치하고있다.

## 登安州百祥樓

百祥樓上一閒盃, 沙渚迷茫鳥去逈.
風月無邊心浩蕩, 川雲相際意徘徊.
西開古道皇華去, 北聳巨山王氣來.
節義永懷丁卯迹, 江流不竭嶽麾摧.

## 안주*의 백상루*에 올라서

백상루우에서 한가로이 술마실제
백사장 망망한데 새들이 오락가락
끝없는 풍월이라 마음은 호탕하나
개천에 구름 끼자 생각도 배회하네
황화* 가던 옛길은 서쪽으로 열려있고
왕기 나던 큰 뫼는 북쪽에 솟았어라
절의를 지켰던 정묘*흔적 간직하여
강은 흘러 끝없고 산은 솟아 영원하라.

---

* 평안남도 안주군의 소재지임.

* 안주성 북쪽에 있는 누각으로서 관서팔경의 하나임.
* 전날 조선에서 중국의 사신을 존경하여 부르던 말.
* 조선 리조 16대 인조 5년(1627년)에 후금이 조선을 침략한 정묘호란을 말함.


## 箕陵會作(時以"天乃錫禹洪範九疇彝倫攸敍"十二字分韻)

九疇說與武王前, 來闢小華東海邊.
不謂殘生陵上動, 三千年後正陽天.


## 기릉에 모여서 쓰노라(그때 ≪천내석우, 홍범구주, 이륜유서≫ 등 열두자*를 분운하였다.)

무왕의 앞에서 9주*를 해설하고
동해가에 넘어와서 소중화를 개척했네
잔생을 릉소*에서 통곡한건 말치 말라
3천년 지난후에 하늘은 맑으리라.

* 이 열두자는 ≪상서·홍범≫에서 그 첫구절인 ≪그리하여 천제는 우에게 큰 법칙 아홉가
  지를 주고서 륜리도덕을 설명하였다.≫를 따내온것이다.
* 대우가 치수를 할 때 천제가 대우에게 알려준 천하를 다스리는 아홉가지 큰 법칙이라고
  전해오는 말인데 기자가 무왕에게 이 9주를 설명해주었다는 고사가 있다.
* 기자의 릉소를 가리킨다.


## 拱華洞(就白雲潭, 新定地名, 取向華嶽, 因以寓意)

天下之東東以半, 浮空三岳(大聖、白雲、華嶽)世環回.
要將萬古中華脈, 收置斯間待放開.


## 공화동(백운담에 가서 새로 지은 지명인데 화악*으로 향했다는 뜻을 취하여 이렇게 이름하였다.)

천하의 동쪽이라 동쪽의 절반이니
삼악*이 우뚝 솟아 안고도는 기세로다

만고의 중화맥박 이어서 가련다면
이곳에 간직했다 내놓을 때 기다려라.

---

* 북한산을 가리킨다.
* 대성, 백운, 화악을 말함.


## 次處士金菊庵三絶句韻

定州金公菊庵處士永祿, 在兩丁虜亂之時, 尊周痛國, 其節義忠誠, 聞於
一世. 天將稱爲海東復有魯連先生. 有 ≪便而詩≫五絶, 悲定亂無策, 文物
掃盡; ≪詠菊詩≫七絶, 說大明孤根, 北風莫打之意; ≪春帖詩≫七絶, 爲感
時物, 北望燕山, 有鶴駕東還, 及早春之祝語. 三時膾炙國中京鄉, 古今詩人
名士多和之. 其後孫聲稷秉國與余相從誦. 其從兄穎稷秉粟言要余有和. 乃
慕處士高節, 幷感其懇, 忘拙搆還. 乙巳桂秋, 在宣之鳳洞觀海齊.


血願輪便面, 胡塵掃一場.
中原文物去, 七鶴叫淒涼.
(七鶴、處士所居山明)


海東明月魯連村, 裁得大明黃菊根.
何草不萎北風打, 寒花晩節此高園.


五鳳山前景物新, 有人一個淚沾巾.
故園北望丹誠切, 鶴駕東還及早春.


## 처사 김국암이 쓴 절구 3수의 운을 밟아서

정주*의 김국암처사 영록은 량정로란*때에 주나라를 존숭하면서 나라의 운
명을 애달파하였는데 그 절의와 충성은 세상에 널리 알려졌다. 임금께서도
해공에 로련선생*이 다시 나타났다고 그를 칭찬하였다. 5언절구의 ≪편면(便
面)≫시에서 그는 란리를 평정하는 대책이 없고 문물이 깡그리 없어지게 되는

것을 슬퍼하였다. 7언절구로 된 ≪영국(詠菊)≫시에서는 외로운 명나라의 뿌리에 북풍이 불어치자 말아달라는 뜻을 말하였다. ≪춘첩(春帖)≫시도 7언절구로서 시대불상에 감동되여 북으로 연산*을 바라보니 두루미가 동쪽으로 온다는것과 이른봄을 축원하는 뜻을 썼다. 세수의 시는 나라안 서울과 시골에서 사람들의 입에 올랐는데, 고금의 많은 시인과 명인들이 그의 시에 화답하였다. 그의 후손인 형직 병국과 나도 따라 화답하였는데 그의 종형인 영직 병률이 나에게 처사의 시에 화답해달라고 요청하였다. 그리하여 김처사의 높은 절의를 흠모하고 또 영직의 간청에 감동되여 졸렬함도 잊고 시를 써서 주었다. 을사년 계추*에 봉동의 관해재에서.


피맺힌 소원이 ≪편면≫시더라
호적의 먼지를 쓸어버렸네
중원의 문물이 사라졌더니
칠학*의 울음소리 처량하구나


로련의 마을에 해동명월 비치니
대명의 황국이 뿌리를 내렸구나
북풍이 불어칠 때 어느 풀 안시들랴
만년의 그 절의 한화로 여기 폈네


오봉산 앞에는 경물도 새로운데
수건으로 눈물 닦는 사람이 있구나
북쪽을 바라보는 단심이 절절해서
이른 봄 두루미 동쪽으로 날아오네.

---

* 평안북도 서남해안에 위치하고있는 정주군이 소재지임.

* 량정로란(兩丁虜亂)이란 1957년 왜구의 재침략을 말하는 정유왜란(丁酉倭亂)과 1627년 후금이 조선을 침략한 정묘호란(丁卯胡亂)을 가리킴.

* 중국 전국시기의 제나라 사람인 로중련을 가리킴.

* 여기서는 중국을 말한다.

* 음력 8월을 말함.

* 처사가 거처하던 산 이름임.—원저자 주.

## 贐李復庵明善(熺)

世路百險艱, 身心一正直.
華夷人獸問, 立得萬仞壁.

## 리암복 명선(희)과 리별하면서 드리노라

세상길 백가지로 험난하나니
심신은 언제나 정직해야 하네
사람과 짐승의 사이에서는
만길의 절벽처럼 서야 한다네.

## 病淹殷栗, 準擬浮海入魯國

興道齋中歇病翁, 疲驢强策自前冬.
海山日暖琴聲動, 天地春深酒氣濃.
去泊太公垂釣岸, 行登夫子振衣峰.
黃河之水淸乎否, 拭目中州泰運逢.

## 오래동안 은률에서 병석에 누웠다가 바다를 건너 로나라*에 가려고 생각하며

홍재도에 병으로 누워있던 늙은이
지나간 겨울부터 지친 말에 채질하네
산해가 따뜻하자 거문고 소리 울려나고
천지에 봄이 깊어 술향기 그윽해라
태공의 낚시터던 강안*에 투숙하고
부자*가 소매털던 봉우리*에 오르려네
황하의 물결이 맑아나 졌는지
중원땅에 태운 있기를 눈닦고 기다리네.

---

* 여기서는 중국을 가리킨다.

* 강태공이 은거해있던 섬서성의 위수강반.
* 공자를 가리킴.
* 공자가 올랐던 동산과 태산.


## 止居國行口號

不先不後生丁此, 箕聖遺風忽墜頹.
病矣末能浮海去, 冤乎無計保華來.
道從天始開時出, 陽卽坤終盡處回.
所恃在斯寬我了, 前山注目散雲堆.


## 고국을 떠나려다 말고 읊노라

일찍도 늦지도 않은 이때 태여나서
기자유풍 흩어짐을 금시 보나니
병으로 바다건너 가지를 못하는데
보국할 방법없어 원통하기를 끝없어라
도의는 하늘이 열릴 때 생겼으나
양기는 이 땅이 끝난데서 돌아오리
믿을데가 이것이라 스스로 안위하며
앞산에 모여드는 구름떼만 보노라.


## 殷栗興道書社以丙午閏四月十五日, 奉安孔子遺像, 以朱子配之, 口號小絶

古今兩儀間, 孔子二夫子.
西嶽奉遺眞, 天根知植此.


병오년 윤4월15일, 은률의 흥도서사에 공자의 유상을 봉안하고
주자의 유상도 함께 모셔 걸었다. 이에 짧은 절구를 읊노라

고금의 하늘땅 그 사이에서
공자의 주자가 스승이라네
서악*에서 유상을 모셔왔나니
천근이 여기에 뿌리박았네.

------

* 구월산을 가리킨다.


# 尼山九曲

小友徐相默往中國, 奉孔子及諸聖賢像而還。丙午, 營建聖廟于柯亭斗尼山下。明年成, 名萬世祠。因共恒窩, 連江上下, 選勝得九, 名曰尼山九曲, 各有詠。


老石千年立體嵬, 萬川水到自縈回.
非徒行客尊瞻過, 更有仙人肅揖來.
(一曲, 立石. 石在禹揖山仙人峰下.)


巢龍巖面向東開, 前揖韶驍二水來.
巖下繁舟歌浩發, 雲光山影共徘徊。
(二曲, 巢龍巖. 韶成, 綠驍二江來會.)


激激灘流過險深, 使人自發戰危心.
從來默想乾三象, 君子惕時無古今.
(三曲, 戰危灘. 灘在溯綠驍江數里許.)


翠屏橫列驍長潭, 絶愛層花倒影涵.
愛有吾琴彈一曲, 飛禽無數度烟嵐.
(四曲, 驍翠潭. 潭北有吾琴山.)


永日移舟上釜淵, 沙明水碧纜遲牽.

到頭難不溯回久, 長樂山開魚躍天.
(五曲, 釜淵. 淵傍有長樂山.)


洪武壁前行酒遲, 臨風三復我師詩.
斯存天地中華脉, 坐列衣冠更肅儀.
(六曲, 洪武壁. 省齋先生刻"箕封疆域, 洪武衣冠" 八字於壁上, 有"洪武壁
前行大酒"之句.)


飛靈潭水碧悠悠, 自我童時慣釣遊.
衣樹相連江北岸, 琴書晚暮更消憂.
(七曲, 飛靈潭。)


水流花發古巖邊, 何物非夫賁道然.
眞境無他斯卽在, 倚筇隨意弄風烟.
(八曲, 賁道巖。)


沼名吾止止吾行, 人與境宜安性靈.
坐夜蓬窓明月到, 山容皆靜水無聲.
(九曲, 吾止沼。)


九曲詠歸江上天, 徐趨理瑟聖祠前.
願言來泰壽斯道, 有屹尼山青萬年.


## 니산9곡

  젊은벗 서상묵이 중국에 갔다가 공자와 여러 성현들의 초상을 모시고 돌아
왔다. 병오년에 가정 두니산아래에 성묘를 영건하기 시작해서 이듬해에 완공
하고 ≪만세사≫라고 이름을 지었다. 그리하여 항와와 함께 강의 상하류를
다니면서 아홉곳의 풍경을 선택하고 ≪니산9곡≫이라 이름을 짓고 각각 시를
읊었노라.

오랜 바위 천년이나 아아히 서있나니
만갈래 시내물 흘러와 감도누나
길손마다 우러러 바라보고 지나나니
신선들도 숙연히 허리굽혀 찾아오네
(곡1은 립석이다. 바위는 우읍산 선인봉아래에 있다.)

소룡암 절벽은 동쪽으로 향했나니
소성강과 록효강을 제앞으로 끌어오네
절벽아래 배를 매고 소리높이 노래하니
구름빛과 산그림자 엇섞이여 배회하네
(곡2는 소룡암이다. 소성강과 록효강이 여기에서 합류된다.)

사품치는 여울물 흐름도 급하나니
사람들 남모르게 무서움을 느낀다네
하늘의 삼상을 앉아서 생각하니
군자들의 근심은 따로 없네
(곡3은 전위탄이다. 록효강을 거슬러서 몇리되는 곳에 있다.)

가로놓인 푸른 병풍 못을 둘러싸서
물우에 꽃그림자 거꾸로 어렸구나
여기에서 거문고 한곡조 뜯었더니
무수한 날새들이 안개속에 날아드네
(곡4는 요취담이다. 못의 북쪽에 오금산이 있다.)

온종일 배저어서 부연에 들어가니
희모래 푸른 물이 배줄을 붙잡누나
내려가기 쉬우나 돌아올 때 거슬으니
장락산 열려지고 고기들이 뛰노네
(곡5는 부연이다. 소의 옆에는 장락산이 있다.)

홍무벽앞에서 술 순배 늦추면서

스승님 지은 시를 바람속에 되외우네
천지의 중화기운 이곳에 남았나니
의관하고 앉은 모양 더더욱 숙연하네
(곡6은 홍무벽이다. 성재선생이 절벽에 새긴 <기봉강역, 홍무의관>이란 여
덟자가 있고 <홍무벽앞에서 큰 술판을 벌렸노라>란 시구가 있다.)


비령담 푸른 물이 유유히 흐르나니
어려서 낚시질로 노닐던 곳이라네
강북쪽 기슭에는 꽃과 나무 줄져서고
저녁이면 금서로 근심을 가신다네.
(곡7은 비령담이다.)


해묵은 바위옆에 물 흐르고 꽃 피니
보이는 강물마다 거룩하고 빛나누나
다름아닌 이곳이 아름다운 진경이라
대지팽이 짚고서 안개속을 즐기노라
(곡8은 분도암이다.)


늪 이름이 ≪오지≫라 내 걸음을 멎게 하니
사람들 경지따라 정신을 안정하네
다복솔 창문에 밝은 달 비쳐들고
고요한 산속에 물소리도 잠잠하네
(곡9는 오지소이다.)


강상천 9곡을 읊고서 돌아와
성사의 앞에서 대금줄 가린다네
길이길이 전하여갈 우리의 공맹지도
우뚝 솟은 니산처럼 만년을 푸르리라.

## 北海舟中作

裝病一身小, 楊帆萬里輕.
國命今何境, 天心付此行.
風雲時變化, 日月獨生明.
傍人空笑語, 茫昧我中情.

## 북해*의 배우에서 읊노라

병들어 체소한 이 몸을 싣고서
만리에 가볍게도 돛 날린다네
나라 운명 지금은 어찌되였나
천의는 이 걸음에 맡기였어라
풍운은 시시로 변화하건만
오로지 일월만은 빛뿌리누나
옆사람들 헛되이 웃고떠드나
나의 심정을 알지 못하네.

---

* 조선함경북도 동쪽의 바다.

## 戊申秋夕在海港, 拈杜詩 ≪小寒食≫韻, 同李剛齋(承熙) 及諸少友共吟

漂泊之中幾暑寒, 凄凉於此古衣冠.
三酌酒因良友强, 仲秋月是故鄉看.
但待神州淸穢氣, 要從胸海靜風湍.
那時好伴靑春去, 更見同胞樂且安.

## 무신 추석날 해항에서 두보시 ≪소한식≫의 운으로 리강재(승희) 및 여러 젊은 벗들과 함께 읊노라

떠돌아다닌지도 몇해나 지났는가
헐망한 의관조차 쓸쓸해 보이누나
친구들 강권이라 석잔을 마시나니
추석밤 저 달님은 고향을 굽어보리
더러운 찬바람이 신주에서 가셔지면
가슴의 바다에서 풍랑이 멎게 하리
그때면 청춘들과 손잡고 돌아가서
즐겁고 편안하게 동포들을 만나리라.


## 中別里冬朝

里在淸俄兩界間, 吉州呂老人光國移寓時, 借屋留之.

今其何日此何地, 況以七旬年病翁.
兒侄對看愁更急, 家邦回首痛靡窮.
寒山慟意來紅日, 老괄增豪起迅風.
景物扰然有生熊, 且將盃酒强寬胸.


## 중별리의 겨울 아침

이 동네는 청나라와 로씨야의 변경지방에 있는데 길주 려광국로인이 이사갈
때 그 집을 빌려서 들었었다.


오늘은 어느날 이곳은 어디메냐
하물며 칠순에 병이 든 늙은이라
아들 조카 마주보니 가슴이 불타나고
고향땅 돌아보니 끝없는 아픔일세
먼산을 녹여버릴 붉은 해 떠오르고
늙은 새매 기운차게 큰바람 일으키네
경물도 날 때 모습 가지고있나니

한잔술로 마음을 억지로 안위하네.


## 次金鼎甫(國鉉, 一名起漢) ≪和人≫韻(己酉)

宇宙風雲翻覆之, 聖賢豪杰獨吾師.
望中立脚誰能峙, 夢外輕脣謾弄奇.
義磊落惟張葛見, 道明白易魯鄒知.
千秋必返無今古, 天理昭然不我欺.


## 김정보(국현 또 기한이라고도 부름)가 ≪남에게 회답하노라≫란 시의 운을 밟아서(기유*)

우주에 풍운이 몰아치고 번지는데
성현호걸 오로지 내 스승뿐 아니런가
름름하게 서있으니 마주설자 누구겠나
무심결에 하신 말도 기모가 된다네
대의가 정대하니 정갈*이 나타난듯
모리가 명백하여 로추*에 알려졌네
고금이 따로 없이 천추는 돌아오리
명백한 천리는 나를 어이 속이리오.

---

* 기유:1909년임.
* 한나라초의 대신 장량과 3국시기 촉한의 재상 제갈량을 가리킨다.
* 춘추전국시기의 로나라 추나라를 가리키는데 여기서는 중국을 말한다.


## 得"之"字

坐輒仰空歎息之, 此心欲與衆人知.
唐虞何世今如許, 孔孟其天熟敢疑.
扶道安邦須汲汲, 闡文揚武莫遲遲.

誰能忠義英豪勸, 坐輒仰空歎息之.


## 《지》자를 얻어서

앉아서 하늘 보며 장탄식 하나니
사람들께 이 마음 알려주고싶구나
당우*는 멀어도 오늘이 이러하니
공맹의 천의를 어떻게 의심하랴
부도안방* 반드시 서둘러야 할것이고
문무기에 닦을 일도 늦춰서는 안되리라
충의로운 영웅호걸 뉘라서 권면할가
앉아서 하늘 보며 길이길이 탄식하네.

---

* 중국 고대력사에서 도당씨(요)와 유우씨(순)가 다스리던 태평성세.
* 도의를 부추기고 나라를 안정시키는 일.


## 得"辰"字

豈意吾邦値此辰, 長歡痛哭涕流頻.
好三千里檀箕域, 累五百年堯舜仁.
多矣捨生忠義士, 勉之抵死智謀人.
功如郭李心張葛, 末必古今爲限倫.


## 《진》자를 얻어서

지금의 내 나라를 어떻게 생각하니
탄식끝에 통곡하며 눈물을 뿌리노라
단군기자 강역인 아름다운 삼천리
요순의 인의가 5백년간 쌓였어라
많구나, 삶 저버린 충의로운 의사들
힘다해 싸우는 지혜로운 사람들이

공적은 곽리*같고 마음은 장갈이라
고금의 류상이 다르지 않구나.

---

* 조선 임진왜란 때 천강 홍의장군으로 불리우던 의병장 곽재우와 수군통제사 리순신을 가리
킨다.


## 詠倭睦仁, 伊藤博文

睦藤弑逆罪天通, 惡獸凶禽無是同.
今日文明時代世, 謂之極等上英雄.


## 왜놈 무쯔히도*와 이또 히로부미*를 두고 읊노라

두놈의 반역죄 하늘에 사무치니
흉악한 금수도 이 같은 놈 없구나
문명의 시대인 오늘의 세상에서
최상의 영웅이라 말들을 하누나.

---

* 일본의 명치천황.
* 일본 명치유신후 초대 내각총리. 1905년 첫 조선통감으로 있가다 1909년 할빈에서 조선
의 애국투사인 안중근에게 피살됨.


## 詠五七賊

汝看汝爲心快否, 國亡人滅設言輕.
在汝身家何所利, 只存五七賊爲名.


## 오칠적*을 읊노라

너희들은 마음이 기쁘다고 여기느냐
나라를 망치고는 하는 말이 가볍구나

네 놈들이 일신에 남은것이 무엇이냐
오로지 오칠적 이름만 남았어라.

------

* 을사오적은 리완용, 리지용, 리근택, 박제순, 권중현을 가리키고 정미찰적은 리완용, 임선준, 고영희, 리병무, 조중응, 리재곤, 송병준을 가리킨다.


## 講 ≪春秋≫有感

知否有王大一統, 憂深慮遠聖春秋.
總會三辰天北極, 鋪舒萬國地中州.
蛾蜂微矣衛君性, 江漢自然宗海流.
古憂夷猾矧今獸, 誰勸人人斯義求.


## ≪춘추≫를 강의하고 감회를 쓰노라

천하통일 가져온 임금을 알고있나
근심깊고 걱정많던 성스러운 춘추일세
하늘의 북극에서 삼진이 만나보고
만국을 펼쳐내고 중원땅 만들었네
거미와 벌 작다 해도 임금을 보위하고
강하는 자연히 바다로 흐른다네
교활한 오랑캐를 옛날에도 근심했거니
의리를 갖추라 뉘라서 권할손가.


## 李致三與鼎甫有詩往復, 爲步其韻, 以自誓志

義惟我在命天存, 百劫奚宜少撼魂.
道國兼憂身有仗, 死生一斷意無煩.
無他砥柱之爲立, 謾彼狂瀾也自喧.
但恐吾斯末能力, 願從志士聽高論.

## 리치삼과 정보가 시를 회답하였거니 그 시운을 밟아서 스스로 지조를 맹세하노라

의가 있는 이 목숨 하늘에 맡겼거늘
영겁인들 어떻게 이 혼을 움직이랴
정의와 나라 근심 한몸에 가졌나니
생사가 끝이 나도 괴로움이 없으리라
다른 기둥 없어질 땐 내가 가서 막아서서
울부짖는 파도를 스스로 꾸짖으리
네 힘을 여기에다 못바칠가 두렵나니
지사들의 고론을 듣고저 함이로다.


## 築望國望墓壇, 櫃奉孔、朱、宋三夫子, 華、重、省三先生紙牌(四首)

留在異域, 爲不忘君父師。望國統, 不忘列聖祖宗也. 望墓, 由父祖遠及祖上也. 師則由親師上及先聖先賢也。 每朝登壇行拜, 朔望揭奉紙牌行拜.

天地之天地, 此居固可爲.
惟平生所賴, 天地道倫彝.

大道君師父, 今天下絶無.
無於禮之禮, 此地此時子.

我有君師父, 微斯我不生.
生三事一地, 得已我中情.

每晨及朔望, 悽惻而虔恭.
寥廓乾坤大, 耿然我苦衷.

## 망국묘단을 쌓고 나무궤에다 공자, 주희, 송시렬 등 삼부자와 화서, 중암, 성재 세 스승의 지패를 모시였노라.(4수)

이역땅에 체류하면서도 임금, 아버지, 스승을 잊지 않았다. 망묘는 아버지, 할아버지로부터 멀리로는 조상을 우러러보는것이다. 스승은 나를 친히 가르쳐주신 스승으로부터 우로는 선성선현들에 이른다. 내일 아침 단에 올라 절을 하고 매달 초하루와 보름날이 되면 상자를 열고 지패를 우러러 절을 하였노라.

천지속의 천지이니
이곳에 살면서도 할 일이 있다네
평생에 유일하게 의지할것은
천지간의 도의, 륜리 법도이리라

임금, 스승, 아버지는 대의이건만
오늘은 천하에서 사라졌구나
오늘날 어수선한 이곳에서
례에 대한 례의가 없어졌구나

나에게 임금, 스승, 아버지가 있다니
이들이 없고서야 내가 있으랴
한곳에서 삼사를 행하노라니
내자신 중정이 풀리는구나

아침마다 그리고 삭망때이면
처량하구나 공손히 잘을 올리네
넓디넓어 끝없는 하늘땅에서
괴로운 이 마음은 빛뿌리리라.

## 每朝望國壇行拜畢, 同伴友序齒坐, 讀約束文

朔林雪屋暎紅雲, 壇拜歸來讀約文.

誠蓄於人陽蓄地, 朝朝有肅儼天君.

## 매일 아침 망국단에서 제사를 마친 다음 벗들과 함께 나이에 따라 좌석을 정하고 앉아서 맹세문을 읽노라*

북방의 눈덮인 집에 붉은 구름 비꼈네
제사를 마치고는 맹세문을 읽는다네
정성을 모아야만 힘이 쌓이거늘
아침마다 정숙하게 천군을 모신다네.

---

* 의사들의 거사를 위해 작성한 맹세문을 이름.

## 得"存"字

窓日明明照, 老夫聲案言.
誠汪誠沒量, 戎狄謾相煩.
大道原天出, 中華在地尊.
有玆天地日, 孰使此無存.

## ≪존(存)≫자를 얻어서

창문에 해살이 비쳐드는데
늙은이 상을 치며 소리치누나
사악한 일들이 많고많나니
융적이 다투어 괴롭히누나
대의는 하늘이 내린것이니
중화는 땅우에서 지존이라네
이러한 천지와 해 있거니
그 누가 사라지게 할수 있으랴.

## 可恃

夫我朝鮮國, 小華稱古今.
箕子敎條大, 聖朝功化深.
泰平仁特性, 在魯樂傳音.
況玆天有理, 么物敢生心.


## 믿을데가 있노라

우리의 조선국이란
예로부터 소화라 불리웠다네
기자의 교조가 크고크나
성조의 교화가 깊어있다네
성품이 태평하고 인의롭나니
로나라 악곡에도 전해온다네
하물며 하늘의 법칙있거늘
조그만한 무리들 언감생심하랴.


## 敬讀 ≪古鏡重磨方≫

退溪李先生集古銘箴, 取朱子"古鏡重磨要古方"詩意, 名曰 ≪古鏡重磨
方≫. 後徹英宗大王之睿鑑御題弁文, 御筆寫詩文, 有"予將誠敬, 爲爾磨
石"之語, 詩有"晦庵闕里是本鄕"之句.


美矣重磨古鏡方, 陶山發得紫陽光.
遺編召感感宸識, 聖敬皇皇躋本鄕.


## ≪고경중마방≫을 삼가 읽고서

퇴계 리선생*께서는 옛날의 명문과 잠언을 수집하고 주자가 쓴 ≪고경중마
요고방≫의 시의를 취하여 책의 이름을 ≪고경중마방≫이라고 하였다. 후에

영종대왕*께서 보시고 친히 서문을 제사하였으며 어필로써 시문을 쓰시였는데 ≪나는 그대를 숫돌로 여기고 진심으로 존경하노라≫란 구절이 있고 또 시에는 ≪회암 궐리*는 바로 나의 고향이노라≫란 구절이 있다.

훌륭하구나, ≪중마고경방≫*이여
자양*의 빛발이 도산*에서 비쳐나네
유자의 감화력을 황제도 알아보고
고향길에 오르신다 황황하게 이르시네.

* 조선 리조중기 저명한 유학자인 리왕(1501년-1570년)임. 자는 경호, 호는 퇴계, 도옹, 퇴도이다.
* 조선 리조 제21대 임금.
* 회암은 주희의 호임. 궐리는 공자가 살던 곳의 이름임.
* 리황이 편제한 ≪고경중마방≫.
* 주희를 자양이라고도 부른다.
* 조선 경상북도 안동군 도산면에 있는 리황이 만년에 독서하던 퇴계동을 가리킨다.

## 更步前韻, 示諸少友

古鏡誰磨似古方, 一層還有一層光.
光風霽月堪吟弄, 送子優遊返故鄉.

## 다시 앞의 시의 운을 밟아서 여러 젊은 벗들에게 보이노라

옛적 거울 누가 갈아 원모양 되게 했나
한층한층 또 한층 빛나누나
맑은 바람 밝은 달 읊조릴만 하나니
그대들을 한가롭게 환고향 시키리라.

## 讀退溪先生 ≪磨鏡詩≫, 有感而作

如昨童幼日, 忽日七旬翁.

宿昔文師訓, 檢身皆一空.
乾沒今餘生, 生與不生同.
夕死朝求聞, 且莫謂年隆.
大禹七十三, 允下精一下.
武王八十七, 敬意飭厥躬.
衛武九十五, 自戒不自容.
孔子稱好仁, 忘老孶孶中.
聖賢有如此, 況玆極愚庸.
庸愚老而死, 可笑亦可恫
退翁磨鏡詩, 三復坐晚風.(衛武是在先生詩中, 大禹, 武王是在鄭寒崗跋語中.)


## 퇴계선생의 ≪마경시≫를 읽고 느끼는바가 있어서 쓰노라

어린 시절 어제 같은데
칠순의 늙은이로 되여버렸네
조석으로 아버지, 스승께서 훈계했어도
내 몸에는 남은게 하나 없구나
지금은 여생도 죽어가거늘
태여나니 안나나 매일반이라
저녁에 죽어도 도를 알려 하거늘
젊었노라 함부로 말하지 말아야지
대우는 일흔세살 살았다 해도
한가지 재간밖에 못익혔다네
무왕은 여든일곱살 살았건만은
의리를 존경하여 허리굽혔지
위무는 아흔다섯살 장수했어도
자신을 경계하며 용서없었네
공자도 인의를 주장하면서
늙어감을 모르고 고심했다네
성현들도 이렇게 하여왔거늘
하물며 그지없이 우둔한 내야

우둔하게 늙어서 죽어가나니
가소롭고 두렵기가 한정없구나
퇴계로인 <마경시>를 손에다 들고
바람부는 저녁에 읽고읽었네.
(위무의 이야기는 선생의 시에 있고 대우와 무왕의 이야기는 ≪정한강≫의
발문에 있다.)


## 己酉冬至祝辭

冬至一陽初動處, 老夫起坐祝詞爲.
乾坤定得尊卑了, 人獸還他貴賤之.
孔孟程朱書大讀, 殷周虞夏道平治.
君臣父子同安樂, 萬億千年永以期.


## 기유년 동지날의 축사

동지날 처음으로 양기가 움직일 때
늙은이 일어나서 축사를 드린다네
하늘땅에 존비를 가르기를 마쳤고
사람과 짐승에게 귀천을 돌려줬네
공맹정주* 책들을 많이많이 읽고서
은주우하* 법도로 태평세상 다스리세
군신부자 모두 함께 안락을 누리려니
억만천년 영원히 이러하길 바로노라.

---

* 공자, 맹자, 정이, 정호, 주회를 가리킨다.
* 중국 고대의 하조, 은조, 주조를 말한다.

## 次復汝韻瞻望聖廟

巍然聖廟負尼峰, 寒雪遙愁萬壑封.
鉉歌歸樂知何日, 竚待陽春坐大冬.

## 성묘를 우러러보며 복여의 시운을 밟아서

아아한 니산봉에 자리잡은 성묘이라
만학에 눈덮이여 막히니 수심일세
현악에 노래하며 즐길 때가 언제일가
양춘만 고대하며 한겨울을 보낸다네.

## 有歎有願(五首)

祖而有父父而身, 忘本傷枝歎此辰.
願見爾吾承世業, 同稱天下孝恭人.

得蒙壽覆世存身, 天紀頹夷歎此辰.
願見尊君爲道理, 同歸天下敬忠人.

受天正性有吾身, 大道昏沈歎此辰.
願見日新孔孟學, 同爲天下文明人.

顯明重天日斯身, 逐馬奔牛歎此辰.
願見大行華夏制, 同趨天下衣冠人.

哀哀生各愛其身, 逼獸阽昏歎此辰.
願見挽回堯舜世, 同昇天下太平人.

## 한탄도 있고 소원도 있노라(5수)

조상있어 부친있고 부친있어 나 있거늘

줄기잃고 가지상한 오늘날을 한탄하네
바라건대 너와 나 세업을 계승하여
천하에서 효성스런 사람으로 되였으면

뒤엎어진 세상에 이 몸이 살아남아
하늘기강 허물어진 이때를 한탄하네
바라건대 존군을 도리로 삼아서
천하에서 충성스런 사람으로 되였으면

하늘의 바른 품성 내 몸에 있나니
대도가 혼침해진 오늘을 한탄하네
바라ㄴ대 공맹지학 날따라 생기띠여
천하에서 문명한 사람으로 되였으면

하늘에 해 솟아 내 몸을 비췄어도
말 쫓고 소 달리는 이때를 한탄하네
바라건대 화하의 제도를 실행하여
너나없이 의관차린 사람으로 되였으면

생명이 아까와서 제몸만을 아끼거니
짐승들이 미쳐난 이때를 한탄하네
바라건대 요순의 태평시절 만회하여
천하에서 태평한 사람으로 되였으면.


## 新曆至自故國, 乃遵洋法

檀木秀堯天, 好帶瑞藹光.
靑邱四千年, 一貫春色長.
故國來新曆, 忽日遵彼洋.
老夫大痛哭, 氣勇卽爲狂.

豈惟茲一端, 禮儀已先亡.
疆土見覆沒, 人類盡殘傷.
掩抑淚自盡, 時復擧頭望.
堯天依舊朗, 堯日依舊旸.
天日猶如此, 知有理永常.
今有永常理, 庶免憂无疆.


## 새 력서가 고국으로부터 왔는데 서양의 력법을 따른것이기에

단향목 아름다운 요임금시절
상서로운 명협이 빛뿌렸다네
청구가 생겨서 사천년이나
봄빛은 언제나 넘쳐났어라
고국에서 새력서 보내왔나니
갑작스레 서양을 따르라 했네
늙은이 소리높이 통곡하나니
분기가 치밀어서 미치려누나
그 어찌 이 력법 하나뿐이랴
례의는 벌써 먼저 사라졌다네
강토는 뒤엎어져 가라앉았고
인류는 모두가 상하였구나
억제해도 눈물은 흐르나니
때때로 머리들어 바라본다네
요의 하늘 의구하게 랑랑하고
요의 태양 의구하게 빛나누나
하늘과 태양이 이러하거늘
영원한 법칙을 알게 됐어라
영원한 법칙이 남아있거늘
끝없는 근심을 덜수 있다네.

## 庚戌元朝作

在昔歲庚戌, 生孔又生朱.
今年當庚戌, 天心儻默圖.
聖賢之不作, 此時已甚疏.
矧復世大亂, 莫極此時于.
德若孔朱有, 位岡孔朱無.
有德且有位, 三重整一塗.


## 경술*원단 새벽에

그 옛적 경술년 이 해에
공자가 태여나고 주희 났거늘*
금년에도 경술 맞아왔다만
천심이 무심한지 침묵뿐이네
성현이 나타난지 오래되건만
근자에는 더더욱 드물어졌네
하물며 세상이 대란해지니
이보다 더 할 때가 정녕 없으리
공자 주희 그 덕망을 갖고있다만
지위없어 공자 주희 사리져가네
덕망과 지위가 있어야만이
세겹으로 겹쳐서 이 한길 바로 하리.

---

* 경술: 1910년임.
* 공자는 기원전 551년에 태여났다. 주희는 기원 1130년에 태여났는데 모두 경술년이다.


## 洋曆

望弦朔晦故稱月, 人事求宜所貴書.
月失當然闕人事, 頭頭無據意何居.

曆用耶穌生出辰, 曾渠入極繼天人.
無他輕蔑君臣義, 彼亦有君何襲因.

## 양력

망현삭회* 있어서 달이라고 불렀나니
인간일은 마땅히 책에서 찾아야 하리
달이란걸 잃었으니 인간일도 글렀구나
근거없는 만사이니 어디에 뜻을 둘고

예수의 탄생일을 달력으로 삼나니
그이가 등극하여 천의인도 이었구나
그들이 군신지도 경멸한다 하지 마소
그들도 임금있거니 무엇을 인습하리오.

---

* 망현삭회(望弦朔晦): 보름, 상하현, 초하루, 그믐을 말함.

## 洋敎

五輪之義九疇法, 影響焉曾眼耳邊.
天主耶穌敎甚事, 無天道理有言天.

## 서양교

오륜의 의리와 홍범의 9조를
언제 한번 이목안에 가까이 했나
천주라는 예수교는 어찌된 일이냐
천도의 도리 없이 하늘을 운운할가.

## 洋人技巧

圖之河出書之洛, 降瑞神州上帝情.
曾是外洋斯有否, 奇淫技巧但相爭.

## 양인들이 기교

황하에서 ≪하도≫나고 락수에서 ≪락서≫나서
서기어린 신주땅에 상제의 정 정했구려
너희들 서양에도 이런것이 있었더냐
잔재간 부리면서 다투기만 하였거늘.

## 洋人言"天靜地動"

以天爲靜地爲動, 曾爾見親摩驗來.
動靜看他男女性, 肖之天地物然哉.
計出淩華壓聖爲, 誕言天地尙無知.
怪來疾呆滔滔輩, 自小自罔爭叫奇.

## 양인은 하늘이 움직이지 않고 땅이 움직인다고 말하네

하늘이 정지되고 땅이 움직이다니
제 눈으로 친히 보고 만져서 안다더냐
동과 정 알려거던 남녀 특성 살펴보라
천지간의 사물들도 그것과 같으니라

중화를 릉욕하고 성인을 누르려고
하늘땅을 망설하니 더없이 무지하다
괴상토다 미련하게 떠도는 그 놈들이
제 빰치며 서로간 목청을 돋구누나.

## 洋禍

電掣于天鐵絡地, 舟車橫縱蕩人寰.
乘常悖理何名狀, 加禍三才摁不安.

搶攘一任幾時去, 物盡人消天地窮.
誰能開廓揮神手, 定位如常上下中.

## 양인에 대한 재화

하늘에 우뢰 일고 땅우에는 병장기
배와 수레 종횡하여 세상이 소란쿠나
법과 상리 어기나니 무엇이랴 이름하랴
삼재*에 재화안겨 불안하기 그지없네

로략과 수탈은 어느때야 물러갈고
제물도 사람도 모든것이 진했구나
그 누가 성곽열고 두손을 휘둘러서
상중화의 자리를 제대로 되게 할가

* 삼재(三才): 하늘, 땅, 인간을 삼재라고 한다.

## 新學校

所稱學校明人倫, 盡滅人倫尙爾云.
凌罵乃先父祖事, 搖頭轉目曰維新.

侮花之聖疾華文, 欲我性無奴隸云.
如使欲無奴隸性, 於洋何獨有狂奔.

有全體用惟吾道, 大莫大焉神莫神.
無限新新存這裏, 何從魅術更求新.

## 신식학교

인간륜리 밝힌다고 힉교라 하지만
인륜을 멸하고도 무슨 학교냐
선참으로 조상을 릉욕하고서
아닌 보살 돌아서서 유신이라네

성인과 한문을 모독하고서
노예근성 없애라고 지껄이려네
노예근성 없이려는 인간이라면
서양엔 어이하여 광분하느냐

공맹지도 완전하고 실용이거늘
위대하고 신성한것 더는 없어라
이속에 새로운것 한이 없나니
요귀따라 새것을 어이 찾으리.

## 開化言論

文明夢覺昏沈是, 平等自由禮讓無.
罔極也人罔極世, 低看孔孟小唐虞.

何斯大小中華國, 乃至昏沈禮讓無.
鬼唱魔呼乘是夜, 須看白日系東隅.

## 개화언론

문명꿈 깨여나니 침침하기 그지없네
자유평등 헛소리에 레의범절 사라졌네
인간도 망극이고 세상도 망극이라

공맹을 헐히 보고 요순도 옅게 보네

어이하여 이 같은 크고작은 중화땅이
이토록 침침하고 례의도 사라졌나
어두운 밤을 타서 잡귀신 짖어대나
동녘에서 아침해 바야흐로 솟는다네.


## 寤寐(三首)

天地心無寓, 聖賢道孰存.
其如民國奈, 歎息莫云言.

爲天地立心, 爲存聖賢道.
爲紓民國籌, 誰慰翁懷抱.

立天心存道, 保國保民時.
老物得歸去, 終身歡樂之.


## 자나 깨나(3수)

천지지심 어디에 자리잡았나
성현지도 어느곳에 남아있느냐
그들도 민국운명 어쩌지 못해
탄식속에 입을 닫고 말이 없구나

천지 위해 천지지심 세워줘야 하고
성현 위해 성현지도 보존해야 하며
민국 위해 구국방도 획책해야 하니
늙은이 이 마음 뉘라서 안위하리

천심이 일떠서고 성현지도 보존되여
나라와 백성을 구한 그날에
로물도 고향땅에 함께 돌아가
종신토록 즐기며 환락속에 살아가리.


## 有恃無恐

十三萬歲天惟在, 皇帝王時道自來.
大小中華終乃爾, 東西醜惡敢焉哉.


## 의지할것 있으니 겁날것 없네

십삼만년 저 하늘이 여전히 남아있고
상황오제 그 도가 저절로 찾아드네
대소의 중화땅이 언제나 이럴진대
동서의 악물들이 어찌한단 말이냐.


## 題回陽洞寓舍

異域遑遑再署寒, 數遷奔機就斯安.
載道焉書同志友, 成周之服大明冠.
想望泰平心獨苦, 經過險阻意猶寬.
洞深別作回陽地, 約會求爲誠一團.


## 회양동 우사에서 쓰노라

이역땅에서 분주하니 한래서왕 또 한해
자리 수차 옮기다가 이곳에 와 안착했네
길에서는 동지들과 벗들에게 편지보내
성주시기 복장입고 대명관을 쓰자 했네

태평세월 기대하던 이내 마음 괴롭더니
간난신고 겪다나니 이내 속이 편안코나
깊은 골 회양동서 양기회복 할수 있어
동지들을 불러와서 일심단체 무으리라.


## 步庭

病與憂深獨自憐, 强因時景步庭前.
千界書淸風捲磕, 萬形會正日光天.
中原禮樂還魂好, 東表衣冠復舊鮮.
朝焉得見夕雖死, 快樂吾心勝作仙.


## 정원을 거닐며

병들고 시름겨워 외롭고 불쌍한데
봄경치에 못이겨 뜨락을 거니노라
청풍이 먼지 쓸어 어디나 말끔하고
천리만상 일광아래 맞춤히도 모였구나
중원땅의 례악이 환혼하면 기꺼웁고
동쪽나라 의관이 복구되면 희한하리
아침에 보고나서 황혼에 죽는대도
내 마음 통쾌하리, 신선에 비길손가.


## 開國行倭曆, 以臘吉爲元朝, 爲發痛哭

有倭無韓矣, 臘雲是正元.
兩宮孤悁悁, 五爵胥欣欣.
獨發天涯哭, 誰伸國內冤.
華東萬世則, 行夏仲尼言.

(倭新班五爵于朝臣)

개국하고 왜력을 사용하여 섣달 초하루를 정월 초하루로 하였다.

## 이에 통곡을 하노라

왜국이 있다면 한국이 없을진대
섣달을 정월이라 일컫는구나
량궁은 외롭고 쓸쓸하건만
5작들은 기쁨에 잠겨있구나
외로이 천애에서 통곡할 때
그 누가 나라 원한 가실수 있을소냐
화동땅 조선은 천세만대로
하력과 공맹지도 실행했다네.
(왜놈이 조정의 대신들에게 새로이 다섯 작위를 반포했다.)


## 窮乏到極, 聊以自解

武侯幷日食, 夫子在陣窮.
聖賢有如許, 甘心此賤庸.


## 극도로 궁핍하니 스스로 마음을 달래며

무후는 하루에 한끼 들었고
공자는 진땅에서 궁히 지냈다
성현이 이처럼 지나왔으니
궁핍한 이 생활을 달게 여기리.


## 復汝應口而和, 更答其意

夫子丁寧訓, 濫窮與固窮.
起予又少友, 夷患勉中庸.

## 김복여가 즉석에서 화답하기에 다시 그 뜻에 탐복하여

공자께서 간곡히 당부하셨네
궁하다고 탈선말고 고궁히 살라고
젊은 벗 나와 같이 일떠나서서
근심 덜고 중용에 힘써보세나.


## 念 ≪皇極經世書≫, 歎息而作

旣覇且夷矧禽獸, 皇王回顧悵余神.
爲禽獸誦文明代, 曾謂華東聞見人.


有五降夾禽獸, 邵翁經世界如神.
配天一轉宣尼道, 禽獸終然化作人.


## ≪황극경세서≫를 생각하여 탄식하네

황왕은 패권쥐고 짐승들을 소멸했거니
황왕을 돌아보니 내 가슴 슬프구나
금수가 문명시대 읊조리며 불어대니
화동땅 어디에서 이런 자식 보았더냐
유오가 경람하여 금수에게 미쳤다니
소용의 경제술 신통도 하구나
돌아가는 하늘따라 공자도가 선양되면
금수도 종당에 인간으로 회하리라.


## 邪說暴行

唐虞三代治平規, 千是千宜萬萬宜.
一切不言當復古, 滔滔皆曰彼西爲.

虎狼有仁蜂蟻義, 弑君遺父大成親.
此之禽獸還生怒, 可以人而尙不知.

土茅雕峻論優劣, 窮瀆階干語孰賢.
靜士滔徒高下辨, 震驚行說太矇然.

善戰上刑次次之, 一皆反是次功爲.
使今世作鄒夫子, 拳踢加威又可知.

## 사설과 폭행

요순우 삼세대가 법 세워 정사 볼제
골백번 지당하고 억천번 마땅했네
일체를 말을 말고 복고를 해야건만
모두들 황설수설 서양법 한답시네

호랑이도 인이 있고 개미도 의 있건만
임금 애비 시살함이 규례로 되였구나
금수들이 들어봐도 노여워하겠는데
인간이란 탈을 쓰고 그것도 모르누나

흙산을 쌓아놓고 우렬을 지껄이고
세상을 모독하고 어질다고 하는구나
점잖은이 흰소리군 고저가 분명하니
놀라운 헛된 소리 너무나 한심쿠나

싸움과 형벌사용 못한짓 없건마는
모두들 오히려 하나같이 공이라네
이 세상 혹시나 맹자가 나타나면
주먹질에 뽐내는자 행여나 알겠는지.

## 警曉韓人籍淸俄

哀哀潭寓韓人士, 莫忍爲他剃髮生.
守得艱辛華一字, 或斯天下何天淸.


## 청나라와 로씨야에 있는 한국인들에게 알리노라

슬프도다, 슬프도다 떠도는 한국 인사
머리깎고 남 위해 살아가기 역겨웁네
빛날 화자 한글자를 간난속에 지켜가니
하늘아래 이 세상 언제가야 밝아질가.


## 有望志士

凡今志士聽吾前, 顚倒迷冥世盡然.
萬闢乾坤還上下, 一分夷言逈中邊.
何如重大人倫紀, 最所尊親我聖賢.
此理糊塗誠莫謂, 開恢重擔着誰肩.


## 지사들에게 바라네

오늘의 지사라면 이내 말을 들어주오
캄캄한 이 세상 어디나 뒤죽박죽
건곤이 만번 열려 하와 상이 나오고
이적은 중화에서 멀리도 갈라졌네
무거운 인간륜리 크기도 하다마는
가장 높은 받들이는 그래도 우리 성현
이 도리에 얼빤하면 말할것이 없나니
천하대업 무거운 짐 누가 받아 메겠느냐.

## 聽少友書聲

老子燈前少友共, 書聲迭朗解愁顏.
宵淸神入星河轉, 曉永胸周宇宙還.
第一華尊天下地, 四千春碧海東山.
春光華道無終極, 束褉西氛有暫關.

## 젊은 벗들의 글읽는 소리를 듣고

등잔앞에 늙은이 젊은이와 앉아서
랑랑한 글소리에 수심을 풀어가네
긴긴밤 정신은 성하에 가서 돌고
맑은 새벽 가슴속에 우주가 돌아가네
중화는 천하 제일 높이 받들 옥토이고
봄빛 같은 중화의 도 어디가 종극이냐
동서의 오랑캐가 뻗쳐봐야 몇참 가랴.

## 對酒口呼

對酒寬懷朝又夜, 坐臨景物欲生豪.
烟霞屛跡山崇重, 星月垂光海動搖.
間裏眼看胡運老, 醉中氣厭島夷驕.
精神手段誰雄起, 赤縣靑邱一色高.

## 술을 마시며 읊조리네

아침마다 저녁마다 술마시며 마음 푸니
경물을 마주앉아 호걸마음 새롭구나
안개비낀 병풍인가 산은 높아 드팀없고
성월이 빛을 뿌려 바다가 요동하네
한적한 때 바라보면 기운이 쇠잔해도

취중의 그 기세 왜놈 기염 짓뭉개네
정신이나 수단에서 그 누가 영웅일가
중국과 조선이 한색으로 높고높네.


## 是夕勉諸同志諸友(四首)

天地之天地, 此天地我居.
矧兹天地道, 依道有恢餘.

雖萬死生前, 前塗却坦然.
死生惟義比, 義在死生天.

大禹救民術, 孔明興復心.
朱宋尊攘義, 今日義兼三.

三義要皆就, 一心辨死時.
諸君須勉勵, 不偶此男兒.


## 그믐날 저녁 여러 벗과 지기들을 권면하여(4수)

하늘땅 그사이가 천지이거늘
우리는 천지속에 자리잡았네
게다가 천지에 도가 있어서
그 도를 따라서면 끝이 없으리

인간은 천만번 죽고살건만
전도는 오히려 탄연하구나
생사를 의에다 비겨서 보면
생사보다 높은것은 의라고 하네

대우가 백성건질 방술남겼고

공병이 부홍의 마음전했거늘
오늘날 이 삼자 겸해야 하리

세가지 뜻 한데 다해야만이
죽을 때 한마음 밝혀지리라
군자들아, 기어이 기운을 내세
사나이 이 몸도 짝지지 않으리라.


## 辛亥元朝(二首)

辛亥之元日, 南翁也痛歎.
七十人間少, 丈夫天下難.
宜知中華大, 所務國家安.
徒然男且壽, 覆載尙攪頭.

十歲小童子, 昔吾當是年.
安泰惟家國, 喜歡是地天.
非歎老已至, 孰謂事今然.
猶知重義命, 造次要參前.


## 신해*원단(2수)

신해 원단을 맞아오면서
남쪽나라 늙은이 통탄을 하는구나
인생에 일흔이면 보기 드문데
천하에서 대장부 되기도 쉽지 않구나
중화 크기를 어련히 알고 있어
나라 안정 도모하려 힘 다했구나
남아가 공연히 장수하여서
죽어야 할 그 나이에 머리를 드네

열살되는 애어린 저 동자
늙은이 옛적에 저 나이때에
나라도 집안도 편안하여서
이 하늘 이 땅을 사랑했었네
나이가 원쑤라고 한탄 아니오
오늘 같은 이 형세 애달프구나
그래도 의가 중함 알고있나니
예대로 앞을 향해 달려보려네.

---

* 신해:1911년임.


## 題祝辭

姒姬驅抑盡, 堯舜治平成.
照曜村華服, 券舒家聖經.
艱辛無我死, 歡樂與人生.
望國題新祝, 晨天白髮明.


## 새해의 축사

사씨희씨 모조리 쫓아버리고
요순이 천하를 고루 평했네
마을마다 중화복장 문부시었고
집집마다 성경*에 마음 끌렸네
간고한들 나에게 죽음있을가
즐거움 남과 같이 나누어가네
조국향해 새해 축사 드리오나니
새벽볕에 백발머리 우렷하구나.

---

* 성경(聖經):여기에서는 유가의 경전을 말한다.

## 辛亥立春

今朝春更立, 此世運應新.
花發水流境, 鳶飛魚躍天.
中華整頓日, 左海淸明辰.
經亂輕寒老, 見玆何快然.

## 신해 립춘

오늘아침 또다시 봄이 왔거늘
세운도 이에 따라 새로와지리
흐르는 내가에 꽃이 피였고
수리개 하늘 날고 고기떼 노네*
중화땅 다스려 정돈되는 날
조선땅에 청명이 밝아오리라
란리 겪고 추위 겪은 이 늙은이
이를 보고 어찌 아니 기뻐하리까.

———————————

* ≪시경・대아≫에 ≪수리개 하늘에서 날아예고 고기떼 못에서 노는구나.≫라는 구절이
  있다.

## 痛寃哭泣

嗚呼痛矣嗚呼寃, 天地斯崩日月昏.
以彼之儺而彼醜, 日邦爲合此何言.

非曰合邦邦卽滅, 邦旣滅矣滅將人.
滅人滅國華焉附, 寃痛痛寃今此辰.

此滅四千來歲國, 聖神宗社奈如何.
老臣遙響兩宮泣, 聖壽靈長薪膽多.

此滅二千萬人種, 仁天胡忍泰平仁.
老身遙響同胞泣, 萬死持衷更振神.

此滅萬千古華脈, 滅華天下將何爲.
老夫遙響邦賢泣, 百勵身心禮義持.

亂賊卽今快心否, 人華國滅共成還.
乃先父祖多嘉悅, 爾後子孫將保安.

嗟世英豪丈夫子, 此寃不雪可擡顔.
哭之又哭天涯老, 哭盡乾坤春色還.


## 원통의 눈물

오호 원통하다 아, 기막히구나
천지가 무너지고 일월이 빛을 잃었네
철천지 원쑤놈이 더러운 몰골로
나라 합병 짖어대니 이게 구경 웬 일이냐

나라 합병 구실이고 나라 소멸 진실이니
나라를 소멸하면 백성을 멸하리라
나라 백성 다 없애면 중화는 어이하랴
원통토다 원통토다 오늘날이 원통토다

4천년의 이 나라를 없애버리면
성신은 어이하고 종사는 어이하랴
아득한 황궁향해 로신이 흐느끼며
성주님의 장수와 와신상담 희망하네

이천만 인간들이 이로부터 멸하는데
어진 하늘이 어떻게 태평스레 지내런가

아득히 동포 향해 늙은이 흐느끼며
죽더라도 충성지녀 저인을 차리자네

천만년 빛을 뿜던 중화열맥 끊어지니
혈맥 끊긴 이 천하 장차 무얼 하리오까
아득히 현인들께 늙은 남아 바라나니
심신을 닦아가며 례의를 지키세나

망할놈의 도적들아 그래 이제 시원하냐
빛뿌리던 남의 나라 없애고 돌아서니
네 놈의 조상들이 기뻐들 할것이고
네 놈의 후손들이 편안들 할터이지

세상의 영웅호걸 사나이 대장부야
이 원한 씻지 않고 머리를 어이 들랴
하늘가의 늙은이 울고울고 또 우나니
울음끝에 이 땅우에 봄기운 돌아오리.


## 得"坤"字

何此寰區黑汨昏, 魔呼鬼唱任他喧.
能言誰復承三聖, 大道由來貫一元.
虞夏殷周光損益, 日星嶽瀆整乾坤.
爲時更誦蘭陵語, 必返于常抑理存.


## ≪곤≫자를 얻어

어이하여 이 땅이 칠야처럼 캄캄하냐
마귀떼 노래하며 살판을 치는구나
누가 능히 세 성인을 다시 이어 나갈손가

대도는 원래부터 일원으로 관통됐네
하상주 세 시기의 잃은 빛을 되찾고서
더러워진 상하일월 바로잡아 놓으리라
그때 가서 란릉의 말 다시금 읊으리라
법은 정녕 다시 오고 나는 또한 영생하리.


## ≪華東史≫板秩爲日賊作姦

　≪華東宋元史合編綱目≫, 我華西先生命重庵, 省齋二先生撰者也. 藏篋笥, 世亂搶攘, 常懼有閃失堙沒. 已冬, 餘因倭禍, 爲將出彊守義, 發曲阜行。 行到海西, 爲念是書之壽傳, 彷徨不得去. 翌年, 乃還到柯亭山中, 謀爲鋟板。 士友吳鳳泳、樸瑜采爲出財, 樸治翼董役, 未周歲而成。 仍卽印粧百秩, 將以送布中國. 一邊建萬歲祠於鬥尼峰下, 奉周五聖、宋五賢影像, 藏板積帙於其側. 方垂訖功也, 日賊訶捕餘甚急, 不得已避之, 使樸治翼辦竣事. 日賊乃到, 檢數板秩, 牢鎖使不得出納, 載一軼而去. 噫! 日賊之禍, 無所不及也. 追聞有是, 記始終事實, 仍作七絶六則雲.

　　三師所述華東史, 上讀春秋鋼目來.
　　大義尊攘天日朗, 爲將萬世泰平開.

　　篋藏奉閣幾多年, 世亂搶攘莫鋟傳.
　　斯文興喪將斯係, 弟子關心更悚然.

　　小子昔爲曲阜行, 彷徨未去乃還程.
　　招呼朋友同心力, 剖劂粧黃不歲成.

　　奉建尼峰萬世祠, 側藏板帙竣功時.
　　島夷行計誠岡測, 事莫誰何憤且悲.

　　聞說島夷尙識字, 使渠稍慧者觀之.

青天白日蟲禽識, 安謂終無服義爲.

## ≪화동사≫책판이 왜적의 작간을 당하여

≪화동송원사 합편강복≫은 우리 화선생이 중암, 성재 두 선생에게 명하여 저술하게 한것이다. 책상자에 고이 넣어두었는데 세상이 어지러워져 산일될가 잃어버릴가 걱정하였다. 기사년 겨울 왜적의 화로 인해서 나는 강토를 떠나 의를 지키려고 곡부를 향하였으나 해서까지 이르러 이 책의 수명과 류전을 위하여 망설이다가 더 가지 못하고말았다. 이듬해 가정산으로 돌아와 판각하게 되였는데 벗인 오봉영씨, 박채유씨가 돈을 내고 박치익씨가 그 일을 감독하여 일년이 못되여 이룩되였다. 이해 곧 백질을 인쇄하고 장정하여 중국에 보내여 반포하게 하는 한편 두니봉아래에 만세사를 세우고 주조때의 다섯 성*과 송조때의 다섯 현인*의 초상화를 모시고 그옆에 판각과 찍은 책들을 쌓아두어 모든 일이 성사되였다고 할수 있었다. 왜적들이 이르러 못하게 하다가 한수레 가득 싣고 가버렸다. 오호라! 왜적들의 재화가 미치지 않은 곳이 없구나! 이와 같은 사실들을 후에야 듣게 된 나는 이에 그 사건의 시종을 적으며 칠언절구 여섯수를 짓는다.

세 스승 지어놓운 화동사 력사책은
≪춘추≫를 이어서 강목을 적었구나
존비귀천 밝혔으니 해처럼 밝거늘
천만년 이어가며 태명을 열어주리

책상자에 고이 감춰 몇몇년 흘렀던가
어지러운 세상이라 각판조차 빼았겼네
이 글의 흥성여부 여기에 달렸거늘
제자된 이내 마음 송현하기 그지없네

제자가 된 이 몸이 곡부 향해 떠나다가
가다가다 망설이며 중도에서 돌아섰네

벗들을 불러다가 한뜻으로 힘을 모아
판각하고 장황하여 한해안에 성사했네

두니봉 만세사에 성현초상 모셔놓고
판과 책을 감춰두어 바야흐로 성사할제
섬나라 오랑캐 독한 계책 짜고드니
이 같은 슬픈 일에 뉘 분통 안 터지랴

섬나라 오랑캐도 그깨나 본다 하니
그 속에서 총명한자가 그 책을 보리로다
청천에 백일이 놈들의 표식이니
의를 배워 굴복할이 어이 시종 없으리오.

총명한자 어떻게 저들뿐이라 말을 하랴
오랑캐도 죄를 알고 감복한적 많을지니
오랑캐 죄를 알고 중화가 면려하면
화동땅에 천만년 태평시대 찾아들리.

---

* 문황묘에 함께 모신 주조때의 유학자인 공자, 안자, 증자, 자사, 맹자를 말한다.
* 송조시기 리학파인 주돈이, 정호, 정이, 장재, 주희를 말한다.


## 夜坐得"靑"字

風窓欲冷醉眠醒, 想望迢迢故國城.
五夜月生天下白, 萬山春起海東靑.
初鷄應破多人夢, 老馬不禁千里情.
坐讀孔明出師表, 遠空自曙漸稀星.


## 야밤에 앉아 ≪청≫자를 얻어

창문에 한풍불어 취중잠기 가셔주니

아득한 고국땅을 바라보고싶구나
오경에 달이 뜨면 천하가 밝아지고
만산에 봄이 오면 해동땅이 푸르리라
새벽에 닭이 우니 만인의 꿈 깨여지고
준마는 늙었어도 천리길에 정을 두네
제갈량의 ≪출사표≫를 앉아서 읽을라니
별들이 드물고 먼 하늘에 동이 트네.


## 眠未成

我思悠悠眠未成, 秋生山靜夜初淸.
小屋書聖明月出, 短簷杖影遠河橫.
繼開不已聖賢道, 正大有終天地情.
徘徊遙望扶桑曉, 喚醒人寰鷄機鳴.


## 잠을 이루지 못해

하염없는 사념에 잠못이룰제
가을산 고요하고 밤하늘 맑네
움집의 글소리에 명월이 떠오르고
처마밑 그림자에 은하수 비꼈구나
성현지도 끊임없이 이어갈라니
천지지정 결국에는 공명과 정대로군
동트는 동녘하늘 비장이며 바라볼제
인간세상 깨워주는 계명소리 몇 번이냐.


## 失睡達朝

憂深睡失夜如何, 高掛明燈獨發嗟.
四野垂星鷄唱動, 一天落木鴈聲多.

堯檀運否今其奈, 禹孟功高孰也耶.
故國蒼茫心耿耿, 扶桑紅日照林阿.

## 실면해 새벽까지

수심깊어 잠 못드니 이 장밤 어이할고
등밝혀 높이 걸고 외로이 탄식하네
내리덮인 별들은 닭이 우니 움직이고
기러기 울어예니 락엽이 빈번쿠나
요와 단군 구 운명을 오늘날 어이하며
하우 맹자 그 공로 뉘것이 높다더냐
머나먼 고국땅을 사무치게 그리니
동녘에 붉은 해가 산속숲을 찾아드네.

## 誦 《唐音》

稽山羅霧攀嵯峨, 鏡水無風也自波.
眞境有能看到否, 須令眞境在吾多.

## 《당음》을 읽고

구름걷힌 계산은 우뚝 솟아 울창한데
거울 같은 물우에 바람없이 파문이네
참된 경치 혹시나 만날 수 있을런지
참된 경치 우리 곳에 자리잡게 해야 하리.

## 對紅日

坐常膺撫行常吟, 宵書以多年月深.
疆域箕對非有舊, 倫常華道可無今.

鷄聲夜永殊方淚, 鴈影秋生故國心.
扶桑紅日俄光照, 拌擻精神更整襟.

## 아침해 마주하여

앉으면 가슴 만지고 걸으면 신음하니
밤낮을 이어가며 보낸 세월 얼마더냐
기자 봉한 강토는 옛날같지 아니하고
인간륜리 중화도는 오늘날 가라졌네
긴긴밤 닭울음에 타향에서 눈물짓고
기러기 바라보니 고국생각 절로 나네
부상에 두둥실 붉은 해가 빛뿌리니
더더욱 정신차려 옷깃을 여미누나.

## 讀 ≪易≫

少友輩程課, 皆在 ≪易≫經. 金復汝求學 ≪易≫工夫要法所在, 作小絶示之.

太極生神化, 契來四聖心.
存吾心太極, 逐位理相尋.

## ≪주역≫을 읽고

젊은 벗들이 글을 읽히는 과정이 모두 <주역>에서 나온것이다. 복여가 ≪주역≫을 공부하는 요법을 알려달라고 하기에 짧은 절구시를 써서 알리노라.

태극에서 신의 조화 생겨나더니
네 성인*의 그 마음을 가져왔다네
태극에 이내 마음 담구어놓고
위치따라 도리를 찾아보누나.

---

* 네 성인: 여러가지 설법이 있지만 ≪사기집해(史記集解)≫에서 인용한 서광의 설법에 따

르면 전욱, 제곡, 요, 순을 사리킨다.


## 徹夜聞泉聲

異域星霜老淚長, 濟時豪俊出何方.
皇王帝覇中華國, 文物衣冠左海邦.
萬古乾坤罔極運, 一天日月不能光.
孤燈耿耿深山夕, 徹夜泉聲到臥床.


## 밤새도록 샘물소리 들으며

백발이 된 늙은이 이역에서 눈물짓네
세상 건질 호걸들 어디에서 나오려나
황왕들은 중화땅 제패하고있다지만
문물이나 의관은 조선땅에 있었구나
하늘과 땅 만고에 이 운명이 망극하여
하루사이 해와 달 밝은 빛을 잃었구나
밤이 깃든 심산에 외로운 등 깜빡이고
밤새도록 침상에 내물소리 들려오네.


## 得"賢"字

木石哀身畔, 烟嵐病榻前.
燈懸憂國夜, 雲逝望鄉天.
衣帶持華夏, 床書捧聖賢.
照臨惟日月, 貫徹古今年.


## ≪현≫자를 얻어

이 몸이 고달프게 나무와 돌 동반하고

병상앞 상봉에는 안개연기 감도누나
나라 걱정 그 일념에 등불 밝혀 밤을 새고
고향땅 그려보며 가는 구름 우러르네
중화의 옛날복장 그래도 차려입고
성현들의 서적들을 침대우에 모셨구나
오로지 일월만이 밝게밝게 비추어서
옛날이나 지금이나 하나로 관통하네.


## 靜夜

林屋燈明宿鳥知, 小爐茶熟細烟絲.
風聽山泉聲轉逈, 月看庭樹影旋遲.
太陽氣淹天荒裏, 故國心長夜永時.
面前志事伸何日, 紀賦三飜采芑詩.


## 고요한 밤

깃들인 새만 아는 등잔 밝은 귀틀집
난로에 차끓이는 가는 연기 감도누나
내물소리 바람타고 간간이 들려올제
뜨락에 달 비추어 수영이 돌아가네
광막한 들판우에 태양이 사라져도
지리한 긴긴 장밤 고국생각 하염없네
가슴속에 품은 포부 언제 가야 편단 말인가
일어나 ≪채기≫*편장 세 번 다시 읊조릴뿐.

---

* ≪시경·소아≫에 나오는 ≪南春嘉魚六什≫의 편명.

## 詠 ≪益卦 · 大象≫

過必奇焉何所益, 善斯違矣可堪哀.
去看大易風雷象, 君亦以之君子哉.

## ≪익괘* · 대상≫을 읊노라

지나치면 수욕인데 유익한것 어디 있고
선한것과 어긋나니 이 아니 슬프랴
주역에 나타난 풍뢰상*을 가보시라
그대로 그로 하여 군자라고 이를 손가.

---

* 익괘: ≪주역≫의 마흔두번째 패의 이름.
* 풍뢰상: ≪익괘≫의 웃부분은 손괘로서 바람을 상징하고 아래부분은 진괘로서 우레를 상
  징한다고 한다. 상이란 괘에 대한 해설이다.

## 聞鷄鳴

世界渾酣睡, 夜長風雨深.
鷄鳴獨不已, 苦苦爾下心.

## 닭울음소리를 듣고서

이 세상 삼라만상 깊은 잠에 취해있고
지리한 긴긴밤에 비바람도 잦았는데
새벽닭 혼자서만 울고울고 또 우나니
너의 맘 어떻길래 울음을 그치잖나.

## 諸少友制着法服

行稱習禮, 少輩法服未具, 乃斫薪辨備。顧縕弊糧窘, 百艱驅迫. 况此地
何地, 此時何時, 有能辨此, 可知爲心, 喜而有賦.

弊縕窮困守, 法服製新成.
人道心能判, 戎華力表明.
乾坤知燭立, 夷險見徐行.
百進竿頭步, 鬼神必感情.

## 젊은 벗들이 법복을 만들어 입었기에

젊은이들은 강습례를 거행할 때에도 법복을 갖추지 못하였다. 이리하여 섶을 베여 두루 마련하였다. 살펴보니 그들의 옷은 헐었고 식량도 거덜이 나서 곤난이 막심하였다. 게다가 이곳이 어느곳이고 이때가 어느 때인가? 그런데 법복을 갖추었으니 그들의 마음을 헤아릴수 있는것이다. 이에 기꺼워서 시를 읊노라.

헤여진 솜뭉치로 곤궁때우다
마침내 법복을 새로 입었네
인도는 마음이 헤아려보고
융화는 힘에서 표명되누나
하늘땅은 독립을 알아봐주어
천심만고 이기고 서행을 하네
백척간두 험한길 걸어가노니
귀신도 철석간장 감동되리라.

## 晨起

月送多光鷄好音, 積憂散擲自恢襟.
坦道從生來險境, 新陽會到坐窮陰.
風雲卷放深山意, 天地周旋大海心.
中東禹服箕封域, 在理寧云永陵沉.

## 새벽에 일어나

맑은 달빛 바래주는 닭울음이 귀맛좋아
서린 수심 풀어가며 절로 마음 크게 먹네
예로부터 탄탄대로 험로에서 나왔거니
겨울이 지나가면 신양이 돌아오리
심산에 묻힌 뜻을 풍운이 감아놓고
큰바다에 잠긴 마음 하늘땅이 주선하네
기자 봉한 조선땅에 우임금때 복장이요
도리가 있는 이상 나라 멸망 웬 말이냐.


## 奉贈金菊圃

金菊圃, 名在翼, 字益只, 年七十三歲, 健若少年. 時相追隨, 逢輒痛歎國事。率其孫潤龍, 性龍, 每月朔望, 參約會講.

殊方邂逅眼生靑, 菊圃魯鄒鄕老成.
禮義持知由素履, 子孫賢見有躬行.
憂邦憂道同垂淚, 講約講書相許情.
那日志伸得歸去, 自嶠南北好逢迎.

## 김국포씨에게 드리노라

김국포씨의 이름은 재익이고 자는 익지이다. 일흔셋에 나지만 정정하기로 소년같다. 때때로 서로 오고가는데 만나기만 하면 나라 일을 통탄해마지 않았다. 그는 손자인 윤룡과 성룡을 데리고 매달 초하루와 보름날에 약속문강독회에 참가한다.

타향에서 해후하니 반가움기 그지없네
국보씨는 틀림없는 선지고장 늙은이네
신고있는 하얀 신 례의범절 보여주고

허리 굽힌 인사성에 자손 어짐 알아보네
도와 나라 걱정하여 문물 함께 휘뿌리며
약속문도 강독하며 속사정을 주고받네
어느때나 뜻을 펴고 고국땅에 돌아가면
교남 교북 서로 만나 좋은 상봉 있으리라.


## 贈安鶴山

安鶴山炳歡、順五甫同金菊圃、金九巖來此地, 住雲峴十里許奔陽洞, 入貫一約, 又送其子壽萬讀書. 至月望日, 約會設饋行禮食, 作一絶, 謝其意.

三代威儀行做法, 一陽消息發揮來.
鶴山深意令人感, 殊域寒天好笑開.


## 안학산에게

안학산 병환씨와 손오보씨, 김국포씨, 김구암씨와 함께 이곳으로 와 운현에서 십리쯤 떨어진 분양동에 자리잡았네. ≪관일약≫*에 가담하였고 또 아들 수만이를 보내여 글공부를 하게 하였다. 달마다 보름이면 약속회를 위하여 음식을 마련하여 연회를 베풀었다. 에에 절구시 한수로 사의를 표한다.

3대의 위의가 당당하노니
한가닥 양기가 발휘되누나
학산씨의 깊은 뜻 사람심금 울리나니
찬 겨울 애역에서 통쾌히 웃어보네.

---

* 관일약(貫一約): 류린석이 의병을 위하여 쓴 규약 같은 글인데 의병건립의 종지, 조직, 규률 같은것을 적었다. ≪관일약≫에는 서문, 약속, 목, 묘휘, 같은것들이 들어있다.

## 有國三節

本朝有所無古大節三焉: 外藩陪臣爲上國死; 朝廷臣隣爲國母死; 弟子爲師門死. 是爾可使於天下萬世.

特絕古今三大節, 非徒彰著五倫光.
爭禽競獸一天下, 有曰朝鮮禮義邦.

## 우리 나라의 3대절의

본 왕조에 이르러 고금에 있은적이 없는 3대절의가 있었는데 즉 번국의 배신으로서 상국*을 위해 죽고 조정의 신하가 국모를 위해 죽고 제자들이 스승을 위해 죽는것이다. 이는 세세손손으로 온 세상이 다 알게끔 할말 한것이다.

---

* 상국(上國):번국 혹은 속국이 종주국을 상국이라고 한다.

## 崇明三義

皇明屋社後, 聖朝設大報壇於御苑; 士林建萬東廟於華陽洞; 皇朝九義士子孫設大統壇於朝宗川. 爲之崇奉享祀.

大報萬東大統享, 貫三百歲一精誠.
誰聞振古吾邦似, 這義爭多日月明.

## 명나라를 존숭한 3절의

황명옥사뒤에 우리 성조에서 어원에다 대보단*을 설치하였고 선비들은 화양동에 만동묘를 세웠으며 황조의 아홉의사 자손들은 조종천에 대통단을 세웠는데 명나라를 존중하며 여기에서 제사를 올린다.

대보, 만동, 대통에서 신에게 제 올리니
삼백년 내려오던 하나의 정성일세

옛날위상 떨치는데 조선밖에 뉘 있느뇨
이 의절 밝고밝아 일월과 다투도다.

---

* 대보단: 조선왕조 19대 숙종30(1704)년에 명태조, 신종, 의종을 제사하고저 서울 궁궐안
  의 창덕궁에 지은 사우(祠宇).


# 本朝風化

余欲作 ≪東國風化錄≫而未就矣. 蓋道德、節義、事功、忠孝烈, 可侔
中國. 而若女子夫死, 通國守節成風, 死節比比, 不以千百數, 又中國之所無.


道義事功忠孝烈, 可班中國或加多.
繼周有作宜來法, 三百年間獨掌華.


## 본왕조의 풍화

내가 ≪동국풍화록≫을 저술하고저 하였지만 완성하지 못했다. 아마 도의,
절의, 공덕, 충효와 정렬 등은 본조가 중국보다 못하지 않을것이다. 더욱이
저 부녀자들이 남편이 죽으면 수절을 하는것은 나라의 풍기로 되였고 절개를
지키고 죽은 여자들이 도처에 있어 천백으로서는 헤아릴수 없으나 중국에는
이런 일이 없다.


도의, 절의, 공덕, 충효와 정렬도
중국과 비슷할가 혹시 더 나을가
주나라 법 이어받고 후세에 본 남겨두니
3백년 중화를 조선만이 지켰어라


# 華東吟

美哉赤縣靑邱色, 天地中間大小華.

分義有之形勢以, 親依卽似宗支家.

文明氣發闢鴻濛, 先後國先寰宇中.
疆脈星分人種一, 倫常禮樂乃相同.

作堯之世立檀君, 蓂葉數春色遠分.
明赫午暉鮮出日, 中東造化起如雲.

禹年萬國會塗山, 表表扶婁玉帛間.
海左文兆知肇此, 慕華崇禮透誠關.

誰送殷師白馬來, 九疇手法入條恢.
佳山麗水三千裏, 諸夏文明一色開.

仁日泰平元聖言, 好雲風俗紫陽論.
定知東表中州亞, 得此嘉平可復聞.

求醫宋室高句麗, 尋跡金蒙密獻機.
當日忠謀雖不試, 念華苦血鬼神知.

麗朝不免事胡元, 箇裏殷勤有正論.
圃隱先生終特立, 尊攘義理極明言.

乾坤起立我明皇, 大義風從康獻王.
君臣際會邁千古, 更服華規極燦光.

國步曾年因島夷, 神宗赫怒降皇師.
蒙恩再造如天大, 環域江山草木知.

建虜匪茹萬曆年, 本朝赴義卽如川.
奮忠立死遼東伯, 賜祭贈封紛降天.

虜奴勢大敢生驕, 遂以潛稱要本朝.
二日二王庭峻斥, 有言斬使懼而逃.

驅來胡驕蔽天昏, 力屈孤城尙忍言.
馬上徹旻王慟哭, 哀哀八域盡含冤.

當時大發斥和論, 國滅寧宜負帝恩.
去死虜庭三學士, 但令名節樹乾坤.

危生上徹震楓宸, 亟降援師似昔辰.
差緩事機威未及, 追聞感激泣君臣.

至有灣東七義生, 合謀秋浦報皇明.
南宮慘禍言酸鼻, 怒魄雲號白馬城.

大賢國有宋先生, 密贊孝宗心掃淸.
天下祚明事乃謬, 貂裘老撫淚長傾.

禦苑儒林壇廟成, 滔滔江漢億年情.
君臣父子兼恩義, 上下言玆貫一誠.

唐虞文物沒腥羶, 周禮在東三百年.
不食果應天有意, 還原種下理宜然.

有華運否雪加霜, 東浪西瀾極浩洋.
大小元同休戚義, 輔車脣齒念興傷.

自蔑有華宗彼夷, 滔滔新見極乘宜.
性甘奴隷姑無說, 狎虎招傷正可悲.

有定神州化漸東, 推求往跡理今同.
元無不復循還運, 龍虎風雲想望中.

尊中攘外大常經, 拱北必東民本情.
惟曰晦明斯義際, 伊人伊獸便相爭.

我師華重省三翁, 到底尊攘苦血衷.
爲整二儀規萬世, 續朱青史述華東.

春秋一統素王功, 大義明如日揭空.
安見世爲天下道, 華東永在泰平中.

## 화동음

적현도 청구도 그 기상 름름할제
하늘과 땅사이에 대중화와 소중화라
형세따라 본분과 의절을 지녔나니
그사이 무랍없이 종가 방계 비기리라

어두움을 열어젖혀 문연기운 피여나고
선후하여 선 나라로 세상에서 먼저 섰네
강역 분야 다르건만 인종은 같거니
륜리 강상 례약 제도 이렇듯이 같으니라

요임금 그 시절에 단군님이 등극했고
명협*력법 먼곳으로 나누어가졌어라
한낮의 빛도 밝고 아침해 빛나거니
중국동국 그 조화 상운인양 피여나네

대우씨가 도산에서 만국추장 모았을제
옥백공물 하는중에 부루*도 끼였었네
해좌땅의 긴긴문명 이로부터 시작이라
중화례의 흠모하여 가슴속에 간직했네

백마탄 은조 스승 그 누가 보냈느냐

구주법칙 본받아서 여덟조례 훌륭해라
산 좋고 물이 맑은 삼천리 이 강산에
중화의 문명이 한빛으로 피여나네

인이란 태평이라 성인의 말씀이니
풍속이 밝기를 말하기 좋아하네
중국의 버금으로 조선을 알것이니
이토록 태평하니 또다시 들으리라

송나라에 의사 청한 고려국 조정은
금몽이 동태를 남몰래 올렸거늘
그 옛날 충성 모략 시험하지 못해도
중화 그려 홀린 피 귀신이나 알련마는

고려조는 원나라를 별수없이 섬겼거니
은근히 바친 정엔 비른 언론 있었다네
끝내는 보은선생 남달리 일어서서
존화양이 의리를 똑똑히 밝히였어라

건곤이 돌고돌아 우리 대왕 등극하니
대의를 좇는바람 강헌왕이 시작됐네
군신이 모여들어 옛것에 힘을 쓰니
중화규례 다시 얻어 그 빛발 찬연해라

이 나라 일찍이 섬오랑캐 욕을 보니
명 신종이 진노하여 황제군사 보냈더라
재생의 은혜는 하늘같이 크고크니
온 나라 이 강산에 초목도 알고지리

건주의 오랑캐가 살판치던 만력년간
우리 나라 의리 지켜 내물처럼 원병갔네

충성다해 목숨바친 료동의 혼백에게
제사하고 봉작하라 황제가 분부했네

오랑캐 득세하자 언감생심 교만하여
황제로 자칭하고 우리 왕조 위협하네
이틀사이 두 임금이 조정에서 꾸중하니
목을 베라 그 소리에 놀란 사신 도망쳤네

달려오는 호기에 먼지가 하늘 가리우니
지치고 고립된 외로운 성곽
마상에서 밤을 새며 우리 임금 통곡할제
슬프다 방방곡곡 원한으로 가득차네

그때에 떨쳐나와 주화론을 통책하니
나라가 망하여도 황제은혜 저버릴가
호로의 조정에서 세 학사 쓰러지니
그 이름 그 절의 이 세상에 서있으리

위태로운 그 소식 황제님께 전해지니
전에처럼 구원병 급히급히 보냈건만
급한 일에 느린 사절 위망도 못하거니
후에 듣고 임금신하 감격에 흐느꼈네

만동의 일곱의사 분연히 일떠서서
임금님께 보답하자 추포에 모였었네
남궁의 그 참안 말하자니 속이 저려
백마성우 노한 혼백 구름에 울고있네

대현국 이 나라에 송선생이 계시온데
호종이 그 마음 남몰래 칭찬했네
하늘이 명나라를 돕지 않아 그릇되니

돈피 갖옷 매만지며 눈물만 쏟는구나

어원에서 선비들 만과 묘를 세웠으니
도도한 강물인양 억년 정이 깃들었네
군신에 부자이라 은혜 의리 다 있으니
온 나라 이렇듯한 정성에 관통되네

요순의 문물들이 비린내에 잠기거니
주례는 동국에서 삼백년 지나왔네
불식하니 보응있고 하늘은 뜻이 있어
원지에 되돌려서 심어야 할 리치로다

중화의 운수여부 설상에다 가상인데
넓고넓은 동서바다 물결도 세차구나
대소중화 원래부터 같은 운명 지녔나니
이와 입술 그사이라 함께 가슴 아파하네

중화를 옅게 보고 오랑캐 받들면서
끊임없는 새 견해 한없이 괴상해라
노복될 본성이니 그 말은 그만두고
호랑이와 친하다가 받은 상처 가엾고나

신주땅 평정된후 동국교화 물젖으니
지난날 일을 보며 그 도리 오늘같네
순환하지 않는 운명 원래부터 없거니
청룡과 백호의 세찬 풍운 생각노라

중화존중 와이척양 변함없는 대법이니
북극성 에워돔은 동북백성 본성일세
이 뜻에 어둡고 명백하지 못할 때는
사람과 짐승간에 상쟁하게 될수밖에

나의 스승 화서, 중암, 성재씨 상옹께선
중화존중 외이척양 피의 고충 지녔어라
하늘땅 정돈하여 만세 규례 만들려고
주씨 청사 이어서 화동 력사 천술했네

춘추의 대일통은 소왕*의 공이거니
대의는 밝고밝아 하늘공중 해와 같네
어느때면 이 천하의 도가 잡힌 세상되여
화동땅 태평속에 길이길이 전해가랴.

---

* 명협(蓂莢):요때에 나타난 서초. 초하루부터 한잎씩 났다가 열엿새부터 한잎씩 떨어진다
  고 함. 이를 보고 갈력을 만들었다고 한다.
* 부루(扶婁):부여와 읍루.
* 소왕(素王):공자를 존대하여 일컬음.


## 晨起得"年"字

七十老人晨起坐, 呼天大慟髮衝冠.
世上無云男子者, 華東終使陸沉然.
爲天地立心惡已, 貫古今來道可傳.
庶幾見否王興運, 洪武居然五百年.


## 아침에 일어나 ≪년(年)≫자를 얻어

일흔 고령 늙은 령감 신새벽에 일어나서
땅을 치며 통곡할제 솟는 노화 충천하네
이 세상의 남아장부 어디로에 사라졌나
화동땅을 끝끝내 꺼지게 한단 말야
천지 위해 세운 마음 어찌하여 그만두랴
고금을 꿰여가는 그 도를 전해보세
왕도의 중흥을 언제가야 볼가만은
홍무부터 흐른 세월 어언간 5백년이요.

## 聞中華國新起退淸而行西洋所謂共和政制

開闢來生中國居, 不知中國有尊歟.
天地中間好風水, 皇王帝覇大鋪舒.
倫常禮樂優優爾, 文物衣冠燦燦如.
唐虞三代棄吾好, 掇拾水羊之裔餘.

望有登天還失則, 謂將遷木更水幽.
中華尊豈土疆謂, 夷狄攘之禽獸求.
繼天立極皇綱大, 興到爲治聖模休.
好他性質寧終誤, 勉爾英豪會自優.


## 중화민국이 새로 흥기하여 청조를 물리치고 서양 공화제를 실행한다는 소문을 듣고

개벽이라 중국땅에 살아왔건만
중화땅 존귀함을 전혀 몰랐네
하늘과 땅사이 풍수 좋은 고장이라
제업이 빛을 내며 거침없이 펴지였고
인간륜리 례의범절 어딜 보나 뛰여났고
문물 의관 그 제도도 얼마나 찬연했나
요순 삼대 후손들아 우리 우의 저버리고
수양*후손 버린 찌끼 줍는다니 웬 일이냐.

하늘에 오르려다 법도를 잃고
나무를 옮기다가 심산에 가네
중화의 존귀함이 강토만이냐
이적을 물리치니 금수가 탐욕내네
하늘 이어 등극하여 기강을 바로하고
도로써 다스리니 성인 보법 빛나누나
어여쁜 이 바탕이 영원히 변하리까

영웅호걸 노력하면 스스로 빛을 내리.

------------------------

* 수양(水羊):즉 양(羊)자를 이르는데 서양이란 말이다.


## 送金起漢帶三書入中國

白首晨天倚病床, 深山樹影曙扶桑。
中華一念胸旋轉, 萬里送人心更長。


## 책3권을 가지고 중국으로 가는 김기한을 바래며

이른새벽 백발로인 병상에 의지할제
심산속 나무숲에 아침해 비추누나
중화 위한 일념이 가슴에 맴도나니
만리 길손 바래우는 이 마음 오죽하랴.


## 優積堆三疊

老且病身憂積堆, 忍看華絶此哀哉。
今焉華脉存無得, 常日有生天地來。

老且病身優積堆, 忍看國覆此哀哉。
今焉國社扶無得, 常日有生天地來。

老且病身憂積堆, 忍看人滅此哀哉。
今爲人命救無得, 常日有生天地來。


## 서린 수심(3수)

늙고 병든 이 몸에 수심도 덧쌓이여
중화지맥 끊어짐을 차마 못봐 애닲구나

오늘날 중화지맥 다시 찾지 못하면서
그래도 천지간에 살아온다 하는구나.

늙고 병든 이 몸에 수심도 덧쌓이여
나라가 망해감을 차마 못봐 애닲구나
오늘날 나라 사직 부추길수 없으면서
그래도 천지간에 살아온다 하는구나

늙고 병든 이 몸에 수심도 덧쌓이여
인간이 절멸됨을 차마 못봐 애닲구나
오늘날 인간운명 구할수 없으면서
그래도 천지간에 살아온다 하는구나.


## 吊睦仁死

天下誰無死, 莫如爾可哀。
去歸何處所, 爾父在泉臺。


## 무쯔히도의 죽음을 조상하여

이 세상 사람치고 그 누가 안 죽을고
하지만 너보다 슬플 사람 없구나
돌아가면 어느곳에 머물러 살겠느냐
너 애비가 황천에서 기다리고있을거네.


## 聞木川鄭參判元夏, 合邦日仰藥垂死, 其子用解藥而甦, 因出疆至遼東守義

罔極大東運, 所無萬古形。

身純忠國義, 子切愛親情。
魯海殆同節, 管遼遂幷名。
鴨江聲日夜, 應急鐵衣征。


목천의 정참판 원하씨가 합방하는 날 독약을 먹고 사경에 처했는데
그 아들이 해독약을 대접하여 소생하게 하였다. 그후 그가 고국을
떠나 료동으로 가서 의리를 지키고있다는 소문을 듣고

대동의 운명이 망극하여서
만고에 그런 형세 있은적 없네
나라에 의리 사랑하는 아들의 절성
바다건넌 로중련의 절개이런가
료동에서 부자 이름 함께 날리리
압록강 강물소리 주야없으니
나라 일에 갑옷입고 출정하리라.


## 悼倭奴合邦時死節諸公

合邦變出之時, 死節退溪後孫李松江、嗣孫鄭鶴峰、嗣孫金同春、嗣孫
宋承旨道淳、毅堂處士朴世和、南原黃進士鉉、益山鄭進士同福、宋傳、
聞姑止此。

華絶國亡罔極中, 不容無死死諸公。
二儀至重常經義, 列聖偏深培義功。
抱春秋去泉臺讀, 配日月來振古忠。
靑邱回色仍周遍, 陰騭知應懇帝宮。


**왜놈들이 합방할 때 절개를 지키며 죽어간 제공들을 추모하여**

합방하는 사변이 일어날 때 절개를 지켜 죽어간 이들로는 퇴계의 후손 리송

강, 사손 정학봉, 사손 김동춘, 사손 송승지 도순, 의당 처사 박세화, 남원 황진
사 현, 익산 정진사 동복 등 사람들로서 내가 들은 소문에 의하면 이들뿐이다.

화맥 잃고 나라 망해 망극한 가운데
죽을 사람 없을가만 제공들이 죽어갔네
천지같은 지중한 의리가 상경이니
력대의 성군들의 의리 배양 공덕 깊네
춘추 경을 안고가서 저승에서 읽고
해와 달을 동반하여 옛충성을 떨치리라
청구에 빛이 돌아 전과 같이 되어달라
하늘이 알고 도와 천제에게 충간하리.


## 華夷人獸之分

以天叙我天常我, 蓋曰華人道則然。
彼賤之爲夷獸者, 但將形欲做他天。


## 중화와 이적, 인간과 짐승의 차이

천도로써 일을 보면 하늘이 법이로니
중화의 인간 천도다 본시 이럴진대
천하기로 이름난 오랑캐와 짐승이
형태와 물욕 갖고 딴 하늘 이루누나.


## 聞金起漢同白賢復(三圭)、張德中(基正)八月入中國

此日三君中國行, 可能峻語使人驚。
一飜萬手西風遠, 王道天開四照明。

## 김기한이 백현복(삼규), 장덕중(기정)과 함께 8월에 중국으로 들어간다는 소문을 듣고

이날에 세군자 중국으로 행한다니
준엄한 언론은 세인을 놀래우리
손 한번 번지면 서풍도 멀어지니
왕도가 열려지고 사방이 밝아지리.


## 雪晴

雪晴朝氣朗, 竦坐白頭翁。
遠樹開雲黑, 淨窓透日紅。

警來千險步, 策去百艱躬。
中國整誰手, 來吾前路通。


## 눈이 개여

눈 개인날 아침에 명랑한 기분
백두옹이 도고하게 앉아있노라
저 숲의 검은구름 열어젖히고
밝은 창문 붉은 해살 비쳐드네

천번이고 험한 길 경계하는가
백번이고 고달픈 몸 채질하노라
중국땅 누구 손에 정돈 되려나
오소서, 내 같은 길을 열어주소서.

## 又和復汝詩意, 示諸少輩

事當做處難無做, 做事須求事盡工。
燎原因起牛毛灼, 潏堰從奔蟻穴通。
謹愼得成諸葛業, 從容能辨子房*功。
固吾衰甚諸君壯, 省括開弦箭中紅。

---

* 한고조 류방의 책사 장량의 자임.

## 또 복여씨의 시의에 화답하여 여러 젊은이들에게 보이노라

일을 해야 할적에는 일을 아니 할수 없고
처사할 때면 일마다 정성을 다해야지
소털 하나 불에 타서 료원불길 타오르고
개미굴에 물이 흘러 천리 언제 터진다네
삼가서 일을 보면 제갈 위업 이룩하고
조용히 처사하면 장량 공업 세우리라
나는 실로 늙었건만 제군들은 한창이니
활촉 보고 줄 당기면 붉은 과녁 맞추리라.

## 俄地事形漸變, 決意向中國

居陋初心計事爲, 形移當起起無遲。
唐堯古地宣尼裏, 去守吾身更待時。

## 로씨야땅에서 형세가 점차 변하기에 중국으로 향할 결심을 내리고

메마른 땅에 살며 대사를 꾸미려나
형세 변해 떠야 하네 지체말고 떠야 하네
요순의 옛고장에 공자의 옛동리에
거기 가서 몸 지키며 다시 때를 기다리리.

## 送金衡銓往探中國消息

中原問消息, 儻有反常經。
雪屋催晨飯, 送君萬裏情。


## 탐문차로 중국으로 떠나가는 김형전을 보내며

혹시나 변고가 있을까 하여
중원소식 알려고 떠나가누나
눈덮인 집에서 아침밥 대충 먹고
만리길 바래주는 우리 정일세.


## 責望中華

中華夷狄薰蕕似, 開化云云合理哉。
如不可無開化事, 宜開吾化化他開。


## 중화를 책망하여

중화와 오랑캐는 향초와 독초인데
개화를 운운하니 도리에 맞을소냐
개화라고 하는것이 없어서는 안된다면
내가 먼저 개화된후 남을 개화하여야지.


## 希望

安見有生大聖雄, 有之必亦有其功。
今居中國開神話, 鳥獸蹌蹌四舞風。


## 희망

내 평생에 어느때면 성웅을 만나볼가

그 성웅이 있다 하면 공업도 있으련만
오늘날 중국에서 신화처럼 개화하니
금수들이 너풀너풀 사면에서 춤을 추네.


## 誦唐人 ≪鸛雀樓≫有感

白日黃河千裏目, 因登鸛雀一層樓。
勸君更上泰山坐, 天下形如泛小舟。


## 당나라 사람의 ≪관작루에 올라≫*를 읊고 감회를 적노라

해지는 황하수의 천리길 바라봄은
관작루에 올라서서 한층 높이 섰음이라
권하노라 그대여 태산절정 올라가소
눈아래에 보이는건 물에 뜬 쪽배같소.

--------------------

* 당나라 시인 왕지환 (王之渙)이 지은시.


## 對月起思

絶域蕭蕭兩鬢霜, 天寒歲暮一書床。
寰界渾煙朝暮色, 襟期獨月古今光。
衣冠左海形容立, 禮樂中原夢思長。
敎誰闡義華東史, 效作仍爲萬世常。


## 달을 마주하여

바람세찬 절역에서 귀밑머리 서리 앉고
한해 지는 찬 겨울날 침상엔 서적뿐
아침 안개 저녁 연기 땅우를 뒤덮고

고금을 비춘 달빛 가슴속에 비껴드네
해좌땅의 의관입고 형용을 세울라니
꿈결에도 그립구나 중원땅의 례악이
어느 누가 의를 밝혀 화동력사 적고적어
천만세 대를 이어 본으로 삼게 하랴.


## 壬子冬至日作

悲慨憂遑此極多, 白頭流轉奈將何。
乾坤好許身參立, 日月空隨志逝過。
民國一心生有計, 中華二字寤常歌。
往無不復惟天運, 壽聽雷聲透坎阿。


## 임자년 동지날에 쓰노라

슬픔도 근심도 끝이 없이 쌓였나니
백두옹 떠다닌들 무엇을 한단 말야
하늘땅 통쾌하게 몸설 곳을 주었다만
품은 뜻 세월따라 실현하지 못했구나
나라 백성 한뜻이면 살아갈길 있으리니
중화란 이 두글자 깨고나면 노래하세
한번 가도 다시 오는 천운이라 일컬으리
하늘에서 우는 우레 그 소리에 귀 강궈라.


## 是日題祝辭

寤寐斯翁有願言, 太平好況卽看存。
昭朗光明開日月, 高巍廣厚整乾坤。
政治快復唐虞盛, 道術純宗孔孟尊。
千門萬戶華東闢, 酬酢春風大酒罇。

## 이날에 쓴 축사

늙은이 자나깨나 소원 하나 갖고있네
태평스런 호시절을 지금 당장 보았으면
해와 달이 솟아올라 온 누리에 빛발치고
하늘땅이 정돈되면 높고낮음 이뤄지며
요순의 흥성기 그 정치를 회복하고
도술의 종사인 공맹을 존숭하리
화동땅의 천가만호 문을 활짝 열어놓고
봄바람에 주고받는 큰 술잔 기울이라.


## 諸少友次杜詩 《野望》韻有詠

坐看日月轉東西, 寒帶寒年心更淒。
一色冰連平海陸, 多番雪積混山溪。
蜇龍蓄意靑天躍, 嗪鳥凝思綠樹啼。
冬至春兼時運至, 乾坤浩蕩杖徐攜。

## 젊은 벗들이 두보의 《들을 바라보며》의 시운을 밟아 시를 읊기에 따라서 읊노라

앉아보니 해와 달 동에 떴다 서에 지고
한해의 추운 세밑 한결 더 처절쿠나
얼음 얼어 일색진 땅과 바다 고르룹고
겨우내 쌓인 눈에 산과 내를 못가리네
움츠렸던 저 룡은 하늘로 날 뜻을 품고
입을 다문 뭇새들은 푸른 나무 생각노라
겨울 다 간 동지날에 봄서운이 이르르니
호탕한 건곤속에 지팽이 짚고 거닐리라.

## 冬至後三日夕, 諸少友弄酒, 拈杜詩 ≪拔悶≫韻, 有詠

物物猶藏雪裏春, 何時得做太平人。
遡古念書寒帶束, 戀華商策夜簷巡。
新雷卽見心天地, 斡化元從颯鬼神。
今宵諸友開樽席, 莫日傷多酒入唇。


## 동지 사흘후 저녁에 젊은 벗들이 술을 마시며 두보의 ≪번민을 풀어≫ 시운을 밟기에 시를 읊노라

눈속의 봄기운을 뉘라없이 지녔건만
어느때나 되어서야 태평사람 되단 말야
찬 띠를 동이고 옛책 찾아 글을 읽고
야밤에 처마 돌며 중화 위해 대책 찾네
천지의 마음인가 새 우뢰 터지고
건곤이 돌고돌며 귀신이 사라지리
오늘저녁 여럿 벗 연회를 차렸나니
속상해서 술을 든다 이 말만을 삼가하리.


## 焚香聖位, 退而有詠

朔望拜瞻夫子位, 退思時復永歎言。
十二萬年專間氣, 三千群弟列開門。
眼合光明高日月, 心包崇厚大乾坤。
苟云血氣存蠻貊, 畢竟聲名孰不尊。


## 성인 위패에 분향하고 물러나 읊노라

초하루와 보름날 공자위패 참배하고
물러나니 시세생각 한숨 짓고 노래하네
십이만년 흘러나온 순수한 기운에

삼천명의 제자들이 문을 열고 줄을 섰네
해와 달이 높이 걸려 눈 감아도 환하거니
하늘땅 크고 높아 마음에 두고있네
혈기가 참으로 예맥땅에 남았다면
그 높은 성망을 뉘 아니 존중하랴.


## 敬金興奎讀 ≪小學≫

五十眞能繫脚跟, 如今惟見實軒存。
悲無師古乖人類, 要以身先教子孫。
爲定家規曾石室, 自稱童子特寒暄。
七旬無似誰吾似, 疏讀斯書愧莫言。


## 김흥규씨가 ≪소학≫을 읽음에 존경을 표하며

쉰고개 넘은이가 발뒤축 붙여서니
오늘날 실헌씨만 이러한줄 알리로다
옛사람 본 안따면 인간상리 어기거니
저 먼저 배우고서 자손들을 가르치네
가정규례 세우고 석실*에 앉았으니
동자로 자칭하고 각별히 싹싹하네
일혼이라 견줄손가 뉘 나와 같을손고
책읽기에 게으르니 부끄러워 말못하네.

---

* 심산속의 숨어사는 거실.


## 次明道先生詩韻

根源直截英豪容, 本地心如淨日紅。
幾箇古今爲把定, 元來天地與相同。

恒常山嶽江河裏, 變化風雲雷雨中。
別處聖賢功業外, 人皆錯道有英雄。

## 명도선생의 시운을 밟아

근원을 끊는대도 변색하지 말지어라
본 바탕이 그 마음 맑기로 붉은 해라
고금으로 사람이 이를 파악하였던가
원래부터 하늘땅은 서로 함께 있었다네
바다거나 산악처럼 굳은 마음 드팀없고
변화많은 풍운은 뢰우속에  있노라
성현들의 공업이 다른 곳에 있건만은
사람들은 영웅있다 그릇되게 일렀구나.

## 得"行"字

眞見降夷降獸世, 可言減紀減常情。
二儀肇判人中立, 三代何時道直行。
萬古千今無此變, 十生九死有吾誠。
誰噓赤縣長風起, 吹撤天雲露大明。

## ≪행(行)≫자를 얻어서

오랑캐와 짐승이 이 세상에 내렸거니
기강은 없어지고 상정도 사라졌네
하늘땅이 생겨나고 사람이 나서부터
하상주 어느때에 도를 직접 향했던고
천만년 고금두고 이런 변화 없었거니
내 정성 있었기로 십사구생 하였노라
그 누가 적현에 세찬 바람 일으켜서
구름 가셔가고 대명을 빛내리오.

## 苦心

苦心赤血鬼神知, 日望華州痛惋時。
天地五行中正局, 唐虞三代帝王治。
北滿陸沉誠莫謂, 西洋波沒更何爲。
周禮魯存曾不偶, 誰將此去後先之。

## 고심

고심하여 흘린 피를 귀신이 알랴
화주*를 바라보며 애석해하네
천지의 오행이 중정을 이룬것은
당우삼대 제왕들이 다스린것이라네
북만주 꺼진 땅을 말할수 없거늘
서양물 밀려드니 어찌된 노릇인가
로땅에 남은 주례 우연치 않거니
그 누가 이제 가서 주례를 이으리오

---

* 화주: 중국을 가리킴.

## 中華歌

中華衣冠我著服, 中華詩書我誦讀。
我三師尊中華, 義諦聞亦多。
白首常我中華歌, 天下人傾耳聽我中華歌。

中華是如何?
大天包外中以地, 地之所中爲中華。
表裏地天有相應, 所天爲中亦不過。
人亦譬之言鴿子, 黃白渾, 不知足頭腹心形森羅。
天有中和氣調風雨, 地有中央色發黃河。

況又天西地東相交媾, 中生出大造化, 非是耶?

人於是稟天地中正理, 國於是 天地鴻濛始。
義黃堯舜文作作之君, 漢唐宋明承以尊。
契虁伊傅周召作之師, 孔孟程朱續有言。
赫赫倫常禮樂制度盛, 章章六經四子道理文。
正中星辰嶽瀆位置在, 光大皇王帝伯鋪舒存。

有華不能無蠻夷。
蠻夷天地邊外, 而愈邊愈外。
中華愈相反, 形形色色, 怪怪而奇奇。
夷禍自古自有憂, 愈往愈極可正悲。
昔焉北醜加汗穢, 沒失形樣已多時。
續今西毒有變化, 轉及筋脈震蕩之。
中華道理上達達, 至達神明達高厚。
夷狄形氣下達達, 至達鬼魅達走飛。
飛輕走疾鬼現幻, 人見叫奇爭逐馳。
噫噫！孰謂文明光明?
中華地中華道, 乃至如許黑窣爲天；
惟天運, 循環往復理分明。
斯人也, 又萬古直道行。
華貴夷賤, 有天地之定理；
尊華攘夷, 窮天地之常經。
我歌中華歌, 以開天下人；
中華中華, 曰是如何中華名。


## 중화의 노래

중화 의관 내가 차리고
중화 시서 내가 읽노라
세 스승* 중화를 존숭하였고

의체도 하많이 들어왔거니
백발옹은 중화노래 하냥 부르네
세상의 사람들아
내 부르는 중화가에 귀를 기울이라

중화란 어떠하냐
하늘이 밖을 싸고 안은 땅인데
땅에서 한복판이 중화땅일세
밖과 안, 하늘과 땅 서로 응하니
하늘의 중심이라 해도 과하지 않네
사람들은 이를 닭알에 비기노니
노란자위 흰자위 뒤섞여있어
두족오장 다 있음 알지 못하네
하늘은 화기 있어 비바람 조절하고
땅에는 중앙있어 황하를 발원했네
하물며 하늘땅이 동서로 엇사귀여
그속에 큰 조화가 생겨났다네
그렇지 않는가

사람은 천지의 중정지리 받아들이고
나라는 천지가 혼탁한것 바로잡았네
복희, 황제, 요, 순, 문무왕은 인군이 되고
한, 당, 송, 명이 존위를 이어받았네
상설, 기, 이윤, 부열, 주공, 소공이 스승이 되고
그 언론 공자, 맹자, 정이, 주희가 이어받았네
빛나는 륜상 례악제도 흥성했고
6경의 구절마다 네분*의 도리 빛났도다
정중한 별과 산천은 제 자리가 있고
번성한 제왕 백작 서술을 남겼어라

중화가 있거늘 만이가 없을소냐
만이는 천지의 변두리밖에 있거니
변두리에서 밖으로 멀리 갈수록
중화와 더더욱 상반되여서
형형색색의 기괴한 일 많이 있다네
오랑캐의 우환은 예로부터 있었건만
갈수록 우심하니 그 슬픔 그지없네
그 옛날 북괴들이 중화를 더럽히다
제 몰골 잃은지도 언제였더냐
오늘은 서양에 변화가 있으나
근백이 미치여 진탕하게 되였구나
중화의 도리는 우로 뻗치여
높고 후한 신명에 달하여있고
오랑캐의 형기는 아래로 뻗쳐
날고뛰는 도깨비에 이르고 말리
가벼운 도깨비 환영이 드러나니
사람들은 괴상하다 다투어 쫓네

오! 그 누가 문명과 광명을 운운하는고
준화의 땅, 중화의 도여
이렇듯 캄캄한 세상으로 되였는고
하늘로 말하면 천운이거니
순환왕복의 도리 분명하고나
사람들이여
만고에 직통하는 도를 행하여라
중화존귀 만이비천은 천지간의 정리이고
중화존숭 외이척양은 하늘땅의 상법일세
내 중화의 노래 부르노라
세상사람 다 듣도록 노래부르니
중화여! 중화여!

중화라는 이름은 이렇게 왔다네.

---

* 화서 리항로, 중암 김평묵, 성재 류중교를 말함.
* 공자, 맹자, 정이, 주희를 가리킴.


## 中華稱民國

達道君臣也是首, 無斯人事更無求。
天繞星晨皆北拱, 地傾江漢盡東流。
建極數言曰洪範, 尊王大義有春秋。
中華帝國爲民國, 口道中華不亦羞。


## 중화를 민국이라 하기에

달도한 군신들이 앞장서야 하거니
이런 일 내놓고는 할 일이 없었던가
하늘의 별들은 북극성을 끼고 돌고
땅우의 강들은 동으로만 흐른다네
건극의 언론들은 ≪홍범≫이라 이름하고
군왕존중 도의가 ≪춘추≫에 적혀있네
중화란 제국을 민국이라 일컬으니
입으로만 중화라니 이 아니 부끄럽나.


## 語中東人

赤縣靑邱人輩聽, 老夫日哭時長嗟。
中天正位尊黃極, 左海東頭表小華。
歷古垂裳治有禮, 始終尙禮事堪誇。
爲吾所好無其可, 人莫大爲從獸何。

## 중국과 조선의 사람들에게

적현 청구 사람들아, 늙은이 말 들으시라
날마다 눈물이요, 시각마다 한숨이네
중천의 바른 자리 존귀한 황극이요
좌해의 동쪽끝은 소중화라 한다네
무위로 다스려도 주체만 있었었고
례의를 숭상하니 자랑도 할만 했네
우리가 좋다는 일 되는것 없노니
위대한 우리 인생 짐승을 쫓으리오.


## 語中東靑年士

何意生看此時代, 蒼穹白發淚商商。
天開正大中華國, 日出光鮮左海邦。
堯舜治規百世續, 檀箕風化本昌昌。
曰今妙好靑年士, 這事嗚呼也可忘。


## 중국과 조선의 청년선비들에게

어이하여 이 시대가 이리도 낯설으냐
백발된 늙은 몸은 창천보고 눈물짓네
하늘이 열어놓은 중화국은 정대하고
좌해에 해돋으니 유난히 빛났도다
요순의 법규는 백세대를 이어왔고
단군기자 교화는 본조에서 창성했네
오늘이 좋다 하는 젊은이들아
어허! 이 일을 어찌 잊는다더냐.

# 中州消息

華州消息每郎当, 回首頻頻憂慮長。
大統山河中一國, 致隆禮樂古先王。
陸沈三百年來慟, 奔逐歐巴地去狂。
抑我曾聞荀子語, 皓天有復古之常。

## 중화의 소식

중화의 소식 번마다 맹랑하거니
돌이켜보면 시름만 늘어간다네
강산이 통일된 중국이기에
옛 선왕이 례악이 륭성했다네
땅이 꺼져* 삼백년 통곡했건만
미친듯이 구라파를 쫓아가누나
나도 일찍 순자의 말 들었거니
하느님이 옛법을 돌려주리라.

---

* 땅이 꺼져:명나라의 멸망을 말함.

# 自歎

自有丁寧師父訓, 不無啓導聖賢功。
賦界上帝五常大, 情理同胞四海通。
生順沒寧張子志, 憂先樂後範公胸。
終身未了爲人債, 顔厚起居天地中。

## 자탄

스승의 가르침 간곡한데다
성현의 계도에도 공이 있다네

하느님 내려준 오상도 위대하여
이 세상 동포들 정리 통하네
살건죽건 편안한 장자*의 뜻도
금심 먼저 락은 뒤란 범공*의 흉금
한평생 못다하고 빚으로 되니
이 세상에 살아감이 부끄러워라.

---

* 장자(張子)는 장량을 말함.
* 북송시기의 재상 범중엄을 가리킴.


## 寄語中華民國

東海狂生狂可取, 中華民國局中人。
爲別馬牛此冠服, 須看蜂蟻尙君臣。
四代聖言之禮樂, 九疇天錫有彝倫。
中華日國胡斯棄, 況子由來直道民。


## 중화민국에 말을 보내노라

동해의 미친 사람 미칠만 하네
중화민국 판국중의 사람이기에
마소와 구별조차 관복을 차렸으니
벌과 개미 군신관계 보아야 하리

사대 성인* 례악을 운운하였고
하늘이 준 9주*에 인류 적혔네
중화국이 이 전통 어이 버리랴
그대들은 직도로 온 백성 아닌가.

---

* 요순, 하우, 상탕, 주문왕을 말함.
* 우임금이 천하를 다스리는 9가지 대법.

## 得"維"字

溪冰岸雪欲消時，緗案茶爐病起遲。
氣蒸海作天雲雨，體大山爲地翰維。
世界區分煙出沒，冠衿行動日追隨。
赤縣靑邱春一色，擬將樽酒好依移。

## ≪유(維)≫자를 얻어

강얼음 풀려지고 내가의 눈 녹을 때
상우의 다로를 병든 몸으로 피웠네
바다의 김이 올라 비구름 되어지고
큰산은 땅우에서 기둥같이 솟았다네
세계의 구분은 연기 출몰 따르고
의관과 행동은 해를 따라 움직이네
적현과 청구에 봄빛이 무르녹네
술두루미 들고서 조심해 옮겨가리.

## 登山

長臥雪中只吟病，始登山上暫乘閑。
一天雷雨花心作，萬裏雲煙鳥影還。
自由春光來蜇地，誰將泰運解愁顔。
回頭指點神州界，河馬洛龜曾這問。

## 등산

오래동안 병든 몸이 눈속에서 신음하다
오늘에야 등산하니 잠시라도 한가롭네
하루의 소나기에 꽃들이 피여나고
만리의 구름속에 새들이 날아가니

그 누가 태운으로 시름을 가셔줄고
머리 돌려 신주땅을 돌아보니
하도와 락서는 그곳에서 나왔다네.


## 得"流"字

靑窓起振病餘軀, 茶熟煙生細細浮。
曉日靑山持重力, 春風大海漾空流。
有誰已任憂天下, 使我人居樂地頭。
時運中東回泰術, 彝倫宗敎急先求。


## ≪류(流)≫자를 얻어

병든 몸 가까스로 창가에 기대서니
차끓이는 연기가 모락모락 피여나네
새벽날에 청산은 름름하게 서있는데
봄바람은 큰 바다에서 거침없이 불어오네
그 누가 소임맡아 천하일을 걱정한다면
살아 생전 이 몸이 삶을 즐기련만
중국, 조선에 시운이 태평세월 돌려주면
종교와 이륜을 내 먼저 찾으리라.


## 得"胸"字

雪裏冬天無凍死, 新喧起坐白頭翁。
鴈來故國蒼茫外, 化發深山寂寞中。
對月徘徊千古想, 臨風動盪八荒胸。
誰能喚醒中原局, 三代規尋道大通。

## ≪흉(胸)≫자를 얻어

겨울날 눈속에서 얼어죽지 아니하고
새봄이 돌아오자 백발로인 일어앉네
거친 땅에 저 기러기 고국에서 돌아오고
고요한 심산속에서 온갖 꽃이 피여나네
달보고 비장이며 천고사색 잠기였고
팔황 보는 이내 가슴 바람 맞아 들먹이네
중원의 국면을 그 누가 환기시킬고
삼대 법규 찾아내면 정도는 대통하리.


## 火車至寶萊浦, 吾與金興奎, 金復汝爲向李安郊所而下車, 朴子敬同康汝剛, 春兒直車向遼, 急別口呼

晨星分路急, 未及作悽然。
眼下茫茫地, 心頭愷愷天。


기차가 보래포에 이르자 나하고 김흥규, 김복여는 리안교의 처소로
가려고 차에서 내리고 박자경은 강여강, 춘아와 함께 그 차로 직접 료동
으로 가기에 급급히 갈라지며 읊조리노라

새벽에 갈라지기 너무도 급급해
애달픈 이야기도 나누지 못했네
눈앞에 펼쳐진 망망한 대지
마음속 우러르는 미더운 하늘.


## 示華人姚翼卿

极運三才總沒淪, 百年志士恨丁辰。
時雄幸復中華地, 可復獨非天與人。

## 중국사람 요익경에게 보이노라

운수가 궁극하면 삼재가 륜몰하니
백년동안 지사들 시운을 한했노라
시대 영웅 중화를 회복하리니
회복될건 하늘과 사람뿐이 아니라네.


## 聞中國萬淸軒子弟門人復髻發之制

昔歲壬寅, 少友餘相默遊中國, 訪問有正學名節君子, 得鄂省萬淸軒先生
斛泉, 學宗程朱, 力排異說, 不動一時公卿之引挽, 守身持潔, 囂囂古道。年
九十四歲, 主講謝疊山書院, 尙日孜孜敎學。聞相默說尤庵、華西道德及尊
攘義理, 深致崇仰。餘聞之, 極感歎敬慕。今少友金起漢往還中國也, 以餘
有慕而造焉, 則淸軒已沒, 而其子弟門人, 克守典型, 當中華革命時局, 獨復
古髻發制, 餘於是不勝忻聳, 以爲淸軒之作, 地底陽脈而潛蓄者, 豈端見於
是而將大發也歟? 遂詩以識之。

清軒楚北大先生, 昔有高名海王驚。
明學統宗考亭*志, 守身曠感疊山情。
爭叫遠風渾世界, 特形古夏獨門庭。
從識潛陽多蓄地, 起雷噴薄兩間聲。

---

* 考亭은 주희를 가리킴.


## 중국 만청헌의 자제와 문인들이 상투 트는 제도를 회복했다는 말을 들고서

지난 임인년에 젊은 친구인 서상묵이 정통적인 학문을 자마고 명절을 지키
는 군자를 만나고저 중국을 방문하다가 만청헌선생 곡천을 만나게 되었다.
그는 정주학설을 정종으로 삼고 이설을 힘껏 배격하며 공경들의 유인에 일시

도 끄떡하지 아니하고 자신의 결백을 지키며 옛 도에 자득 하였다. 94세의
나이로서 사첩산서원의 강수를 담당하고 매일 부지런히 교수한다는것이였다.
상묵의 말을 들으면 그는 우암과 화서의 도덕 및 중화를 존숭하고 오랑캐를
배척하는 의리를 아주 숭앙한다고 한다. 내 그 말을 듣고서 매우 감탄하고
그를 경모하기 때문에 그를 찾아갔는데 청헌은 이미 별세하고 그의 자제들과
문인들만이 그의 본을 받아 중화혁명시국에 처해 있으면서 옛날 상투를 트는
법을 회복하고있더라고 하였다. 이에 나는 어깨가 으쓱해짐을 억제 못하면서
청헌의 거동은 땅밑에 잠기여 축적되고있는 양맥으로 이에서 시작하여 앞으
로 크게 발휘될것이 아닌가 생각하였다. 그리하여 시로써 읊노라.

청헌은 호북의 거룩한 선생님
성망은 일찍이 해외를 놀래웠어라
정주학을 정종으로 주학에 뜻 품었거니
수신하여 첩산의 정 넓게 지녔다네
교화를 멀리하려 다투는 혼돈세계에서
화하의 고풍이 이 문정에만 있었어라
이로써 양맥이 땅속에 축적되여
우레 울면 곧바로 용솟음쳐 나오리라.


## 再送金起漢中國

中華宇宙大宗家, 如箋宗家奈若何。
天地鬼神惟監燭, 此間憂慮孰吾多。
那以中華效外夷, 辛勤萬裏再君時。
洛書衍局須將去, 定理由天人莫違。


## 김기한을 재차 중국에 보내며

중화는 우주의 종가집이라
종가를 깔본다면 어떻게 할고

천지귀신 밝은 빛 보기만 하니
여기에 나보다 시름한자 그 누구냐

중화가 저 이적을 이어 본받을고
만리길을 그대 다시 수고하게나
락서에 쓰인 제도 실현해야 하리니
하늘에 매인 정리 사람이 어기랴.


## 偶見遠東報紙, 言中國人心風俗壞敗之原因, 雲學說變遷, 百惡俱作, 至說焚經廢孔, 人莫言其非

曾日是何日中國, 西風一至鬼昏人。
焚經廢孔青年口, 噴起洪流天地淪。

中國而焚經廢孔, 古今天地事雲宜。
老父兄皆家裏在, 義方詩禮獨忘之。

各省老成士君子, 焚經廢孔是如何。
離簾兌甲艮而袖, 可許仁人君子耶。

豈無一個英雄作, 大手揮之以闢昏。
家使經尊人孔服, 功名億代炳乾坤。


원동의 신문에 중국의 인심과 풍속이 무너지게 되는 원인에 대하여
학설이 변하면 백악이 모두 일어난다고 말하고있지만 경서를 불사르고
공자를 페위하는것에 대하서는 아무도 그르다고 말하지 않는다 하는
기사를 우연히 보고서

지난날 중국을 어떻게 말했던고
서풍이 불어오자 도깨비에 홀렸구나

젊은이들 입에서 분경폐공*운운하니
터지는 큰물에 하늘땅이 륜몰하리

중국에서 분경하고 폐공한다면
고금천지 생긴 사단 좋다 하리라
늙으신 부형들은 집에 있으며
의방지훈 시례지훈 잊어버리네

각성의 명망높은 군자들이여
경문소각 공자폐위 웬 영문이요
주렴떠나 갑옷 벗고 굳이 숨거니
그래도 인인이요, 군자라 할가

어이하여 영웅인물 일어나서
주먹을 휘둘러 어두움을 못깨치냐
경문을 존숭하고 공자를 감복하면
공명은 억만대로 이 세상은 빛나리라.

---

* 분경폐공: 경서를 불사르고 공자를 폐위한것.


## 送人難

送人難, 送人難, 天下之難, 莫如送人難之難。
去年送人難, 今年送人難。
昨日送人難, 今日送人難。
何時不爲送人難, 白發最是送人難。
何地不爲送人難, 異域最是送人難。
何時好伴靑春歸故國坐吾廬?
終年終日相追隨, 無復有此難。

## 송별의 어려움

송별이 어렵구나 송별이 어렵구나
이 세상에 송별보다 어려운 일 더 없다네
작년도 금년도 송별은 어렵다네
어제도 오늘도 송별이 어렵다네
그 언제 송별이 어렵지 않겠냐만
백발되여 송별이란 제일로 어렵다네
어디선들 송별이 있지 않겠냐만
이역에서 송별이란 제일로 어렵구나
언제면 청춘을 동무하고 돌아가
고국의 내 집에 앉을수 있으랴
해마다 날마다 서로서로 따르며
이 어려움 다시 더 없었으면 좋으련만.


## 木花村九日, 小會讀約

衣冠影冷木花村, 赤血相挑說約言。
那以此心終去貫, 貫之左海透中原。

### 초아흐레날 목화촌의 작은 모임에서 약속문을 읽노라

의관의 그림자도 차디찬 목화촌에서
붉은 피를 끓이면서 언약을 설토하네
마침내 이 맘을 관통한다면
좌해와 중원도 관통하리라.

## 余冬汗舊崇早發而極甚, 實難支吾. 加之金鬥運百般勞力之餘, 卒得危病, 辛而因棹, 聯床而臥, 終日發言作想, 猶在興華復國

七旬有二老翁身, 萬劫經來一定魂。
臥床堆冰寒帶野, 陽春挑發此乾坤。

風奔雪走病金君, 天護陽回盡費神。
並臥窄盧猶起念, 華東剝書復生辰。

겨울에 땀나는 나의 고질이 일찍 발작하여 견딜수 없었는데 김두운이 백방으로 수고한 끝에 위태한 병세에 다행히 차도가 있게 되였다. 그의 침상을 가지런히 하고 누워서도 온종일 중화를 부흥시키고 나라를 회복할 생각을 주고받노라

칠순하고 둘이 넘어 늙고 병든 몸
만겁을 겪고나니 혼이 안정돼
얼음덮인 황야에 누웠노라니
양춘이 하늘땅에 찾아드누나
풍설속을 분주하다 병든 김군
천은으로 화양시켜 수고 많았네
좁은 방에 둘이 누워 일어날 생각
화동에 박*진하니 복*생기리라.

---

* 박(剝):괘 이름, 운수가 나쁜 괘.
* 복(復):괘이름, 나쁜 운이 다 끝나고 좋은 운이 회복된다는 괘.


## 癸丑冬至

今日陽生冬至辰, 病狀轉輾老夫身。
浩劫靑邱餘飮泣, 洪流赤縣急傷神。

天地爲心元在復, 春秋有義孰能伸。
不死寒中卽見否, 華東門戶盡開春。


## 계축년 동지

양기가 재생하는 오늘 동지날
병상의 늙은이는 전전한다네
청구땅 대난이어 눈물만 남고
적현에 홍수지니 넋을 잃도다
천지를 중심으로 원기 회복에
춘추의 의리를 그 누가 펴랴
추위에 안 죽으면 몰수 있을고
화동 집집마다 봄날이 오는것을.


## 題中華民國曆

有諸侯奉朔天子, 聞否中華奉外夷。
西曆上之堯曆下, 乾坤倒置見今斯。

四萬萬人斯閱看, 此存人理詎心安。
倘有英雄翻了手, 莫春掀起億年還。


## 중화민국력법에 쓰노라

천자가 하사하고 제후가 받는 정삭
오랑캐를 중화에서 받은적이 있더냐
서력을 우에 놓고 요의 력법 아래 두니
하늘땅이 도치됨을 오늘 에서 보노라

사억만 사람들이 이것을 보노니
사람도리 있다면야 마음 어찌 편하랴

만약에 영웅있어 뒤집어놓는다면
태음력을 일으켜 억년을 돌려오리.


## 大寒

坐當大寒日, 喜卽見陽春。
赤縣花香動, 靑邱柳色新。


## 대한

대한날 자리에 앉았노라니
양춘을 보게 되어 기쁘기도 해
적현에 꽃향기 풍겨날 때면
청구에 버들빛 새로워지리.


## 題中華民國文字

有道庶人有議否, 議之一字蔽頭頭。
中華民國終何說, 天地山河摠帶羞。


## 중화민국이란 문자에 쓰노라

도를 아는 서민들이 의논하는데
한글자 말하고는 머리돌리네
중화의 민국이란 무슨 말인고
천지도 강산도 부끄러우리.

## 歎中華民國

中國之尊大人會, 禿頭相對自看何。
衣冠萬國冕旒拜, 古昔威儀可想多。

爭鳴黨會亂波驚, 東決西橫北聒聲。
何處得來掘地手, 穩流就道一看平。

州國黨鄉學校新, 叫奇魅境失天眞。
明倫明德非吾好, 每日今人異古人。

時雄對局自紛謀, 眼一正開徐轉頭。
堯舜禹湯文武事, 較今民國果誰優。

天地所心華日尊, 無斯天地莫心存。
誰卽當仁不讓古, 爲天地作立心人。

## 중화민국탄

중국의 존엄을 대인들이 아노니
번대머리 서로 보니 봐서는 무엇하랴
의관이 부러워 만국이 절했거니
그 옛날 위의는 높기도 했어라

당파들이 쟁명풍파 놀랍게도 어지러워
터지고 쓰러지며 시끄럽게 떠드누나
어디서 땅을 파는 일군을 얻어다가
제곬에 몰아넣어 조용하게 할고

주와 나라 향당의 학교들 새로워
귀신 같은 소리에 천진한 멋 잃었네
륜리도덕 밝히는 일 나의 기호 아니니

오늘 사람 옛사람과 다르다 하지 말라

간웅들이 대치하여 제 모책에 분분하니
눈을 뜨면 고개를 천천히 돌려가네
요, 순, 우, 탕, 문왕, 무왕 그들 사업이
오늘의 민국 비해 어느것이 나을가

천지의 중심인 중화를 존대하니
천지가 없다면 중심도 없다네
누구나 인이라면 옛것을 사양찮아
천지를 위하여 립심인이 되리라.


## 憫新學

內治心性外容觀, 周盡五惇五庸中。
誰聞爲學在斯外, 罔極華東新學風。

無君無父是雲學, 埋沒其人姑置之。
卻怪爲君爲父者, 無君無父勉他爲。

道馬道牛率性殊, 道非性率物生夫。
中華性道蠻夷學, 椓命於天獨不虞。

新燼淸燒天下了, 胡無彼監警宜人。
忠告中華百世主, 新非新命禍維新。


## 불쌍할사 신학이여

심상을 다스리고 용모를 다듬자면
5덕과5상을 다 지켜야네

학문치고 이에 무엇이 또 있는고
망극해라 화동의 새로운 학풍이여

임금도 애비도 모르는 그 학문
사람을 매몰해도 그저 그냥 두누나
임금 애비 위하는자 이상히 보면서
임금 애비 없는 소행 면려해주네

말과 소를 운운하면 속성이 다르거나
사물따라 생긴 속성 도란것이 아닌가
중화의 속성과 도 오랑캐가 배웠거늘
하늘에 고소한들 미리 알리 없었으리

새로 지핀 불길이 온 천하를 태웠으니
감독없이 알맞도록 사람경계 어이 하랴
중화의 백세주께 충심으로 고하노니
신명이 새로운가 화근은 유신일세.


## 新學校

古之學校明人倫, 今滅人倫尙學雲。
命契堯憂舜敬事, 中華*何日得玆聞。

古之學校成人材, 今敗人材正可哀。
大廈木求山濯濯, 三年蓄艾尙宜哉。

倫滅不明材不成, 人心但使盡西傾。
才心傾處隨傾國, 有大人須勇智生。

───────────────

* ≪母≫는 ≪毋≫자의 오기인듯 하다.

## 신학교

옛날의 학교는 인륜에 밝았거니
인륜을 멸하고도 학교라 하겠느냐
계승자를 근심한 요, 근신하게 처사한 순
중화는 언제가야 이런 말을 들을런가

옛 학교는 인재를 양성하는 곳이건만
오늘은 인재를 말사하니 슬픈 일
민둥산에 큰 재목을 구하련다면
쑥이라도 삼년 길러 될만 하겠지

인륜을 마멸하고 인재를 말살하니
인심은 모도다 서쪽으로 기우누나
재질 인심 기운다면 나라도 기울테니
지용이 구비된 대인을 내리시라.

## 女學校

最莫成言女學校, 中東天地忍斯爲。
於男平等爭鳴動, 萬物之中復有茲。

≪內則≫之文 ≪烈女傳≫, 古時懿範正如何。
變遷孰謂至斯境, 百愕千驚哭可多。

## 녀학교

제일 말이 아닌것은 여자학교라
중국 조선 세상에서 이를 견디랴
남자와 평등이라 재명하노니
만물중에 이런 괴가 더 있을소냐

내실에서 읽을 글은 렬녀전이니*
옛날의 좋은 전범 어떠했던가
이 지경에 변천하라 누가 말했나
천백번 놀라웁고 울일도 많네.

---

* 렬녀전(烈女傳):중국 한나라 류향(劉向)이 편찬한 7권으로 된 이 책은 봉건례교를 선양
함에 종지가 있다.

## 示人

天下中華國, 人間正學書。
有言必於是, 斫我頭無餘。

## 남에게 보이노라

하늘아래 중화국에
사람들은 글 배우네
할 말은 모도다 여기에 있거니
내 머리를 베여도 남을건 없다네.

## 甲寅立春曉詠

昔我華翁切怛情, 尊攘天地大常經。
已遠皇明如所事, 嗚來萬折巴溪聲。

重老悲歌徹暮年, 中原興復見何天。
見止雖死還甘我, 此語鬼神堪竦然。

省爺中華腹心看, 心中惡時無體安。
惟義恢張常有講, 至誠卽見徹穹蟠。

病牀異域立春晨, 念我三師自竦身。
遙望中華因發祝, 從今有立萬年春。

## 갑인년 립춘날 새벽에 읊노라

지난날 화서옹이 근심한 일은
존화양이 세상의 대상경일세
머나먼 대명의 이러한 일은
파계의 물소인양 울려오누나

중암로인 만년의 슬픈 노래라
중원부흥 어느때 볼수 있으랴
보는 날로 죽어도 달갑다 하니
귀신도 이 말씀에 송연하리라

성재어른 중국을 생병으로 봐
마음속 꺼릴 떼는 몸 불편해라
의리를 주장하여 강의 늘 하니
지성이 하늘까지 서리여지네

이역의 병석에서 립춘 맞노니
세스승 그리는 송구한 마음
중화땅 바라보며 축원하거니
이로부터 만년봄 맞아오리라.

## 示華人楊鎬京

中華人不祖軒皇, 違祖曾聞理吉祥。
皇帝衣裳皇帝帝, 窮天極地大經常。

## 중국사람 양호경에게

중화사람 헌원황제 조상으로 모시잖아
조상을 어기고 길상하다 하였던가
황제의 의복이요, 황제의 하늘이니
천지의 궁극까지 상법으로 되리로다.


## 孔子敎

孔子其天天可違, 生民万世大宗師。
安天下術知何在, 敎一爲塗化一歸。

## 공자교

공자는 하늘이니 하늘을 어길손가
만세 대종 민생의 스승이라네
천하안정 술책이 어디에 있나
공자교를 한길로 해 통일해야네.


## 看蟻蜂有詠

道只五存達天下, 五中去首道其行。
尊如中國無君何, 看此蟻蜂須愧生。

## 개미와 벌을 보고 읊노라

다섯 마리 있으면 온 세상 통하려나
다섯중에 우두머리 없으면 제갈대로 가리라
존대한 중국이 임금 없이 된다면
벌과 개미 보기에도 부끄러워.

## 示華人李紹棠

發身頭上君人上, 這理元來定自天。
國無元首頭無髮, 今日中華大可憐。

## 중국사람 리소당에게 보이노라

머리채는 머리우에, 임금은 백성우에
이 리치는 애초당에 하늘이 정했다네
나라 원수 없고 머리에 머리채 없노니
오늘의 중화는 가련하고 가엾다네.

## 中華國黨會

亡於有黨古證明, 國以黨開安見平。
皇極敷言惟帝訓, 時雄已事暫留情。

## 중화국 당회

당이 있어 나라 망하는 일 예로부터 증거 있어
나라가 당회 열어 태평년월 어이 보랴
황극에 펴낸 말은 황제의 훈칙이나
간웅들은 성시하려 잠시 사정 두었더냐.

## 示華人範某

崇外心傾外, 棄中運去中。
斯非無理語, 斷斷老生衷。

## 중국사람 범모에게 보이노라

외국을 숭배하면 마음은 외국으로
중국을 저버리면 운수는 옮겨가네
이 말은 무리한 말 아니거니
진정한 늙은이의 속심말이네.


## 崔生鉉戴來傳英人語

北道城津, 有英人來留者, 熟讀 ≪論語≫, 極崇之, 曰 : 孔子之訓, 言言
切。 當論入孝出弟章, 賢賢易色章, 曰 : 聖賢之言, 眞見判然。 且曰 : 宇內
文字, 漢文當爲大一統。 因責中國人之有不學孔子, 東韓人並之不喜漢文。

切當尼訓見, 大統漢文看。
反受英人責, 華東莫厚顔。


## 최생 현대가 와서 영국사람의 말을 전하기에

북도 성진에 와서 살고있는 한 영국사람이 ≪론어≫를 숙독하고 ≪론어≫
를 아주 숭상하면서 ≪공자의 유혼은 마디마디 지당하다.≫고 말했으며 ≪입
효출제≫장*과 ≪현현역색≫장*을 이야기 할 때 ≪성현의 말씀은 참으로 판
연함을 볼수 있다.≫고 말했으며 또 ≪세상의 문자는 한문으로 마땅히 대일통
되여야 한다.≫고 하면서 중국사람들이 공자를 받들지 않고 동쪽 한국사람들
이 한문을 좋아하지 않는것을 질책했다고 하기에.

중니 교훈 지당하게 보아야 하고
한문으로 대일통을 봐야 한다고
영국사람 질책을 도로 받았으니
중화와 동국사람 후안무치 하지 말라.

---

* ≪론어·학이≫편 제6당에≪집에서도 효도하고 밖에 나가면 공경하라.≫는 구절이 있다.
* ≪론어·학이≫편 제7장에≪자하(子夏)≫가로되:어진것을 중히 여기고 용모를 중히 여
  기지 말라는 구절이 있다.

## 示華人姚文燦

各自自由各成黨, 試思國定可能期。
有終一日天中出, 萬物承光會正時。


## 중국사람 요문찬에게 보이노라

제각기 자유로 당파를 이루노니
나라 안정 언제 될고 생각해보라
마침내 어느날 천공에 해가 뜨면
만물이 빛을 받아 제시절 만나리라.


## 示華人王時遠

生於有國爲人者, 宜原國存無原亡。
抵死務爲亡國事, 今人皆有別心腸。

圖存之術無他在, 革正人心務急先。
須看法自西來者, 何件非壞性本然。

壞人心性因壞國, 往事吾東冤徹腸。
爲向中華常沸血, 陰雲誰撤露天光。


## 중국인 왕시원에게

제 나라에 태여나 사람구실 한다면
나라 보존 념원할뿐 나라 멸망 원하랴
목숨 바쳐 망국을 건져야 할것인데
오늘날 사람들은 다른 심사 지녔구나.

나라 보존 술책은 다른데 없노니
인심을 바로함이 급선무 아닐런가

서방서 건너온 법 하나하나 본다면
어느건들 본연지성 파괴 안하리

사람 심성 파괴되고 나라도 파괴된
우리 동국 지난 일에 원한이 사무쳐라
중화에 쏠린 마음 붉은 피는 하냥 끓거니
그 누가 구름 걷어 햇빛을 보게 하랴.


## 贈答金孝先(奎錫)書贄意

勤齋師範大, 松隱義方多。
博學君心好, 其如昧拙何。
亂風迷七聖, 新舌罵三綱。
不動如山立, 勉旃保爾常。


## 김효선(규석)이 보내온 편지의 뜻에 답하노라

근재 스승은 훌륭한 본보기
송은의 의방지훈 많기도 해라
박학인 그대 마음 더없이 훌륭해
암매한 나로서야 어찌 비기랴
어지러운 바람은 7성을 미혹하고
새로운 말들은 3강을 비웃누나
우뚝 선 산인양 끄덕하지 말고
그대 상법 보전 위해 힘을 쓰리라.


## 擬向中國

苦多病氣長沉席, 喜卽陽輝已滿門。
振策周旋隨日月, 整冠容與立乾坤。

在地誰評中國古, 何天物見大人尊。
聞說沂壇鏗瑟地, 春風不絶詠歸人。


## 중국에 갈 생각을 하면서

병석에 오래 누워 괴로움도 많더니
문안에 햇볕에 가득 차 기뻐라
채찍을 휘두르며 일월따라 돌아가고
의관 정제 름름하게 천지간에 서리리니
그 누가 중국이 예스럽다 말하느냐
대인이 존귀함을 어느날에 내가 보랴
듣자니 미역감던 기수의 무단에
봄바람에 노래하며 오는이들 많다더라.


## 乘車謝社中贐勞

遠行意思蓄斯翁, 淹過木花開落中。
歲月支離愁裏夢, 乾坤寥廓病餘躬。
春還欲盡深山雪, 天闊將迎萬里風。
多謝社人勞慰厚, 酬答車中酒面紅。


## 나의 길 차비에 수고한 사람들에게 차에 올라 감사를 표시하노라

먼길걸음 늙은이의 오래된 념원
어느덧 나무에 꽃이 피고 지누나
지리한 세월에 시름많은 꿈
넓고넓은 세상에 병든 몸이라
봄이 오니 심산의 눈 다 녹아지고
넓은 하늘에 만리동풍 맞자오네
사인들의 후한 위로 고맙거니
차우에서 그대들께 사례하노라.

## 過吉林伊通州

昆侖正脈活龍來, 南關中華胡北限。
三峰過峽聯珠立, 兩白騰空鰈域開。

我馬遲遲過峽中, 回頭東望淚橫風。
天時地理胡今舛, 禮義朝鮮運失隆。

中州儻好事機乘, 此往西南占得朋。
地脈旣同人類一, 華東運復並時興。


## 길림 이통주*를 지나면서

곤륜산 정맥에서 령이 내려와서
남으로 중화 열어 북쪽끝은 호땅이라
3봉이 련주 같은 협곡을 지나오니
량백이 등공하여 접역*이 열리누나.

내 말은 처처히 협곡을 지나는데
동녘을 돌아보니 눈물만 절로나네
천시도 지리도 호땅은 어수선하고
례의 나라 조선은 륭성운을 잃었다네

중화땅에 좋은 기운 얻을수 있다면야
이 걸음에 서남가서 친구들을 모으련만
지맥이 같은데다 사람도 같을진대
중화와 동국 운수 동시에 부흥하리.

---

* 길림성 중부남쪽 이통하상류에 자리잡은 곳. 광서 7년(1881년)에 이통주를 설치했고
  1913년에 이통현으로 고쳤다가 1989년에 이통만족자치현으로 됨.
* 조선의 별명.

## 送金斗運入中國

經綸天下男兒事, 豈曰斯吾分外哉。
今爾從容中國去, 茫蒼時局好飜來。

## 김두운을 중국에 보내며

천하를 경륜함은 남아의 일이거니
분외의 일이라고 어떻게 말하리오
오늘은 떳떳하게 중국으로 들어가니
망창한 시국을 뒤번져 놓으리라.


## 聞中國祀孔子, 祭班有服深衣

大聖祀儀殊昔觀, 文明影子古周還。
是知陽脈新昭著, 幾日朱光九字間。

## 중국에서 공자를 제사할 때 제사반렬에 심의를 입은 사람이 있다는 소문을 듣고서

대성의 제사의식 예전에 보았거니
고대 주조문명의 그림자가 비쳐오네
양맥이 새로이 비추는걸 알만 하니
며칠째 붉은빛이 온 누리를 비추누나.


## 太原商人言其府人士作髻者至屢千

太原髻影屢千高, 一色齋州想動搖。
直使老夫蹈三百, 清明華運此將朝。

### 태원상인의 말이 태원부의 인사들가운데 상투를 튼 자가 수천명이나 된다기에

태원에 상투머리 수천이나 된다 하니
온 나라가 한빛갈로 움직이려 하는가봐
늙은이 기뻐서 삼백번을 뛰게 하니
중화의 대운이 이 아침에 청명하리.


## 示華人孫鴻世

萬古三綱五達道, 君臣首也也今無。
中華大統尊天地, 愕矣誰斯夢料夫。


## 중국인 손홍세에게

만고에 삼강은 오륜을 이루건만
첫째가는 군신이 오늘은 없네
중화의 대통으로 천지를 받드니
놀라와라 이런 일 꿈엔들 생각했으랴.


## 示華人關松泉

生華存國違華道, 讀聖之書背聖言。
平等自由獨天出, 人今多哲抑多昏。

有自天敍秩命討, 所爲人禮樂衣冠。
謂斯不合中華物, 宜暫回頭往昔看。


## 중국인 관송천에게

중화국에 태여나서 중화도를 어기는고
성인의 글을 읽고 성인언론 거역하네
평등이니 자유이니 여기서만 나오거니
현철이 많다하나 암매한자 더 많아라

하늘에 질서있어 성명을 찾고
인간으로 례악의관 지켜야 하네
중화에 이것이 맞지 않는것이라면
잠시라도 고개 돌려 옛날을 보아야지.


## 示華人程立沂

樂去有尊華夏實, 甘居所賤蠻夷名。
合乎天理人情否, 奈億千年遺惡聲。

除非中國道中國, 何物曾看失道存。
來自三皇五帝者, 忍令無跡此乾坤。

定今天下老成可, 非定之難鞏固難。
務正一時新近見, 隨生善教萬年安。


## 중국인 정립기에게

존대한 중화실체 즐겨 버리고
비천한 만이 이름 달게 받는고
천리와 인정에 부합되겠나
억만년 남길 악명 어찌할런고

중국에서 중국의 도 보존해야지
도를 잃고 존재하는 사람이 있나

3황과 5제부터 전해온 도를
이 세상에 종적없이 내버릴소냐

오늘날 천하평정 성숙하게 해야거늘
평정도 어렵건만 공고하기 어렵다네
바른것에 힘쓴다면 새 진척이 있게 되고
학생따라 가르치면 만년동안 안정되리.


## 示華人劉隱良

發頭駿尾行人獸, 獸惡去形而況人。
萬代祖先千古聖, 受生受敎曰斯身。


## 중국인 류은량에게

머리칼에 갈기꼬리 짐승꼴을 어이하랴
짐승 아닌 사람이 악한 꼴을 어찌보랴
만대의 조상과 천고의 성인들이
목숨도 교시도 나에게 주셨다네.


## 示華人孫承讓

孰優孰劣華夷道, 有我舊章胡彼遵。
最萬萬宜斯發愛, 莫身爲重更頭尊。


## 중국인 손승양에게

중화도와 만이도의 우렬이 어떠한고
옛전장이 네게 있어 만이는 따랐어라
천만 제일 사랑할건 머리칼이니

몸을 중히 보지 말라 머리가 더 소중하네.

## 示華人張世炳

貴夏賤夷何最關, 先看此發有無間。
彼初偶妄寧眞妄, 會有大人靡等間。

## 중국인 장세병에게

중화는 존귀하고 만이는 비천한데
머리칼이 있나없나 제일 먼저 봐야 하네
처음에는 우연 망녕 후에는 진짜 망녕
대인이 나타난다면 등한히 안하리라.

## 示華人劉汝則

未有忘親爲及他, 忘親孰若毁親枝。
百行由孝孝終始, 學孔子須先此知。

若使人皆無孝時, 有治天下可能期。
莫言一發幹何事, 宇宙重輕還系斯。

## 중국인 류여측에게

남을 위해 부모 잊는 사람없거니
친지 훼손 부모 잊음 어이 비기랴
시종된 효도에서 모든 행동 나오거니
공자교 배울 사람 이것부터 알리로다

사람마다 효성이 없게 될 때면

천하의 다스림을 기약할수 있다네
머리칼 한오리를 하찮게 보지 말라
우주의 경중이 여기에 매여있네.


## 聞某老行中國, 頭著章甫名色冠, 身著深衣名色服, 而令子姪毁形入新學校

心焚經傳廢綱倫, 學說看他天地淪。
膠新粉古翁心貌, 人獸雙居孰僞眞。


한 늙은이가 중국에 가서 장보관을 머리에 쓰고 명색은 관이라 하고
심의를 입고 명색은 복이라 하면서 아들 조카들의 모양을 볼꼴없게
단장하여 신학교에 보낸다는 소문을 듣고서

경전을 불사르고 기강륜리 폐기하니
학설로 그를 보면 천지가 륜멸됐네
새것으로 옛것을 분장하는 로옹 모습
사람 짐승 혼거하니 어느것이 진짜일고.


## 中華民國摘禮運, 大同小康雲雲, 以爲孔子亦爲共和說。此其語訓有不同, 共和意亦曾有說, 漢儒傅會者

此證亶其爲的然, 較諸專侮足雲賢。
聖言明白許多裏, 窮覓出來情可憐。
蓋謂共和堯舜爲, 莫唇虛誕莫心癡。
曰稽古帝曾民國, 自以發衣天下治。
孔子春秋何說爲, 尊王大義苦心之。
若雲孔子共和說, 萬世罪人寧曰師。

중화민국에서는 ≪례운≫에서 ≪대동≫, ≪소강≫이란 말들을 절록해 가지고 공자도 공화를 주장하였다고 인정하고있는데 여기에 대한 해 석은 같지 않다. 공화라는 뜻도 일찍이 있었는데 이는 한나라 유학자들 이 억지로 맞추어놓은 것이다.

이 증명이 진실로 그러하다면
순전한 모독보다 어질다 하리
성인 말씀 허다히 밝혀냈으니
힘 다하여 찾는 정도 가없다 하리

공화란 요순이 운운했다 하거니
흰소리 치지 말고 천치같이 생각말라
하우 같은 옛 임금 민국을 말했을가
모발과 의복으로 천하를 다스렸네

공자가 ≪춘추≫에서 무어라고 하였는가
임금존숭 대의에 고심하였네
공자가 공화설을 운운했다 한다면
만세의 죄인을 스승으로 모셨을가.


## 聞中國崇王陽朋, 低朱子, 新刊 ≪大學≫, 脫去 ≪傳≫五章

姚江波浪極懷襄, ≪大學≫新刊去補亡。
夷狄異端相表裏, 文治道教此華邦。

後孔子人爲失尊, 乾坤翻倒豈他言。
誰能去破昏雲霧, 使見靑天正大存。


중국에서 왕양명을 숭상하고 주자를 헐뜯으며 새로 간행한 ≪대학≫에 서 ≪전≫5장을 삭제했다는 소문을 듣고서

요강의 물결*은 높은 산을 삼킬듯
신간된 ≪대학≫에는 보충문이 삭제됐네
이적과 이단이 서로서로 호응하니
문치의 도로써 중화 교화해야 하리

공자후의 사람은 존엄을 잃었고
천지가 전도되니 다른 말 해 무엇하랴
어두운 운무를 그 누가 깨뜨리여
청천을 보게 하고 공명정대 남겨주랴.

---

* 왕양명학설의 범람을 말한다. 양명선생 왕수인은 절강성 여요사람이다. 요강은 여요부근
에 흐르는 강이다.


## 題英人威士赫演說

英人威士赫演說, 華士陳煥章譯之。 略曰：中國自古以士爲四民之道。
故其進化爲獨早。今外人偏欲敎育中國, 此誠其怪。欲與中國以新言語, 新
文字, 新服制, 新家庭, 若中國不拒絶洋人此種意, 則中國靡有孑遺矣。非
特不拒絶, 大開門戶, 以迎來者, 而受他人所謂敎育, 所棄者非特本身, 並其
子孫, 而棄之鼇般學士。曰歐人之學校, 乃表示最暗於兒童及人類之性質
者也。夫歐洲敎育之法, 本爲最大學者所排斥, 中國安能望以此自救乎? 歐
法尙貽害於歐人, 則其貽害別國抑又甚矣。豈可不自愛子孫, 而被人所欺
乎? 吾所親愛之中國也, 君苟略察乎君何以失明之故, 則知歐洲將歸依於
孔夫子也。然自棄其聖人, 自棄其家, 亦獨何哉? 鼇般曰：指示之法, 所重
者强記, 所供給者, 不過器機僅能發達而已, 然亦止於是矣。指示不可以爲
德育, 蓋道德非强記之結果, 乃學習之所以成。孔子之敎, 乃人倫日用之宗
敎, 豈若歐洲人之宗敎? 吾人不能依以爲生哉。中國苟沉醉於歐化, 其險更
甚於鴉片。社會主意披靡於歐洲, 而愁慘之氣, 震動於列國, 比之孔敎愼獨
之學, 莫見乎隱, 莫顯微爲如何乎? 若中國欲棄特質以易浮虛, 亦短見之甚
矣。泰西將來之大禍勢有必至, 以德育缺乏也。歐洲之社會之亂象, 孔子所

已言矣。其曰：小人反中庸，小人無忌憚，夫非今日之謂歟？時中之道，乃教育之原理，乃所以令人種再生者也。《中庸》曰："誠者自成也。而道自道也。"自道方是教育之目的，自道之學中國，萬不能而取法於歐洲。歐洲所有不過印度所謂物質之覺識而已，非本體之覺識也。雖然，如何能由教以造自成？孔夫子曰："修己安百姓"，修己其最重要歟。有報告於法國教育部者曰：吾國之教授法，不過繼續中世之法耳。彼時凡教訓皆在天主教堂之手，教師據幾而坐，訓兒童以彼所必須教育，兒童又必須聽受師言如神聖之物。此何等束縛乎？孔子之教則不然。有弗學學之，弗能佛措也；有弗問問之，弗知弗措也；有弗思思之，弗得弗措也；有弗辨辨之，弗明弗措也；有弗行行之，弗篤弗措也。此乃有秩序之精神，所以爲凡百大事之主也。比於歐洲之教法，不誠令中國人勇氣百倍也哉！然則，由教育以再生之道果如何乎？《中庸》曰："君子之道，造端乎夫婦。及其至也，察乎天地。"夫婦之合，乃感與覺之合。男子長於覺識，女子盛於感情。男女異性，歐人男女同校，實爲種類之毒，吾甚喜中國無此也。中國當無忘孔子造端夫婦之訓也，歐洲之道德及宗教，皆視體魄如靈魂之桎梏，故無以道德養其體者。歐洲之所謂德育，其一方面則不過指教之法，而其一方面則遊戲耳運動耳。吾不原見中國之少年效歐洲之少年不美遊戲也。今若中國再建合理之教，如先民之所爲，則一人必成一人之才矣。歐人之婚姻，多不過金錢問題，故女子爭參政權宜也。若中國婦女則奚須爭此？但有家教，以達其天然之才，則彼自然不幹預外事矣。中國之教既良，則可助日本以文德。近日本已悔服從歐化之太速矣。若中國又自棄焉。是兩國皆將爲物質主義之劫掠品而俱死也。苟中國再生則並可再生日本，印度、暹羅、波斯、埃及雖寂然無聲，亦盼望中國能之自寤也。總而言之，若中國教育而誤廖也，乃在忘記先聖之教法，不以知覺閱歷爲智育之基也。歐洲教育全無益於中國雲雲。英人有約翰斯頓者，論中國宗教之前途，而於孔教三致意焉。謂現在中國最要之問題，在中國文明應自西洋之基礎從新改造，或仍自孔教之基礎維持不失中國之文化。猶一樹也，其在原來地土中國，固自有其滋養之材料；若移植他處，則枯萎死亡，直意中事。然則其不宜妄爲移植，固不可俟煩言矣。顧現在確有此種喜新厭故之勢力，使非先事預防，則中國在世界中，且爲昢門托缺之流丐, 不亦可歎耶? 雲雲。

中西美惡能看破, 厚塞透昭天性眞。
我欲向渠三捫背, 歐洲廿紀初生人。

陸沉失樣好中國, 惜爾不辰遊覽年。
使及文明三代上, 應如超霧見靑天。

書非爲白夜非黑, 破惑無何雖鬼神。
爲問華韓新趣士, 言猶不信出西人。

天見其高地見厚, 日具瞳子自非難。
大成至聖吾夫子, 血氣尊親此起端。

## 영국사람 월쓰쳐의 연설에 쓰노라

영국사람 월쓰쳐의 연설을 중국의 지식인인 진환장이 번역하였는데 요약하여 말하면 다음과 같다. 중국은 자고로 선비를 사민의 첫 자리에 놓았다. 그러므로 그 진화가 유달리 일찍하다. 지금 외국사람이 기어코 중국을 교육하려면 드는데 실로 이는 괴상한 일이다. 중국에 새 언어, 새 문자, 새 복제, 새 가정을 주려고 한다. 만일 중국이 서양 사람들의 이런 생각을 거부하지 않는다면 중국은 종자도 남지 못할것이다. 거부하지 않을뿐만아니라 문호를 크게 열어놓고 들어오는것을 맞아들이고 타인의 이른바 교육을 접수한다면 버리게 되는 것은 그자신과 그들의 자손일뿐만아니라 리반학사를 버리게 될것이다. 일본이나 구라파 사람들의 학교는 아동 및 인류의 성질에 대하여 제일 무지함을 표시한다. 대저 구라파주의 교육방법은 원래 제일 훌륭한 학자들에게 배척되고있는것만큼 중국이 어찌 이것으로써 자신이 구원될것을 바랄수 있겠는가? 구라파주의 방법이 구라파사람 자신에게도 해를 끼치고있는것으로 보아 다른 나라에 해를 더 심하게 끼치게 될것이다. 어찌 제 자손을 사랑하지 않고 남에게 버림을 받게 할것인가? 나의 사랑하는 중국이여! 그대는 어째서 실명하게 되었는가 하는 까닭을 진실로 대략 살피게 된다면 구라파주가 장차 공부자에게 귀의하리라는것을 알게 될것이다. 그런즉 스스로 자기 성인을 포기하고 자기 집을 포기한다면 무엇이라 하겠는가? 리반이 가로되 지시의 방법에서 중히 여기는것은 억지로 기억하는것으로써 다만 기계의 발달을 공급해줄뿐이므로 역시 여기에 그칠뿐이다. 지시를 덕육으로 여길수 없다. 도덕은 억지로 외운 결과가 아니고 배우고 익히여 이루어지는것이다. 공자의 교는 인류일용의 종교로서 어찌 구라파인의 종교와 같을것인가! 우리들은 그것에 의지하여 살아갈수 없다. 중국이 실로 구라파화에 취해 잠겨있다면 그것은 아편보다 더욱 위험할것이다. 사회주의는 구라파를 휩쓸어 시름과 슬픔의 기운은 여러 나라에 파급되고 있다. 공자교중의 신독의 학설보다 더 심각한것이 보이지 않고 더 상세한것이 나타나지 않으니 무엇때문인가? 가령 중국이 자기의 특질을 포기하고 들뜨고 허황한 것으로 바꾼다면 그것도 아주 짧은 식견이라 할것이다. 덕육의 결핍은 서양에 장차 큰 화가 미칠 장본으로 될것이다. 구라파주의 사회공황은 기실 지시지법으로 말미암아 조성된것인데 중국이 이것을 장래의 희망으로 삼고 본받을것인가? 오늘 구라파주의 어지러운 사회현상은 공자가 이미 말한적이 있는것이다. 그가 가로되 ≪소인은 중용을 반대하고 소인은 기탄함이 없게 된다.≫고 하였으니 오늘을 두고 말한것이 아닌가? 때에 알맞은 도는 곧 교육의 원리이고 인종으로 하여금 재생하게 하는것이다. ≪중용≫에 이르기를 ≪성은 스스로 이루어지고 도는 스스로 인도하는것이다.≫고 했다. 스스로 인도되는것만이 바로 교육의 목적이다. 자도지학은 중국이 절대 구라파주에서 본받은것이 아니다. 구라파주의 소유인것은 인도의 이른바 물질을 깨우쳐 알게 할뿐이라는것으로서 본체를 깨우쳐 아는것이 아니다. 그렇다면 어떻게 해야 가르침으로 자성에 이르게 할것인가? 공부자는 가로되 ≪제몸을 닦음으로써 백성을 안정시켜야 한다.≫*고 했으니 제몸을 닦는것이 제일 요긴한것이다. 어떤 사람이 프랑스교육부에 보고하기를 ≪우리 나라의 교수법은 중세기의 법을 지속시킨데 불과하다.≫고 하였다. 그때 교육은 모두 천주교회당의 손에 쥐여졌고 교원은 탁자에 기대여 앉아서 그가 아이들에게 가르쳐야 할것을 가르친다. 아이들은 또 스승의 말을 마치 신성한 진리처럼

---

* 이 구절은 ≪론어·헌문≫에 있다.

꼭 들어야 한다. 이 얼마나 구속스러운가? 공자의 가르침은 그렇지 않다. 배우지 못한것을 배우게 하고 하지 못할것은 배워주지 않으며, 묻지 못할것을 묻게 하고 알지 못할것은 배워주지 않으며, 가리지 못한것은 가리게 하고 가리지 못할것은 배워주지 않으며, 행하여 보지 못할것을 행하게 하고 독실하지 못한것은 배워주지 않는다. 이것이 곧 질서있는 정신이고 일체 대사의 주체로 되는것이다. 이것을 구라파주의 교수법에 비하면 실로 중구사람으로 하여금 백배의 용기를 북돋우어주게 하지 않는가? 그렇다면 교육으로부터 재생하는 길로 나가는것은 과연 어떠한가? ≪중용에≫가로되 ≪군자의 도는 부부로부터 단서가 시작되고 그것이 지극하면 천지를 살피게 된다.≫고 하였다. 부부의 결합은 곧 감과 각의 결합이다. 남자는 깨우쳐 아는것이 우월하고 여자는 감정이 성하다. 남녀는 이성이다. 구라파사림들은 남녀가 한학교에 다니는데 실로 인간종류의 해독으로 된다. 중국에 이런것이 없는것을 나는 매우 기뻐한다. 부부가 도의 시작이라고 한 공자의 가르침을 중국은 잊지 말아야 한다. 구라파의 도덕 및 종교는 모두 몸을 령혼의 질곡으로 간주하는 까닭에 도덕으로써 그 몸을 보양하지 못한다. 구라파의 이른바 덕육은 일면은 지수지법에 불과하고 다른 일면은 유희일따름이고 운동일따름이다. 나는 중국의 소년들이 구라파어린이들의 아름답지 못한 유희를 본받는것을 보고싶지 않다. 만일 지금 중국에서 선인들이 만들어놓은 합리한 교를 재건할것 같으면 사람마다 꼭 인재로 될것이다. 구라파사람들은 혼인은 많이는 금전문제에 불과하다. 그러므로 여자들이 참정권을 다투는것은 마땅한 일이다. 중국부녀일 경우라면 이것을 다툴 필요가 있는가? 다만 가정교육만 있으면 그 천연적인 재질에 도달할수 있다. 그러면 그들은 자연히 밖의 일에 참여하려 하지 않을것이다. 중국의 교가 훌륭할진대 일본 문덕을 도와줄수 있다. 지금은 일본은 이미 구라파화의 복종속도가 지나치게 빠른것을 후회하고있다. 만일 중국이 또 스스로 포기한다면 두 나라가 다 물질주의의 겁략품이 되어 모두 사멸되고 말것이다. 실로 중국이 재생하면 일본이 재생할수 있고 인도, 섬라, 페르시아, 애급이 비록 소리없이 고요하지만 중국이 스스로 깨닫기를 기대하고있다. 모두어 말하면 중국교육의 오유는 곧 선성의 교법을 잊어버리고 지각열렬을 지육의 기초로 삼지 않는데 있다. 구라파교육은 중국에 전혀 도움이 없다고 하였다. 영국사람

존스톤이란 사람이 중국종교의 전도를 론하면서 공자교에 대하여 세가지를 제의하였다. 현재 중국의 제일 요긴한 문제라면 중국문명은 응당 서양의 기초에서 새로 개조하겠는가 아니면 의연히 공자교의 기초에서 중국을 잃어버리지 않는 문화를 유지하겠는가 하는것이다. 나무에 비긴다면 원래 땅인 중국에 그대로 있게 되면 물론 저절로 자양분이 있는 재료들이 있게 된다. 만일 다른 곳에 옮겨 심는다면 곧 말라죽을것은 실로 장황하게 이야기할 필요가 없는것이다. 현재를 두루 살펴보면 확실히 새것을 좋아하고 낡은것을 꺼리는 세력이 있는데 사전에 예방하지 않는다면 중국이 세계에서 연문탁어하며 떠돌아다니는 거지가 되고말것이니 기탄할 일이 아니란 말인가라고 하였다 한다.

중국과 서양의 선과 악을 간파했노니
꽉 막히고 탁 트인 천성이 진실하네
그의 등을 가벼이 세 번 치려니
20세기 구라파에 처음 나타난 사람

땅이 꺼져 모양 잃은 훌륭한 중국
애석토다 때를 잃어 유람하는 해
삼대전의 문명에 이르게 되면
안개를 헤치고 하늘보듯 하리

낮에는 밝지 않고 밤에는 어둡잖아
귀신도 어떻게 의혹 풀지 못하네
묻노니 중한의 새 취향 가진 선비들
서양인의 하는 말 믿지를 말게

높고높은 하늘에 두터운 땅
눈에 자동있어 어려울것 없네
대성지성* 스승은 우리 스승이고
이제부터 혈기있게 존친을 시작하라.

_______________

* 공자에 대한 존칭임.

## 夢常在見復中華, 雙橋行路停車, 柳樹下暫眠, 又復是夢, 覺而口乎

興復中華想望邊, 晝宵寤寐一心懸。
誰知柳下停車夢, 好入文明萬古天。


꿈에 하냥 중화의 회복을 보게 되는데 쌍교길에 차를 세우고 버드나무아래에서 잠간 잠이 들었다가 또 이 꿈을 꾸었기에 꿈에서 깨여나 읊노라

중화부흥 생각하며 저 하늘가 바라보니
오매에도 한마음에 걸린 일이 있다네
양류아래 수레 세워 꾼 꿈을 뉘 알랴
만고에 문명한 그 세월로 들어갔네.


## 八裏甸旅舍夢中作

萬古花光來接續, 一天鳥語轉淸新。
自有主人襟抱大, 管領中州無限靑。


## 팔리전*려사의 꿈속에서 지었노라

만고의 꽃빛이 서로 이어지더니
한 마리 천조소리 청신하게 전하누나
주인은 스스로 포부가 커서
도맡아 다스리는 중화의 봄 한 없어라.

---

* 료녕성 화인현 서쪽 45킬로메터되는 팔리전자란 곳임.


## 寓芳翠溝

秋天芳萃洞, 病鶴悵無群。

注目深江水, 增神古木雲。
龍飛一忻睹, 禽鬪四愁聞。
少友進魚果, 掃開苔石紋。


## 방취구*에 우거하여

가을날 방취동에
무리 떠난 병든 학이 슬퍼하노라
깊고깊은 강물을 보기도 하고
고목우에 걸린 구름에 정신도 파네
나는 룡을 흔연히 보기도 하고
시름없이 새소리를 듣기도 하는데
젊은 친구 고기 과일 내여놓으며
이끼를 쓰니 돌무늬가 완연하구나.

---

* 료녕성 관전현 방취구임. 시임이 만년에 여기서 살았고 1915년 음력 1월29일 여기서 서
  거했음.


## 芳翠寓屋, 停書口呼

遼東客裏有淸秋, 停讀殘書坐石頭。
胸畔乾坤明月出, 眼前今古大江流。
拭多眞主中州目, 掃盡跳夷故國愁。
宇宙新編言有物, 斡機欲與鬼神謀。


## 방취우옥에서 책을 읽다가 읊노라

료동의 나그네 맑은 가을 맞았거늘
읽던 책 덮어놓고 돌우에 앉았노라
넓디넓은 하늘땅 명월이 솟아오르고
고금의 큰 강은 눈앞에서 흐르누나
중화의 진명지주 눈닦고 바라보며

고국에서 오랑캐를 몰아낼 일 시름이네
≪우주신편≫에 의론한 내용이 있거니
돌고도는 운명따라 귀신술책 도모하리.


## 追聞義砲金雲仙事

金雲仙, 原洲常人也, 夫妻爲生。 日賊五條約時, 有起義兵也, 謂其妻
曰：“欲爲義, 憐君而不可爲也。”妻曰：“何爲係戀我, 吾死矣, 請夫君爲義
多殺賊。”卽死, 雲仙持銃獨行, 見倭則輒射, 殺至四十餘名。倭憚之曰：
“數百軍義兵不足畏, 金雲仙一人可畏。”世稱金雲仙夫忠婦烈。

夫忠婦烈金雲仙, 比古士龍還倍賢。
恨殺世無巴老筆, 老夫歎發遠遼天。


## 의군포수 김운선의 이야기를 듣고서

김운선은 원주의 상민으로서 부처끼리 살고 있었다. 왜적이 오조약을 체결
할 때 의병이 궐기하자 그는 자기 안해에게 말하기를 ≪의병이 되고저 해도
그대가 불쌍해서 못가는구려.≫라고 하였다. 안해의 말이 ≪무엇때문에 저를
생각하겠어요? 제가 죽겠사오니 랑군님께서는 의병에 나가시여 왜적을 많이
죽여주세요.≫라고 하고서는 곧 자살하였다. 운선은 총을 들고 혼자 걸어가면
서 왜적을 보는 족족 쏘아 40여명이나 쓰러눕히자 왜놈들은 벌벌 떨면서 ≪의
군 수백명이라도 겁날것 없는데 김운선 하나가 두렵구나. ≫라고 하였다. 세상
사람들은 김운선부부를 가리켜 부충부렬이라고 하였다.

렬녀에 충부라 명성높은 김운선
옛날에 사룡*보다 배나 더 어질구나
세상에 파로의 붓없어 한스럽거니
머나먼 료동에서 늙은이 한숨짓네.

---

* 진(晉)나라의 류운(陸雲)의 자가 사룡임.

## 憶遂安李貞鉉、升鉉

弟兄秉義逈於人, 討倭夏洋老挺身。
聞說萱堂蒙至敎, 一生百困養天眞。

## 수안 리정현과 리승현을 추억하노라

형제가 한결같이 의기를 들고서
선뜻이 떨쳐나서 왜적 양놈 토벌했네
듣자니 어머님의 지극한 교시대로
갖은 곤경 다 겪으며 천지지심 맘 길렀다네.

## 慰金仁伯、李光雲(成龍)勤苦

出負入吹火, 層山大雪深。
知君辛苦意, 早晩見天心。

## 고생한 김인백, 리광윤(성룡)을 위로하여

나가면 나무하고 들어오면 밥짓거니
뭇산의 큰 눈은 깊기도 하네
그대들의 고생함을 알겠노니
조석으로 천심을 보이누나.

## 自歎寒汗病

不斂冬春衾, 未看字句書。
卅年經此病, 得免沒知渠。

## 한한병을 자탄하여

겨울부터 봄까지 이불을 못치우고
책을 들고 한구절도 읽어보지 못했노라
서른해를 한한병에 시달려 왔거니
병을 떼자 하여도 방법이 없어라.


## 得"遲"字

芳翠溝頭春色歸, 少朋數數酒將卮。
坐令日夜江聲大, 意興古今雲影遲。
有否太平天下日, 幸於存在老夫時。
胸中志願難終緩, 聊復三篇 ≪道昌≫爲。


## ≪지(遲)≫자를 얻어

방취구 동구에 봄빛이 무르녹아
나젊은 벗들과 술잔을 드는구나
밤낮없이 물소리만 세차게 들리고
고금사를 생각는데 구름은 더디 흘러
이 세상에 태평한 날 오고말겠나
늙은이 살았을 때 봤으면 좋으련만
한가슴의 념원을 늦추기는 어렵거니
애오라지 3편 문장 읽고 또 읽으리라.


## 輓金和賓(鼎翁)

善承賢父宜賢弟, 忠信聲名動四方。
忽見萬松寒歲色, 一分減却士林蒼。

## 김화빈(정흡)만사

어진 친 계승하여 더없이 어질고
충성과 신의로 명성을 떨쳤더라
세한에 솔빛을 문득 보노라니
유림중에 또 한분이 적어졌구나.


## 乙卯元朝

今朝七旬加四翁, 一生何事事空空。
不知餘有幾多歲, 得見天開大道中。


## 을묘 원단

오늘은 일흔에 넷을 더한 늙은이
한평생 어찌하여 일마다 허사런고
남은 해가 얼마인지 알수 없건만
하늘이 열어놓은 대도를 보았으면.


## 臥病次仁伯 ≪消雪≫韻

一直臥寒疾, 冬春無辨年。
君詩消去雪, 我酒暖來天。


## 병석에 누워 인백의 ≪눈녹이≫ 시운을 밟아서

한질에 걸리여 줄곧 누워있나니
겨울과 봄 계절도 가리지 못하네
그대 시에 눈이 녹는다 하였으니
따뜻한 날이 오면 술을 데우리.

## 曉枕

夜半風聲大, 曉頭月色多。
一天念終始, 萬物臥森羅。

## 새벽에 누워서

한밤중에 바람소리 요란터니
새벽녘에 월색만 가득 찼네
온종일 일생 종시 생각하는데
만물은 삼라만상 이루었다네.

장지연 편

# 해 제

## 1. 저자의 생애

장지연(張志淵)(1864-1921)은 조선왕조말기의 언론인, 우국지사이다. 자는 순소(舜詔), 호는 위암(韋庵), 숭양산인(崇陽山人), 본관은 옥산(玉山). 어려서부터 총명했고 1894년 진사가 되어 내부랑, 통정 등을 지냈으나 1898년 9월 관직을 버린 후 남궁억, 류근 등과 일간신문 ≪황성신문≫을 창간하고 1902년 3월부터는 이 신문의 사장직을 맡아 민중계몽과 독립정신고취를 위해 분투했다. 1905년 을사보호조약이 체결되자 ≪황성신문≫에 ≪시일야방성대곡≫이라는 논설을 게재하여 전국을 격동시켰다. 이로 인해 당일로 일본관헌에 체포, 투옥되고 이듬해 1월말에 겨우 출옥했다.1906년 4월 대한자강회를 조직, 민족독립의 실력을 기르는 일에 힘쓰다가 이 회마저 해산을 당하자 중국과 시베리아를 유랑, 1910년에 귀국하여 실의(失意)의 생활을 하다가 과음으로 인해 병을 얻어 사망했다.

## 2. 장지연의 한시집 ≪북관기행≫(北關紀行)과 ≪해상술회≫(海上述懷)

장지연은 1908년 해삼위, 상해, 남경 등지로 망명하였을 때 여정에서 한시 창작에 힘을 기울여 주목할 만한 작품을 이룩했다. ≪북관기행≫은 서울을 떠나 기차로 부산으로 가 거기서 배를 타고 해삼위에 이르기까지 보고 느낀 바를 읊은 시이며, ≪해상술회≫28수는 해삼위에서 상해로 가는 배에서와 중국체류시에 지은 한시로서, 고국을 근심하는 마음을 망명객의 여수에 실어 훌륭히 표현하였다.

이 한시집에서는 장지연의 한시들 중에서 중국망명시에 창작한 ≪해상술회≫ 28수만을 수록하였다.

## 海港卽事

綠葉初敷日正遲, 蘇江五月似春時.
自憐備恭成惟悴, 强取杯樽小展眉.

## 부두에서 적다

푸른잎 돋아나고 낮이 길어졌는데
소강*의 5월은 봄철 같구나
공손함이 초췌하게 되는것 스스로 가엾게 여기며
억지로 술잔을 드니 미간이 약간 펴지누나.

―――――――――

* 소강은 중국 상해에 있는 소주하(蘇州河)를 가리킨다.

## 步前韻詠月季花

綽約仙資向日遲, 經風送雨幾多時.
天涯羈恨應相惜, 君是紅顔我皓眉.

## 앞의 운에 맞추어 월계화를 노래한다

어여쁜 그 자태 햇볕 따라 오래 가니
비바람 견뎌내며 얼마나 많은 세월 보냈는가
세상에 억매인 한스러움을 서로 불쌍히 여겨야 하리니
그대는 홍안이요, 나는 눈썹 세인 늙은이라.

## 送趙昌容歸故國

雪天氷海共來時, 萬樹蕭條凍結枝.
今日臨岐怊悵立, 滿汀芳草別離詞.

## 귀국하는 조창용을 바래주며

함께 올적에는 빙설이 뒤덮였는데
숲은 쓸쓸하고 가지들 서로 얼어붙었었네
오늘은 갈림길에 슬프게 섰거니
물가의 방초들이 리별노래 부르는듯.


## 壽梁碁汀回甲

暮上天涯望國蘯, 懸弧今日鐵花開.
梁鴻偕隱荊釵老, 蘇鶴南飛玉笛來.
庭有斑衣呈彩舞, 籌添海屋頌仙盃.
休憐白首相知晩, 百歲無窮絳甲回.


## 량기정의 회갑을 축하하여

저물녘 하늘끝에 올라 온누리를 굽어보니
오늘의 현호*날이라 소철나무에 꽃이 피였네
량홍*부부는 숨어버리고 싸리나무비녀는 낡았는데
깨여난 학이 남쪽으로 날아가니 옥피리소리 들려오네
뜨락에선 반의*입고 너울너울 춤추거니
방안에서 련이어 축수의 술잔 올리누나
백발이 되어 알게 된것을 늦다고 슬퍼마오
끝없는 백년세월에 회갑이 돌아오게 되리라.

---

* 옛날 중국에서 남자아이를 낳으면 문 왼쪽에 활을 걸어두던 풍속이 있었다. 이를 현호라
  하였는데 후에는 남자의 생일을 현호라 하였다.
* 량홍과 그 안해 맹광은 중국 동한때 사람들로서 비록 어렵게 살았지만 내외간의 금슬이
  좋아 서로 극진히 아끼고 사랑하였다. 후에 사람들은 금슬 좋은 부부를 량홍부부라 하였다.
* 옛날 중국에 로재라는 사람이 있었는데 70세가 되어서도 부모앞에서 알록달록한 옷을
  입고 춤을 추어 부모를 기쁘게 해주었다 한다. 후에 사람들은 부모 잘 모시는 자식들을
  ≪로래자≫라 하고 그 효행을 ≪반의≫입고 춤춘다고 하였다.

## 向上海

扶病起來强出船, 茫茫積水接中天.
西望故國迷風雨, 北眺威灣暗霧煙.
大地全球浮動裏, 諸州群族蕩磨邊.
今行縱邃平生願, 回首雲山却悵然.

## 상해로 향하다

병든 몸을 붙들어 일으켜 억지로 배를 띄우니
망망한 바닷물이 중천에 가 닿아 있네
서쪽을 바라보니 고국은 비바람에 휩싸여있고
북쪽을 바라보니 해삼위 또한 안개 연기에 암담하구나
지구의 땅덩어리는 모두 물우에 둥둥 떠있는데
땅우의 여러 족속들 서로 마찰하고 충돌하누나
이번 행각에 평생의 소원 이루게 되였거니
머리 돌려 구름 덮인 산을 바라보니 오히려 망연하구나.

## 船中口號用前韻

盡日行行不住船, 雨絲雲葉亂遙天.
汽輪轉海雪翻浪, 煤氣騰空墨潑烟.
忽見人家孤島里, 却望祖國落暉邊.
滄溟萬里將安適, 一粟吾身覺渺然.

## 배를 타고 가면서 앞의 운에 맞추어 읊다

온종일 가고 가도 배는 멈출줄 모르는데
비줄기와 구름쪼각 하늘에 어지러이 흩날리네
타빈이 돌아가며 바다에 흰 파도 일으키고
매연이 하늘에 솟구치니 먹물을 퍼붓는듯하구나

홀연 작은 섬에 인가가 보이고
저 멀리 조국땅엔 락조가 비끼였네
드넓은 바다에서 편안히 가노라니
자그마한 이내 몸 묘연한 느낌만 드누나.


## 過長崎

長崎灣口日初春, 碧樹沉陰失港村.
忽見金龍齊噴火, 萬燈點點漾波痕.


## 나가사끼를 지나며

나가사끼 부두에 해가 저무는데
부두가 마을이 푸른 숲에 가리워 보이지 않네
홀연 금룡들이 일제히 불을 뿜으니*
점점의 불빛들이 바닷물에 비꼈네.

---

* 옛날사람들은 번개를 ≪금사(金蛇)≫라 하였는데 여기서 금룡이 불을 뿜는다는것은 날
  이 어두워 집집마다 전등불을 켠것을 말한다.


## 船中咏懷

地球浮在水, 海是水之積.
太涵涵空氣, 風水相撞拍.
所以澣洋間, 波痕日衝激.
或怒如山起, 或噴如雪白.
或震蕩而翻, 或洶涌而擊.
鮫鰍如鯨鰐, 奮迅爲霹靂.
船舶遂沉沒, 山岳亦崩坼.
世間危險物, 無如海之敵.

人心猶有甚, 比海險千百.
海波有時靜, 人心竟莫測.
朝夕幾千變, 性命在咫尺。

## 배를 타고 가면서 회포를 읊다

땅은 물우에 떴는데
바다는 물이 모여서 이루어진것이네
땅우에는 공기가 차넘치는데
바람과 물이 서로 부딪치네
그러기에 드넓은 바다에서는
파도가 날로 거세차게 일어나네
혹여는 분노하여 산처럼 일떠서듯이
혹여는 백설을 뿜어 올리듯이
혹여는 천하를 진감하며 뒤번지듯
혹여는 사납게 사품치며 들부시듯
상어나 미꾸라지 같기도 하고 고래나 악어 같기도 하여
기운차고 빠르기가 벼락 같구나
배들도 드디여 그속에 침몰하고
산악들도 그에 의해 무너지누나
세상의 위험물들가운데서
이겨낼수 없는것이 바로 바다여라
사람의 마음은 더욱더 모질어
바다보다 천백배 험악하더라
바다의 파도는 잠잘 때도 있지만
사람의 마음은 도저히 가늠할수 없구나
조석으로 수천번 변하니
생명이 지척에 있더라.

## 海上遇雨

朝來天氣極淸和, 蕩漾明暉萬里波.
海上疊雲頃刻變, 滿空風雨打艙過.

## 바다에서 비를 만나

아침에 날씨가 그지없이 화창하여
밝은 해빛이 만리 바다에 차넘치더니
삽시간에 먹장구름이 뒤덮인 바다로 변하여
온 하늘에 가득 찬 비바람 선창을 두들기며 지나가누나.

## 滬寧途中

處處溝塍野水廻, 竹籬茅舍兩三開.
居人獨有江湖業, 汎彼扁舟自往來.

## 상해에서 남경으로 가는 길에서

곳곳에 도랑이 패이고 길들어지지 않은 물이 돌아드는데
대로 울바자 두른 초가 두어집이 빠끔 열렸구나
거기에 사는 사람 저 혼자만 강호의 즐거움 누리는듯
저기 쪽배를 띄워 놓고 스스로 오고 가고 하더라.

## 過蘇州

蘇州城外雨如油, 一棹扁舟訪虎邱.
誰識至今亡國恨, 長江不盡去悠悠.

## 소주를 지나며

소주성밖에 내리는 비는 기름 같은데

일엽편주로 호구*를 찾아가네
그 뉘가 오늘까지 망국의 한을 알리오
양자강은 그칠줄 모르고 유유히 흘러만 가누나.

---

* 호구는 중국의 강소성 소주시 서북쪽에 있는 옛무덤을 가리킨다. 전하는데 따르면 춘추때
오나라왕 합려(闔閭)가 이 무덤에 묻혔는데 그우에 범이 사흘간 올라앉아 있었기에 호구로
불리우게 되었다 한다. 호구는 한자로 "虎邱"로 되였다. 즉 "丘"를 "邱"로 오기한듯하다.


## 贈徐相龜歸海參威

萬裏同來海外天, 我留君去政堪憐.
回首吳松*江上路, 至今風浪尙依然.

---

* 오송강은 중국 상해에 있는 소주하(蘇州河)를 말하는데 그 한자 표기는 ≪吳淞江≫이다.
이 시에서 오송강의 ≪송≫자는 ≪松≫으로 되였는데 ≪淞≫의 오기인듯하다.


## 해삼위로 돌아가는 서상구에게 드린다

저 머나먼 곳으로부터 함께 왔건만
나는 남고 그대 떠나가니 구슬픔 금할수 없네
머리 돌려 지나온 오송강 배길 돌아보니
지금도 풍랑이 여전하구나.


## 酬金滄江澤榮二首

通州城外一湖平, 翳日修林暑氣淸.
遠訪天涯會不意, 卽輸樽酒肺肝傾.

歷落心懷不自平, 那將淮海瀉襟淸.
篋中猶有陽秋草, 談討忘宵月已傾.

## 창강 김택영에게 응수하여 2수를 짓다

통주*성밖에 있는 늪은 잔잔한데
땡볕을 가려주는 울창한 숲속에는 여름기운이 맑구려
멀리서 찾아와 뜻밖에 만났으니
술잔을랑 기울여 가슴을 적셔보세

자주 고초를 겪은 마음 스스로 걷잡을수 없거니
회해에 옷깃 적신들 시원함이 있을손가
상자속에 아직도 력사책*이 들어있기에
늦도록 이야기 나누느라 달이 기운것도 몰랐구려.

---

* 통주는 지금의 강소성 남통시를 말한다.
* 이 시에 ≪양추(陽秋)≫란 말이 나오는데 그것은 력사를 가리킨다. 옛날 중국에서 력사
  또는 력사저서를 ≪양추(陽秋)≫라 하였는데 이는 ≪춘추(春秋)≫라는 말을 고친것이다.
  진문제(晉文帝)의 황후인 정후(鄭後)의 이름이 아춘(阿春)이였기에 ≪춘(春)≫자를 일
  률로 ≪양(陽)≫자로 고쳐 쓰도록 한데서 유래되였다 한다.


## 見秋風起賦懷八絕

滬上秋風至, 遐翹望海雲.
天涯魚雁阻, 生死杳難聞.

國破人胡歸, 身亡家亦微.
可憐華表月, 千載有令威.

人生草露晞, 百年能幾壽.
是非身後事, 不及一盃酒.

秋風吹短帽, 孤客不勝悲.
采采木蘭佩, 汀洲寄所事.

荊妻常臥病, 驥子每呼饑.

萬裏一歸後, 存孤更屬誰.

樓閣凉飆動, 搖搖燭影危.
却將金鏡匣, 防護定無時.

遠砌多荒草, 蟲聲亂如雨.
高樓寂無人, 孤燈照肺腑.

交情重三益, 義氣輕萬金.
細數一生事, 皇天知我心.


## 추풍이 불어오기에 회포를 담아 8수를 짓다

상해에 가을바람 불어오니
저 멀리 바다쪽을 바라보네
이역땅에 소식이 끊겼으니
생사조차 알 길이 없네.

나라가 망했으니 돌아갈 곳 그 어데인가
몸이 죽으니 집 또한 미미해지네
가엾다 궁궐앞에 세워진 돌기둥은
오랜 세월 두고 위엄이 있었건만.

인생은 풀잎우의 이슬 같거니
백년을 어찌 다 살수 있으랴
옳고 그름 따지는것은 죽은 뒤 일이거니
모두가 한잔 술보다 못하도다.

가을바람 낮은 모자에 불어치니
외로운 나그네 슬픔을 금할수 없네
목란꽃 꺾어서 허리춤에 차고
물가의 모래톱에 생각을 기탁해보노라.

안해는 늘 병석에 누워있고
자식들 매양 굶주림 호소하거니
머나먼 이역에서 돌아가게 되면
남아있는 고독을 그 뉘에게 맡길것인가.

루각에 찬바람 일어나니
흔들거리는 등불그림자 위태롭기만 하구나
그럼에도 황금경대를
지키는데는 정해진 시간이 따로 없구나.

먼 섬돌에 잡초가 무성하고
벌레소리 어지럽기를 비 쏟아지는 소리 같구나
높은 누각에는 인적기 하나 없고
외로운 등불만이 마음을 비춰주누나.

친구를 사귀는데 삼익(三益)*을 중히 여기나니
의기(義氣) 때문에 만금도 가볍게 여기노라
일생사를 세세히 헤아려보니
하늘이 이내 마음 알것이로다.

---

* 삼익은 옛사람들의 좋은 친구를 사귀는데서의 세가지 원칙을 말한다. 그것은 우직(友直),
  우량(友諒), 우다문(友多聞)이다.


# 自敍

獨上新亭作楚囚, 山河擧目是吳州.
一篇正氣歌聲咽, 何似燕京坐臥樓.

## 스스로 자신을 말한다

홀로 신정*에 올라 초나라 포로*가 되어보니

눈앞에 보이는 산천이 모두 오나라것이여라
정의의 노래 한 곡조에 목이 메이는데
어찌 서울에서 루각에 편히 있는것에 비할손가.

------

* 신정은 중국의 강소성 강녕현 남쪽에 있던 정자이다.
* 춘추때 초나라 사람 종의(鍾儀)가 진나라에 포로되여 갔는데 늘 고향에서 가지고 온 모
  자를 쓰고 다니면서 자기 나라에 대한 그리움을 나타냈다. 후에 사람들은 역경에 처한
  사람이거나 우국충전을 지키는 사람을 가리켜 초나라 포로라고 하였다.


## 曉夢

南京歷游時, 被害於無賴輩支那人, 累經危險後作.

夢入天宮拜帝恩, 煌煌符印羽林尊.
(夢中余入帝宮受天恩爲五禁衛軍大將佩印符而歸)
那將腰下長虹紉, 掃蕩妖槍雪盡冤.


## 새벽에 꿈을 꾸고

  남경에서 떠돌아다닐 때 중국인 무뢰배에게서 피해를 입고 여러번 위험한
경우를 당한 뒤에 쓰노라.

꿈에 천궁에 들어가 옥황상제를 배알하는 은총을 입으니
우림대장군*의 인신이 휘황찬란하구나
(꿈에 내가 천제궁에 들어가 천은을 입어 오금위군대장*의 인신을 차고 돌아
왔다)
이제 허리에 찬 장검을 뽑아들고
요물들을 소탕하고 원한을 씻으리라.

------

* 옛날 임금을 보위하는 경호부대를 지휘하는 장수를 말한다.
* 동상.

# 孤憤

熱血衛腔不自持, 被他謀害枉成虧.
悠悠心事難明說, 惟有蒼天在上知.

# 외로운 분노

더운 피 가슴에 끓어번져 견딜수 없구나
남에게 모해받아 억울하게도 손해만 당했기에
착잡한 이 심정을 곧바로 말하기도 어렵거니
오로지 저 높이 떠있는 하늘만이 알것이로다.

# 獨夜三絶

夜深樓似曠, 臥起獨含盃.
惟有窓間鼠, 繞床去復來.

蕭蕭秋雨夜, 推枕旅樓憑.
愁多眠不得, 如塑對孤燈.

世途何太險, 豺虎任縱橫.
經歷風箱苦, 惟餘鬢雪莖.

# 밤에 홀로 절구 3수를 짓다

밤이 깊어 누각은 빈집 같은데
잠자리에서 일어나 홀로 술잔을 드네
다만 창가에 있던 쥐가
침대를 돌면서 오가네.

가을비 소슬하게 내리는 밤
베개를 밀어놓고 객사에 기대니

시름이 많고많아 잠을 이룰수 없어
빚어놓은 우상처럼 외로운 등불과 마주하고있노라.

세상이 어쩌면 이다지도 험한가
이리와 범이 임의로 횡행하누나
세상의 모진 고난 겪고나니
유독 남은것은 백발뿐이구나.

전덕원 편

# 해 제

전덕원(全德元, 1870-?)은 평안북도 룡천에서 출생하였다. 1905년 그는 최익현 등과 더불어 일제 죄악을 규탄하는 성명을 발표하였다. 1912년에 중국으로 와 조맹선 등과 함께 조선독립단을 조직하였으며 1923년에는 통군부의 재무부장을 담당하였다. 그후 그는 외군부의 군무부장을 지내면서 조선에 잠입하여 의주, 청진, 성진 등지의 일제 관청을 습격하다 체포되어 12년형을 겪었다. 출옥 후 그는 초지를 굽히지 않고 항일운동에 전력하다가 다시 피검되어 옥사하였다.

시 ≪국혼을 지켜≫는 ≪독립군시가집≫(송산출판사, 1986년 10월판)에서 뽑아낸 것이다.

## 守國魂

家敗國亡軍亦敗, 今拘此獄豈偶然.
寧爲死節韓家鬼, 不欲歸降對一天.

## 국혼을 지켜

가정도 패하고 나라도 망하고 군사 역시 패하였으니
금일 내가 이렇게 옥에 갇힌것이 어찌 우연의 일이겠나
차라리 죽어 내 나라를 지키는 혼이 될지언정
어찌 적에게 굴복하여 한하늘을 대하고 살수 있으랴.

로백린 편

# 해 제

　로백린(盧伯麟, 1875-1925) 장군(호 계원)은 일찍부터 민족독립투쟁에 나섰으며 한때 상해임시정부의 군무총장을 맡았었음.

　그의 한시 ≪국치(國恥)≫는 상해에서 지은 것으로 일제를 물리쳐 복수설치의 원을 끄지 못한 한을 절절하게 토로한 시편이다, 아래에 수록한 이 한시는 ≪독립군시가집≫에서 뽑아낸 것이다.

## 國恥*

風雪鳴雄劍, 月星開陣障.
三軍不復起, 國恥十年長.

---

* 이 시의 한문제목은 편자가 단것임.

## 국치

휘몰아치는 풍설 영웅의 검을 울리고
달과 별 진을 친듯 하늘에 걸려있나
3군 한번 무너지자 다시 일어나지 못하니
국치를 당한지 어느새 10년 지났네.

안중근 편

# 해 제

안중근(安重根, 1879-1910, 아명 응칠)은 1879년 9월 2일 황해도 해주에서 출생하였다.

그는 조선에 대한 일제의 무단적 침략에 분격하여 의병운동에 나섰으며, 29세 때에 울라지보스또크로 가 대한의군 참모중장 겸 특파독립대장이 되여 항일투쟁을 철저하게 벌리였다. 1909년 10월 26일에 전 조선통감 이또 히로부미(伊藤博文)를 할빈 역두에서 사살한 뒤 일경에 체포되어 려순감옥에서 옥고를 겪다가 1910년 3월 26일 장렬하게 최후를 마치였다.

아래에 수록한 한시(경 포함)는 1979년 8월에 간행한 안중근의사 사진첩 ≪민족의 얼≫(사단법인 안중근의사숭모회 발행)에서 뽑아낸 것이다.

## 立志出鄕*

男兒有志出洋外, 事不入謀難處身.
望須同胞誓流血, 莫作世間無義神.

---

* 이 한시는 안의사가 1908년 6월에 경흥 및 회령에서 일본 군경 대부대와 치렬한 격전이
  있은 뒤 동지들을 격려하여 읊은 시라고 함.

## 립지출향

사나이 뜻을 품고 출국했다가
큰일을 못이루니 몸을 두기 어려워라
바라건대 동포들이 죽기를 맹세하고
세상에 의리없는 귀신은 되지들 마오.

## 丈夫歌

丈夫處世兮其志大矣,
時造英雄兮英雄造時,
雄視天下兮何日成業,
東風漸寒兮壯士義熱,
忿慨一去兮必成目的,
鼠竊○○*兮豈肯比命,
豈度至此兮事勢固然,
同胞同胞兮速成大業,
萬歲萬歲兮大韓獨立,
萬歲萬萬歲大韓同胞.

---

* ○○: 伊藤의 복자.

## 장부가*

장부가 세상에 처함이여

그 뜻이 크도다
때가 영웅을 지음이여
영웅이 때를 지으리로다
천하를 응시함이여
어느날에 업을 이룰고
동풍이 점점 참이여
장사의 의기가 뜨겁도다
분개히 한번 감이여
반드시 목적을 이루리로다
쥐도적 ○○이여
어찌 즐겨 목숨을 비길고
어찌 이에 이를줄을 헤아렸으리요
사세가 고연하도다
동포들이여
속히 대업을 이룰지어다
만세 만세여
대한독립이로다
만세 만세여
대한동포로다.

---

* 이 한시는 의사가 의거전에 할빈에서 지음.


## 運理*

日出露消兮正合運理,
日盈必昃兮不覺其兆.

---

* 경술년(1910년) 2월 려순감옥에서 지음. 이 한시의 제목은 필자가 단것임.

## 천지의 리치

해가 뜨면 이슬이 사라지나니 천지의 리치에 부합하도다

해가 차면 반드시 기우나니 그 징조를 깨닫지 못하도다.


## 腹中詩*

五老峰爲筆, 靑天一丈線.
三湘作硯池, 實我腹中詩.

---

* 경술년(1910년) 2월 려순감옥에서 지음. 이 한시의 제목은 편자가 단것임.


## 배속에 품은 시

오로봉으로 붓을 삼고
푸른 하늘 한 장 종이로
삼상물로 먹을 갈아
배속에 있는 시를 쓰련다.


## 贈仙境先生*

東洋大勢思杳玄, 有志男兒豈安眠.
和局未成猶康慨, 政略不改眞可憐.

---

* 경술년(1910년) 3월 려순감옥에서 지음.


## 선경선생에게 드림

동양대세 생각하매 아득코 어둡거니
뜻있는 사나이 편한 잠을 어이 자리
평화시국 못 이룸이 이리도 슬퍼지고
침략정책 안고치니 참으로 가엾도다.

## 贈猛警視*

丈夫雖死心如鐵, 義士臨危氣似雲.

---

* 경술년(1910년) 3월 려순감옥에서 지음.


## 맹경시에게 드림

장부가 비록 죽을지라도 마음은 쇠와 같고
의사는 위태로움에 이를지라도 기운이 이름같도다.


## 送君*

臥病人事絶, 嗟君萬里行.
河橋不相送, 江樹遠含情.

---

* 경술년(1910년) 3월 려순감옥에서 지음. 이 한시 제목은 편자가 단것임.


## 동지를 보내며

나는 병석에 누워 일지 못하고
그대는 만리 먼길 떠나가는가
다리목에 같이 나가 보낼길 없고
강언덕 나무숲에 정만 어렸네.

신규식 편

# 해 제

## 1. 신규식(申圭植)의 생애

신규식은 1879년 1월 3일, 조선 충청북도 문의군 동면 계산리에서 시골선비 신룡우의 둘째아들로 태여났다. 그의 호는 예관(睨觀), 자는 공집(公執) 그밖에도 여서(余胥), 산로(汕盧), 일민(一民), 청구한인(靑丘恨人) 등의 별호가 있다. 1911년, 중국에 건너오자 곧 신정(申檉)이라 개명하고 중국자산계급민주주의혁명의 정치무대에 진출하였다.

신규식은 어려서부터 풍전등화의 위기에 직면한 민족의 운명에 예리한 눈길을 돌리기 시작하였다. 갑오전쟁이 일어나기 바로 직전, 겨우 열다섯살난 그는 왜를 배척하라는 격문을 짓고 서당학우를 모아 동년군(同年軍)을 조직하여 주야로 조련하면서 무덕을 널리 제창하였다. 1905년, 일본침략자의 정치, 경제, 군사적특권의 확인과 더불어 리완용 등 을사오적의 매국적흉계로 말미암아 조선민족의 운명이 칠성판에 오르게 되자 륙군부위로 있던 신규식은 통분을 누를바 없어 즉시 지방진위대의 동지들을 규합하여 왜들과 대결하려 하였다. 그러나 여러가지 원인으로 그 계획이 실패되자 통탄과 고뇌를 못이기여 마침내 음독자살을 기도하였다. 요행히 집안사람들에 의하여 생명만은 원되였으나 오른쪽눈의 시신경이 약기에 다치여 종시 앞을 정시하지 못하고 흘겨보게 되었다. 그래서 그는 아호를 예관(睨觀)이라 짓고 또한 그때로부터 협약한 세상, 야수 같은 일제놈들의 만행을 곁눈으로 흘겨보게 되었던것이다.

1910년, ≪한일합병조약≫이 체결되자 그는 또다시 음독자살을 시도하였다가 대종교의 제1대종사인 라홍암의 원을 받고 민족의 독립을 위해 재기할것을 다시 맹세하였다. 이런 사상의 추동하에 그는 1911년 봄, 신해혁명이 일어나기 직전에 항일국의 진리를 찾아 중국땅에 건너왔다. 그는 잠시 료녕에 적(籍)

을 두었다가 다시 심양, 북경, 청도를 거쳐 당시 중국 자산계급혁명의 선진인
사들이 집결한 상해로 달려갔다. 그는 상해에 도착한 즉시로 중국자산계급혁
명단체인 동맹회에 가입하고 그해 10월에 손중산선생을 따라 몸소 무창봉기
에 참가하여 청조를 뒤엎고 민국을 창건하는 혁명투쟁의 진두에 나섰다. 하여
당시 혁명군내부에는 ≪중국에는 손문, 조선에는 신규식≫이라는 기대에 찬
말까지 떠돌았다.

  1912년에 신규식은 당시 중국의 가장 영향력있는 자산계급혁명문학단체
인 ≪남사≫에 가입하여 류아자 등 진보적문인들과 교분을 맺고 네 번이나 ≪남
사≫의 시인모임에 참석하여 혁명적격정이 흘러넘치는 주옥같은 시편들을
내놓았다. 1916년이후 ≪남사≫가 봉건문화의 복고조직으로 전락되자 그는
류자아 등 진보적시인들과 함께 ≪남사≫에서 결연히 퇴출하였다. 그러나 그
의 시창작이 이로써 중지된것은 아니였다. 그후에도 그는 반일애국지사들을
노래한 애도시와 중국농촌의 황페한 시대상을 그려낸 훌륭한 시를 적지 않게
내놓았다.

  1919년 6월, 그는 림시정부의 법무총장으로 당선되였고 1920년 10월에는
장편정론 ≪통언(痛言)≫을 상해 ≪진단≫반월간에 련재하기 시작하였다.
1921년 5월, 국무총리대리 겸 외무총장에 취임한 그는 11월에 특명전권대사의
이름으로 광주에 가서 손중산선생과 회견하고 북벌선서식에 참가하여 북벌군
장병들에게 열렬한 축사를 드렸다. 광동군벌 진형명의 혜주반란에 의하여 자
산계급혁명이 또다시 좌절당하게 되자 그는 병석에 드러눕게 되였다. 이 소식
을 들은 손중산선생은 병치료에 쓰라고 현금을 보내왔으나 그는 불행하게도
광복의 뜻을 이루지 못하고 1922년 8월 5일, 44세 일기로 상해 애인리 57번에
있는 그의 거소에서 세상을 떴다. 그의 유해는 상해 홍교로에 있는 만국공동
묘지에 안장되였다가 중한수교후 서울에 이장되였다.


## 2. 시집 ≪아목루(兒目淚)≫의 주요내용

  시집 ≪아목루≫는 신규식탄생 60돐을 기념하여 사천성 중경에서 출판한

시문집 ≪韓國魂暨兒目淚≫의 후반부분으로서 일명 ≪예관시집≫이라고도 한다. 이 시집에는 시인 신규식이 1909년부터 1922년까지의 10여년사이에 창작한 166여수의 률시와 산문시가 수록되여있다. ≪아목루≫라는 제목자체가 암시해주다싶이 이 시집은 나라를 빼앗긴 ≪소년의 피눈물≫로 엮어진 고통과 울분의 호소이며 진리와 광명을 찾아 헤매이던 시인자신의 피어린 발자취이다.

이 시집에서 가장 이목을 끄는 부분은 망국의 비운을 통탄하고 민족의 자주독립을 위해 몸바쳐 싸울것을 호소한 서정-정론시편들이다. 반일의병투쟁을 주제로 한 시 ≪할빈의거를 찬양하여≫, ≪려순에서 처형당한이를 애도하여≫(1910년), ≪의암탄생 61돐을 축하하여≫(1921년) 등에서 시인은 안중근, 류린석 등 반일애국투사들의 위업을 칭송하면서 그들의 장렬한 최후를 마음속으로 추모하였으며 신해혁명후에 쓴 ≪손중산에게 드림≫(1921년) 등 송시에서는 중국자산계급혁명의 선자들에 대한 크나큰 기대와 흠모의 감정을 남김없이 토로하였다. 이밖에 민주주의혁명투사로서의 시인의 선명한 립장은 진기미, 송교인, 오록정 등 근대자산계급혁명가들을 기념하여 쓴 수십수의 애도시와 ≪남사≫의 저명한 애국민주주의시인 류자아, 서혈아, 태일을 찬미하여 쓴 여러수의 서정단시들에서도 훌륭히 표현되고있다.

시는 형식상에서 5언 및 7언의 절, 률시가 대부분이고 간혹 고체시와 산문시도 있긴 하나 량적으로 그리 많지 못하다. 그의 시들은 다분히 서정-정론적 성격을 띠고있으며 한시로서의 운률적미에 중시를 돌리면서도 보다 더 사상과 감정의 충실한 표현에 초점을 맞추고있다.

시의 풍격에서 그의 시는 중국 위진시대의 시가와 비슷한바 활달한 필치와 비분강개한 정서, 호매롭고 자유분방한 성격으로써 독특한 시적개성을 이루고있다. 따라서 시집 ≪아목루≫는 그가 달성한 사상예술적성과로 하여 민족문학사에서 한낱 중요한 자리를 차지하고있다.

## 述懷示

石巽兩棣

青山非旧日, 落木又深秋.
可恨多錢客, 經營在棺頭.


## 느낀바 있어

석, 손 두 아우에게

청산도 이젠 옛모습 잃어
앙상한 나무에 가을빛 짙은데
한스럽나, 저 간상배들
관(棺)놓고도 장사 서슴지 않네.


## 讀報有感

夜來風雨急, 速鹿走中原.
壁上非吾觀, 舟中盡敵門.
陰符曾廢讀, 親卒亦無存.
發表精神日, 孤愚不暇論.


## 독보소감

밤이 되여 비바람 세차고
중원땅엔 싸움이 한창인데
이 세상 어제나 원쑤의 무리거니
내 어이 그저 보고만 있으랴
음부(陰符)*는 일찍 손에서 놓았고
신변에 따르는자 하나도 없으니
아무리 좋은 글 실리였어도

어리석은 내 소견 말할수 없네.

---

* 병서의 이름.


## 送阿侄杜君

安東探路留阿侄, 直北傳書送杜君.
更看綱囉前后織, 遁身何處是奇門.


## 조카와 두군을 바래면서

조카를 안동에 띄워보내고
두군을 북평에 련락보내네
살벌한 경계망 도처에 늘였으니
안전히 나갈 곳 그 어데냐?


## 懷友有感

岳雲湖柳全和善, 洋野汶洙普廣光.
上有大天明視聽, 罪知一任起倉皇.


## 벗을 그리여

동악*의 름을 즐기던 전화선(全和善)
문수*의 버들을 아끼던 보광광(普廣光)
거룩한 하늘은 명시(明視)하리라
그들에겐 죄가 당치 않음을.

---

* 태산(泰山)의 별칭.
* 산동성경내의 강이름.

# 束裝

聞友人被捕

今夜籠中鳥, 明朝海上鷗.
忽聞風浪急, 誰能共我舟.

## 행장을 꾸미며

벗이 체포된 소식을 듣고

오늘 밤은 조롱에 갇힌 새라지만
래일은 바다의 갈매기 되리라
별안간 풍랑이 사납게 몰아치니
그 누가 나와 고락을 같이하랴?

# 拜退天宮

開天慶日拜天宮, 一炷心香告血衷.
此去如非神化力, 頑冥何以奏微功.

## 천궁*에 배례하노라

개천경일*에 천궁을 찾아
경건한 마음으로 분향하도다
이번 길에 신의 힘 아니고서야
내 어이 공을 이루었으리오?

---

* 어느 한 사찰의 이름.
* 불교의 행사날.

# 有感

呈舍伯

生我劬勞有兩親, 倉皇不告缺昏晨.
爲天下者名舞實, 他日那堪不孝人.

# 느낀바 있어

백부님께 드리노라

이 몸을 낳아 기른 부모님 슬하를
말없이 떠나와 조석인사 못드려요
천하를 위함도 빈 이름뿐이오니
먼 후날 어찌 불효자라 아니하리까?

# 發韓城渡鴨綠江

大江如彼逝, 荷日更歸東.
無數宜陽子, 聲聲博浪中.

# 서울 떠나 압록강 건느며

큰 강물 출렁이며 흘러가는데
언제면 동녘으로 되돌아오랴?
무수한 이양의 사나이들
도도한 물결 헤쳐나가네.

# 到安東縣留誠一號

鬼面頻涂墨, 蓬頭不着冠.

三片封窓紙, 數包何命丹.
最痛喪邦恨, 何憂行路難.
及到安東縣, 親朋不識顔.


## 안동현*류성1번지에 이르러

귀신 같은 얼굴 먼지 투성이 되고
모자 안 쓴 머리 쑥밭 같은데
찢어진 세쪼각 창호지에
명약 몇봉지 싸넣었네
아, 망국의 원한 사무치거늘
먼길의 고달픔 무슨 대수랴?
목적지 안동현에 다달으니
친구는 이내 얼굴 알아보지 못하네.

––––––––––––––

* 오늘의 단동시.


## 過高麗門

早發沙河鎭, 更過高麗門.
山空人不見, 愴惘暗招魂.


## 고려문을 지나며

아침에 사하진(沙河鎭) 떠나
도중에 고려문(高麗門) 지나노니
인적없이 텅 빈 산속
고적한 내 마음 달랠길 없네.

## 留盛京奉天有感題奇弘岩
## (弘岩乃大宗敎敎主)

靈檀雨露白山春, 一視莫非生育民.
此地命名誠不偶, 當年紀念奉天神.


## 성경(봉천)*에 묵으며 느낀바를 적어 홍암*에게 보내다

령단에 비내리니 백산에 봄이 오고
중생*에겐 고루 만복이 깃드누나
이고장을 성경이라 이름함은
그 옛날 봉천신을 기념키 위함이라.

---

* 오늘의 심양시.
* 홍암은 대종교(大宗敎)의 교주였다.
* 감정이 있는 모든 생명.


## 到山海關
## (臨楡縣)

落日靑邱子, 北風山海關.
聶君多血語, 能使此懷寬.


## 산해관에 이르러
## (유현(楡縣)에서)

신선땅에 저녁해 기울고
산해관에 북풍이 일어도
섭군의 호언장담
이내 회포 풀어주누나.

## 抵燕京訪晴蓑

韓城一別三千里, 落日燕京訪故人.
有淚無言相視久, 中華消息倘其眞.

## 연경에서 청사를 찾아

서울 떠나 3천리 먼길 더듬어
저무는 연경에서 옛친구 만났네
말없이 마주보는 눈물어린 두눈길
중화땅 그 소식 실로 정말이던가?

## 過舊公館

前我國公使館, 幻作法國人東方匯理銀行貸金家, 彷徨如有失, 越邊只有
旭旗揚揚。

行尋公使館, 誤到貸金家.
寂寂無人問, 西邊日又斜.

## 옛 공사관을 지나며

이전의 한국공사관자리가 어느새 프랑스동방회리(匯理)은행대출기로 되여
마치 무엇을 잃은듯 허전한데 저쪽엔 태양기가 높이 걸려있지 않는가.

공사관을 찾아가니
대출은행 나타나네
텅 빈 거리엔 인적 하나 없고
서쪽엔 기운 해만 걸려있네.

## 與晴兄阿侄發燕京

北風寒更烈, 白雪落還飛.
楚水吳山路, 與君携共歸.

## 청사, 조카와 함께 연경을 떠나며

북풍은 사납게 울부짖고
백설은 세차게 흩날리는데
초수*와 오산*의 먼길 더듬어
우리 함께 연경 떠나가네.

———————————

* 호북성, 호남성일대를 가리킴.
* 강소성일대를 가리킴.


## 到天津

留法界佛照棧

天津橋上麗人行, 佛照樓中世事評.
掌櫃訪知我心苦, 問何賣買語多情.

## 천진에 이르러

프랑스조계지의 불조려관에 머물며

천진시 다리우로 미인들 오가고
려인숙 루각에선 세상사 론하는데
주인은 나의 심사 헤아린듯
무슨 장사 하느냐 친절히 묻네.

## 到山東省

留濟南政府津濟棧, 有金宜喬君來訪。

濟南首府檀山東, 入夜漫談齊魯風.
寄語宜陽喬木子, 顧名思義古今同.

## 산동성에 이르러

제남부 진제(津濟)려관에 체류하는데 김의교(金宜喬)군이 찾아오다.

제남시는 산동성 으뜸가는 도시
밤을 패며 담론하는 이고장 풍속
김군과 더불어 터놓는 흉금
오늘도 예와 다름없어라.


## 到靑島

留大享棧。光緖二十四年西歷一八九八年德占靑島。

可驚一片陳荒地, 幻作千秋壯麗區.
休道山河多美固, 其于在德更誰尤.

## 청도에 이르러

대형려관에 머무름. 광서(光緖) 24년, 즉 기원 1898년 독일이 청도(靑島)를 점령하다.

그렇듯 황폐하던 이고장이
어느새 번화한 땅 되였나
강산이 아름답다 자랑말라
예가 어디 독일땅이더냐?

## 發膠州灣向上海

坐塘沽英船, 所謂房艙內, 前後左右盡是吃鴉烟者, 因此竟盡夜眠餐不得. 痛憎而無法止, 乃賦五絶遺悶逐鴉片鬼.

爾何爲毒物, 所過皆滅亡.
英市眞無道, 淸人自取殃.
毌怪憎之痛, 罪盈爾亦知.
海牙來日會, 滅種斷無違.

## 교주만에서 상해로 가는 길에

당고(塘沽)에서 영국배에 오르니 전후좌우에 아편쟁이뿐이라 도저히 밤잠을 이룰수가 없다. 가증스러우나 어찌할바 없어 5언절에 분노를 담아 아편귀신 질타하노라.

무슨 놈의 중독이기에
가는 곳마다 멸망이냐?
영국장사치들 파렴치하여
중국인들 스스로 재앙입누나
너를 증오한다 탓하지 말라
그 죄악 하늘에 사무치나니
후날 헤그*회의 다시 열면
단연코 네 놈을 멸종시키리.

─────────────

* 화란의 수도로서 많은 국제회의가 이곳에서 열리였다.

## 寄徐血兒(民立報社員)

幸逢徐血子, 願逐識荊洲.
一管千鈞力, 兩眉萬種愁.
海東無日月, 滬上有春秋(時滬上春秋亦系君撰).

倘認靑邱子, 苦心同氣求.

## 민립보사원 서혈아에게

다행히 서혈아를 만나
기꺼이 사귀려 하건만
붓끝이 천근같이 무겁고
눈섭에 시름 서리네
해동(海東)*에 일월(日月)이 없고
호상(滬上)에 춘추(春秋) 있으니*
그대도 신선땅 기억한다면
먹은 마음 한께 다지세.

---

* 바다동쪽 조선반도를 가리킴.
* 호(滬)는 상해의 별칭. 이 구절은 서혈아의 시구를 인용한것임.


## 和山陰王文富

雨打楓鳴夕起波, 同舟不畏好經過.
幾處歡呼新日月, 孤生痛哭舊山河.
海上烟塵依舊樣, 山陰夜雪近如何.
惠投薪膽眞多感, 對酒無妨掃敵歌.

## 산음의 왕문부에게 화답하노라

비바람에 파도 일고 해 저물어도
손 잡고 굴함없이 싸워왔거니
새 세상 환호하는 곳 그 몇이냐?
외로운 이 몸은 고국땅 슬퍼하노라
해상의 먼지구름 예나 다름없는데
산음(山陰)의 눈덮인 밤은 어떠한고?

와신상담 그 기개 참으로 장하구나
술잔들어 적의 기개 꺾어버리세.


## 送家姪赴學生軍團

如何吾叔姪, 俱願在軍中.
是愛新民血, 共和扶大東.


## 조카를 학생군단에 보내며

어이하랴, 우리 두 숙질
다같이 군인되길 원하니
백성 위해 뿌리는 붉은피
내 나라 공화국 세우려함이라.


## 過蘇州

寒山寺在閶門外七里路, 雲未得住.

申江歸客下蘇州, 漂泊兵塵不暫休.
城外風光難管領, 寒鍾不到鐵車軀.


## 소주를 지나며

창문(閶門)에서 7리가량 떨어진 곳에 한산사(寒山寺)가 있건만 가보지 못
함이 아쉽도다.

이 몸이 귀로에서 소주역 지나며
포연은 잠시도 멎지를 않네
차창밖 경치도 헤아리기 어려우니

어이 들리랴, 한산사 종소리.


## 到南京留南洋第一樓

我在南洋第一樓, 故都新象入雙眸.
如知有價英雄血, 好換金甌耀六洲.


## 남경의 남양제1루에 머물며

이 몸이 남양제1루에 오르니
고도의 새 모습 한눈에 안겨드네
영웅의 피 나를 깨우치는가
강산을 바꾸어 새 세상 빛내라고.


## 寄韓與君

矢志男兒仗劍行, 奮身當日各奔忙.
申勤寄語韓與子, 存楚椎秦兩不忘.


## 한흥군에게

뜻있는 사나이들 검차고 떠나가
분발하던 그 옛날 저마다 분망했네
내 그대에게 알리노니
광복의 한마음 일시도 잊지 않네.


## 寄余岩(赤十字社理事)

政是男兒血劇場, 亞東大局際存亡.

蕙嘆柏悅皆常理, 一空扶携豈暫忘.

## 적십자사 리사 여암에게

사나이의 활무대 바로 거기로다
동아국세 존망에 처해있거니
혜탄백예*도 당연한 리치리라
내 어이 잊으리오, 그대의 도움을.

---

* 란초(蕙)가 탄식하고 잣나무(柏)가 기뻐함.

## 寄赤十字從軍諸君
## (自東京留學而來)

十字從軍日, 一心醫國辰.
慈悲成偉業, 大陸復回春.

## 종군하는 적십자사 제군에게(도꾜류학을 마치고 돌아오다)

그대들이 적십자사에 종군함은
일편단심 나라 구하기 위함이니
비장한 그 위업 성사하는 날
대지엔 또다시 봄날이 찾아오리.

## 自憫

胸海傾相吐, 疑雲擁不開.
豈是潛藏禍, 又非自薦才.
斷斷無他意, 區區有此來.
始知喪國物, 累累獨悲哀.

## 스스로 가엾게 여기다

흉금을 털어놓고싶어도
세상이 어지러워 근심되네
자진해 나설수 없는 몸이라
어이 숨은 재난 아니리오?
근심은 예서 생긴것이어니
결단코 다른 뜻 아니여라
이것이 망국의 설음이냐?
내 홀로 구구히 슬퍼하네.


## 往莫愁湖

石頭城外有湖樓, 樓是勝棋湖莫愁.
王子佳人何處見, 荒垲寂寂水空流.


## 막수호로 가다

석두성*밖에 호수와 루각 있으니
루각은 승기각, 호수는 막수호로다
왕자와 가인들 어데로 갔나?
하늘아래 호수만 시름없이 출렁이네.

--------

* 남경의 별칭.


## 南京記事(金陵)

六朝夢里我筇余, 萬歲聲中民國初.
龍蟠虎踞城都壯, 雹散風飛壁壘虛.
雨花蘇葉傳名迹, 朱雀烏衣說舊墟.
勝地新光非不好, 深愁遠恨更何如.

## 남경에서

꿈길인양 6조*의 옛터 더듬노라니
≪만세≫소리 끝나고 민국초년 되였네
호거룡반*의 장엄한 옛 도시도
세파에 무너진 담벽만 남았구나
우화대*의 초록은 유적으로 남고
날새들만 옛터우를 배회하나니
명승의 새 경치 탓함이 아니라
이 가슴 깊은 원한 달랠길 없네.

---

* 남경은 력사상 동진(東晉), 송(宋), 제(齊), 량(梁), 진(陳), 명(明) 등 6개 왕조의 서울이였다.
* 호랑이가 웅크리고있고 룡이 서리고있는듯하다는 뜻의 비유.
* 남경시 남쪽 취보산(聚寶山)우에 있는 명소.


## 上平江九層塔

路出平江寶塔前, 九層兀兀挿蒼天.
吳家創建僧相語, 歷二千年尚有傳.


## 평강의 9층탑에 올라

평강땅 지나다가 보탑앞에 이르니
9층보탑 하늘 높이 치솟아 있네
손권이 세웠노라 중들이 하는 말
2천년 풍상속에 오늘도 전해지네.


## 有感

愛憎無私意, 向背惟公理.
何爲種族爭, 恐作漁人利.

## 느낀바 있어

사랑과 증오가 사심에서 오지 않고
지지와 반대가 진리에서 오거늘
어이하여 동족끼리 상쟁하는거냐?
어부지리 얻을자 경계해야 하리.


## 寶劍

贈黃克强


先斬窮凶大懟人, 次殲渝約背盟隣.
余鋒撲滅群妖物, 投太平洋洗血塵.


## 보검

황극강에게


극악무도한 원쑤 먼저 자르고
배은망덕한 이웃 버금에 베였네
나머지 서슬로 요괴무리 없애였거니
태평양에 던져 피먼지 씻었노라.


## 祝孫總統中山

共和新日月, 重辟舊乾坤.
四海郡生樂, 中山萬歲尊.


## 손중산대통령을 축하하여

공화국 새 세상 만들어내여

낡은 세상 새로이 돌려세우니
사해의 만백성 기뻐들 하며
손중산 우러러받들어 모시네.


# 贈孫中山

荆天棘地一身輕, 楚水吳山路不平.
鐵血疆場當日願, 數千萬口是同聲.


# 손중산에게

촉수오산*의 길 평탄치 않아도
그대는 가시덤불 헤쳐왔어라
피어린 싸움으로 키워온 포부
만백성 모두다 그대를 환호하네.

---

* 촉나라 물과 오나라 산이란 뜻으로 여기서는 중국 전역을 가리킨다.


# 贈黃克强(二首)

義鼓一聲轟四境, 高風十月到中原.
日下螢芒無少補, 河邊馬革有卮言.
大陸歡呼春布德, 靑山痛哭夜招魂.
漢興秦滅惟公理, 此世誰知滄海君.


又


山河逢再造, 日月見重新.
成功功不取, 千秋一偉人.

## 황극강에게(2수)

### 1

정의의 북소리 온 세상 진감하고
10월의 강바람* 중원땅 휩쓰니
백주의 반디불* 얼마나 가랴?
물가의 마혁과시* 충혼으로 우러르네
만백성 즐거이 승리를 환호할제
청산은 렬사의 혼 추모하리라
한흥진멸*은 필연적리치거늘
이 세상 그 누가 창해군 알랴?

### 2

강산이 새로이 변하고
일월이 다시 바뀌여도
그대는 공적을 말하지 않으니
어이 천추의 위인 아니리오?

---

* 1911년 10월 10일 혁명군이 일으킨 무창봉기를 말함.
* 기울어져가는 청(淸)나라의 운명을 비유한것이다.
* 전사한 장수의 시체를 말가죽으로 쌌다는 고사로서 나라를 위해 싸우려는 대장부의 뜻을 비유한것이다.
* 한(漢)나라가 흥성하고 진(秦)나라가 망한 력사적사실을 들어 민중의 지지를 받으면 성공하고 민중의 버림을 받으면 실패한다는 뜻이다.

## 贈靜廬

君寓挑源里造訪未遇.

萬象森羅異, 靜觀聲氣同.
仙源何處在, 不許世人通.

## 정려에게

그대가 도원리에 산다하여 찾아갔으나 만나지 못했다.

삼라만상 기이한 이 세상에서
그대는 조용히 정세만 살피는가
신선의 도화원 어데 있기로
세인과는 발길을 끊고있는가?


## 寄靜廬

自愧初心熱血流, 江南萬里一孤舟.
和風大陸人同樂, 妖祲東方我獨愁.
碎首無庭鳴楚急, 椎爭有日擊秦仇.
黃昏誰指茫茫路, 靜廬帷中運籌妙.

## 정려에게

초기의 열정 잃고 부끄러운 마음으로
강남 만리를 외로이 떠도네
바람잔 대륙은 다같이 즐거운데
요귀 든 동방*은 나의 시름 자아내네
이 몸 바쳐 싸울 곳 어디메뇨?
원쑤 족칠 그 날은 오고야 말련만
황혼의 앞길 가리킬자 없으니
그대는 막안에서 묘책을 꾸미는가!

* 저자의 조국 조선을 가리킴.

## 寄羃堂(二首)

何必現身說法通, 菩提樹下樂無窮.
明心見性知耶否, 悟到空空亦不空.


又


四月鶯兒仍不見, 九秋黃菊有誰同.
縱雲田事多荒險, 聞道隣阡麥又豊.


## 이당에게(2수)

1
자신의 체험으로 도통할건 무엇인가?
보리수밑에 극락세계 끝없어라
명심(明心)이며 견성(見性)이라 하거늘
빈것을 깨달으면 비지 않으리라.


2
4월에 종다리 보이지 않고
9월에 노랑국화 누구 와 보나?
농사군은 흉년 많아 걱정이라지만
이웃집 밀밭은 올해도 풍작이라네.


## 憶晴蓑

妖雲燕市暗, 孤島蜀途危.
日夜空奔訴, 蒼天亦不知.


## 청사를 그리며

요사한 구름 북평땅 뒤덮고

외로운 섬길 걷기 어려운데
밤낮 동분서주로 하소하여도
창천(蒼天)은 알아주지 않누나.


## 贈弘岩先生

去年今日共囹圄, 歌咏阿斯氣尙豪.
只雁南飛何處向, 白山黑水路迢迢.


## 홍암선생에게

작년엔 우리 한옥에 갇히여
아라사* 노래하며 영웅기개 지켰어라
남으로 날은 외기러기 오늘은 어데 있나?
백산흑수* 아득한 천리길에.

---

* 로씨야를 이전에 이르는 말.
* 장백산과 흑룡강사이라는 뜻으로 동9북3성을 가리킴.


## 贈丹齋申采浩

君曾罵到河東尸, 我更感招漁夫魂.
始識滿洲貢獻日, 奴才二字表字存.
(采浩君曾有罵鄭河東之朽骨, 宋敎仁遺錄有金國朝貢我國, 自稱奴才, 奴
才對上國言.)


## 단재 신채호에게

그대가 하동(河東)을 산송이라 질타하매
나는 어부(漁父)의 넋에 감격하였네
만주땅 왜놈에게 떼여준줄 알고서

표문에 ≪노재≫두자 적어넣었네.

* 채호군은 정효서(鄭孝胥, 即鄭孝東)의 비굴함을 일러 ≪후골(朽骨)≫이라
저주하였고 송교인(宋教仁, 即漁父)의 유작에는 금나라가 우리 나라에 조공
할때면 스스로 ≪노재≫라 자칭하였으니 ≪노재≫란 상국(上國)앞에 자기를
낮추어 이르는 말이라고 기록되여있다.


## 答朴白庵書
## 附詩朴段植

是日申江獨倚樓, 江雲江水總悠悠.
遯宗同感經三禩, 痛恥忍言加一籌.
馬上雄心當益壯, 鏡中衰發更何愁.
新年萬事無窮願, 只在人人誓不休.


## 박백암*의 편지에 회답하노라

내 홀로 신강*가 루각에 섰노라니
강물은 유유히 안개속에 흐르누나
겨레를 떠난지도 어느덧 3년 세월
참아온 치욕과 고통 억울하고 심해도
말탄이의 웅심은 갈수록 벅차거니
거울속 백발이 무슨 대수랴
새해에도 만사는 끊임없으리니
굳게 다진 맹세만 잊지 말자 하네.

---

* 백암(白庵)은 박은식(朴殷植)의 자(字)이다. 이 시는 저자가 박은식에게 보내는 회답에
첨부한것이다.
* 신(申)상해의 별칭, 신강이란 상해의 황포강을 말한다.

## 送惠園弟赴美洲(申德君)

君縱江戶我京城, 大陸風雲與死生.
經營必遂男兒志, 惜別何爲女子情.
屹屹千秋天保立, 洋洋萬里太平行.
知否河山華且美, 好還鄕日共歡迎.

## 미주로 떠나는 혜원군을 바래며

군은 강호에 나서고 나는 경성에 남는데
대륙의 풍운 생사를 다투네
사업의 성공 사나이 뜻에 달렸거니
어이 아녀자마냥 석별을 아끼랴
변함없는 하늘 그대를 지켜주고
망망한 바다길 평안히 펼쳐지리니
산천의 아름다움 다는 알수 없어도
군의 귀향날 내 마중나오리.

## 贈宋漁夫(宋敎仁)

風雲開革幕, 雪月滿漁磯.
漢運中興日, 秦仇未報時.
松茂能知悅, 猩亡還可悲.
倘記龍公館, 靑邱血淚兒.

## 송교인에게

풍운이 밤의 장막 열고
설월이 낚시터 비치누나
한나라 국운 좋아지는 날
진나라 원쑤 못갚은 때라

무성한 소나무 희소식 알리고
죽은 원숭이 슬픔 자아내네
룡궁관을 아직 기억한다면
그대는 신선땅 대장부여라.


## 贈劉左成君

霹火懷中落, 風雲足下悲.
論心知己在, 急難似君稀.
寰海方多事, 男兒更造機.
江山華且麗, 携手惠同歸.


## 류좌성군에게

벽력을 품에 안은듯 불 같은 성미
걸으면 발밑에서 풍운이 일도다
마음속에 언제나 지기가 있어
어려운 일엔 항상 빠짐이 없네
세상의 해야 할 일 많고 많아도
사나이는 제가 할 일 찾아 하리니
사나이는 우리 강상 되찾는 그날
우리 함께 손잡고 고향으로 돌아가세.


## 贈冶公(陶冶公)

鐵衣關塞月, 露劍秣陵秋.
將功多北向, 賷志更東游.
救世惟公理, 彌天之我憂.
長風吹萬里, 別意共悠悠.

## 도야공에게

갑옷은 장성의 달빛아래 무겁고
보검은 말릉의 가을맞아 차겁네
장군의 공훈 북녘땅에 빛나도
품은 뜻은 여전히 동녘땅 위함이라
나라를 구함은 공민된 의리거니
이내 걱정 하늘에 넘치네
이역 만리엔 찬바람 불어치는데
석별의 정 다같이 끝이 없어라.


## 遊本湖贈紫芹君

多謝故人時慰我, 江湖八月共逍遙.
勝地景光誰管領, 大家風致不簫條.
老塔禪門雲寂寂, 扁舟書院水迢迢.
此行休道龍眼少, 話畵藏胸志氣豪.

## 본호를 거닐며 자근군에게 쓰노라

나를 위안하는 옛친구 고마와
8월의 강호 함께 거니노라
명소의 경치 누가 싫다 하랴
우리의 마음 하냥 즐거웁게
고탑과 선문 구름속에 쓸쓸하고
편주와 서원은 물우에 떠있는데
이번 행차 룡안*이 없다 말라
우리들 가슴속에 호기 넘치거니.

---

* 화룡점정(畵龍點睛)의 고사. 여기에서는 뛰여난 경치를 비유한것이다.

## 寄南京同志(壬子秋)

早朝夜之半, 默禱拜千宮.
大道無私曲, 至誠能感通.
滄桑今幾日, 痛楚已三重.
徒語皆虛事, 實行方有功.
江山何處去, 風浪我舟同.
濟濟靑衿壯, 星星白髮雄.
宛在伊人者, 篙師又舵工.
一心登彼岸, 於起此聲中.
歡迎兼祝賀, 其樂正無窮.
八月申江上, 睨觀謹鞠躬.


## 남경에 있는 동지들에게(임자년(1912년) 가을)

어두운 밤 지나면 동이 트리니
내 삼가 천궁에 기도 드리노라
대도에는 사리사욕 불허하고
지성이면 만물을 통하게 하리
무정세월 얼마나 흘렀느냐?
괴로움만 쌓이고 쌓였네
빈 말은 죄다 부질없는짓
실행만이 성공을 가져오리
금수강산 어디에 있는거냐?
풍랑만이 나를 동반하누나
젊은이의 검은 옷차림 장쾌하고
백발 섞인 로옹도 씩씩하도다
세상엔 이인*이 따로 있으니
그대들 사공되고 키잡이 되여
한맘 한뜻으로 대안에 오르리니
승리의 환호소리 우렁차리라
환영 겸 축하모임 즐거운 그날

기쁨의 환성 일고 또 일리니
8월의 상해 황포강에서
예관*은 머리숙여 삼가 축하하리.

---

* ≪시경≫에 ≪사랑하는 사람은 물 저쪽에 산다네(所謂伊人在水一方)≫라는 구절이 있
  다. ≪이인(伊人)≫은 ≪사랑하는 사람≫이란 뜻이지만 여기서는 혁명동지를 가리킨다.
* 작자의 별호


# 乘江西船發向靑島

鐵兒(申武)、少滄(申撤)、銳峰送之.

水色秋光獨上船, 金風颯颯立凄然.
黃花無處酬今日, 靑海懷君感昔年.
毋怪常情隨冷暖, 那堪往迹付塵烟.
殷勤惟有西江月, 來照愁人臥榻邊.


# 강서에서 배를 타고 청도로 가다

철아(신무), 소창(신철), 예봉이 나를 바래주다.

가을 저문 강가에서 배에 올라
금풍을 맞받아 배전에 섰노라니
국화꽃그림자 더는 보이지 않고
흘러간 추억만 강물우에 떠오르네
무정한 세상사 생각지 않으려 해도
지나온 발자취 잊혀지지 않구나
다행히 서강월 다정히 속삭이듯
수심에 찬 이 몸 고요히 비쳐주네.

## 贈少衡

佐時無術問阿衡, 獨抱民權血以爭.
極目山河猶震蕩, 傷心偉杰盡飄零.
臨風倍切同舟感, 觀火那堪對岸情.
誰料世機成幻夢, 辮軍今日鬧南京.

## 소형에게

어려울 땐 그대의 가르침 받으며
홀로 민권 위해 피흘려 싸웠네
보이느니 끊임없이 진동하는 강산
슬프나니 뿔뿔이 헤여지는 영웅호걸
모진 바람엔 동반자 그립거니
어이 서로 강건너 불보듯하랴
세상만사 꿈인줄 그 누가 알랴
청군은 남경서 소란 피운다누나.

## 贈公六

可愛南村一少年, 布衣草履獨翩翩.
如君才德應時出, 千載斯文賴有傳.

## 공륙에게

그대는 남촌의 씩씩한 젊은이
무명옷, 초신차림 남달리 미끈한데
재간과 덕성 또한 비범하여
탁월한 문필로 길이 전해지리.

# 和孟碩獄中原韻(中華民報總主筆)(三首)

風雨漫漫長夜中, 孤燈耿耿放光紅.
同病何人懷有痛, 强權如彼理無公.
立節曾聞寒後草, 不在惟愧夏時蟲.
知否一片囹圄外, 萬水千山路幾重.

又

乾坤窄窄苦相思, 萬種愁悉攢兩眉.
十年書劍皆無賴, 一部春秋獨有持.
生罹地獄非其罪, 欲叩天閽亦莫知.
可惜風飛星散日, 惟公不忍故遲遲.

又

山河華麗主人誰, 回首東方景更非.
世變滄桑經浩劫, 英雄痛楚待時機.
死而後已平生職, 快矣何傷心事違.
況復明春消息好, 願君珍重惠同歸.


# 맹석*이 옥중에서 지은 원운에 화답하노라(3수)

### 1

기나긴 밤 비바람 세차고
가물가물 등잔불 붉은빛 뿌리네
누구와 더불어 고통을 나누리오?
강권정치는 의리도 모르거니
상록수 굳은 절개 자랑스럽고
하루살이 가련한 신세 부끄럽도다
그대 아는가, 철창밖 세상에도
만수천산 머나먼 길 첩첩한것을.

### 2

비좁은 세상에서 바깥일 그리느니
끝없는 수심에 이마살 찡그려지네
10년 세월 문무(文武)를 죄다 외면하고
오로지 감옥살이 무슨 죄더냐?
궁문을 열고파도 알길이 없었네
바람에 별들이 흩어지던 날
그대는 어이하여 날기를 주저했던고?

### 3

아름다운 산천 주인은 누구냐?
돌아보니 동녘땅 살벌하기 그지없네
무정한 세월 재난이 끝없고
영웅은 안타까이 때를 기다리네
죽어서야 끝이 평생의 직무
기쁨도 슬픔도 본의가 아니거니
래년 봄 호소식 있다 하지 말아
그대 몸 조심하여 함께 귀양하세.

---

* 맹석(孟碩)은 ≪중화민보≫의 주필이였다.


## 和抱芳閣主人(陳炳華號月莊)(二首)

風塵僕僕那堪說, 時撫枯琴坐夜深.
可愛抱芳公館月, 殷勤來照恨人心.

又

公仇指日共殲除, 痛恨窮天若禍初.
此世知音能幾許, 惟君一面舊交如.

(記抱芳閣主人詩如下.)
相逢屢羨俗氣除, 豈是今朝識面初.
愧我未能通款曲, 傳箋還倩女相知.

## 포각주인에게 화답하여(2수)
## (진병화, 호는 월장)

### 1

떠다닌 고생을 이루 형언할수 없어
자정이 기울도록 묵은 현금 타는데
포방공관에 차넘치는 교교한 달빛은
원한 품은자의 마음에 은근히 서리네.

### 2

불공대천의 원쑤 미구에 전멸시키려니
변함없는 창천의 화액이 밉상스럽도다
이 세상에 지기라곤 얼마 안되련만
그대와의 초면은 구면과 다름없어라

(포각주인의 시를 아래에 적는다.)

만날적마다 저속함이 가시기 바랐는데
이것이 어찌 초면인사 그때에 그치랴
속을 터놓지 못한 일이 면괴하오만
탁문군 사마상여처럼 글월을 띄웠어라.


## 生日書感

光陰容易逝如斯, 三十年前四歲兒.
自問志功俱未立, 如何心事又多違.

平生欲贖彌天罪, 百死難忘報本恩.
在上昭昭聽視我, 恩威禍福竟無私.
(上元夜席上, 悠然雜感, 瀉泄無方, 歸寓失眠, 仍步前作, 自誓韻題, 贈同志
諸君.)
不後不先生長斯, 江山呂待好男兒.
是日曷喪俱有痛, 千金一諾莫相違.
滄海橫流同濟唱, 大風將起故鄕思.
擧杯三祝諸君壽, 寸亦區區豈可私.


## 생일날의 감회

서른해전에는 네살나는 애어린 사내아이
세월이 살같이 흘러 장년이 되였구나
이마적 지향도 공업도 이루지 못했거니
어이하여 세상일이 뜻대로 안되느냐
천천히 죄과를 털어버리려 마음먹었나니
백번 죽어도 보은 할 마음 굳어만지네
분명 하늘이 나의 언동을 살피고있으니
화복앞에서 하찮은 사심은 없어야 하리.


(정월 보름날의 연회석에서 유연히 떠오르는 착잡한 생각을 가실수가 없었
다. 숙소에 들어와서는 잠을 청하지 못하였다. 그래서 앞의 시의 운과 제목
에 따라 또 시를 지어 동지들에게 드리는바이다.)


맞춤맞게 이 인간세상에서 자라났으니
강산은 어엿한 남아를 안아주리라
오늘 모두의 아픔에 락심하지 말고
천금 같은 낙언을 굳게굳게 지켜나가자
창해가 횡류할제 서로서로 도와나가며
대풍이 불어칠 때 고향생각에 잠겨보자
잔을 들어 제군의 전투를 축원하매

어찌 이 가슴에 사심을 품을수 있으랴.


## 贈素昂

趙君有宗敎上新論, 故詩以贈之.

一片靈臺上, 罪知非我關.
仰天長嘯立, 明月滿空山.

## 소앙에게 드리노라

조군은 종교와 관련한 새 리론을 내놓았으므로 시를 지어드리는바이다.

결백하고 조촐한 심령이니
그 죄가 나와는 무관하도다
하늘을 떠이고 우뚝 섰는데
달빛이 산악에 흘러넘치누나.


## 旅泰樓

與謙谷、可人、一丹、鐵兒共吟.

是日如爐苦焰長, 不寒生栗戒心凉.
行路有時愁蜀栈, 懷君幾夜夢漁陽.
劇虜未除惟我恨, 驕兒相關任他狂.
小樓幽靜微風動, 自愧偸閑白戰場.

## 태루를 돌아보며

겸곡, 가인, 일주, 철아와 함께 읊는다.

이 날은 시루처럼 찌는듯이 무더운데
소름이 끼치며 경계심이 느즈러지네
때로는 행로에 놓인 잔도가 근심인데
그대 그리며 꿈길에 어영을 찾았어라
원쑤를 족치지 못함이 나의 한이러니
교만한자의 간섭과 광분이 오래 못가리라
루각은 아늑하고 실바람이 불어오는데
한가로이 글재주를 다툼이 부끄럽도다.


## 夜與諸棣小酌共題詩(二首)

去年今日坐西樓, 細雨疏風感九秋.
晚節經寒尙無恙, 靑春鐘愛可消愁.
死馬苦求人易笑, 生鰥强飮酒難謀.
休恨浮萍隨處泊, 完來宇宙一虛舟.


又


木落鴻鳴人在樓, 天涯游子易傷秋.
前宵驚灑思親淚, 異城難埋去國愁.
傾刻風雲觀世變, 轉旋穹壤仗誰謀.
斯翁鑛礫群賢秀, 泛彼橫流同我舟.


## 밤에 인제들과 함께 잔을 들며 시를 짓노라(2수)

1
지난해 오늘은 서루에 앉았는데
가을철 건들바람에 가랑비 내렸도다
만년에도 지조는 굳건하여 변함없고
청춘의 사랑은 근심걱정 가시누나

죽은 말이 구걸하면 비웃음 자아내고
산고기가 억지 쓰면 술이 안생긴다네
부평초의 신세라고 한탄치 말거니
애당초 우주는 가뭇없는 매생이로다


　　2
나무잎은 지고 기러기는 울어예는데
루각의 뜨내기는 가을철이 서글프도다
간밤에는 겨레생각에 눈물 흘렸거니
이역땅에선 망명의 설음 가실길이 없네
삽시에 풍운이 일어 세상이 변하는데
하늘땅을 휘잡아돌릴자는 그 누구더냐
늙은이는 정정하고 현자들은 훌륭한데
피안의 횡류에 우리 배를 띄워보자.


# 奇忘年會
## (甲寅除夕)

無國無家尙忍言, 經新經舊任他喧.
今宵宜作忘年悔, 明日請來新紀元.


# 망년회에 전하노라
## (갑인년 섣달 그믐밤)

나라없는 슬픔은 그래도 참을수 있거니
새것과 늙은것을 다스리라고 하라
오늘밤은 망년의 참회를 하여보고
래일이 되면 새 기원을 말하여보세.

## 送陽春時赴湖北

天涯淪落未同歸, 萬事蒼凉又亂離.
從此行吟知者少, 當時道德似君稀.
靑春忍賦江湖夢, 白眼看來天地非.
昨夜東風消息惡, 那堪回首百花飛.

## 호북으로 가는 양춘시를 전송하여

천애이역에서 함께 돌아가지 못했는데
세상만사가 처량하고 어수선하구나
그때는 군의 도덕이 세상에 드물었고
이제는 시를 읊어도 새기는자 적다네
청춘은 차마 강호의 꿈을 떠올릴수 없거니
찬 눈길로 보는 하늘땅은 제모습이 아니구나
어제밤에 동풍은 나쁜 소식 전했으니
어찌 백화가 날리던 그때를 돌이켜보랴.

## 送晴衰曺成煥

康槪初心鐵血尊, 北風十月我與君.
共歡此日歌新象, 孤憤何天喚舊魂.
阿侳頃歸西伯里, 故人又向正陽門.
江南歸帆歸何晩, 我與民權共討論.

## 청사(조성환)를 전송하여

나와 군은 10월의 하늬바람속에서
강개한 마음을 강철로 다지였어라
오늘 기꺼이 새 기상을 노래하건만
분개심은 언제야 오랜 얼을 부르랴

조카가 씨비리로 방금 돌아갔는데
이제는 옛 친구가 정양문으로 가누나
강남의 돛배는 늦게도 돌아오는데
나는 민권에 대해 함께 토론한다네.


## 恭賀惠仁園弟春庭大(號城庵)六十一壽

重回獄降喜期年, 彩舞瑤弦共一筵.
南級老星長壽城, 東溪二月仲春天.
種勤成業田園美, 篤學陽名子舍賢.
孤客吟風遙獻賀, 君家盛事水相傳.


## 인제 혜인원의 춘정대인(호는 성암)의 탄신 61돐을 축하하여

탄생한 그날이 또다시 돌아왔나니
생일잔치는 노래춤으로 흥성거리네
남극의 로인은 장수향에서 살아나가고
동계의 2월은 봄빛이 무르녹누나
근면한 보람으로 전원이 아름답고
학식이 독실하여 자제가 현능하네
외로운 나그네 시를 지어 올리거니
귀댁의 성사는 길이길이 전해지리라.


## 送崔棟君赴美洲

鬼乎支大厦, 屹爾立中流.
握手申勤語, 顧名實價求.


## 미주로 가는 최동군을 전송하여

귀재가 세운 대건물은
중류에 우뚝 서있구나
악수하며 희망을 말하니
명분따라 실사구시하누나.


## 以永樂亭詩贈鐵兒弟

棣萼同聯賢子舍, 星芒遙祝老人亭.
我山我水能無恙, 待吾還鄉倘可迎.


## 인제 철아에게 영락정시를 드리노라

형제는 다정하고 자제는 현능한데
아득한 별빛은 로인정에 비치누나
우리의 금수강산 무사할수 있으리라
우리가 귀향하면 반가이 맞아주리라.


## 宗門題感(五首)

四千三百載, 重辟大宗門.
萬象皆歸化, 三神獨至尊.
仁棣皆兄第, 靈檀有子孫.
普救蒼生苦, 先招倍達魂.


又


奧昔鴻荒世, 神人降自天.
五戒宗網在, 三神至理傳.
上元能報本, 朝旭復光鮮.
遺民能報本, 朝旭復光鮮.

又

在天惟上帝, 降世是人宗.
生仙儒佛耶, 無端倪初終.
三眞歸一理, 萬有被神功.
又是邦家祖, 誰非血族同.

又

緬惟皇祖首開天, 繼降神兄豈偶然.
人皆相賀重生日, 我亦難忘不死年.

又

金花玉殿靈明現, 暮鼓晨鐘大道傳.
萬姓一家何處是, 種門咫尺放光鮮.

## 종문에 대한 소감을 적노라(5수)

### 1

사천삼백년이 지난 오늘
대종문을 또다시 열어놓으니
삼라만상은 죄다 귀화되고
삼신은 더없이 존귀하구나
손아래 사람은 죄다 형제요
령단은 자손들이 있다네
창생을 도탄속에서 구원하려
배달의 얼을 먼저 부르누나.

### 2

예도옛날 태고의 세상에
신인이 하늘에서 내렸나니

오계와 종강은 변함없고
삼신의 도리는 전해지누나
상원의 초사흘이 되는 날
동방의 반만년이 되는 때
백성은 은혜에 보답하고
아침해는 또다시 찬연하구나.


3
하늘에서는 상제로 있었고
강세하여서는 인종(人宗)으로 있었네
유가와 불가가 생겨났거니
시작도 없고 끝도 없다네
삼진은 한얼께로 돌아가고
만물은 신공을 입었구나
그리고 나라의 시원이니
혈족이 아닌자 그 누구이뇨.


4
태고적에 황조가 천지개벽을 하고
신형을 강세시킨것은 우연이 아니로다
사람마다 재생한 그날을 축하하니
나도 죽지 않은 해를 잊지 못하네.


5
빛나는 옥전에는 신명이 나타나고
조석의 종소리는 대도를 전파하누나
만성일가를 어드메서 찾을수 있을고
지척에 있는 종문은 빛발을 뿌리네.

## 贈衛戍院

河山同壽祝諸公, 醫國醫民矢鞠躬.
痛洋相關懷普救, 瘡痍皆起奪神工.
遠征將士能無恙, 悍衛邦家總有功.
創院一周留紀念, 昌詞遙獻印飛鴻.

## 위수원에 드리노라

제공의 만수무강을 삼가 축원하나니
나라의 백성을 다스림에 진력할지어다
서로 깊은 관심을 가지고 구원하려니
기묘한 재주로 파괴상을 가시여나가누나
원정하는 장병들은 기운차게 싸우매
나라 지키는 전투에서 공을 세우리라
위수원창립 한돐에 기념으로 남기고저
기러기편으로 축사를 보내드린다네.

## 贈島山安昌浩(二首)

歐風驟打亞雲陽, 安得英雄動四方.
半島山河應放彩, 中宵起舞又聲香.

又

多愛說時機, 機來倘不違.
遼野彎弓發, 膠灣羽檄飛.
轉瞬光奇幻, 空拳力太微.
幾多仁義士, 快擧矢同歸.

## 도산 안창호에게 드리노라 (2수)

### 1

구라파의 강풍에 아세아의 구름이 이니
어쩌면 영웅이 사방에서 일떠설소냐
반도의 강산은 이채를 띠여야 하리니
야밤에 추는 춤은 아릿답기도 하여라.

### 2

시시로 계제에 언급하더니
계제가 오자 어기지 않았네
료동벌에서 활촉을 날리고
교주만에서 우격을 전했어라
순식간에 풍운은 약동했거니
적수공권이라 힘이 약했도다
의로운 용사들은 그 얼마이냐
통쾌한 거사를 굳게 다지네.


## 送唐少川書

附年賀狀, 并書去夜感咏四律一首.

歲暮天涯獨倚樓, 蒼凉萬境動新愁.
狂奴漫吊經千劫, 痛歷疇憐添一籌.
漢士只今思相國, 秦庭從古在中州.
春申江上多時立, 謂我壘壘有所求.


## 당소천을 전송하며

년하장을 동봉하는 동시에 어제밤에 지은 7언률시를 적는다.

설밑에 외로이 루대에 기대였거니
쓸쓸한 정경에 수심이 더해지누나
미친 놈은 재화입혔다고 아쉬워 말아라
같은 아픔 겪어 방책이 또 생기누나
한사(漢士)는 오늘도 상국을 그리워하고
진정(秦庭)은 예로부터 중주에 있었도다
황포강가에 자주 오래도록 서있노라니
나에게 연해연송 하소연을 하누나.


## 贈可人洪命熹

聞名江戶才華富, 握手中原肝膽披.
昭告天宮皇祖在, 宣盟海上僑人知.
幷在一世寧無意, 好伴靑春可有期.
此去萬山千水路, 願君珍重勉旗之.


## 가인 홍명희에게 드리노라

재주는 뛰여나 강호에 이름떨쳤거니
중원에서 악수하며 간담을 헤쳤어라
황조가 계신다고 천궁에 알렸으니
상해에서의 맹세는 위인이 알도다
한세상에 태여남은 무의식이였건만
청춘과 더불어 또 만날수 있으리라
이번에 길 떠나면 천산만수 넘으리니
몸 조심에 마음 쓰며 용기를 북돋우시라.


## 寄南社

東風獵獵浪相驚, 中夜沈沈夢未醒.

從古燕南多康慨, 只今滬上最文明.
秘密喪權哀後轍, 鼓吹無力最時名.
痛哭不干五年淚, 茫茫何處覓秦廷.


## 남사에 드림

새바람 불어치니 물결도 사나운데
이 나라는 아직도 깊은 잠 못깨누나
예로부터 연남엔 강개지사 많았건만
오늘은 상해가 제일 문명하구나
슬프도다 국권잃고 전철을 밟은것이
원쑤 당할 힘 없다니 옛이름 아깝구나
5년동안 통곡하여 눈물을 못거두었는데
아득해라 어디에다 구원을 바랄손가.


## 送晴衰書(叙阻曹成煥)

燕多豪狹士, 一擊亦何難.
更告同仇子, 那堪壁上觀.


## 청사 조성환을 전송하여

연지에는 호객협사가 많나니
일격이 무엇이 어려우랴
더더욱 동지에게 알리노니
차마 관망할수는 없다고.


## 南社十一次雅集示亞子(柳亞子)

滿城風雨此良晨, 絶景江湖誰與親.

南社相逢名下士, 亞廬不見意中人.
冥心堪信前生僇, 白眼放觀大塊塵.
遙指蓬萊今日會, 幾多新橘謝恩臣.

## 남사 제11차모임에 즈음하여 아자(류아자)에게 보이노라

의론은 분분하오나 날씨가 명랑하고
강호는 절경이오나 어느 누가 반기랴
남사의 명사들이 한자리에 모였는데
아려에는 그리운 사람이 보이지 않네
전생의 치욕을 가슴깊이 아로새기고
대지의 먼지를 찬눈으로 노려보누나
봉래를 가리키면서 오늘 모였으니
새귤을 은인에게 사의로 드리네.


## 太一遺書感賦

寒風吹大野, 落野萬長江.
先烈遺芳史, 余生痛國殤.

## 태일의 유서에 감동되여

찬바람이 대지에 휘몰아쳐
씨앗들이 장강에 가득하도다
선렬은 업적을 남겼거니
여생은 망국을 통탄하네.


## 丁巳年元月一日(日記)

是日舊歷丁巳年元月初一日, 而皆云新舊歲換, 紛紛賀拜年. 而自顧天涯淪落未歸人, 四海蒼茫, 百感難禁, 余元年恨人也, 有何此日感想之有異. 然今日暑, 故園父老兄弟妻子, 懷此子身, 倍葰他日矣, 然則余旣非木石, 能無凄悵, 況痛恥又加一齒矣.

## 正月十三日

今日謂生日, 而雖生之日, 等死之人, 愴懷家國, 無以定情, 旣非木石, 劬勞之思, 尤倍他時也.

## 정사년 정월 1일(일기)

오늘은 구력으로 정월 초하루날인데 모두들 묵은 해가 새해로 바뀐다면서 앞다투어 새해 축하인사를 하는것이였다. 천애지역에서 방랑하는 사람으로서 창망한 이 세상을 바라보노라니 착잡한 생각에 사로잡히게된다. 나는 해바뀜을 모르는 원한품은자이니 어찌 이날에 류다른 감상이 있을수 있겠는가. 그런데 오늘 고향의 부모형제처자는 이 혈혈단신을 여느때보다 몇곱절이나 더 생각하고있을것이다. 나도 목석은 아니므로 처량하지 않을수 없는터에 고통과 치욕속에서 또 한살을 먹게 되는것이다.

## 정월 13일

오늘은 이른바 나의 생일날이기는 하지만 나는 죽음을 기다리는 사람으로서 집안과 나라를 창연히 그리면서 마음을 걷잡지 못하고있다. 나는 목석이 아닌 이상 여느때보다 더더욱 골몰히 생각하게 된다.

## 寄六五叔申伯雨
(八月十五日, 約往風城, 未遂, 卽擬南旋.)

重越關山示渡江, 眷懷宗國極凄凉.
人間佳節酬何處, 遙指風城似故鄉.

## 류오숙(신백우)에게 보내드리노라

(8월 15일, 봉성으로 가자고 약속하였으나 실행하지 못하고 남으로 돌아
가기로 작정하였다.)

관산은 다시 넘었으나 강은 못건넜으니
종국을 그리는 마음 처량도 하여라
인간세상의 가절을 보낼데는 어드메냐
멀리 떨어져있는 봉성은 고향 같구나.


## 建國紀元節后十五日(十月十八)李忠武公閑山島紀念
## (第三百十四回)(三首)

其一
光前耀后立恩功, 百世難忘忠武公.
誓海盟山成鐵甲, 倭兵十萬化沙蟲.

其二
樓船叱咤仰雄風, 萬國至今推首功.
賜我升平三百載, 蝦夷不敢更漁東.

其三
露梁寂寞龜龍冷, 手按遺圖倍愴神.
山明水麗韓半島, 秀靈再毓仰斯人.


## 건국기원절후 15일(10월 18일) 리충무공 한산도기념(제314회)(3수)

1
력사에 길이 빛나는 은공 세웠으니
천세만세 충무공을 잊지 못한다네
굳은 맹세 다지여 철갑산 무었으니

10만 왜병은 삼바리로 되여버렸구나.


2

루선에서 노호하며 위풍을 떨쳤으니
만국은 오늘까지도 첫공로 인정한다네
태평세월 300년을 우리에게 주었으니
오랑캐는 동방을 더 침노하지 못했다네.


3

로량은 적막하고 귀룡은 싸늘한데
남긴 그림 짚어보매 마음이 창연하네
겨레의 땅 한반도는 산 좋고 물 맑아
또다시 재주 기발한분을 키워내리라.


## 丁巳年自壽詩

正月十三日, 余之生日, 感題三十八句自壽詩, 詩云乎哉, 紀實而已.


法輪常轉運, 前士幾變遷.
不知爲何物, 三十八祀前.
庚辰是月也, 降于鐘山巓.
云最靈最貴, 曰人格人權.
神聖誰敢犯, 人人自保全.
呱呱如昨日, 踽踽到今年.
撫躬愧七尺, 不若百足蚿.
孤憤謾浮海, 悲歌忽起燕.
劍心磨霍霍, 葦力撑戔戔.
江河日夜下, 舊恨猶未湔.
雖生等死日, 顧影極凄然.
我亦爲人子, 劬勞情暗牽.

晙遑依閭望, 時誦蓼莪篇.
今日乾淸殿, 孤兒正可憐.
同情無限淚, 無覺下漣漣.
(前淸宣統誕日與余同, 報載今日在乾淸宮做壽.)
明朝柏公子, 解甲登壽筵.
(按柏文蔚招東明后兩天在什刹海做堂上七旬雙壽)
吾翁今八耋, 保日彩衣旋.
我聞大椿樹, 能享壽八千.
叢桂家何在(家在桂山), 白雲天一邊.
惟有精一棣, 秘密設孤懸.
深囊無余物, 繞膝探控拳.
偵知禁不得, 苦在其知堅.
竟謀諸廚子, 生日幷布宣.
玉盤稻觴菜, 璞橐沽酒錢,
二價守古禮, 羅拜克顒顒.
(廚子玉昆, 自備數蝶菜, 殺房審璞純, 持酒兩瓶, 來前跪拜稻壽, 照前淸舊
式, 今人不敢當, 且呵且愧.)
普本贈靈草, 殷勤祈壽筵.
丹生理高曲, 白雪自翩翩.
獨醒能勇邁, 皆一時俊賢.
少年豪氣發, 一唱大朝鮮.
(坡弟並招丹生、醒庵、普本、邁當、鄭俊、禹豪、諸益共飮三巡, 轟笑雜
歌, 頹然放然, 禹豪君以愛國歌, 散席夜已深.)
睨觀强歡笑, 幾亡在屯邅.
神兄曾活我, 何以報埃涓.
縲絏非其罪, 友在撫松縣.
金坮白日暮  魍魎肆點便.
無端思崇替, 輾轉不成眠.
人生誠不偶, 先哲語眞詮,
旣在人世間, 萬事擔雙肩.

景光須自愛, 夜起題新箋.
歲得春方希, 天心月未圓.

## 정사년 생일날의 자작시

정월 13일은 나의 생일날이며 자작시 75행을 짓는다. 시라기 보다는 사실 기록에 지나지 않는다고 말해야 할것이다.

법륜은 언제든지 돌아가고
고국땅은 몇번이고 변했구나
지금으로부터 서른여덟해전에는
그것이 무엇인지 알지 못했거니
다름 아닌 경신년 이 달에
종산의 봉우리에서 신성한것은
인격과 인권이라고 하니
신성함을 침범할자 없고
사람마다 자신을 보전하누나
태여난 날이 어제 같은데
어언간 올해가 되였어라
스스로 돌이켜보면 부끄러워
백족지충보다도 못하구나
분개하여 속세를 꾸짖으매
연지에서 슬픈 노래 울리여라
숫돌에 검을 썩썩 갈아도
갈대의 힘은 미미하다네
강물은 밤낮없이 흘러가는데
오랜 원한 풀지 못했구나
죽을 그날을 기다리고있으니
이 신세 처량도 하여라
나도 평범한 사람이거니
은연히 정감에 사로잡히누나

객지의 동구에서 바라보며
시시로 료아편을 읊는다네
오늘 건청전에 몸두고있는
청조고아는 가련도 하여라
그를 무한히 동정하노라니
눈물이 하염없이 흘러내리네.
(청조 선통의 생일은 나와 같다. 신문지상의 보도에 의하면 오늘 건청궁에서
축수를 하게 된다는것이다.)
래일이 되면 백공자가
갑옷벗고 수연에 나선다네.
(래일과 모레 이틀동안 십찰해에서 량친의 칠순생신을 지내니 참석하라는
청첩을 백문위로부터 받았다.)
나의 아버님은 팔순인데
언제야 돌아가 효도하랴
듣자니 아름드리 참죽나무는
팔천살을 살수 있다네
총계의 집은 어디 있는고
(계산에 있다.)
흰구름 비낀 하늘가로다
다름 아닌 인제 정일은
비밀리에 생일잔치 마련하네
주머니엔 여분이 없나니
맴돌며 빈손을 비비누나
금할수 없음을 알아차리고
그 뜻을 꺾지 못해 애태누나
료리사들은 슬쩍 꼬드겨서
일제히 생일날을 알렸네
옥반에는 안주를 담았고
박탁에는 술돈을 놓았다네
두 봉사자는 고례에 따라

깍듯이 절을 하는구나.
(료리 몇접시를 차례로 마련해가지고 온 료리사 옥곤과 술 두병을 가지고
온 심부름군 녕박순은 청조시기의 구식에 따라 꿇어앉아 절을 하면서 축수
하는바람에 나는 황송하였다. 정녕 기쁘기도 하고 면괴하기도 하였다.)
보본은 불로초를 증정하며
정성스레 축수를 해주고
단생은 노래가락 더듬으며
청아한 곡조맞춰 춤추었네
명석하면 용왕매진하리니
모두가 준걸임에 틀림없네
젊은이들은 호기만발하여
거룩한 조선을 노래하누나.
(파제는 단생, 성암, 보본, 매당, 정준, 우호, 제익 등을 초청하여 술잔을 세번
돌리더니 호탕하게 웃기도 하고 잡가를 부르기도 하였다. 정녕 술이 거나해
지고 자태가 호방하였다. 우호군이 애국가를 불렀다. 모임이 끝났을 때는
깊은 밤중이였다.)
예관은 억지웃음을 웃으며
죽을뻔했던 지난 일 돌이켜보네
신형이 나를 살려주었으니
무엇으로 은혜에 보답하랴
결박당함은 죄가 아니거니
벗은 무송현에 있다네
금대에는 모색이 창연하고
두억시니는 간사를 부리누나
턱없이 멸망을 생각하노라니
전전반측 잠을 못이루네
정녕 인생은 불우하다만
선철은 진실히 해석하였어라
인간세상서 살아가고있으니
만사를 떠메고나가야 하리

시간을 아껴야 하거니
야밤에 새 글을 써나가누나
봄은 만물의 생장 바라는데
천심의 달은 만월이 못되였네.


## 讀美岺見贈二首卽次原韻和之(二首)

中州諸子往從之 , 正是風雲辟幕時.
民權主唱盧梭說(君曾主某報筆政, 時余亦同榻, 乃與交好, 受益良多), 國
恥誰懷博浪推.
空庭碎首哀無告, 亂世染翰嗟拾遺.
(君爲何存古粹, 創立文獻社, 搜掇散亡, 旁采僻壤, 一日示余叢征啓, 令人
起感)
可喜同盟除醜物, 孤魂忍作采薇夷.

又

痛恨那堪說往年, 余生殘喘尙頑然.
文章操紙今宗傳, 客子登樓幾仲宣.
下界現身同是妄, 中原回首更相憐.
感君能擇狂夫語, 覆轍昭昭鑒在前.


## 미잠이 증여한 시 2수를 읊고 원운에 따라 화답하노라(2수)

1

중주의 학자들이 왕래를 할 때는
풍운이 약동하기 시작한 그때여라
민권은 루소의 학설을 주창하거니
(군은 모 신문의 주필로 있었는데 그때 나는 군과 함께 거처하면서 교분을
깊이하였고 가치있는것을 많이 얻었다.)

국치에 누가 박랑철주를 품었느냐
정원에서 죽어도 알릴길이 없었거니
란세에 글지어 빠진것을 보충하누나
(군은 고대의 정화를 보존하기 위하여 문헌사를 창립하고 산실된것을 수집
하였고 보기 드문것을 채집하였다. 어느날 모집광고를 나에게 보여주었는데
나는 감동되였던것이다.)
동맹이 추물을 없애치워 기쁘거니
고혼은 근심어린 시를 지었다네.


    2
원통한 과거사를 돌이킬수 없나니
목숨을 부지하는 여생은 굴함없다네
오늘날 그대는 문장의 미립을 알린다네
손님이 찾아오면 미립을 알린다네
하계에서 현신함은 망녕된 일이고
중원을 회상하니 더더욱 련민하네
군은 고맙게도 광언을 택하였거니
실패의 교훈은 앞길을 비춰주누나.


## 可人我弟大吟壇郢政又乞和之(三首)
## (可人—洪命熹)

前書中不知明日更何尋, 不幸又中矣, 倉皇出走, 息影田間, 輾轉更回海
上, 深入佛界, 不許世人相通, 亦多日矣, 我軀尙好, 吾廬猶昔, 點檢舊篋,
得昔年(辛亥)黑鏡小影, 及去冬(甲寅)兩人合相, 不禁悵觸, 感搆五律三首
兼塵.


街兒呼四八, 我輒而笑嗔.
悔認尋常事, 愧當三二春.

眈難惟本相, 色鏡眩其眞.
顧影蒼茫立, 不知何許人.

又

白眼夫人物, 黃須餰丈夫.
出門爲至賤, 絶代不移愚.
愧負名予虎(父母賜兒, 名以石虎), 甘承嘲我猴, (吾俗有戲, 吾姓謂猴).
妍妍何上樹, 寒色幾經秋.

又

彼何二人者, 相對寫其眞.
額齠云英器, 月斜稻病身.
世情多取貌, 吾道在交神.
諸子來相指, 可人與恨人.

## 대음단에서 시문에 대하여 가필을 할뿐더러 화답할것을 나의 인제 가인 홍명희에게 부탁하는바이다(3수)

전번 편지에서 앞으로 또 어떻게 되겠는지 모르겠다고 하였는데 불행하게도 그것이 맞아떨어졌다. 즉 황급히 탈출하여 시골에 은신하였으며 그후 전전하다가 또다시 상해로 돌아와 불계에 심입하여 세인과의 왕래를 불허한지도 여러날이 된다. 나의 몸은 여전히 튼튼하고 나의 처소는 이전과 다름없다. 하루는 낡은 상자를 점검하다가 왕년(신해년)에 검은 안경을 끼고 찍은 작은 사진과 작년 겨울(갑인년)에 둘이 찍은 사진을 발견하고 창연한 감회에 사로잡혔다. 그 소감을 오언률시 3수로 지어본다.

1

거리아이는 사팔뜨기라 부르면
나는 웃으며 노염을 탄다네

심상한 그 일들이 후회되고
서른두살을 먹어 면구스럽네
예관은 본래 생긴 모양이고
색안경은 진상을 가릴뿐이여라
창망한 곳에 어엿이 섰노라니
내가 누구인지 알길없구나.


2

사팔눈 가진자는 인재가 못되는데
노랑수염가지고도 장부라 하네
문밖을 나서면 천격스러우니
우매를 못잇도록 대끊으리라
범이라는 이름을 달았으나
(부모님은 이 아들을 낳고 석호라는 이름을 지어주었다.)
잰내비라고 비웃어도 달갑다네
(우리 습속에는 이러한 웃음거리가 있는데 나의 성은 원숭이 후이다.)
차거운 빛 서린지 몇해인데
어이하여 나무로 오르느뇨.


3

두사람은 어떤 사람들인고
상대하여 진실을 적노라
한사람은 영기가 돌고
또 한사람은 달밤에 앓는다네
세정은 용모를 택하오나
나에게는 교분이 중하다네
제군이 지목하는 사람은
가인과 한인 두사람이로다.

## 寄桂園(盧伯麟)

> 寸心言未盡, 前路暗塵微.
> 匝陸方多事, 浮洋倘有爲.
> 相期靑眼視, 可惜白紛飛.
> 風雨鷄鳴急, 起誰能造機.

## 계원 로백린에게 전하노라

> 촌심은 토로하지 못했는데
> 앞길이 티끌에 어두워지네
> 대륙에서는 지금 다사하니
> 바다에서는 일을 해내리라
> 앞날을 간절히 기약하는데
> 아쉽게도 백분이 날리누나
> 풍우속에 닭이 울고있으니
> 어느 누가 계제를 마련하랴.

## 寄耦泉仁棣老同志
## (趙琬九)

> 秋來動止更何如, 殆若相忘魚雁疏,
> 萬里框勞孤客夢, 七年始見故人書,
> 鞠躬盡瘁君爲亮, 哭急無靈我愧胥,
> 一約殷勤能不負, 吾山吾水有吾廬.

## 오랜 동지이며 인제인 우천 조완구에게 전하노라

> 가을철이 됨에 기거동작이 무탈하리니
> 그사이 서로 잊은듯 편지가 뜸했어라
> 만리밖에서 나그네는 헛되이 꿈꾸었는데

일곱해만에 옛친구의 편지를 받았다네
그대의 헌신성은 귀감으로 빛나는데
울고있는 나는 오괴서께 부끄럽네
나의 강산과 나의 고향집 있으매
간곡한 그 언약 어기지는 않으리라.


## 贈天仇
### (戴季陶)

山陰雪月逈雲衢, 幾夜申江夢想紆.
雷鳴大地蟄驚群, 日沒靑邱恨白鳥.
何天神妙前生爾, 此世孤鰥不死吾.
握手悠悠無限感, 千波萬壑是前途.


## 친구 대계도에게 드리노라

눈내린 형운거리에 달빛이 비꼈는데
황포강반의 감도는 꿈은 몇날 밤이런가
대지에 우레터져 만물을 소생시키는데
해지는 언덕의 흰까마귀는 원한 품었네
전세에 너를 낳은 신묘한 하늘은
현세의 외로운 나를 죽이지 않느뇨
굳은 악수를 나누어 감개가 무량한데
앞길에는 거세찬 물갈기가 밀려들리라.


## 京津同志被捕

華警因日警請求捕給.

曩年光武獄, 病臥脫危機.

道合聲相應, 冤沈數偏奇.
妖雲燕市暗, 孤島蜀途悲.
今日悠悠恨, 江南我未歸.


## 북경, 천진의 동지들이 체포되었다

중국경찰이 일본경찰의 요청에 의하여 체포인도하였다.

지난해 광무의 철창안에서
몸져누웠다가 위기에서 벗어났거니
신념이 같아 의합이 되는데
운수사나와 원한이 쌓이누나
요사한 구름에 연경은 캄캄한데
고도에서의 앞날은 막막하구나
오늘 원한이 가슴깊이 사무치니
나는 강남으로 못돌아가누나.


## 移寓金陵聞晴蓑及諸學生均解往漢城監獄(晴蓑曺成煥)

終宵亂夢惡, 閃電甚駭瞠.
雖云分內辱, 所遭亦草詳.
覆巢卵盡破, 曲木鳥不翔.
可笑無中事, 云云桂太郎.
滔滔皆豺狼, 胡爲殺一羊.
長須重遭割, 眼眼忽成盲.
忍痛空奔訴, 自顧亦痴狂.
友邦諸君子, 急難各倉皇.
自由總團體, 公決詰中央.
轟轟民權子, 仗義發文章.
小丑人道絶, 大陸國權喪.

舊警皆死肉,　新閣又頹唐.
可哀無告漢,　入籍竟不祥.
去年光復日,　奮身共傍徨.
公法今何在,　我欲問廟廊.
公理今何在,　我欲問彼蒼.
北上殷勤語,　中山與克强.
慷慨姚校長,　借住尙俠堂.
十天七易所,　身世極凄凉.
茶房亦敢侮,　什物任意搶.
草木皆是晉,　鐵椎誰非張.
義俠陳都督,　爲我脫計忙.
租界雖云好,　倀鬼亦難防.
一網打盡計,　可惡彼暴尫.
諄諄頻動我,　保重謹避殃.
於是集同志,　忩忩理行裝.
朝雨春申浦,　輕風楊子江.
金陵近黃昏,　萬境轉蒼茫.
何日還相見,　往劫笑一場.
踽踽一夫人,　呱呱二七娘.
護行燕無人,　願往韓挽洋.
今焉入地獄,　一日九回腸.
故人非其罪,　我何太自傷.
願我天我租,　救護我賢良.


## 금릉으로 옮긴후 청사 조성한 및 여러 학생들이 서울감옥으로 압송되였다는 소식에 접하였다

밤새껏 악몽에 허덕이였는데
전보를 보고 더욱 놀랐어라
그것이 분내사라 하지만
놓인 운명은 미상하도다

새둥지 뒤집혀 알이 박산나고
나무꺾여 새가 날아드네
터무니없이 사실을 날조한
게이따이로가 가소롭기도 하다
득실거리는 승냥이무리는
양 한마리를 마구 죽이누나
채수염은 또다시 잘리고
사팔눈은 갑자기 멀었네
아픔 참으로 신소를 하매
이 모습은 미친듯하네
우방의 여러 군자들이
구원하려 급히 서두르네
자유를 주장하는 단체들은
공결하여 중앙에 힐문하거니
대성질호하는 민권주의자들은
정의의 글을 써내였어라
녕악한자는 인도를 짓밟고
대륙에서는 국권을 잃누나
낡은 경찰은 무용지물이요
새 내각은 풀이 죽었구나
하소연할데 없는자는 슬픈데
귀화함은 상서롭지 못하여라
지난해 돌아왔던 광복일에
모두가 자태는 분연했도다
나는 선철에게 묻노니
오늘 공법이 어디 있느냐고
나는 창천에 물어보노니
오늘 공리가 어디 있느냐고
북상하여 정중히 말했다네
중산과 극강 이 두분이

인심 좋고 무던한 요교장은
상협당을 거처로 내주었다만
열흘에 일곱번 이사하였으니
신세가 처량하기 그지없었네
뽀이도 감히 모욕을 주고
집물을 마음대로 앗아갔다네
초목이 죄다 군사로 보이니
철추를 안 내들자 그 누구뇨
의협심이 많은 진도독은
나를 탈출시키려 서둘렀다네
조계지가 좋다고 하지만
앞잡이를 막기 어려웠다네
일망타진의 간계를 꾸몄으니
그 포악한자는 가증하여라
몸조심하며 재앙을 피하라고
나에게 간곡히 권고하였으니
가까스로 동지를 집결시키며
분김에 행장을 차비하였네
황포강에는 아침비 내리고
양자강에는 산들바람 이는데
금릉에는 황혼이 깃들고
삼라만상은 어느덧 창망해지네
어느날 또다시 상봉하면
과거사를 일소에 붙이리라
부인은 외로이 타달거리고
처녀애는 목놓아 우누나
연경에는 호송자가 없으니
한국으로 가서 편천하하리라
오늘 비로소 지옥에 들어가니
하루에도 몇번이고 그린다네

이는 그대의 죄가 아니거니
내 어찌 너무도 슬퍼하랴
거룩한 천공이여, 선조여
현량자를 기어이 구원하시라.


## 丁巳秋旅雜感
### 過泰安府(舊歷八月五日)

車中焉詹姓者(號一園湖北人), 同坐指太山, 顧余曰, 孔老眼光太小, 泰山僅與紫金齊, 不及廬山三分之一, 且所謂環天下者, 不過齊魯忭三省, 無怪今之稱長素者, 余笑謂坐汽車, 笑杖屨太不淸, 但知廬山否, 余聞東有太白, 南有希馬拉亞.

不知天下大, 陡彼氣猶豪(述客意).
莫小尼山目, 倘聞希馬高.


## 到良王莊

車到良王莊停止, 因水衝不通, 備汽船載客, 換給船票, 余持票先登, 少頃有人查票, 迫余下去, 詰其故, 彼答三等客另備小船, 乃忍氣而下, 適有一風帆來泊, 衆欲擁上, 忽由船上下令拒之, 該船因滿載兵器, 移運南下火車, 等運完始許客上, 故再見逐, 立於路隅歷三時之久, 苦哉下等, 況無等.

良王莊畔出無車, 逐客臨風空自歔.
下等猶勝無等苦, 三鐘八祀較何如.


## 정사년 가을 려행소감
### 태안부를 지나며 (구력 8월 5일)

차안서 성이 첨씨라고 하는분이(별호는 일원이며 호북사람이다.) 한자리에 앉았다가 태산을 가리키며 나에게 이렇게 말하였다. ≪공자는 너무도 시야가 좁습니다. 겨우 자금산만한 태산은 려산의 3분의 1도 안되니 말입니다. 그리고 천하를 둘러쌌다고 하는 저 태산줄기도 제, 로, 변 3개 성을 벗어나지 못하였습니다. 그러기에 지금 사람들은 그이를 어리숙한분이라고 합니다.≫ 나는 웃으며 이렇게 말하였다. ≪자동차에 앉아서 지팽이와 초신을 비웃는것은 퍽이나 억지스러운 일입니다. 려산만을 알고있습니까? 동쪽에는 태백산이 있고 남쪽에는 히말라야산이 있다는 말을 나는 들었습니다.≫

천하가 큰줄 모르고
산에 올라 호기부리네(설자의 뜻)
히말라야산이 높은줄 알아도
태산이 작다고는 안보리.


## 량왕장에 이르러

차가 량왕장에 이르러 그만 멎고말았다. 흐름이 드세여 차가 통하지 못하게 되자 기선을 마련하여 려객을 태운다면서 차표를 배표로 바꾸어 주었다. 나는 배표를 가지고 먼저 배에 올랐다. 미구하여 검사원이 배표를 검사해보더니 나더러 배에서 내리라고 을러메였다. 그 연고를 캐물어 보니 3등객에게는 작은 배를 따로 마련하였다고 대답하는것이였다. 그래서 분을 참고 배에서 내렸다. 이때 마침 돛배 한척이 와서 정박하자 려객들은 그 배에 오르려고 밀려들었다. 그런데 갑자기 승선거부명령을 선원이 내렸다. 이 돛배는 남하하는 기차에 옮겨실을 병기를 가득 싣고 운반하는중이였으므로 병기를 다 실어나른 다음에야 려객을 태운다는것이였다. 그래서 다시 한번 일축을 당하고 길섶에 3시간동안이나 서있었다. 하등은 이처럼 고초를 겪는 판이니 하물며 무등임에랴.

차가 없어 량왕장을 떠나지 못하고
내몰리여 바람쏘이니 하도 어이없구나
하등의 고생은 무등보다 낫다마는
3시간을 8년에 비기면 어떠하랴.

# 柬某友

故都某友, 千里專人, 致書殷殷, 臨穎百感, 無辭可答, 仍題四句, 以爲代柬.

無量無盡法, 談集一毛端.
大道行吾素, 舊盟保歲寒.
風雲瞬萬變, 苦變達三觀.
余在言文外, 求諸方寸間.

## 모 친우에게 보내는 편지

고도의 모 친우는 천리밖에서 특별히 사람을 파견하여 간곡한 편지를 전달하도록 하였다. 글월을 받아보고 착잡한 생각에 잡힌 나는 회답에 궁하여 오언시 8행을 지어 편지를 대신한다.

그지없고 다함없는 법은
하나의 붓끝에 모아놓았네
대도를 자기류로 행하리니
그 맹약 굳게 지키리라
풍운이 순식간에 천변만화하매
고락을 례상사로 친다네
나머지는 글밖에 없나니
심령에서 매듭을 풀리라.

# 到津門觀水災

倭街商店盡爲船, 禹城農村不見田.
浩浩洋洋我莫遏, 亟脩人事倘回天.

## 진문에 이르러 수재정형을 살펴보다

왜가의 상점들은 온통 배로 되고

우성의 농촌에는 논밭이 안보이네
망망한 홍수를 나는 막지 못하거니
억조창생 구하려면 천의를 돌려세울수밖에…


## 早發津門

江湖滿地曉登船, 無數哀鴻匝水田.
彭禹天秋今不在, 衆生徒喚奈何天.

## 아침에 진문을 떠나며

평야는 물판인데 아침에 승선하거니
수없는 난민이 논판을 에워쌌도다
팽조와 하우는 오늘 어디에 있느뇨
뭇사람은 하늘의 조화에 어찌하랴.


## 舟中願禱
## 同日

願賜平房億萬間, 珍羞美谷積如山.
仁經義緯無量被, 救我衆生饑與寒.

## 배안에서의 기원
## (같은 날)

단층집 억만칸을 시사해주시고
진수성찬 산더미처럼 마련해주소서
인자와 의리를 다함없이 베푸시여
굶주리고 추위하는 중생을 구원하시라.

## 過烟臺題感

夢到家, 亡弟南植及病妻均現, 亦一亂夢也.

咄咄精禽苦, 期期塡海還.
片雲看弟魄, 纖月對卿顔.
波湧心猶壯, 舟搖夢不安.
仁川如何到, 二十四鐘間.

## 연대를 지날 때의 소감

꿈결에 고향집에 들렸는데 동생 남식과 병석에 있는 안해가 보였다. 이것
역시 어지러운 꿈이다.

마음은 이토록 쓰라린데
때가 되여 바다를 건넜네
쪼각구름은 동생의 넋이런가
쪼각달은 안해의 얼굴이런가
물결에 마음이 장해지고
흔들림에 꿈이 불안하네
인천에 어떻게 당도하랴
스물네시간 지나는 동안에.

## 孤憤

去去東流水, 何撋掠我還.
涓涓經百折, 尙在萬溪間.

## 분개심

멀리 동으로 흐르는 강물은
왜 나를 돌려보내지 않느뇨

흐름은 백굽이 에돌았어도
천만의 계곡을 못벗어났구나.


## 威海舟中紀夢示蘇子二友

昨夜漁腸訪仙扉, 蒹葭玉樹兩相依.
吾兄吾叔云無恙, 某山某水携共歸.
劍語縱橫天下事, 婆心硏鑽道中微.
朝臣忽幻周琴者, 攬我舟過威海衛.


## 위해의 선실에서 꿈자리를 적어 (소, 자) 두 벗에게 보이노라

지난밤 어양에서 선가를 찾아보니
두 재자가 정답게 의지하고있었네
어느 자연풍경속으로 함께 돌아간
나의 형과 숙부는 무사하다고 하네
천하의 일을 날카로이 론하고
도가 쇠미한 까닭을 파고들었다네
조신이 주금을 호린 그 일은
위해를 지나는 나를 모대기누나.


## 義庵六十一壽詩
## 事業主旨(辛酉二月十九日)

吾鄕有奇傑, 平地見神仙.
義務民以國, 道源人乃天.
華籌初八日, 新歷第三年.
縲絏非其罪, 今名永世傳.

## 의암 탄생 61돐을 축하하여
### (사업의 주되는 취지. 신유년 2월 19일)

내 고향에 있는 그 기걸
평지에서 본 신선 같도다
의무는 국민을 위함인데
인간제일이 그 리념이여라
신력으로 세번째 되는 해
기획을 한지 초여드레만에
죄없이 감금을 당하였으니
그 명성 길이 빛나리라.


## 聞燕市條約勒成羊城軍府道撤題感

余生忍說八年前, 回首中原極可憐.
朝暮寇兵誰敢格, 西南壯士亦相煎.
龍華春盡懷英士, 獅子雲空送逸仙.
四萬萬斤胖大肉, 委人宰割若烹鮮.


## 연시조약이 강제로 성립되고 양성 군부도가 철폐되었다는 소식을 듣고 소감을 적노라

여생은 8년전 일을 말할수 없는데
중원을 회상하면 가련하기 그지없어라
아침저녁으로 적병에 대적할자 누구뇨
서남에 있는 장사들은 서로 억누르거니
룡화의 지는 봄은 영사를 그리고
사자봉의 흰구름은 일선을 보내누나
4억만으로 이루어진 커다란 고기덩이는
남에게 뜯기여 반찬처럼 볶이우누나

## 舊正十三曉起, 偶得漢詩一首, 詩云乎哉, 志感而己, 示瞬醒轉碧初.(辛酉孟春旬三)

四十年前二歲兒, 笑啼歌哭幾多時.
環身百劫都煩惱, 受命三神尙護持.
風樹黎哀情有痛, 河山回首景全非.
雄鷄喔喔梅香動, 起向天宮發願辭.


구정 13일 아침에 일어나자 우연히 한시 한수를 짓게 되었다. 이것은 시라고 칠수는 없으며 소감을 적을따름이다. 이 시를 순성이 보고 벽초에게 전하기 바란다.(신유년 맹춘 13일)

마흔해전에 두돌이 되는 어린애는
웃기도 하고 울기도 한지가 얼마더냐
이 몸은 만신창이 되여 괴로우나
삼신의 명을 받아 버티여 나간다네
부모를 못모신 마음은 쓰라린데
강산을 돌이켜보니 모습이 변했구나
수탉이 울고 매화향이 풍길제
천궁을 향하여 숙원을 아뢰노라


## 贈景炎

閑展晴窓讀畵圖, 鴻蒙崼崟畵中鋪.
輞川雲矮天然趣, 五柳風淸自在娛.
大好河山收眼底, 對人才調冠東吳.
得當把酒桑麻話, 僕本高陽舊酒徒.


## 경염에게 드리노라

창문열고 한가로이 그림을 감상하노라니

어렴풋한 산봉우리 그림에 펼쳐지누나
구름서린 망천은 자연의 정취려니
하느작이는 버들가지는 멋거리지네
아름다운 강산이 한눈에 안겨오거니
그대의 재간은 동오에서 으뜸이여라
나는 워낙 고향의 오랜 술군이니
잔을 들고 농사일을 말해야 하리.


## 贈友人(二首)

憶昔楊樹十里暮江頭, 君哭斷弦, 我淚如絲, 匆匆已三載矣. 風雨鷄鳴, 我思悠悠, 武弟來, 知伉儷重諧, 嘯咏自適, 無非多福有道者氣象, 深爲欽羨, 天涯生鰈, 不見西方美人久矣. 爲堂君子一念及否, 昔支那韓昌黎別李正宇時, 語十三年復相見, 爲擧觴, 讀之茫然如失. 嗟吾兩人, 自今十年后, 於黃歇浦上, 仰三角山之下, 能有此一日乎, 操觚至此, 吾淚已枯.

三載匆匆一刹那, 天涯芳草動悲歌.
今韓絶唱君而已, 古越難忘我奈何.
四野雷方群蟄振, 金臺雨忽落花多.
依稀昨夜西湖月, 來照春申江上波.

又

俚音聊作一枝春, 依舊江南漆倒身.
謙老重逢聲太楚, 可人消息厄於陳.
盈眶滴滴珍珠碎, 撫膺博博大塊塡.
海上靑燈人影二, 難忘鄭重且申動.


## 벗에게 드리노라(2수)

그때 백양나무가 줄느런히 서있는 모색창연한 강기슭에서 군은 돌아간 안해를 울음으로 추모하였고 나도 눈물이 듣거니맺거니 하였다. 그때로부터 어언간 3년이 지나갔다. 군을 생각하는 나의 마음은 은근하였다. 무제가 와서 소식을 전한 다음에야 비로소 다시 부부관계를 맺고 즐거운 나날을 보내고있다는것을 알게 되였다. 이것이야말로 다복하고 도를 지키는자의 기상일것이다. 나는 이에 대하여 무등 부러워하는바이다. 천애이역에 있는 생홀아비로서 서방의 미인을 보지 못한지 오래다. 당당한 군자로서 그것에 생각이 미칠수 있었는가. 옛날 지나의 한창려는 리정우와 작별할 때 13년후에 재회하자고 말하면서 잔을 들었던것이다. 나는 이대목을 읽고 망연자실하였다. 나와 군이 지금부터 10년후에 황포강가에 또는 삼각산아래에서 그날이 있을수 있겠는가. 글을 여기까지 쓰고나니 벌써 눈물이 마르고말았다.

1

세해는 살같이 흘러 일순간이런가
천애이역의 방초는 마음이 구슬프도다
오늘 한국의 절창은 그때뿐이거니
고월의 잊을수 없는 이 마음 어쩌랴
우뢰소리에 만물이 기운을 떨치는데
루대에 소나기내려 락화가 분분하네
지난밤 어슴푸레한 서호의 달빛은
황포강의 넘실거리는 물결을 비치네.

2

이 몸은 여전히 강남에서 허덕이오나
그대를 생각하여 시를 읊조린다네
겸로와 상봉하자니 전혀 기별 없고
가인의 소식은 막히여 감감하다네
진주처럼 구르는 눈물 산산쪼각나고
두드리는 이 가슴에 대지가 있다네
상해의 등빛에 두 그림자 비꼈으니
그대들의 정중하고 신근한 모습 잊을수 없어라.

# 海上懷人(三首)

光陰容易世事多難, 不見可人, 我思無涯, 拉雜題感, 是撮乙卯半歲兒之
小影, 其工太醜, 但毫無假妝以爲代簡, 豈感詩云乎哉, 請哂閱而敎之.

宗國無正史, 世人皆我嘲.
昏行思寶炬, 盡出痛群妖.
馬道過千里, 雁聲隔九宵.
今宵如見月, 想得此顔憔.

又

不忘念三日, 更讀景施文.
使我油然起, 無過有白雲.

又

一去南溟一在東, 春申月旦暮雲空.
諸流曲曲歸黃海, 斯道平平在大同.
自認眈盲迷本相, 那堪孤憤塞孤胸.
幾多妄托春秋筆, 不見人間著夏冬.
培達書堂再對閉, 渡西學子迭拿幽.
敗類相煎殊可惡, 狡童無理更何尤.
學目不干傷世淚, 割須能解遁身憂.
飄搖四載三回節, 風雨申江一葉舟.
踞踞自趨征床下, 瞧瞧如探置囊中.
項城亦斥提燈祝, 跛閣還遭賣國攻.
五爵皇皇星拱北, 三權片片水流東.
民心猶見天良在, 一縷儲金佝克終.
日暖池糖自由鱉, 風高簾幕舊栖燕.
黃花已盡羊城哭, 紫氣全消獅子眠.
一室揮戈紋虎躍, 萬家橫笛黑鴉遍.

老猿升木驤驤衛, 動物奇談書家傳.
麻省風行勛貴富, 嘉禾雨下小民饑.
功臣發起籌安會, 博士說明君主宜.
十色五光曾所見, 竹頭木屑欲無辭.
最難回首遼之野, 廣袖翩翩木屐兒.
蒼生何罪天斯怒, 百日沈陰不見暉.
黃歇前宵颶風起, 黑龍六月酷霜飛.
浸船折屋沙蟲泣, 傷稻催棉野鵲悲.
忍說靑邱成澤國, 哀鴻庶幾悔前非.
高喊吾眞救世主, 千門萬戶紅花開.
血海骨山新世界, 峭烟彈雨別樓臺.
何謂公論與人道, 不知盜跖和如來.
叩地問天皆孟浪, 憑空繞壁獨排徊.
人間始有空中載, 世上曾無百里雷.
龍髥一拂廉威式, 英法意俄齊下臺.
比利時乎吾膜拜, 時乎不再榮光哉.
榻側未聞客睡漢, 井邊忍見陷嬰孩.
惟我僑民能善闋, 西來消息痛難裁.


## 해상에서 사람을 그리며(3수)

　세월은 류수같이 흐르고 세상일은 어렵기만 한데 나는 가인을 만나지 못하여 그리움이 간절하다. 그래서 두서없이 소감을 적는바이다. 이것은 반살나는 어린애의 사진을 찍는것이나 다름없고 시적기교가 너무도 보잘것없기는 하지만 시로 가장함으로써 서신을 대체하려는 생각은 조금도 없다. 소감을 적은 시라고 말할수는 없으나 기꺼이 읽어보고 가르쳐주기 바란다.


### 1

조국에 정사(正史)가 없다고
세인들은 나를 비웃누나
밤에는 홰불을 그리워하고

낮에는 요귀를 미워한다네
말은 천리길을 지나가고
기러기는 구중천에서 울도다
오늘밤 달이 떠있다면
초췌한 이 얼굴 보았으리라.


2

잊지 않고 여러날 생각하는데
경시의 글월까지 읽었노라
나는 유연히 일떠서는데
하늘가에 흰구름 비꼈구나.


3

하나는 남해로, 하나는 동부에 있는데
황포강의 초하루날 저녁구름 가시었네
강하천은 굽이돌아 황해로 흘러들고
평범한 이 도는 대동이 목표로다
사팔눈을 자인하고 본모습 흐리우나
어찌 분개심을 가슴속에 묻어두랴
몇번이고 춘추필법에 헛되이 의탁했으나
력사의 변천을 저술한자는 보이잖네
배달민족의 서당은 거듭 폐쇄당하고
서양으로 류학갔던자는 나포당하고
서로 물어뜯는 몹쓸놈들은 가증한데
미소년의 불량함은 왜 우심해지느뇨
감상에 젖은 눈물은 마르지 않으니
채수염 자르면 은신의 근심 가시리
네해사이에 절개를 세번 굳혔나니
비바람처럼 황포강의 쪽배 한척이로다
슬금슬금 걸어가 침대밑에서 찾아내여

기웃기웃 보다가 주머니에 넣었구나
향성에서도 경축행사를 마구 꾸짖고
절름발이 내각인데도 매국노는 공격하네
오작은 분명하고 북극성을 에웠는데
삼권은 동강나서 동으로 흘러가도다
금 한알로 한평생 보낼수 있다면
인민은 여전히 량심을 가지고있으리라
해볕 받는 늪속의 자라는 자유롭고
문발은 날리여 옛제비가 날아드네
국화꽃이 시들자 양성에서 울었고
상서로운 기운 가시자 사자가 잠드네
한집안에서 싸움하자 얼룩범이 날뛰고
만집에서 저대 불자 까마귀 뒤덮이네
나무우의 늙은 원숭이는 호위하는데
동물의 기담은 화가들이 전한다네
부자들은 마작바람에 휩쓸려드는데
소민들은 주안회를 조직하여놓았고
박사들은 군주제가 합당하다고 하네
가지가지 류형을 본적이 있나니
리용될수 있는 폐물은 말문 막혔네
기모노에 게다짝을 끄는 오랑캐들이
거들먹거리던 료동벌이 처참했어라
창생은 죄 없는데도 하늘은 노했으니
백날동안 해볕이 보이지 않았도다
지난밤 황포강에는 태풍이 일었고
6월의 흑룡강에는 찬서리 날렸으니
집은 무너지고 삼바리는 울고있으며
곡식은 결딴나고 고니는 슬퍼하누나
푸르른 언덕은 물나라로 되여버리고
리재민은 이전 잘못을 뉘우치누나

우리의 참된 구세주를 높이 부르니
가가호호에 붉은 꽃이 피여난다네
피바다속에서 새 세계가 태여나리니
초연탄우속에서 루대와 작별하도다
도척과 여래를 가려볼줄 모르니
어찌 공론과 인도를 알수 있으랴
땅치며 하늘에 물어봄은 당돌한데
어이없이 바람벽따라 헤매일뿐이여라
세상에는 백리 내쏘는 포가 없었으나
이제는 처음으로 공중전을 하누나
수염을 쓰다듬는것은 월리엄식인데
영, 불, 이, 로는 일제히 물러났도다
우리는 벨찌끄에서 공손히 절하거니
영예롭던 그 시절 영영 사라졌어라
침대에서 잠자는 손님은 있지 않는데
처참하게도 어린애를 우물에 빠뜨리네
우리 교포들은 홍보를 잘 읽는데
서부에서 온 소식에 가슴이 미여지네.


# 八月三十一日
## 黃海舟中晚眺

白雲天末憶家鄕, 滾滾河山帶礪長.
最是不敢回首處, 斜陽影底話興亡.


# 8월 31일
## 황해의 배에서 황혼의 광경을 보다

흰구름 비낀 하늘가는 고향이런가
고국의 숭엄한 강산은 영원하리라

그 일을 회상함을 가장 저어하오나
저녁해 넘어갈제 흥망을 론하누나.


# 九月一日

舟泊渤海, 顧南坡公七話舊, 不勝感慨系之, 座有君武者(嫻于我史, 卽華友也), 亦能細數渤海故事(嗚呼國人, 鮮有知之), 偶成絶一首, 仍題示滬上同志.

落日秋風渤海東, 怒濤急浪直翻空.
緬懷千古蒼茫立, 有客揚言大白雄.

舊歷元旦訪新民宅, 碧邁以除夕詩見示, 凄絶不忍卒讀, 歸寓望仙圖步原韻, 秘而不發, 以待明年, 及見蘇卬句, 亦多隱意, 遂以此相示.

黑鐵龍飛碧海灣, 青天虎立白頭山.
此間將士如雲集, 萬歲聲中共解顔.


# 9월 1일

배가 황해에 정박하고있을 때 남파, 공철이 지난날의 일들을 말하는것을 듣고 매우 감개무량하였다. 좌중에 군무라는 분이(중국 벗으로서 우리 나라 력사를 잘 알고있었다.) 있었는데 그는 발해의 고사에 대해서도 상세하게 이야기할수 있었다.(이 고사를 알고있는 국인이 드물다는것은 가엾은 일이다.) 우연히 칠언절구 1수를 지어 상해의 동지들에게 보인다.

락조비긴 발해동부에 가을바람 부는데
노한 바다물결은 하늘에 치솟누나
수수만년 회고하며 창망속에 섰노라니
기발이 우람하리라고 말하는분 있구나.

　구력 정월 초하루날 신민의 저택을 찾아갔을 때 벽매는 그믐날에 지은 시를 보여주었는데 그 시는 처절하여 차마 읽을수가 없었다. 처소에 돌아와서 선도를 바라보며 원운에 따라 시를 지었는데 이것을 명년까지는 내놓지 않으려 하였다. 그런데 소앙에 관한 시구에 담긴 은밀한 뜻을 감득하고 이 시를 보여주는바이다.

　　쇠빛 룡은 푸르른 해만에서 날아예고
　　청천의 호랑이는 백두산에 섰도다
　　이곳의 장병들은 구름처럼 모였는데
　　만세소리 울리는 가운데 웃음꽃 피누나.


## 題水村第五圖贈芝珪(三首)

　文章俠骨傲江湖, 笑殺當年天子呼.
　明月蘆花秋正好, 歸來一幅水村圖.

　又

　我見其人不見湖, 汾南風景若相呼.
　他時願究丹靑妙, 來繪君家第五圖.

　又

　劍氣橫秋淚滿湖, 君將隱遁我狂呼.
　首山東海無干淨, 忍見油廬壁上圖.


## 제5수촌에 제사하여 지규에게 드리노라(3수)

　　1
　문장의 협골이 강호에 당당하여
　당년에 호령하던 천자를 일소하누나

달밝고 갈꽃피는 가을이 무르녹아
한폭의 수촌도가 완연히 이루어졌네.


2
그분은 보이고 호수는 안보이는데
봄날의 경치가 눈앞에 어리누나
일후 단청의 묘리를 터득케 되면
그대의 제5수촌도를 그려보리라.


3
검은 서슬 무디고 눈물은 호수에 찼는데
그대가 은둔하니 나는 울부짖노라
수산과 동해는 어디라 없이 더러운데
산려의 그림을 차마 볼수가 없구나.


## 涪都車站題感

鄕山何處是, 一日可相親.
回首蒼茫立, 不知木偶人.


## 부도역두의 소감

고향의 산천은 어드메런가
언제나 찾아볼수 있겠는고
고개돌려 우두커니 섰는데
꼭두각시는 알길이 없구나.


## 壽朱太君

畵閣鳴環佩, 珠樓接翠微.

雲飛王母使, 日映老采衣.
鶴發人間瑞, 冰輪天上輝.
芝蘭吾亦愛, 不義板輿歸.

## 주태군에게 축수하여

화각에서는 패옥이 절렁이고
주로에는 푸른 기운이 서리네
왕모새는 하늘에서 날아예고
색동옷에는 해빛이 어렸다네
학발은 인간세상의 길상선사려니
빙륜은 하늘에서 빛뿌리누나
제자들은 나도 사랑하오만
판여로 맞이함이 부럽지 않도다


## 高麗寺題感

赤山斜日訪沙門, 玄會西林似陝村.
石像千年瞻佛祖, 萍踪萬里泣王孫.
四時香火群生福, 一片干淨故國魂.
最是難堪回首處, 可憐數間古廟存.

## 고려사에 제하여

적산에 해가 기울무렵 절간으로 찾아오니
현회의 서쪽숲은 산골짜기 마을같도다
석상은 천년이나 서서 불조를 우러러보고
정처없이 만리길 떠나 옛왕손을 울리도다
사철 향피우며 평생의 복을 빌으니
한결같이 나라를 생각하는 일 깨끗하건만
하도 견디기 어려워 고개를 돌이켜보니

수간 낡은 묘당이 남아있을따름이여라.


## 贈界民

紀念日, 與諸同志聚餐嶺南樓, 界民、梓材、蘇印、涵人、國臣、石石均
以詩相贈, 卽和原韻, 以志欽佩, 巧非所計, 仍寫贈界民.(華友文士黃介民)


風雲會一堂, 同氣相求者.
明血格神人, 妙香滿天下.


## 계민에게 드리노라

기념일에 여러 동지들과 함께 령남루에 모여 간단한 연회를 가졌는데 계민,
자재, 소인, 함인, 국신, 석석 제 군이 모두 시로써 서로 증언하기에 소인도
그 원운을 따라 화답하여 경모의 정을 표달하였다. 이 졸시는 우연히 읊은것
이기에 제목을 그대로 ≪계민에게 드리노라≫로 하였다. 황계민은 중국 벗이
며 문사이다.


지향을 같이하는 사람들
풍운 타서 한자리 모였네
그대는 신명한분이니
만천하에 향기를 풍기네.


## 寄無涯(丹齋申采浩)(三首)

浩浩河山劫網中, 搖搖黃白黑宗紅.
孤拳慷慨期天柱, 雄筆縱橫秉大公.
大地如今只頑殼, 蒼生幾處泣沙蟲.
人間謫降元來妄, 肯恨前途路萬重.


又

見義如饑不再思, 丈夫眞不愧須眉.
中流救伴皆相失, 濁世堅貞獨自持.
直筆聊將董狐續, 此心寧計子雲知.
仁人自有休肩日, 莫謂蒼天醉夢遲.

又

壁立當今更有誰, 文壇太半故人非.
誅盡腐頑起頹俗, 時行棒喝用禪機.
天於斯道應垂悶, 事興人心豈久違.
只愁點點孤鐘響, 收盡男兒壯志歸.

## 무애(단재 신채호)에게 전하노라(3수)

### 1

광막한 강산은 그물에 걸렸는데
변화무쌍한 술법에 마음 못놓누나
의기가 북받쳐 중책을 짊어지려니
종횡무진한 필봉으로 대공을 창도하네
오늘 대지는 껍데기만 남아있거니
창생은 어드메서 삼바리를 감동시키느뇨
신선이 강세함은 망년된 일이거니
탈없이 편안하게 앞길을 조이시라

### 2

정의로운 일에는 지체없이 나서니
대장부로 되기에 손색이 없도다
구원한 동료들은 가뭇없이 사라졌거니
어지러운 세상서 굳건히 싸워나가네
동호의 지조를 직필로 이어나가려니
어찌 자운이 알도록 마음을 쓰랴

인인지사도 어깨쉬울 날이 있으매
창천의 취생몽사가 늦어졌다 말라.


3
오늘 그대는 벽처럼 우뚝 섰는데
문단의 옛친구는 태반이 보이잖네
부패를 일소하니 퇴폐가 살아나
이제는 경고와 계시가 행해지누나
천공은 이 도리에 마음써야 하리니
그러면 사물과 인심이 조화되리라
외로운 종소리 은은히 울려퍼지면
남아를 묶어세워 보무당당 돌아가리라.


# 寄夢岩(二首)
# (代柬)

尙有枯琴響不沉, 淵停岳峙感知音.
思君風雨三年夢, 還我河山一片心.
濁世無歸猶擇木, 名園何處可求林.
此生百劫天胡意, 擊棋橫流獨放吟.


又


神交相保歲寒心, 公道寧爲海底沉.
大地衆生歌說法, 西方消息喜承音.
七年枉稱秦庭哭, 千里下車徐子尋.
日暮長堤人似海, 渴塵萬斛塞胸襟.


# 몽암에게 전하노라(2수)
# (서간을 대신하여)

1

오랜 현금은 아직도 소리가 랑랑하니
덕성높은 친우에게 감사를 드리노라
풍우속에서 그대를 세해나 생각했거니
강산을 되찾을 마음은 변함이 없었네
란세에서 방랑하며 현인을 택하고있으니
명원의 어드메서 수풀을 찾을수 있을고
재화 많은 인생행로는 하늘의 큰뜻이니
횡류에서 노를 냅다치며 읊조리누나.


2

서로 돌보는 친우의 마음 송죽같으니
공도가 어찌 천길 바다밑에 잠길소냐
대지의 중생들은 설법을 노래하고
서방의 소식들은 기쁨을 전해주누나
진전에서의 울음을 헛되이 말해왔거니
천리길 달린 끝에 서자를 찾았다네
해질녘의 방죽에는 인산인해 이뤘는데
간절한 그리움은 가슴을 메우누나.


# 寄鐵生(二首)
## (代束)

救時無術問天心, 懷憤那堪見陸沉.
散盡黃金無好骨, 余生白雪有哀音.
山河凄悵狂奴過, 帷幄從容婦貌尋.
願償澄清天下志, 光風霽月快披襟.


又

指揮若定策謀深, 憂患多端道德沉.
白日光天千露降, 靑萍秋水萬龍吟.
西南半壁皆依重, 朝暮强兵竟莫侵.
公理一伸知不遠, 護持正脉掃驕陰.

## 철생에게 전하노라(2수)
## (서간을 대신하여)

### 1

구세술이 없어 천심에 물어보나니
땅이 꺼지면 분한 마음인들 어쩌랴
황금을 휘뿌려도 품격이 없거니
청백한 여생도 서러움이 북받친다네
처창한 강산에 폭도가 미쳐날뛰는데
장막안에서 녀인의 모습을 찾누나
천하의 뜻을 이루려 마음먹었으니
태평성세가 되면 흉금을 터놓으세.

### 2

자신있게 지휘하고 지모가 뛰여나는데
우환은 다단하고 도덕이 못해지누나
청청백일에 천만의 벼락이 떨어지고
가을호수에서 천만의 룡이 울부짖누나
서남부의 절반지역 그 힘을 입거니
언제나 강병이라 침노하지 못하네
공리를 신장하며 목표가 멀지 않으니
정통을 지키며 오만을 일소하도다.

## ≪震壇≫出世憶同志代祝(≪震壇≫半月刊)

九變新承運, 三神肇錫名.
靈光復盆照, 肅令環球驚.
大震今來復, 東壇舊有盟.
情同懷赤子, 怳若見明星.


## ≪진단≫창간에 즈음하여 동지들을 회상하는 것으로 축하하노라 (≪진단≫반월간)

변통하여 천명을 받드매
삼신은 이름을 하사했네
신광은 또다시 비치고
엄명에 세계가 놀라네
오늘 우레가 또 울거니
동단에는 맹약이 있다네
순결한 마음을 품었으니
밝은 별을 보는듯하네.


## 祝香港雜志
## 韓人經營之雜志

自東方出, 立大塊鳴.
報本求福, 爾其永生.


## 홍콩의 잡지를 축하하여 (한인이 경영하는 잡지)

동방에서 태여나와
대지에서 울부짖네
복지를 추구하니

그대는 영생하리라.


## 高麗寺楹聯(二首)
## (寺在西湖赤山埠)

一片干淨如此江山建高麗,
四時香火幾多人物拜君王.


又


正覺千年瞻佛祖, 西來萬里泣王孫.


無國無家客, 經新經舊年.
有年宜有國, 無國亦無年.


吾行吾素自由吾, 吾山吾水不棄吾.
縱有人間平等說, 本來無爾亦無吾.


## 고려사 영련(2수)
## (고려사는 서호 적산부에 있음)

### 1
티없이 맑은 이 강산과도 같이
고려사를 세우니
사시로 향불을 피우고
수많은 사람들이 군왕을 배하도다


### 2
비로소 깨여 천년 옛불조를 우러러
만리길 서쪽나라에 와 왕손 눈물짓도다

나라도 없고 집도 없는 망명객이
묵은해 쇠고 또 새해를 맞도다
해가 있으면 꼭 나라가 있어야 하노니
나라가 없으매 해도 없는거나 다름 없도다

나의 강산은 나를 버리지 않으리니
나는 언제나 나의 식대로 살리로다
설사 인간세상에 평등설 있다 해도
워낙은 그대가 없으면 나도 없는 법이라.


## 愛吾汕廬
### (自題吾廬)

吾愛吾廬廬愛吾, 吾山吾水可容吾.
恢恢無恙吾方寸, 一日吾生一日吾.

## 나의 산려를 사랑하노라
### (나의 집에 대한 제사)

나는 집을, 집은 나를 사랑하노니
나의 강산은 나를 받아드리리라
나의 마음은 넓고 탈이 없으니
나는 하루 또 하루 살아나간다네.


## 題汕廬圖

椆門白山下, 鐵柱碧波中.
靈參春不老, 寶槿壽無窮.
苙牲格天地, 擊楫動魚龍.

濟濟諸同好, 吾廬之主翁.

## 산려도에 제사를 쓰노라

백산밑에는 각문이 있고
벽파속에는 철주가 섰다네
신령한 인삼은 늙지 않고
진귀한 근화는 무궁하여라
생뢰는 천지에 감통되고
노대젓자 어룡이 움직이네
한곳에 모여든 동호자들
나의 집 주인으로 되었네.


## 廬中卽景

同謙老滄宗朝餐, 瓶有梅落於水碗, 余吹飮, 忽得"瓶梅落水聽浮動"七字, 看階前盆柏寒后依然本色, 感構一對仍題室內, 卽景補成四律一首.

天眞在上晨昏拜, 祖績懸中外內描.
(樓上奉案檀祖神像, 堂中挂置廣開土王碑字中軸, 及忠武公遺之對聯)
瓶梅落水聽浮動, 盆柏經霜見后凋.
隨陽三影含蘆集, 震岳一聲獅虎咆.
(於有正書局, 得三雁圖, 及見贈虎嘯圖, 並挂壁)
寤寐起居歌哭里, 東窓紅日似前朝.


## 실내의 즉경

겸로, 창종과 함께 조반을 먹었다. 이때 꽃병에 꽂힌 매화가지의 꽃이 물사발에 떨어졌는데 나는 꽃을 불고 물을 마시다가 문득 ≪꽃병의 매화는 지여 떠 움직이고≫라는 시구가 떠올랐다. 그리고 층계앞에 있는, 분에 심어놓은

측백나무가 추위를 이겨낸후에도 본색이 여전한것을 보고 대구를 지어 실내
에 써붙이였다. 또한 즉경에 의하여 이것을 칠언률시로 만들었다.

아침과 저녁에 천진을 례배하거니
조상의 업적을 복판에 모시였도다.
(웃층에 단군의 신상을 봉안하였고 대청안에는 광개토왕비 비문족자와 충무
공이 남긴 주련을 걸어놓았다.)
꽃병의 매화는 지여 물에서 떠움직이고
분에 심은 측백은 추위를 이겨냈어라
세 기러기는 갈대 물고 날아들고
호랑이는 따웅하며 산을 뒤흔드네.
(유정서국에서 세 기러기를 그린 삼안도를 얻게 되었고 또한 울부짖는 범을
그린 호소도를 기증품으로 받았다. 이 두폭의 그림을 벽에 나란히 걸어놓았다.)
생시에도 꿈에도 마음이 애처로운데
동녘의 붉은해는 이전 왕조와 비슷하네.


## 開天紀元節追慕

于于蠢蠢衆生悲, 被澤叨光自不知.
誰見東西古今史, 神師君父總兼之.


## 개천기원절을 추억하여

덕택과 은혜를 입고도 알지 못하니
느릿하고 어리숙한 중생은 가엾도다
고금동서의 력사에서 누가 보았던고
신령, 스승, 군주, 부친을 겸한것을.

# 奉悼羅公弘岩神兄五章
## (丙辰)

### 其一

百玉其心黑鐵肝, 怒然憂國十分殫.
義聲興問渝盟罪, 劍事歸誅締約奸.
入獄那堪衆生苦, 現身替受重刑案.
妖氛晦塞廬囂上, 不出斯人世道難.

### 其二

天來喜報復蘇還, 岳降先生試大艱.
靈性工夫通帝側, 妙香顧使救人間.
了來庶衆歸神市, 祖述三檀降震壇.
斬棘披荊尋舊迹, 翩翩道杖白頭山.

### 其三

河行北陸復南韓, 鐸我全球將轍環.
惡魔頻謀加十字, 大雄何畏達三觀.
人間萬事伊誰賴, 天上靈音遽忽頒.
泰岳其崩梁木壞, 不堪回首阿斯山.

### 其四

憶昔十年披肝膽, 聯床風雨訂金蘭.
活恩一縷方圖報, 殉命三條奈忍看.
鶴壽高山常仰止, 鸞驂八月莫追攀.
斜陽天末蒼凉立, 浩氣東來滿兩間.

### 其五

盥讀遺書涕淚零, 春風化雨動頑冥.
孤衷每念斯遺族, 大道無量彼衆生.
仇者乃雲除勁敵, 吾徒何以答神明.

重重疊疊悠悠感, 宗國前途均莫名.

# 라공 홍암 신형을 추도하여(5수)
# (병진년)

### 1

마음은 백옥같고 의지는 강철같거니
무진 애를 쓰며 나라일 근심했어라
맹약어긴 죄를 정의로이 힐문하고
체약한 간신을 날카로이 단죄했도다
투옥되여도 중생의 고통이 기막히고
대신으로 중형을 받아도 태연하였네
요사한 기운은 극성을 부리고있으매
신형이 없으면 세상사가 어려워지리.

### 2

살아돌아갔다는 하늘의 희소식이오나
악강선생은 어려운 고비를 넘기리라
령성의 재치는 하느님에게 가 닿으니
향불을 올려 인간을 구하게 하누나
중생을 이끌어 신시로 돌아가거니
삼환은 진단에 내렸다고 말하였어라
가시덤불 헤치며 옛자취를 찾으매
백두산에서 지팽이를 짚어나가누나.

### 3

고독한 님의 행차 북륙남한 다니던것이
이 세상 깨우치며 천하를 돌리려 하셨네
악마들 자주자주 십자가 메우려 했는데
영웅의 큰지략이 세 관문인들 못지나리
인간세상 일만가지 일 믿을이 아무도 없는데

천상에서 부르는 소리 뜻밖에도 들려왔네
태산이 무너지고 대들보 내려앉으시니
아사달님 계신 곳을 감히 바라보지 못하겠네.


4

어제날 10년동안 서로 속을 터놓고
비바람속에서 결의형제를 맺었어라
목숨살린 은혜 다소나마 갚으려는데
3개 조의 절명사를 차마 볼수 없구나
대춘지수를 높은 산처럼 늘 우러르거니
8월에 세 말은 뒤쫓지를 말어라
락조가 비낄제 창연히 서있노라니
호연한 기운이 동에서 서려오누나.


5

유서를 받들어 읽으니 눈물 절로 떨어지누나
춘풍화우의 그 말씀 완악한 무리를 움직이오니
외로운 충성 언제나 이 겨레 생각하시고
큰 도는 가이없어 중생을 구제한다네
원쑤들 말하기를 강한 적수 제거했는데
우리는 무엇으로 신명에 보답하오리
중중하고 첩첩하여 끝이 없는 이 감회
종(宗)나라의 앞길을 말할 수가 없구나.


## 並附一首戊午嘉倍日憶弘師

光陰容易又中秋, 諱日居然度兩周.
更閱遺書天日暗, 空懷道範岳雲悠.
神靈降鑒應垂憫, 廬世譜緣誰與訓.
孑影天涯無限恨, 心喪未了又丁憂.

## 무오년 가배일에 홍암대종사를 추모하여

세월은 류수같아 가위날이 돌아왔거니
서거한지도 어느덧 두돐이 되었구나
유서를 봉독하매 하늘이 캄캄해지나니
헛되이 지조를 품고 떠돌아다녔어라
진세의 유연을 밝혀줄자 그 누구뇨
신령은 가긍히 교훈을 내려야 하리
천애이역의 홀몸은 한스럽기만 한데
슬픔이 가시기전에 근심이 서려드네.


## 哈爾濱卽事
## (安重根刺伊藤)

白日靑天霹靂聲, 六洲諸子膽魂驚.
英雄一怒奸雄斃, 獨立三呼祖國生.


## 할빈의거
## (안중근이 이등박문을 격살)

푸른 하늘 대낮에 벽력소리 진동하니
6대주의 많은 사람 혼담이 뛰놀았네
영웅 한번 성내자 간웅이 꺼꾸러지고
독립만세 세번 부르니 우리 조국 살아났네.


## 旅順就義
## (安重根義士)

光復舊邦爲己任, 平和東亞唱公論.
當年哈爾濱頭血, 豈慰將軍去后魂.

## 려순에서 장렬한 최후를 마치다
## (안중근의사)

조국광복을 자기의 사명으로 삼았고
동아의 평화를 공정하게 력설했어라
그해 할빈역두에 뿌려졌던 그 피는
어찌 장군의 넋을 위안할수 있으랴.


## 弘岩先生追悼文

天祖降世四千三百七十三年, 舊歷丙辰八月十五日嘉倍節, 大宗教都司教弘岩羅先生, 在故國黃海道九月山三神祠(檀祖神位奉安之地), 爲民族, 爲宗國, 爲衆生, 爲大道絶食禱天畢, 頑殉命三條及諸遺書, 乃卽歸天, 同人等聞耗哀痛, 中外無不悲慕. 其翌年丁巳三月十五日, 上海僑居之同濟社員及大宗教徒與學生等聯合團體, 擧行追悼典禮, 謹爲文敢告于, 先生在天之靈曰:


大白巍巍, 神祖穆穆, 率其風雷, 降爲民牧,
三京五都, 九區百族, 敦敢越我, 天符在握,
雲黃卒本, 花衆泗澳, 長治大安, 化及遠服,
雲何世遠, 運墜若谷, 迷妖蒭魅, 雜來並畜,
非無先進, 以啓以穀, 金城月缺, 松京草鞠,
神言若燭, 變局斯暴, 天德不昧, 往運斯復,
篤生哲人, 障狂百六, 重辟天宮, 再啓靈籙,
迹始南疆, 聲施北陸, 群來飮河, 或升或斛,
扶餘之裔, 渤海之育, 若夢初悟, 仰集檀木,
闡發大明, 攸系來輻, 筆路前啓, 今固其俶,
春陰式頑, 孤陽始曝, 萬衆齊首, 拭目熀煜,
悲號莫追, 遽云皐復, 道彌人天, 運訖季叔,
成仁固宜, 后死曷福, 文武化龍, 東明擊鹿,

眷眷丹誠, 萬衆同哭, 殉命遺書, 丁寧反覆,
上祈教侶, 扶持危獨, 中哀世亂, 麗血飛肉,
並喝仇鄰, 虐甚蛇蝮, 嗟亂之極, 衆在漏屋,
劫網重重, 火劍簇簇, 斯賊未效, 馴魔莫伏,
悠悠斯世, 來者爲孰, 巖巖三危, 神光攸沐,
天京有基, 思皇有麓, 乘麟上朝, 百靈來僕,
庶幾訴帝, 俾我再祿, 國還于盤, 道光如昱,
於千萬年, 歌禱饘粥, 臨奠一慟, 血淚盈掬.

## 홍암선생을 위한 추도문

천조가 강세한지 4373년이 되는 해에 즉 구력 병진년 8월 15일 가배절에 대종교 도사교인 홍암 라선생이 고국의 황해도 구월산 삼신사(단군의 신위가 봉안되여 있는 곳.)에서 민족과 고국, 중생과 대도를 위하여 단식하는 한편 하늘에 기도를 드려오다가 절명사 3편과 유서들을 공포하고 귀천하였다. 동인들은 비보에 접하자 마음이 애통하였고 국내외의 인사들은 례외없이 마음이 비통하였다. 이듬해인 정사년 3월 15일에 상해에 거류하는 동제사 사원들과 대종교 교도들 그리고 류학생들은 단체를 무어 추도식을 거행하였는데 나는 이 글을 지어 선생의 재천의 영령에 아뢰였다.

태백은 아아하고
신조는 장중한데
폭풍뢰를 이끌고
세상에 내렸어라
서울은 여럿이고
겨레는 수두룩한데
천부를 잡았으니
권위가 당당하도다
구름은 상서롭고
뭇꽃은 만발하네
장구한 다스림에

먼곳도 교화됐어라
근세에 이르러서
운명이 기구하고
요귀와 두억시니
북적북적 모였네
선각자 없지 않아
계발을 하였어라
금성에는 쪼각달
송경에는 푸서리
선언은 명철한데
시국이 급변하고
천덕은 거룩한데
운명이 되풀이 되네
철인이 태여나서
광기를 막아버리더니
천궁을 되터놓고
서궤를 되열었어라
남부에서 첫걸음 떼고
북부에서 명성떨쳤네
겨레들은 말박으로
강물을 들이켰거니
부여의 후예들은
발해에서 자라났는데
꿈에서 깨여난듯
단목아래 모여들었네
법칙을 천명하고
세월을 이어나가니
앞길은 열려지고
참됨이 다져졌어라
봄날은 썰렁하고
햇볕은 쨍쨍한데

만민은 우러르며
광휘로움에 눈비볐네
통곡한들 어쩌랴만
부활했다고 알리네
도리는 차넘치나
말세에 이르렀으니
성인함은 의당하고
뒤죽음은 복 없다네
문공무덕으로 룡되고
동명에서 사슴묶었거니
정성어린 그 마음에
만민이 통곡하누나
절명의 유서에서
거듭거듭 당부했나니
위국을 만회하라고
고려에게 부탁했다네
란세에 마음쓰라려
선지피를 휘뿌렸고
원쑤인 이웃나라를
독사같다고 꾸짖었어라
란리겪는 민중들이
허덕인다고 개탄했거니
재난은 첩첩하고
도검은 총총한데
강도는 살기차고
마귀는 날뛰누나
유유한 이 세상에
오는이는 그 누구뇨
아아한 삼위는
신광에 휩싸였구나
천경은 정초되고

신명은 발붙였으니
기린타고 상조하면
백신이 받든다네
내가 복 받도록
하느님께 진언하라
나라가 튼튼하면
공도가 빛나거니
천년이고 만년이고
제향을 하리라
제단앞에서 통곡하니
피눈물이 쏟아지네.


## 輓章

前朝五百年間無雙國士,
大敎四千載后第一宗師.

## 만장

전조 오백년간 무쌍국사
대교 사천년후 제일종사.


## 維

天祖降世四千三百七十三年秋八月望日壬子. 我大宗敎都司敎羅哲弘岩
先生, 殉敎于九月山, 越明年三月十五日, 海上后學等, 追慕英靈, 爲文述
哀, 其詞曰;

嗚呼邦國殄瘁兮, 世道何其凌夷.
逖矣敎化頹廢兮, 民氣徒以萎靡.

帝遣天使謫降兮, 大宗復活於玆.
適値妖氛漲天兮, 魔障牢不可破.
排萬難歷千劫兮, 吾敎稍有端倪.
師日余誠未至兮, 入山修道有年.
聞蒼生之疾苦兮, 三日齋沐禱天.
壇村民病俱蘇兮, 偕來咸拜天眞.

皇祖眷佑四方兮, 神化遠被西鄰.
回首故國山川兮, 眼前狐狸縱橫.
哀我民族呼冤兮, 日月慘澹無光.
三聖祠堂親詣兮, 爲民贖罪自戕.
噩耗忽傳內外兮, 仲秋節日罔極.
比耶穌之磔列兮, 其情尤可惻怛.
異域亡命余生兮, 聞其耗而痛切.
大敎中興未艾兮, 吾師易簀何速.
后死者之無依兮, 望仙駕而莫及.
大東民氣未灰兮, 繼其志者不乏.
在天之靈陰助兮, 神邦賴以光復.
白山若礪碧海如帶兮, 靈魂千古不滅兮,
來聆哀文兮, 普天同聲一哭.

## 추도사

천조가 강세한지 4373년이 되는 해의 추팔월 망일 임자.

우리 대종교 도사교인 홍암 라철선생이 구월산에서 순교하였으므로 상해의
후학들은 명년 3월 15일에 영령을 추모하기 위하여 다음과 같은 글을 지었다.

나라는 더없이 쇠패하고
세도는 이렇듯 기울었구나
먼곳에서는 퇴패를 표방하니
인민의 원기는 떨어지누나

천제가 천사를 강세시키니
대종교는 여기서 부활했네
그때따라 요기가 극성하여
마장을 으깰수 없었다네
만난을 물리친 대종교는
미묘한 단서를 보여주었네
지성이 모자란다고 하니
입산하여 여러해 수도하고
창생의 질고를 생각하여
사흘동안 하늘에 빌었어라
단촌의 백성들은 각성하여
모두가 천진을 참배하누나
황조는 방방곡곡 보살피고
신화(神化)는 서쪽에 미쳤구나
고국산천을 돌이켜보노라니
눈앞에서 간특한자 날뛰네
우리 민족은 하소연하고
일월은 참담하여 빛없구나
삼성사당을 몸소 찾아가서
백성 위해 속죄를 하였네
비보가 국내외에 전해지니
중추명일에 망극도 하여라
예수의 책형에 비하면
그 정상 더욱 처참하네
이역에 망명한 이 여생은
비보에 접하여 애절하였네
대종교는 한창 중흥하는데
어이하여 대사는 급사했느뇨
후에 죽을자는 무의무탁하고
선가를 바라보며 무가내로다
겨레의 기상은 씩씩하여

뜻을 이을자 부지기수로다
재천의 영령이 음조하여
신성한 나라는 광복되리라
백산과 벽해는 무궁하고
령혼은 수수만년 불멸하리라
추도사를 애절히 들으매
만천하가 울음을 터뜨리네.


## 輓錦山郡守(洪範植)

五百年來養士朝, 如何文武盡皆逃.
網常留在錦山上, 衛率羞存命一條.


## 금산군수 홍범식을 추도하여

오백년간 조신들을 길렀는데
어이하여 문무백관 도망쳤느뇨
삼강오상 금산에 남겼으나
군수는 생명보존이 부끄러웠네.


## 輓安義士重根

揮淚辭母也, 斷指誓衆也.
痛恨未酬素志, 不辭殺敵捐軀.
寰宇一時盡震, 驚先生不愧眞烈士.

維持平和乎, 恢復獨立乎.
未免孤負遺言, 竟容大盜移國.
江山無地理骨, 問后死何以慰英靈.

## 안중근의사를 추도하여

눈물쏟으며 어머님과 작별하고
손가락끊으며 대중에 맹세했도다
장한 뜻 못이루어 한스럽거니
원쑤 죽이고 영용히 몸바쳤도다
선생은 참된 렬사로 되기에 손색 없으매
세계의 인민들은 누구나 한때 놀랐도다

평화를 유지하는것이냐
독립을 회복하는것이냐
실로 그 유언을 어기고
역적은 나라를 팔았구나
이 강산에 뼈묻을 곳 없으니
후에 죽을자는 어이 위령할고.


## 弔閔泳華君
## 辛亥十月二十三日(四二六八)

嗚呼仁棣, 惜哉芳年, 其奈今日, 遽至長眠.
北游壯志, 斷斷無地, 修養學問, 惟我國家.
偶爾一病, 頹唐貼席, 故友在傍, 日事藥石.
今焉已矣, 傷盡何堪, 素志未遂, 幽明同感.
靑年罪惡, 君或代贖, 生者猛省, 逝省勿恨.
惜萬里殊域, 埋爾枯骨, 執紼一哭, 靑山欲裂.
魂號有知, 倘其凄悵, 至誠願禱, 天宮在上.


## 민영화군을 애도하여
## (신해년 10월 23일. 단군기원 4268년)

인제는 애석하게도

방년에 별세하였네
어이하여 이제 와서
영영 잠들었느뇨
북부를 편력할제
딴 마음 품잖았어라
오직 나라 위하여
학문을 닦았어라
어쩌다가 병으로
몸져눕게 되자
옛친구들은 날마다
약시중을 하였으나
영영 가고말았으니
애통함이 그지없네
뜻을 못이루었으나
유명(幽明)에서는 동감이리라
청년의 죄악을
군이 대속하리리
생자는 각성하고
사자는 원없으리라
애석토다 만리이역에
유해를 묻어놓았으니
궤연일곡을 하노라니
청산이 갈라지누나
령혼이 지각한다면
마음이 처창하리라
지성스런 마음으로
천궁에 기도드리노라.

## 輓鐵兒盟弟
### (申武, 號鐵兒)

壯懷共奮, 苦境同嘗,
交已歷十年, 契洽芝蘭成莫逆.
求學彌殷, 憂時生病,
壽未滿三秩, 嘔完心血遽長辭.

## 맹제 철아를 추도하여
### (성명은 신무, 호는 철아)

함께 분발하고
고초를 이겨냈거니
10년을 사귀는 사이에
흉허물 없는 벗으로 되었네

골몰히 학문닦았고
시국근심에 병났는데
서른살이 되기도전에
심혈 다 바치고 졸서하였네.

## 輓石農道長

先生竟長逝耶, 頻年教務維持熱忱是矢.
況又培學界辦報章, 亮節極堅貞,
艱苦備嘗, 無非謀同胞之幸福.
知己恨不多也, 回憶都門祖餞大事相期.
詎料歷迆途違初願, 舊邦未光復,
芳微遽渺, 那禁灑淸淚而歆獻.

## 석농도장을 추도하여

선생은 영영 갔구나
해를 거듭하여 교무에 정열을 쏟아붓고
또 학계를 키우고 신문 꾸렸어라
그 지조 굳건하였거니
간난신고 이겨내는것은
다름 아닌 동포의 행복 위해서여라

지기는 많지 않거니
도문에서 전별하며 대사를 기약하였으나
파란곡절 겪으며 최초의 소원 못이뤘어라
조국을 광복하지 못하고
미덕만 남기였으니
어찌 울음과 흐느낌 참을수 있으랴.


## 輓白岡仁棣(二首)
## (金慶烈癸丑年)

是日也風凄雨晦, 下午二時開白岡君追悼會.

夢耶去年別, 誰意作千古永訣, 忍使恨人滋血淚.
魂號何處歸, 莫傷無一片干淨, 長依天祖訴哀情.

又

蒼凉無語坐, 惡耗忽來時.
月落江鴻叫, 風凄玉樹悲.
奇器胡天奪, 積勞斯疾罹.
倘爲今夜夢, 曉起覺還非.

## 인제 백강 김경렬을 추도하여(2수)

계축년. 그날은 날씨가 을씨년스러웠는데 오후 2시에 백강군의 추도회를 거행하였다.

### 1

작년의 작별이 꿈이런가
영결을 할줄이야 누가 알았으랴
원한 품은자는 피눈물이 돋거니맺거니

영령은 어디로 갔느뇨
정갈한데 없다고 상심하지 말고
천조에 의지하여 서러움을 하소하라.

### 2

처량히 홀로 앉아있노라니
홀연 비보가 전해졌거니
달은 지고 기러기 우는데
바람은 소슬하고 옥수(玉樹)가 슬퍼하네
로고로 병에 걸렸는데
하늘은 재인을 앗아갔구나
이것이 오늘밤의 꿈이라면
아침에 살아있다 하리.


## 悼故友血兒君(徐血兒)

嗚呼, 血兒者, 余往在辛亥之年, 由故都遁身渡海上, 翌日訂交之第一人也, 對余每以腹心推愛, 切論痛癢關系, 相期勉勵前途, 君英年奇士, 而肆立文章者也, 曩主民立報筆政, 憂憤成祟, 忽聞時局變幻, 頓劇不起, 年二十四, 嗚呼, 徒爲失一知友而哭哉.

君言脣齒痛, 我哭蕙蘭焚,
落月三茅閣, 人琴俱不存.

## 고우 혈아군을 애도하여

오, 혈아군은 내가 그 신해년에 고도로부터 상해로 피신한 이튿날 첫 번째로 사귄 사람이다. 군은 나를 진심으로 대해주면서 순치의 관계를 력설하였고 함께 용왕매진할것을 기약하였다. 군은 나젊은 영재로 문장 또한 뛰여났었는데 이전부터 ≪민립보≫의 편집사업을 주관하여오다가 시국이 표변하였다는 소식을 듣자 울분이 빌미가 되어 별안간 몸져눕게 되었다. 오, 군은 스물네살에 별세하였으니 나는 지우 한분을 잃어 호곡할뿐이다.

군의 언론은 가슴에 사무치는데
나는 무산한 혜란(蕙蘭)을 슬퍼하네
삼모각에 비꼈던 달빛은 걷히는데
사람과 현금은 가뭇없이 사라졌네.


## 輓薩福(奇劍)蒲智

學海風聲雷將鳴, 演臺血淚馬革遽返.
中華日月死爲榮, 半島江山生者多恨.

## 살복(기소)포지를 추도하여

학해의 폭풍로는 울부짖는데
연단에서 피눈물 쏟고 비장히 숨졌구나
그 죽음은 중화의 일월처럼 빛나고
반도강산에서 살아있는자는 한 많구나.

## 往黃花岡七十二烈士紀念會送一輓

四海同悲去年今日, 千秋有色赤血黃花.

## 황화강 72명 렬사기념회에 보내는 만장

온 세상은 작년의 오늘을 슬퍼하누나
피로 물든 황하는 천추에 빛나리라.


## 輓吳綬卿

山河克復先生莫恨, 日月同光雖死爲榮.

## 오수경을 추도하여

강산이 광복되리니 선생은 서운해 마시라
몸은 죽었으나 그 정신 일월처럼 빛나리.


## 輓黃克强(黃興)(二首)

繼漁父英士血流黃歇, 義烈千秋, 淚灑艱乾, 舊雨凋零悲故我.
同逸仙宋卿志在共和, 名齊一世, 功成不競, 中原寥落哭斯人.

### 又

曩年第一訂交友如樴者慟自不已.
今日無雙創業人向逸公情何以堪.

## 황극강(황흥)을 애도하여(2수)

### 1

어부, 영사의 뒤를 이어 상해에서 피흘렸으니

의로움은 천추에 빛나고
눈물은 마를 길이 없는데
옛친구 숨지여 슬프기만 하네

손일선, 송교인과 더불어 공화제에 뜻을 두고
함께 명성을 떨쳤으나
영예를 다투지 않았으니
중원에 표박하는자는 울기만 하네.

　2
어제날 첫번째로 벗으로 사귄자는
슬픔을 금치 못하고
오늘날 둘도 없는 창업자 향일공은
무등 가슴이 쓰리여라.


## 碧浪湖畔恨人談

　碧浪湖, 在吳興城外陳英士墓地所在, 陣公名其美, 號英士, 本文中(美)
卽其美自稱也


　陣公英士之功, 行人皆能道之, 無庸余之贅揚, 只就余自身交游所得之
聞, 及其感想之大槪, 拉雜述之. 余與英士訂交, 在第一次革命時. 余由故都
而出, 會君于海上, 與之談心論事廖許爲摯友, 愈久愈禮, 備承殷注, 每吹噓
于各界, 獎飾逾分. 君嘗語余曰, 敝國雖云革命秦切, 前淸積弊成痼, 內政外
交, 國幾不國, 如非從根本上滌革其汚濁, 則所謂成功者, 便同鏡花水月而
已. 吾輩從事革命, 爲十年矣, 彼蒼如假以二十年, 使之盡瘁于建設, 民國前
途, 大有可爲, 東亞大局, 可觀鼎足之勢, 能抗衛於烈强. 望友邦同志, 始終
協助努力進行. 繼言美生平以扶傾救弱爲職志, 故常以愛敝國之心愛貴國,
以憂中國之心憂韓國. 不僅貴國也, 每念安南印度, 若痛在己, 似屬侈談, 實

出良心. 至于貴國事, 尤爲切肌, 非一時慰藉之語云. 一日公屈余于招待, 伊時演說, 洋洋千言, 另有筆記, 今不便盡宣. 而其槪意, 則男兒作事, 不達目的, 不可休息, 且世界風雲, 頃刻萬變, 若夫某國, 十五年以內, 必有內亂, 況有造時勢之諸君, 諸君勉之, 我亦隨諸君之后, 幇助其萬一. 與貴國人士爲至交者, 莫若某(指不佞), 且與貴國多數同志, 一堂言歡, 始有今日. 誰謂秦無人, 三韓光復, 實今日滿場諸同志負之, 囑任一節, 誼難容辭云云. 某日, 公訪余于寫所(某報館), 殷殷慰勉, 至有詢寢啖細事, 翌日訪公于垃圾橋, 公導余就一房間, 曰, 君可搬住此處, 雖不足爲集會之機關, 亦可爲君之秘處, 辦理之所, 至于供饋等節, 家人自應照料, 請勿却之. 余道謝而辭之, 歸語同志, 同志中或謂, 某氏之隆情旣如是, 且君今寓所不便, 接濟困難, 不必自苦, 盍往從之. 余曰, 吾輩此次之來, 爲愛其革命, 對革命實行之士, 宜傾我所有以供給之, 而何以可細瑣及累某氏耶. 且七日之哭, 將得其所, 一飯之德, 不欲先受, 仍置之. 一日, 公又語余, 貴國慟史烈士傳記及雜志等, 若謀發行, 勿嫌來商, 當協圖之, 并言前日自辦民聲業報之機械尙存, 若加修理添補, 可充用, 此亦寄附云云. 時余甚感其高義, 而自惟國亡爲耻, 自家痛史與傳記, 託人代刊, 重爲之耻, 亦以能自刊辭之, 只語以若辦雜志, 當再求敎而退. 一日, 約邀一叙, 在國民黨交誼部. 公命我同乘汽車, 余辭之. 公謂此日何日, 吾輩決不可以虛禮耽擱貴重之時刻, 遂親自扶腋而上之. 車中細談, 無非血性語, 只今在耳. 此等所談, 雖屬細事, 余嘗戀戀, 而不能埋沒者也. 當時公內以總長, 外而都督, 又爲黨首, 公務繁殷, 威聲振赫, 仍乃眷眷于一傖人哉. 世人辱之, 君愛之. 世人鄙之, 君哀之, 君豈愛目眵身癯之我者哉. 吐握下士, 雖曰古風, 比諸一智一官妄自尊大之輩, 畏縮顧忌阿强凌弱之類, 不知作何如感想也. 同鄕學生, 有鄭某者, 孩提時渡滬, 公撫養之, 幷賜名以朝宗. 公嘗謂余此兒系韓國烈士子(鄭在洪憤時局自槍而死), 故特愛之, 盼望作成人材, 以備他日需用, 竟貲送某學校肄業.

關於東三省吾僑, 指示籌劃頻多, 並言如或就任中央, 當設法安堵. 曩昔吉省某官吏禁止學校, 封閉大宗敎(朝鮮古敎), 施敎堂一事發生時, 公亦知照該省長官, 據理言明, 囑託維護其僑民, 勿凌侵其敎育, 亦其一例也.

公久不就工商總長. 余晤談之際, 問其理由, 君慨然曰, 愧不能言, 今日局中, 是假面共和, 我輩將無死所(竟爲讖言), 在野願盡匹夫之策, 或以出洋考察政治實業決定云, 適蒙事告急, 爲朝野所挽, 暫不能去國云, 宋案發生后, 第二次起事前數日, 與同志數人訪公於卡德路. 君語余, 不得已, 再執干戈, 決定矣, 望同志爲我匡助. 慷慨激昂, 有不能自己之槪. 迨第二次失敗, 公出走海外, 堪發一噱者, 卽余等亦被嫌于北京, 幾遭不側(伊時在北同志韓某等亦在投捕之列幸逃免). 華界視爲畏地, 不敢出海上一步地, 某處系我敵地, 亦不能過從. 從此參商, 或有通信而已. 君在東瀛, 臥病時, 某友見君, 君每詢余等之狀況, 念念不置, 曩昔公冒險歸滬時, 僅得一面. 伊時偵騎四布, 公日處極險之中, 其寓所亦不便, 故聲言除要事或函商以外, 不欲來住所, 以隔面稍久. 嗚呼, 五月十七日公之手函, 竟爲最后之遺墨, 籌劃泡幻, 悲號莫追, 尙忍言哉. 余聞耗, 及走新民里. 靈體在床, 未及殮, 槍痕自面至頭腦, 不忍瞻視. 哭罷, 自言快哉, 好男兒, 爲國死, 生爲英, 死爲靈. 黨舊人中, 如英士者無幾, 前后爲國毀家, 挺身蹈險, 且先覺破某氏之叛謀, 始終反對, 不爲高爵淫威所動, 毅然一匹夫, 抗戰萬乘, 百折不屈, 一直進行, 少無間斷, 死而后止. 一部學問風彩, 較勝于他者, 縱或有之, 其熱城毅魄, 始終如一, 不失眞革命家色相者, 惟英士其人也. 民黨失其健將, 民國弱一英才, 其痛惜, 曩年余渡華之日, 首先次第訂交者, 爲遁初(卽宋敎仁). 克强(卽黃興). 英士. 中山(卽孫逸仙)諸公, 而過從最久, 最知我最熱心于吾儕前途者, 惟陳英士其人也. 今焉已矣, 誰與爲歸. 當年知己, 零落無幾, 回首中原, 凄愴實極. 嗚呼, 敢徒爲民國悲, 爲私交恫哉. 公之歿一周, 五月十八日安窆日, 公之友靑邱恨人哭逑于碧浪湖畔.

## 벽랑호반의 원한 품은자의 설토

(벽랑호는 오흥성밖에 자리잡고있는데 진영사묘지앞에 있다. 진공의 이름은 기미이고 호는 영사이다. 본문에 나오는 ≪미≫는 기미의 자칭이다.)

진공영사의 공적에 대해서는 행인들까지도 말할수 있으므로 구태여 내가 찬양할 필요가 없는것이다. 이 글에서는 나자신이 벗을 사귀는 과정에 얻어들은 소리와 그 소감을 두서없이 대략적으로 서술할따름이다. 나는 제1차혁명시기에 영사를 벗으로 사귀였다. 그때 옛도읍을 떠난 나는 상해에서 군과 상봉하여 흉금을 털어놓기도 하고 세상일을 말하기도 하였는데 군은 고맙게도 나를 참된 벗으로 삼고 날이 갈수록 더 례대해주고 관심을 돌려주었으며 번마다 각계의 인사들앞에서 나를 추어주고 과분하게 칭찬해주었다. 군은 나에게 이런 말을 한적이 있다. 우리 나라의 혁명이 성공하였다고는 하지만 청조의 폐단이 고질로 되었으므로 내정과 외교면에서 국가의 기틀이 잡히지 못하였다. 그렇기 때문에 그 부정부패를 근본적으로 청산하지 않는다면 이른바 성공이라는것은 거울에 비친 꽃과 물에 비낀 달에 불과한것이다. 우리가 혁명에 종사한지는 10년이 된다. 만일 하늘이 20년이란 시일을 줌으로써 건설에 진력하도록 한다면 미국의 앞날은 창창하게 되고 동아의 큰 국면은 3개의 세력이 맞서는 형세가 이루어지여 렬강에 대항할수 있게 될것이다. 그러나 우방의 동지들은 시종일관 서로 협조하면서 힘차게 일해나가야 할것이다. 그는 계속하여 다음과 같이 말하였다. 미는 일평생 위기를 만회하고 약자를 구조하는것을 천직으로 삼아왔으므로 항상 자국을 사랑하는 마음으로 귀국을 사랑하였으며 중국을 우려하는 마음으로 한국을 우려하였다. 귀국뿐만아니라 안남과 인도를 생각할 때마다 역시 가슴이 아픈것이다. 이것은 과장이 아니라 실로 량심에서 우러나온것이다. 그리고 귀국의 사태를 생각하면 더구나 살점을 저미는듯한데 이것은 일시적인 위안의 말이 아니다. 어느날 공은 고맙게도 나를 초대하고 연설을 하였다. 나는 그 거침없는 연설을 이미 적어놓았으므로 오늘 죄다 공개하지 않아도 될것이다. 그 연설의 줄거리는 다음과 같다. 남아라면 목적을 달성하기전에는 쉬지 말고 사업해나가야 할것이다. 지금 세계의 풍운은 순식간에 천변만화하고있으며 모 국가는 15년안으로 꼭 내란이 일어나게 될것이다. 게다가 시국을 조성할줄 아는 제군이 있지 않은가. 제군이 노력해나간다면 나도 제군의 뒤를 따라 미력하나마 방조를 주려고 한다. 귀국의 인사들중에서 모모(소인을 가리킴.)와의 교분이 가장 두텁다. 귀국의 많은 동지들과 한자리에 즐겁게 모인 다음에야 비로서 오늘이 있게 된것이다. 구국에 뜻을 둔자가 없는것이 아니다. 삼한을 광복하는 중책은 오늘 이 자리에 모인 여러 동지들이 떠메야 한다. 책임을 맡으라는 당부를 사절하기는 어려운것이다. 어느날 집필장소(모 신문사)에 있는 나를 방문한 공은 위문, 면려하고나서

심지어는 침식형편이 어떤가고 물어보기까지 하였다. 이튿날 나는 랄급교로 가서 공을 방문하였는데 공은 나를 그 방안으로 안내하더니 이렇게 말하는것이였다. 군은 이곳으로 이사하는것이 좋을것이다. 비록 집회장소로 삼기는 마뜩잖지만 군의 비밀처소로, 사무장소로 쓸수는 있는것이다. 급양 등 문제는 집안사람들이 의례히 돌보아줄것이므로 사절하지 말기를 바란다. 사의를 표하고 돌아온 나는 이 정황을 동지들에게 알렸더니 어떤 동지는 이렇게 말하였다. 그분이 이처럼 정성을 기울이고있으며 또 군은 거처가 불편하니 계속 어려움을 이겨내지 말고 셈평이 펴이도록 이사하는것이 좋을것이다. 나는 이렇게 말하였다. 우리가 이번에 온것은 혁명에 열중하기 위해서이다. 우리는 혁명을 실행하는자로서 자기의 모든 것을 내바쳐야 하지 사소한 일로 하여 그분에게 페를 끼칠수는 없는것이다. 그리고 이레동안 울어야 발붙일 곳을 얻게 되고 베푸는 은혜를 먼저 입고싶지는 않다. 그래서 이 일을 방치하고말았다. 하루는 공이 또 나에게 이런 말을 하였다. 귀국의 비장한 력사에 빛났던 렬사들의 전기 및 잡지 등을 발행할 타산이 있다면 흉허물없이 찾아와서 상론하기 바란다. 그러면 응당 협조해줄것이다. 그리고 이전에 자영하던 민성총보의 기계가 아직도 남아있는데 그것을 점검보수한다면 여전히 쓸수 있다. 이것 역시 기부하는것이다. 그때 공의 의로운 뜻을 감득한 나는 이렇게 말하였다. 나라가 망한것을 수치로 생각하고있는 우리로서 자신의 비통한 력사와 전기를 간행하기 위하여 남에게 청탁하는것은 부끄러운 일이다. 자체로 간행할수 있으니 사절하는바이다. 다만 잡지를 꾸리게 된다면 가르침을 받으려 한다. 또 어느날 공은 국민당 교의부에서 이야기를 나누자고 하면서 나더러 자동차에 타라는것이였다. 내가 사절하자 공은 오늘이 무슨 날인가, 우리는 절대 허례로써 귀중한 시간을 허비할수 없다고 말하더니 나를 부축하여 차에 태웠다. 차안에서는 다름 아닌 정의감에 넘치는 말을 하였는데 그것은 지금도 귀에 쟁쟁하다. 그 이야기는 사소한 일에 언급한데 불과하지만 나는 지금까지 기억에 생생하여 말할수 없는것이다. 그 당시 중앙에서는 총장으로, 지방에서는 도독으로 있었을뿐더러 당수로도 있은 공은 공무가 번다하고 명망이 높았는데 어찌하여 이 죄인을 이렇듯 사랑해주는것일가. 세인은 업신여기나 공은 사랑해주고 세인은 깔보나 공은 동정해주었다. 어찌하여 공은 여윈 몸에 사팔눈을 가진

사람을 사랑해주는것일가. 국사에 진력하고 인재를 아끼는것은 오랜 기풍이기는 하지만 지력이 좀 있거나 미관말직을 가졌다고 분별없이 자고자대하는 자들과 위구심을 가지고 주저하거나 강자에게 아부하고 약자를 모욕하는자들이 이것을 보면 어떤 생각을 품게 될것인가. 나와 한고향인 정모라는 학생이 어린 시절에 상해로 오자 공은 그를 부양하였고 조종이라는 이름까지 지어주었다. 공은 이 학생이 한국렬사의 아들(정모는 시국에 분개하여 자총하여 죽었다.) 이기 때문에 각별히 사랑하여 왔으며 앞으로 등용하기 위하여 인재로 키워왔다고 나에게 말하였다. 공은 정모를 모 학교에 보내여 과정을 수료시키기까지 하였다.

동북3성에 거류하고있는 우리 교포와 관련한 문제들에 관해서도 많이 지시하고 기획해주었다. 그리고 중앙에 임직하게 된다면 방법을 강구하여 편안히 살게 하겠다고 말하였다. 이전에 길림성의 모 관리가 학교를 금지하고 대종교(조선의 오랜 종교)를 페쇄하며 교회당을 페지하는 사건이 발생하였을 때도 공은 그 성의 장관에게 서한을 보내여 그 리유를 언명하였고 조선교민들을 보호하며 그 교육사업을 교란하지 말라고 당부하였는데 이것 역시 그 일례로 된다.

오래지 않아서 공은 공상총장으로 되었다. 어느날 나는 군을 만나서 이야기를 나누다가 그 리유를 물었다. 군은 다음과 같이 개연히 말하였다. 참으로 말하기가 거북하다. 오늘의 시국은 가짜공화정체에 불과하며 우리 동배는 값없는 죽음을 하게 될것이니(뜻밖에도 참회의 말로 되었다.) 재야하여 필부의 책임을 다하려고 한다. 혹은 외국으로 가서 정치와 실업을 고찰할 결정을 지으려 한다. 그런데 이때 따라 몽골사건이 다급해지여 조야가 사태를 만회하게 되었으므로 당분간 출국할수 없게 되었다. 송교인피격사건이 발생한후에 즉 제2거사를 며칠 앞두고 나는 몇몇 동지들과 함께 카드로(卡德路)로 가서 공을 방문하였다. 그때 군은 이렇게 말하였다. 막부득이하여 다시 무기를 들기로 결정하였다. 그러니 동지들이 협력해주기 바란다. 군은 자기자신을 걷잡을수 없을 정도로 강개하고 격앙되였다. 제2차거사가 실패하자 공은 해외로 나갔다. 뒤미처 나와 동지들이 북경에서 혐의를 받고 하마터면 뜻밖의 사고에 걸려들번한것은 가소로운 일이였다. (그때 북부에 있는 동지인 한모도 체포대상으로 되었으나 요행 도피하였다.) 중국관할구역을 위험한 곳으로 보고 감히 상해밖으로 한걸음도 내디디지 못하였다. 그리고 모 처는 내가 적대하는 곳이였으므로 왕래할수 없었다. 그후부터 서로 멀리 떨어지여 간혹 서신왕래를 하였을따름이다. 일본에 체류중인 군이 병석에 누웠을 때 나의 벗이 군에게 병문안을 하자 군은 나와 동지들의 형편을 물어보면서 지극한 관심을 발로하였다. 그후 공이 위험을 무릅쓰고 상해로 돌아왔을 때 겨우 한번 대면하였다. 그때 형사순경이 사처에 널려있었기에 공은 날마다 위경에 처해있었다. 그리고 공은 자기의 우소도 불편하였으므로 긴요한 일이나 토의를 위한 서신을 제외하고는 거처지로 찾아오지 말라고 알리였다. 그래서 좀 오래동안 만나보지 못하다가 5월 17일에 공의 최후의 유묵인 친필편지를 받았으니 통탄하지 않을수 없다. 기획이 수포로 돌아가고 통곡이 쓸데 없게 되었다는것을 차마 말할수 없는것이다. 비보에 접한 나는 급급히 신민리로 갔다. 령체는 침상에 누워있었는데 미처 렴습하지 못하였으며 얼굴부터 머리까지 총상이 나있어서 차마 볼수가 없었다. 나는 궤연일곡을 하고 혼자말로 쾌재를 불렀다. 훌륭한 남아는 나라를 위해 죽었다. 생전에는 영웅이요, 사후에는 영령이로다. 오랜 당인들중에서 영사와 같은분은 드문것이다. 전후하여 나라를 위하느라고 집이 망하는것도 돌보지 못하였고 선뜻이 위험속에 뛰여들었다. 그리고 모씨의 모반을 남먼저 발각, 파탄시키고 시종일과 반대하였다. 또한 고관후록앞에서 마음이 동하지 않았으며 강의한 필부로서 백절불굴의 정신으로 대국에서 간단없이 항전을 진행하여오다가 죽은 다음에야 전투를 멈추었다. 영사의 학문과 풍채가 남보다 월등할수도 있겠지만 그 정열과 기백은 시종여일하였으니 진정한 혁명가의 본색을 가진분은 영사뿐이다. 민당은 용장을 잃었고 민국은 영재를 여의하였으니 애석하기 그지없다. 왕년에 내가 중국으로 건너왔을 때 처음으로 차례차례 사귄 벗들로는 손초(즉 송교인), 극강(즉 황흥), 영사, 중산(즉 손일선) 등 여러분이였다. 그런데 이분들가운데서 가장 오래동안 의좋게 사귀고 나를 가장 리해해주고 우리의 전도를 가장 관심한분은 영사뿐이다. 오늘 여기에서 고이 잠들었으니 누가 함께 돌아갈수 있으랴. 당년의 지기들은 얼마 남지 않았다. 중원을 돌이켜보니 실로 처창하기 그지없다. 오호, 공연히 민국을 위하여 슬퍼하고 개인적인 교제를 가슴아파하는것이 아니로다. 공의

1주기, 5월 18일 안장일에 공의 친우인 청구 한인이 벽랑호 밖에서 울음으로 설토함.


## 陳先生英士誄
## 並序

陳英士先生其美, 中國民黨巨子也, 識見精卓, 才華煥發, 議論縱橫, 氣象豪邁, 與之游者, 無不覺其人之可愛, 可敬. 蓋先生之才, 出于天授, 非人力所可企而及也. 余與先生訂交, 在第一次革命時. 當日余間關遠道, 蘊鬱難宣, 而先生乃一見如故, 推誠相與. 過從稍久, 先生之懷抱, 因得窺見其槪略, 蓋先生不徒從事於破壞, 而常慮建設事業之不易也, 不專注意於中國, 而以謀東亞和平爲己任也. 其軫念民生之意, 時流露於言論間, 此外保護僑民, 資助游學等; 先生所以厚受吾儕者, 深有合乎公理正義, 固非有私於余一人也. 而與余之交誼, 亦復甚摯, 當時事實尙多, 余曾一一著之筆記中, 撫今追昔, 開卷惘然. 及二次革命失敗后, 先生東渡, 與余交涉較少, 客冬, 先生返滬, 乃復聚首, 其末次與余通訊, 詎就義時僅一日, 至余之覆函, 未知先生能寓目否也. 哀哉, 先生之逝, 余不獨爲私交恫, 爲中國悲, 蓋所槪有深焉者矣, 爰爲誄曰:

維公岐嶷, 天挺英姿, 一役所系, 大局安危, 過從旣久, 希望無涯, 同心協力, 濟困扶衰, 何圖蒼昊, 驕子是恣, 公嬰國難, 改革乘時, 水深火熱, 彼黍離離, 能力所限, 將伯方資, 中邦多故, 翩其來遲, 拳拳厚意, 寧棄如遺, 事勢所迫, 潛焉淚滋, 方期來許, 慰我渴饑, 乃遭妒毒, 鬼域潛施, 賊民之善, 薄淸嗟咨, 銅罷往矣, 忠信疇知, 哲人旣萎, 鳥屋興悲, 各國私利, 大厦誰支, 哀人不暇, 引自思維, 折翼斷臂, 孰爲扶持, 陡聞惡耗, 劇甚瘡痍, 私情公誼, 涕泗漣漣, 側身天地, 況乃旅羈, 風雲黯淡, 恨無盡期. (志弟椏)


영사 진기미선생을 위한 제문
(제문앞에 서문을 적음)

영사 진기미선생은 중국국민당의 거벽으로서 식견이 탁월하고 재능이 기발하였으며 의론이 종횡무진하고 기상이 호매하였다. 그와 교제하는 사람들은 례외없이 그가 사랑스럽고 존경할만 하다는것을 감득하였다. 선생의 재능은 하늘이 부여한것으로서 인간의 힘으로는 바랄수도 미칠수도 없는것이다. 나는 제1차혁명시기에 선생과 친교를 맺게 되었다. 그날 나는 험난한 먼길을 지나왔고 또 울적한 마음을 풀수가 없었다. 그런데 선생은 초면인데도 구면이나 다름없이 진심으로 대해주었다. 좀 오래동안 사귀게 되자 선생의 포부를 대략 감지할수 있었다. 선생은 파괴하는데만 힘쓴것이 아니라 건설사업이 용이하지 않다는데 대해서도 고려하여 왔으며 중국에만 주의력을 돌린것이 아니라 동아의 평화를 도모하는것도 자신의 과업으로 삼아왔다. 민생을 념려하는 그 마음은 시시로 언론에서 발로되였을뿐더로 교민을 보호하고 류학을 부조하는데서도 발로되였다. 선생이 우리를 후대하여주는 거동은 어디까지나 공리와 정의에 부합되므로 나에게만 개인적인 정의를 준것이 아니다. 그런데 나와의 교분이 류달리 두터웠으며 나는 당시의 많은 사실들을 일일이 노트에 적어놓았었는데 선생을 추모하면서 지난날의 노트를 펼쳐보니 망연자실하지 않을수 없다. 제2차혁명이 실패한후 선생은 일본으로 건너갔으므로 나와의 왕래가 드물어졌던것이다. 지난 겨울에 선생이 상해로 돌아온 다음에야 또다시 한자리에 모여앉게 되었다. 선생이 마지막으로 나에게 통신한것은 바로 희생되기 전날이였으니 나의 답신을 받아보지 못했을수도 있다. 나의 마음은 애통하다. 나는 개인적인 교분을 위해서뿐만이 아니라 중국을 위해서 선생의 서거를 슬퍼하는것이다. 내가 심절하게 상념하고있는것은 바로 이것이다. 그리하여 제문을 올리는바이다.

공은 슬기로왔고
자태가 영매했으며
대국의 안위를
한몸에 지녔어라
오래 사귀노라니
희망이 끝이 없었고

일심으로 협력하여
난국을 이겨냈다네
야망을 품은자가
분별없이 날뛰니
공은 국난앞에서
개혁을 실행했어라
중생은 도탄속에서
헤매고 허덕이거니
능력이 제한되여
도움을 청했도다
변고 많은 중국에
뒤늦게 찾아왔다만
심후한 인정을
어찌 저버리랴
사태가 급박하여
눈물을 흘리면서
애달픈 심정을 달래주기 바라는데
악귀의 모략으로
독수에 걸렸구나
천민의 어질음은
담담하고 가긍한데
사자는 사라졌으나
충신을 알고있다네
철인은 세상떴으니
슬픔이 북받치네
각 국은 사욕채우는데
정초자 그 누구이뇨
애도자는 사유할
겨를이 없구나
날개가 꺾이였으니
어느 누가 부축하랴

비보에 접하여
창자가 끊어지고
정분을 생각하니
눈물이 쏟아지네
이 땅에 둔 몸은
나그네와 다름 없는데
암담한 풍운은
가실 날이 없구나.
(지제 정)


## 英士我兄靈右

生耳死耳, 勳業已耀千古, 於公個人可謂了事, 暫且莫論中國前途,
結輔車盟同志已多年, 相期共造生靈福.
夢耶眞耶, 哀聲忽起四方, 問彼老天究竟何心, 不敢重過新民故宅,
接郵筒簡計時才一日, 豈意遽成永訣音.
(公之友靑邱恨人哭輓)
滄海橫流, 相期砥柱頹風, 爭回人格.
將星忽殞, 會看犁庭殺敵, 掃蕩妖氛.
吳綏卿, 宋漁父, 生與齊名, 死與同歸, 壯志未酬, 留取丹心照千古.
大革命, 眞共和, 創之維艱, 久之靡定, 萬方多難, 空餘熱血到重泉.


## 인형 영사의 령전에

생전과 사후에
훈업은 길이 빛나도다
공은 개인의 일을 끝장내였으니
중국의 전도를 일시 말하지 마시라
왕년에 긴밀한 동맹을 맺은 동지들
민중의 행복을 다지고저 약조하네

사랑이냐 참됨이냐
울음소리 사방에서 터지네
묻노니, 하늘은 무슨 마음 쓰느뇨
또다시 신민고택을 지날 수 없으니
편지를 받은지 겨우 하루 지났는데
창졸간에 영결할줄 어찌 알았으랴

공의 벗인 청구화인이 애도하노라

창해가 횡류하니
퇴풍을 막아버리고
인격을 되찾자고 약속하네

장성이 급서하니
원쑤를 전멸하고
요사한 기운 가시게 되리라

생전에는
오수경, 송어부처럼 이름 날렸고
사후에는
오수경, 송어부와 함께 있다네
장한 뜻 못이루었으나
일편단심 천고에 길이 빛나리라

대혁명은
진행하기 힘들어도 이룩되고
진정한 공화주의는
시일이 오래면 정초되리라
만방은 다난한데
끓는 피 남기고 황천으로 갔구나.

신채호편

# 해 제

## 1. 신채호(申采浩)의 생애

신채호는 근대 조선민족이 낳은 열렬한 애국투사이며 저명한 력사학자이며 작가이다. 그는 호를 단재(丹齋)라 했으며 필명으로 무애생(無涯生), 금협산인(錦頰山人), 연시몽인(燕市夢人), 한놈, 철추(鐵椎) 등을 썼으며 그밖에 가명으로 유맹원(劉孟源), 박철(朴鐵), 왕국금(王國錦), 윤인원(尹仁元) 등을 썼다.

그는 1880년 12월 8일(음력 11월 7일) 충청남도 대덕군 산내면 어남리에서 아버지 신광식(申光植 1849년-1886년)과 어머니 밀양 박씨 사이의 둘째아들로 태여났다. 신채호는 7세에 아버지가 사망한후 강직한 할아버지와 인자한 어머니 그리고 형님 재호(在浩)의 슬하에서 자랐다. 아버지의 사망을 전후하여 그의 가정은 선대에서부터 살았던 충북 청원군 랑성면 귀래리로 이사했다. 그는 6세때부터 할아버지로부터 엄격한 서당교육을 받았고 총명과 재질이 뛰여나 린근에 신동으로 알려졌으며 15~16세에 이르러서는 선비로서의 성숙감을 보여주었다.

신채호는 1898년 개화파로서 일찍 학부대신을 지닌바 있는 신기선의 추천으로 성균관에 입학하였다. 그는 성균관수학시절 독립협회의 소장파로 활약하였으며 한편 고향에 내려가 문동학원의 강사가 되여 애국문화계몽운동에 투신하였다. 1905년 2월 성균관 박사가 되였으나 벼슬길을 버렸으며 단발을 결행하고 민족자강운동에 떨쳐나서려는 비장한 결의를 다지였는바 급진적인 민족주의자로 전신하였다. 당년 신채호는 장지연의 초빙을 받고 《황성신문》의 기자로 활약하였으며 1906년부터는 《대한매일신보》의 기자로 되어 수많은 애국정론, 전기소설, 사학론문을 발표하여 애국계몽운동을 힘있게 추동하였다. 그는 또한 ≪신민회≫ 등과 같은 애국단체에 가입하여 애국적인 정치활동에도 적극 참여하였다. 1910년 4월 망국의 치욕을 예감한 그는 안창호 등과 함께 중국으로 망명하였으며 같은 해에 로씨야 울라지보스또크에 가서 ≪해조신문≫, ≪권업신문≫ 등 계몽신문을 꾸렸으며 1913년에는 상해에 와서 신규식 등과 함께 애국단체를 조직하고 후대교육에 전력하였다. 1915년에 북경으로 가서 조선사연구에 몰두하는 한편 문필활동을 전개하였다. 1919년에는 대한림시정부건립에 참여하여 의정위원장을 지냈으며 그뒤 리승만의 위임통치로선을 반대하여 대한림시정부에서 탈퇴하고 북경에 가서 대동청년단(1919년), 군사통일촉성회(1920년) 등을 조직하였으며 또한 ≪천고≫ 잡지를 발간하였다. 1923년에는 의렬단단장인 김원봉의 요청에 따라 ≪조선혁명선언≫을 집필하였다. 이 시기에 계속 조선사연구에 몰두하는 한편, 무정부주의단체활동에도 관여하였다. 1928년 자금조달을 위한 위체입수에 나섰다가 일본경찰에 체포되었고 1930년 5월 10년징역판결을 받고 려순감옥에 수감되었다. 1936년 2월 18일 옥중에서 뇌출혈로 사망하였다.

중국망명기간 신채호는 애국활동의 틈틈에 력사연구저서로 ≪조선상고사≫(≪조선일보≫, 1931년 6월 10일 - 10월 14일), ≪조선상고문화사≫(≪조선일보≫, 1931년 10월 15일-12월 3일, 1932년 5월 27일-1933년 3월 1일)와 다수의 사학론문들을 집필하였으며 수많은 문학작품을 창작하였다. 소설유작으로는 ≪꿈하늘≫(1916년), ≪룡과 룡의 대격전≫(1928년) 등이 있으며 국어시가유작으로 ≪새별의 별≫, ≪너의것≫, ≪매암의 노래≫ 등이 있으며 한시유작으로 ≪임술년 가을밤에≫, ≪고향이 그리워≫ 등이 있다. 이외에도 적지 않은 정론, 수필들을 창작하였다. 수십만자에 달하는 신채호의 문학유고는 그가 일제경찰놈에게 체포된후 그의 동지에게 보관되여있다가 8.15광복후 조선민주주의인민공화국에 전해진 것으로 추정되며 1960년대초에 조선민주주의인민공화국 국립도서관에서 발견되였으며 지금은 인민대학습당에 보관되여있다.*

---

* 김병민, ≪단재 신채호의 문학유고에 대한 자료적고찰≫. (≪한국근대이행기문학연구≫, 김병민, 1994년, 한국국학자료원.)

## 2. 신채호의 한시창작

지금까지 전해진 신채호의 한시는 초년기의 습작작품을 제외하면 모두 17수가량 된다. 이가운데 5언률시가 1수, 7언률시가 10수, 7언절구가 6수이다. 신채호는 청소년시절부터 한시에 조예가 깊었다. 해외망명시기에도 그는 ≪당시(唐詩)수백수는 쉽게 외우고≫있어 동료들의 찬탄을 받았으며 그가 쓴 한시는 ≪자못 령롱하고 상쾌한 경지가 있어서≫, ≪사람들의 경모≫를 자아내게 하였다.

현전하는 17수의 한시들은 거의 모두가 중국 망명기간에 쓴 작품들이다. (≪백두산 가는 길에서≫와 ≪도제4언문≫은 1910년대의 작품이고 나머지는 1920년대의 작품으로 추정된다.) 만약 1910년대에 쓴 그의 국어자유시작품들에서 시인의 애국적열정이 랑만주의적인 시적표현속에서 자유분방하게 노래된것이 특징이라면 그의 한시에서는 시인의 애국적열정이 망명객으로서의 짙은 고민과 울분과 결부되여 노래된것이 특징이다. 이러한 점은 1920년대에 있어서 시인의 사상이 심각한 전환기에 처한 사정과 관련된다. 그럼에도 불구하고 그의 한시들에는 애국자-서정적주인공의 심각한 애국적체험이 다양하게 노래되고있다.

우선 그의 한시에는 이역땅에서 풍상고초를 다 겪으면서 느껴지는 애국자-서정적주인공의 나라 잃은 슬픔과 비애가 절절하게 노래되고 있다. 한시 ≪백두산 가는 길에서≫, ≪임술년 가을 밤에≫, ≪무제≫, ≪섣달 그믐날 밤에 벗을 만나 회포를 적음≫ 등이 곧 시인의 이러한 감정을 그대로 보여준 좋은 실례로 된다.

신채호는 항상 나라없는 자신의 신세를 한탄하고 슬퍼하였다. 그러나 그것은 개인의 리해타산에서가 아니라 정든 조국과 겨레들에 대한 사랑에서부터 온것이였다. 하기에 시인은 한시 ≪고향이 그리워≫, ≪김연성을 꿈에 보고≫, ≪우리 형님 돌아 가신 날에≫ 등에서 조국과 겨레들에 대한 절절한 그리움과 사랑의 감정을 진지하게 노래하였다.

시인에게 있어서 고향은 추상적인 존재가 아니라 맑은 강물, 푸른 숲, 두어간 초당, 돌길에서 놀고있는 다람쥐, 모래펄에 드나드는 갈매기와 같은 마음속에 살아있는 구체적인 존재였다. 아울러 정든 고향을 몹시 그리는 서정적주인공의 섬세하고 깨끗한 감정은 잃어버린 조국을 되찾지 못하는 고통스러운 심정과 밀접히 유착되여 노래됨으로써 더욱 고상한 애국적감정으로 일약 승화된다. 신채호는 이역땅에서 망명생활에 대한 슬픔과 정든 고향과 겨레들에 대한 절절한 그리움으로 하여 결코 자신의 애국투쟁생활과 승리의 신심을 추호도 동요한적이 없었다. 한시 ≪계해년 10월초 이튿날≫, ≪안태국을 작별하며 드림≫ 등에서 바로 시인의 애국투쟁생활과 그 승리에 대한 이와 같은 락관적정서가 격동적으로 노래되고있으며 시인의 뜨거운 심정에서 솟구쳐나온 피의 호소가 세차게 굽이친다.

이외에도 그의 한시에는 불교, 유교 등에 대한 자신의 견해를 피력한것들도 있다.

그의 한시는 형태상에서 7언 률시가 많다. 감정의 심각성과 진실성, 시어의 풍부성과 형상성, 비유의 생동성, 시대정신에 대한 시적일반화 등은 그의 한시로 하여금 독특한 시적경지를 이루게 하였으며 짙은 예술적향취를 풍기게 하였다. 그의 한시는 근데 이후 조선민족 한시창작의 마지막단계를 장식하는 귀중한 재부로 된다.

# 白頭山途中*(二首)

寄畊夫申伯雨, 佛人金思

人生四十太支離, 貧病相隨暫不離.
最恨水窮山盡處, 任情歌哭亦難爲.

又

南來北走動經年, 來亦然然去亦然.
從知萬事須自斷, 俯仰隨人最可憐.

---

* 이 시는 신채호선생이 1914년 백두산을 답사할 때 동행했던 신백우, 김사에게 화답한 시
  작(詩作)이다. 신채호는 1941년 윤세용, 윤세복 두 형제의 초청으로 료녕성 환인현에 가
  반년 남짓이 체류했었는데 백두산 답사도 그때 이루어졌다.

# 백두산 가는 길에서(2수)

경부 신백우와 불인 김사에게 붙임

1
인생 40년 지리도 하다
병과 가난 한시도 안 떨어지네
한스럽다, 산도 물도 다한 곳에서
내 뜻대로 노래 통곡 그도 어렵네.

2
남북으로 오가며 세월만 가네
와도 그러려니 가도 그렇네
세상만사 제 뜻대로 결단내야지
남따라 다니는것 가장 가엾네.

## 贈妓生蓮玉

風雨凄凄海上春, 芳姿偏萎路傍塵.
羅裙猶帶朝鮮色, 不弔英雄弔義人.


## 기생 련옥에게 줌

비바람 싸늘할사 상해의 봄꽃
고운 모습 길가에서 시드는구나
예쁜 저 아가씨 조선 여자라
영웅은 울지 않고 의인을 우네.


## 北京偶吟

寂寂挑燈坐, 非爲守六庚.
石材慚後死, 無漏悟前生.
世薄難爲客, 春來若爲客.
一朝貧富夷, 始識故人情.


## 북경에서 읊음

적적한 밤 등잔 불 돋우고 앉은것은
여섯 경신(庚申)* 밤새는것 그때문은 아니라네
재주없이 후손노릇 못하는것 부끄러워
잡념이 없었더면 전생일을 깨달을걸
세상인심 야박하여 손되기도 어려워라
봄이 오니 무슨 소리 들리는듯하건마는
하루아침 빈부가 이리도 다를가
친구도 변하는걸 이제서야 알겠구나.

---

* 여섯경신, 경신일 밤을 련속 여섯날을 자지 않으면 불로장생한다는 뜻이다.

## 故園

一曲淸江兩岸林,　數間草屋當江濤.
風來面下共高枕,　月到簷前照彈琴.
石經時過鼪鼠跡,　平沙不變白鴿心.
如何十載不歸去,　留滯燕南學越吟.

## 고향이 그리워

한굽이 맑은 강 두 언덕엔 숲이 있고
두어칸 초가 한채 강기슭에 있었네
얼굴 아래 맑은 바람 베개를 스쳐 불고
처마끝 밝은 달빛 거문고를 비쳤었네
길에는 이따금 다람쥐 지나가고
모래밭엔 예대로 흰갈매기 떠도나니
어이하여 십년동안 돌아가지 못하고
연남*에 묵으면서 망향가를 부르는고.

———————————

* 연남(燕南), 북경의 남쪽을 가리킨다. 연경은 북경의 옛이름이다.


## 家兄忌日

先父遭孤吾兩人,　嶔崎廿載閱甘辛.
歸來洞里三間屋,　鬱里河邊一樹春.
風雨鰜床同話舊,　詩書萬架不憂貧.
誰知今夜燕南客,　獨坐天涯淚滿巾.

## 우리 형님 돌아가신 날에

선친님 끼친 혈육 우리 형제 두사람
기구한 이십년에 달고 쓴 맛 다 겪었네
귀래동 마을에는 우리 자란 삼간 집

욱리강가에 봄이 들어 나무마다 꽃피였네
궂은날 함께 누워 옛이야기로 즐기였고
서가에는 책이 쌓여 가난 걱정 없었다네
뉘 알았으랴 오늘밤 연남의 객으로
만리밖 홀로 앉아 눈물만 흘릴줄을.


## 壬戌*秋作

孤燈耿耿伴人愁, 燒盡丹心不自由.
未得天戈回赫日, 羞將禿筆畫靑丘.
殊方十載霜侵鬢, 病侵三更月入樓.
莫說江東鱸膾美, 如今無地繫魚舟.

---

* 임술년은 1922년임.


## 임술년 가을밤에

외로운 등잔불 반득거려 내 수심을 돋우네
안타가운 일편단심 다 태워 버리고저
의로운 창을 들어 나라운명 못돌리고
모지라진 붓을 가져 력사를 기적거리네
이역방랑 십년이라 수염에 서리치고
병석신음 깊은 밤에 달빛이 루에 드네
고향의 농어회 맛 하도 좋다 말을 말라
지금엔 땅 없거니 어선을 어따 매리.


## 癸亥*十月初二日

天空海闊盡悠悠, 放膽行時便自由.
忘却死生無復病, 淡於名利更何求.

江湖滿地堪依棹, 雪月邀人共上樓.
莫笑捻髭吟獨苦, 千秋應有白牙酬.

---

* 계해년은 1923년임.

## 계해년 10월 초이튼날

하늘은 유유하고 바다는 호탕하여
마음껏 싸다녀도 거칠것 없어라
생사를 잊었거니 무슨 병 있으며
명리를 떠났으니 무엇을 또 구하랴
강이야 호수야 곳곳에 있으리 배타고 놀수 있고
눈우의 달빛 사람 부르니 루대에도 오르네
수염 꼬며 홀로 애태움 그대는 웃지 말라
천추에 응당코 지기가 있으리니.

## 無題

甲子五月端午, 晨起拜佛, 偶憶甲辰歲是月是日, 桓仁縣與李倬, 尹世茸
諸公, 次宋人韻共賦一詩, 今回首已倏倏十年矣, 悵然復次其韻.

睡睫朦朧不背開, 淸辰强起拜如來.
子胥身世餘行乞, 天亮風流廢擧盃.
白璧三朝終不遇, 黃河一去幾時回.
故園香草堪爲餠, 回憶斑衣膝下部.

## 무제

갑자년(1924) 5월 단오날이다. 새벽에 일어나 우연히도 갑진년(1904) 단오
날 환인현에서 리탁, 윤세용*등 제공과 더불어 시 한수씩 지은것이 생각났다.
그것이 벌써 십년전 옛일, 유유한 회구의 서글픈 정서를 금치 못하여 다시

그 운을 달아 이 시를 쓴다.

괴로운 꿈 몽롱하여 눈뜨기가 싫건마는
새벽에 억지로 불상앞에 나왔노라
오자서*의 신세로서 정처없이 떠도나니
도연명의 풍류로도 술잔들기 폐하였네
옥돌들고 사흘 울되 알아 볼 바이 없고
강물 흘러 한번 가면 어느때나 돌아오리
고향의 향쑥으론 고운 떡 빚는다네
그 옛날엔 색옷 입고 슬하에서 즐겼어라.

---

* 윤세용은 경상남도 밀양 출신인 독립투사로서 동생 윤세복과 함께 1910년 중국으로 망
  명하여 료녕성 환인현에서 동창학교(東昌學校)를 창설하고 조선인 자제의 교육 및 대종
  교의 포교에 힘쓰는 한편 각지의 독립운동자들과 련락을 취하면서 많은 후원을 아끼지
  않았다. 신채호는 1914년 윤씨 두형제의 초청을 받고 환인에 갔었으며 이곳에서 리탁,
  신백우, 김사, 리길용 등을 만났다.
* 오자서, 춘추시대의 초나라 사람으로 이름은 원(員), 호는 자서(子胥)이다. 그의 아버지
  와 형이 모두 초나라의 평왕(平王)에게 죽었으므로 오나라로 달아나 오를 도와 초나라를
  쳤으며 평왕의 무덤을 파헤치고 평왕의 시체를 삼백번 두들겼다 함.


## 夢金演性

金號一愚, 居楊洲(忘其洞), 財可中産. 嘗與同留成均館, 前後可6年. 乙
巳五條約成, 與許旺山入嶺東倡義. 其本家爲日兵所焚掠, 旣而許被擒死,
兵散, 金走渡江. 壬子余在海港, 有傳某在北間島某地, 其後不相聞已十年
矣. 夜夢忽見金千里訪余, 握手道古如平昔, 旣覺, 揮涕詩.

滿天風雨一燈寒, 共話聯衿到夜蘭.
岐路十年成遠別, 雪山萬里阻平安.
孤忠本位韓仇出, 壯士寧愁蜀道難.
夢裏相逢猶不易, 回嗔晨馨太無端.

## 김연성을 꿈에 보고

　김연성의 호는 일우(一愚)였다. 그는 경기도 양주에서 살았다. (동네 이름은 잊었음.) 그는 일찍이 나와 더불어 성균관에서 전후 6년간을 지냈다. 을사5조약이 체결되자 그는 허왕산과 더불어 령동으로 들어가서 의병을 일으켜 적과 싸웠다. 그의 본집은 일본군의 방화략탈을 당하였으며 얼마뒤 허왕산은 체포되여 죽었고 부모도 마침내 흩어졌다. 그리하여 김연성은 탈주해서 두만강을 건넜다. 임자년(1912년)에 내가 해삼위에 있을 때 그가 북간도 어느곳에 있다는 소문이 있었으나 그후에도 소식을 듣지 못한지 벌써 십년이다. 그런데 어제밤 꿈에 의외에도 김이 불원천리 나를 찾아와 반겨 손을 잡고 평시처럼 쌓인 회포를 이야기하다 문득 깨였다. 애달픔을 금치 못하여 눈물을 흘리면서 이 시를 쓴다.

> 온 하늘엔 바람비, 방안엔 가물거리는 등잔불
> 마주앉아 이야기로 밤드는줄 몰랐구나
> 갈린지 이미 십년 먼 리별로 되었으니
> 만리운산 아득하여 안부조차 막혔어라
> 자고로 충절은 원쑤 갚음에 있거늘
> 장사 어찌 촉도난*을 걱정하리오
> 꿈속에서 서로 만남 그 또한 어렵거늘
> 무단히 날 깨우는 새벽종 한스러워라.

---

* 촉은 사천성의 간칭임. 촉도는 사천성으로 통하는 위험한 길을 가리킨다. 흔히 인정과 세상의 어려움을 일컫는 말로 쓰인다. 시에서의 촉도난은 독립투쟁의 준엄한 시련을 가리킨다.


## 舊歷歲除逢友述懷

殘燈如對讀書秋, 此夜羈人其此樓.
天地無家憐我輩, 光陰依舊向東流.
終其滄海爲平地, 只信高山有白頭.
倒盡長瓶不成醉, 隔窗風雪正颼颼.

## 섣달 그믐밤에 회포를 적음

글 읽는 가을인양 등불 아래서
이 밤을 길손들 같이 앉았네
슬프다 집없는 우리 동지들
세월은 물 흐르듯 빨리도 가고
동해를 평지 만들 기약 하세나
미덥다 높은 산은 우리 白頭지
술병을 다 따뤄도 취하지 않고
창밖에 눈바람만 불어치누나.


## 贈別期堂安泰國

大風刮塵地滿天, 匹馬蕭蕭東向旋,
雪下荊卿論劍市, 春回王建種稌田,
殘燈共草壬辰史, 野路爭傳甲午年,
一劍掃倭時事定, 珤琴彈月臥林泉.


## 안태국을 작별하며 드림

바람불어 티끌 먼지 가득 찼는데
그대 홀로 쓸쓸히 동으로 가나
눈 내리면 칼을 들고 荊卿이야기
봄이 오면 王建 太祖 건국 이야기
등불아래 壬辰 력사 같이 초할제
로인들은 甲午년을 이야기했지
한칼로 왜적 쓸어 안정한 뒤에
달밤에 숲속에 누워 거문고 뜯으세.

# 述懷一

善惡賢愚摠戲論, 耶回孔佛謾相嗔.
辨看淸白之非眼, 散作塵埃倒是身.
忘年玆悲還地屋, 任情屠殺使天人.
吾人來去只如此, 捨假求眞更不眞.

# 회포를 적음 1

선악이 모두 장난거리 이야기인데
예수교 회포 불교 유교 부질없이 서로 욕질
좋게 보고 밉게 보고 바른 눈이 아니거니
먼지로 흩어지는것 그게 바로 이 몸이지
망녕되이 생각하면 자비도 지옥이요
천인이면 살생도 천당이 되는걸세
우리 인생 오고감도 오로지 이 같은것
거짓 버리고 참을 구함도 도로 참이 아니라네.

# 述懷二

鷄狗於人本無罪, 只爲口腹日殺之,
惟有强勸而已矣, 空言仁義欲何爲,
席門談道眞適土, 手劍斬人是快兒,
雲雲聖哲果何者, 高標二字謾相歇.

# 회포를 적음 2

개 닭이 사람에게 무슨 죄 있나
다만 저 먹기 위해 죽이는거지
오직 하나 강한 권세 있을뿐인데
부질없이 인의(仁義) 웨쳐 무엇하리오

거적자리 도(道)이야기 옹졸한 선비
손으로 칼 휘두름 쾌남아네
성현(聖賢)으로 일컫는이 그 어떤자뇨
두글자 내세우고 서로 속이네.


## 書憤

浮虛之自六經開, 快付秦家一炬灰.
却恨當時燒未盡, 漢庭猶有伏生來.


## 분함을 적음

허튼소리 본시부터 6경에 있지
진시황 불 한번 잘도 질렀네
한스럽다 그 날에 다 못태우고
한(漢)나라때 복생(伏生)이 또 있었구나.


## 讀史

宋儒饒舌罵荊卿, 千秋傷心盜刺名.
不識當年南渡後, 誰將一矢向邊城.


## 력사를 읽다

형경(荊卿)*을 비방하던 송나라 선비
천추에 애닯아라 암살자라니
자기들은 남쪽으로 내려간 뒤에
화살 하나 쏘아본 일 없는 주제에.

---

* 형가를 가리킴, 형가는 전국시대 제나라 사람으로 독서와 격검과 술로 소일하다가 연나

라에 가서 형경으로 불리움, 연나라의 태자 단(丹)의 손이 되어 진시황을 죽이려다 뜻을
못이루고 잡혀죽음.


## 咏誤

我誤聞時君誤言, 欲將正誤誤誰眞,
人生落地元來誤, 善誤終當作聖人.


## 잘못을 노래함

나는 그릇 듣고 그대는 그릇 말하고
그릇된걸 고치자한들 어느 누가 진짜인지
사람은 태여난게 본시부터 그릇된것
그릇된것 잘 쓰며는 성인(聖人)이 되네.

계봉우 편

# 해 제

　계봉우(桂奉瑀, 1880-1959)의 호는 북우(北愚), 1880년 9월 15일 함경남도 영흥읍에서 태여났다. 그는 1911년 1월 리동휘, 정창찬 등과 함께 간도로 온 이래 줄곧 민족독립운동에 나섰으며 민족교육에 진력하였다. 그는 길동기독학관, 명동중학, 창동중학 교과서편찬위원을 맡고 조선력사, 조선어문, 수신서 등을 편찬하는 한편 상기 학교들에서 ≪조선력사≫, ≪조선지지(地志)≫를 가르쳤다. 1919년 리동휘가 령도한 고려공산당에 가입하고 상해에서 활동하다가 1921년 쏘련에 가 의연히 혁명적문화교육사업에 진력하였다. 1959년 7월 5일 쏘련 끄즐오르다에서 서거하였다.

　이 책에 수록한 한시 3수는 ≪계봉우 문집≫에서 뽑아낸것이다.

## 警句一

世上魚目徒紛紛　俯仰乾坤長一嘯.

## 경구 1

세상은 고기눈이라 한갓 어지럽도다
하늘과 땅을 보면서 길게 한번 휘파람하노라.

## 警句二

生是苟生生且辱　死於當死死猶榮.

## 경구 2

살아도 구차히 살면 사는것이 또한 욕이요
마땅히 죽을 때에 죽으면 죽는것이 오히려 영광이로다.

## 警句三

十年當膽家家越　五世袖□處處韓.

## 경구 3

십년에 열을 맛보니 집집이 월나라이요
다섯대에 철□를 가졌으니 곳곳이 한나라이더라.

김정규 편

## 1. 김정규(金鼎奎)의 생애

김정규의 자는 형구이고 호는 룡연, 월산, 완산이다. 그는 근대 반일민족운동가이며 유가교육가이며 저명한 조선족시인이다. 김정규는 1881년 9월 25일, 조선 함경북도 명천군 동명 양천동에서 태여났다. 그는 어릴적부터 마을서당에서 경서를 익혔고 15세때 외지에 나가 십년간 떠돌아다니며 의학, 천문, 지리를 배우고 ≪사기≫, ≪손자병법≫, ≪자치통감≫으로부터 도연명, 리백, 두보, 소식의 시에 이르기까지 문학, 의학, 병서, 자연과학을 망라한 각종 서적들을 널리 섭렵하였다.

김정규의 청장년시기는 국내외에서의 의병활동이 신속히 확대되던 격변기였다. 그는 아버지의 지지로 항일민족독립운동에 선뜻이 참가하였으며 선후하여 13도 의병총재인 리범윤, 류린석과 련계를 가지고 동강 의병군에서 일을 보았고 한때 관북의병군의 참모장을 담임하였다. 그는 춘하추동 밤낮없이 연변 각지를 뛰여다니며 민중을 선동하여 의병을 조직하고 자금을 모아 부대에 보내주었으며 융마생활에서의 과도한 피로로 하여 려로에서 피를 토한적도 한두번이 아니였다.

김정규는 의병활동에 참가한외에도 장기간 유가교육에 열중하였다. 그는 서당에서 선생의 신분으로 허다한 제자들을 배양하였으며 학생들에게 항일투쟁의 씨앗을 심어주었다. 해방후 김정규는 한의원을 꾸려 많은 사람들의 병을 치료해 오다가 1953년 8월 22일 병으로 세상을 떴다. 그의 묘지는 연길시 장백향 달리동에 있다.

## 2. ≪회양재일록(回陽齋日錄)≫과 김정규의 한시창작

김정규의 ≪회양재일록≫에는 1907년 3월 29일부터 1921년 11월 15일까지 약 15년간에 쓴 일기와 필록들이 수록되여있다. 여기에는 그 기간에 발생한 국내외대사, 항일의병활동, 공교회활동, 교육활동, 지기 혹은 벗들과 더불어 뜻과 우정을 나눈 일 그리고 작자의 략력, 가족친지들 사이에 벌어진 일 등 여러면의 기왕지사들이 기재되여있다. 작자는 자기의 일기, 필록에다 ≪심명(心銘)일기≫, ≪야사≫, ≪룡연산방(龍淵山房)일록≫ 등 여러개의 이름을 달았는데 ≪회양재일록≫은 그중의 하나이다. ≪회양재일록≫에는 작자자신이 창작한 240여수의 한문고체시외에도 그의 파란만장의 일생중에서 쓴 문고(文告), 격문, 서신, 실록, 사적문, 유람기, 신화, 전설, 우화, 추도사, 비문, 만사, 만장, 변론문 등 많은 산문들이 수록되여있다. 그의 일기책에는 문학적가치가 있는 우수한 산문들도 적지 않지만 이 한시집에서는 주로 그의 시창작의 성과를 보여줄수 있는 한시 237수를 선택수록하였다. 그의 한시에는 주로 반일투쟁을 주제로 한 애국시, 로동인민의 생활처지를 읊조린 애민시, 조국산천의 아름다움을 노래한 산수시 등이 망라되여있다.

# 丁未四月八日五言詩一首

早朝良見池都有司允九來話, 午後歸去. 是天徐步平野, 偶吟絶雲:

黃梅八日辰, 步步出清濱.
雲釀連朝雨, 草添一路看.
大野動川脉, 不沙遲日輪.
詩懷兼酒興, 行咏兩三人.

## 정미년(1907년) 4월 8일 오언시 한수

이른아침 량견에 사는 도유사 지윤구(池允九)가 찾아와서 이야기 하다가
오후에 돌아갔다. 이날 들판을 산책하다가 절구 한수가 떠올라 읊조리였다.

황매계절 4월달 초파일 날에
파아랗게 봄풀 돋은 내가에 갔노라
구름이 끼여서 아침비 내려
산뜻한 봄풀은 한결 고와라
드넓은 벌판에 강물 흐르고
모래밭에 쪼이는 해 길고 길어라
시흥이 도도하고 거나히 취해
벗과 함께 거닐며 시를 읊노라.

# 四月十二日五言詩一首

緣山路轉深, 緩緩過靑林.
洞靜鳥聲亂, 峯高日影沉.
泉流淸肺腑, 嵐氣染衣衿.
誰識箇中樂, 吟狂下翠岑.

## 4월 12일 오언시 한수

굽이굽이 길은 돌아 청산은 깊고
천천히 푸른 숲 지나가노라
고요한 골짜기에 새가 우짖고
봉우리 높디높아 그림자 짙네
샘물은 졸졸 흘러 가슴시원코
파룻한 람기는 옷깃을 적시누나
이 속의 즐거움은 그 뉘가 알랴
목청 다해 읊으며 푸른 산 내리네.


## 四月十五日七言詩一首

高山深谷路縈回,　杖藜穿雲登石臺.
魚釣誤持生死柄,　玉壺謾酌咏歌盃.
紅樹春深蝶舞亂,　故墟人去鳥聲來.
爲報同門須急賞,　遠岑落日照靑苔.


## 4월 15일 칠언시 한수

산 높고 골 깊어 길은 돌아 열두굽이
막대짚고 구름속 돌바위에 올랐노라
낚시대 잡음이 생사병(柄) 잡은 격이라
노래 잔에 천천히 옥주전자 기울이네
봄이 깊어 꽃나무에 나비들이 훨훨
마을에 들어서니 새소리 반겨주네
동배들게 급히 알려 함께 흔상하리니
저 먼산의 락조빛이 이끼에 어울리네.


## 五月二日七言絶句一首

壽域美風多里仁,　棣花玉樹一般春.

蓬萊雲掃滄桑變, 寂寂荒城杜宇晨.

## 5월 2일 칠언절구 한수

무덤터의 미풍량속 인자함이 배여있어
죽도화와 옥나무에 봄빛 함께 깃드네
봉래에 구름가서 상전변화 오리니
적막 황성 아침마다 소쩍새 울음이여.


## 七月九日七言詩一首

與君相對與君游, 愧我虛泛學海舟.
玉音邇室故人遠, 醇酒登盤去者留.
山連洛水靑雲隔, 地接河南正道悠.
一曲悲歌別路起, 斜陽疑是望儲樓.

## 7월 9일 칠언시 한수

벗과 함께 술마시고 어깨겯고 거니나니
배움의 넓은 바다 헛배 띄워 부끄럽네
옆방의 귀한 말 먼곳 벗 못들으니
소반의 좋은 술 가는 친구 머물러라
산과 물은 잇닿여도 구름이 갈라놓건만
하남에 땅이 접해 진리는 장구하리
딴길이 열리는가 슬프고나 노래가락
석양은 아마도 망저루를 비추리라.


## 七月二十八日五言詩一首

山齋人事空, 寒雨夜淙濛.

濕雲遮徑黑, 鄰火隔墻紅.
遠浦叫沙雁, 深園吟草蟲.
恐凋秋色鮮, 萬木五更風.

## 7월 28일 오언시 한수

산속 서재에 홀로 앉아있노라니
온 하늘 뒤덮은 차거운 밤비소리
푹젖은 구름깃 들길가리고
담너머 옆집 등불 밝디밝아라
저 먼 나루 모래밭에 기러기 울고
깊숙한 동산에 벌레소리 들려오네
꽃지고 잎지고 가을빛 새로우니
나무마다 새벽바람에 설레이누나.

## 八月七日七言詩一首

滿室淸風是故人, 於今好掌美絲綸.
趨新競巧都虛假, 對酒論文認得眞.
儒道終無泯下地, 皇天不欲喪斯民.
詩談未了催攸意, 何用靑絲絆此身.

## 8월 7일 칠언시 한수

온 방에 모인사람 청빈한 벗들이라
이날에 임금의 명령을 받들려 하누나
시세따른 묘한 수단 모두다 거짓이고
대작하며 평한 글 그지없이 참답구나
유교도리 아래를 없애란 말이 없고
하늘은 백성을 없애지 않는다네
시평이 끝나자 돌아갈 뜻이 바빠하니

이 몸이 어이 청실에 매여서 살가.


## 八月八日五言詩一首

無事飽時*興, 陰陰欲暮天.
長林孤笛雨, 落日萬家烟.
燕市豈無馬, 齋門空抱絃.
放懷常自適, 咏罷意悠然.

———————————

* ≪時≫는 ≪詩≫자의 오기인듯하다.


## 8월 8일 오언시 한수

할 일없이 배부르면 시흥이 이는데
궂은 날씨 석양이 가까웠네
비내린 숲속에 피리소리 외롭고
집집마다 솟는 연기 락조에 물드네
연나라 저자에 말이 어이 없으리요
제나라 성문안에 거문고만 안고있네
무시로 회포풀어 맘껏 즐기노니
읊고나면 마음이 편안하여라.


## 八月九日五言詩一首

朴洞車諸弟, 新郊韓使君.
游龍壘上月, 白鹿山前雲.
投筆和新韻, 傾盃論古文.
秋雁信音絶, 林雨東西紛.

## 8월 9일 오언시 한수

박동의 여러 차씨 아우여
신교의 한사군이여
유룡루우에는 달이 떴는데
백록산앞에는 구름 비꼈네
붓을 들고 새시에 화답하고
술 마시며 고문을 론하누나
가을날 기러기 소식조차 없나니
숲속에 비바람 이리저리 몰아치네.


## 情景詩

蕭然茅屋淸, 萬木盡秋聲.
霧罷放牛巷, 雲收送雁程.
紅蓼秋景晩, 黃稻歲豐呈.
寧作狂吟客, 不爲演說生.


## 정경시

말쑥한 초가집 쓸쓸하거니
나무마다 금풍에 뒤설레누나
안개걷자 마을길에 소떼 지나고
구름걷자 기러기 갈길 열렸네
붉은 여뀌 가을이 늦는다 하고
황금벼 대풍을 알려주노라
미치광이 시인이 될지라도
세상좋다 유세하는 연설가 아니되리.

## 伐木詩

丁丁聞伐木, 人在夕陽中.
秋色散幽谷, 綠陰落晚風.
古碑望遠近, 飛鳥各西東.
若得材連抱, 要樑扶聖宮.

## 벌목시

쩡쩡 나무찍는 도끼질 소리
사람은 석양속에 서있어라
골짜기에 가을빛 흩어지고
밤바람에 록음은 색이 지네
옛비석 여기저기 한눈에 안겨오고
새들은 깃을 찾아 사방으로 날아가네
아름되는 동량감을 얻을수 있다면
우리 함께 궁전받들 기둥으로 쓰리라.

## 八月十日七言詩一首

曉窓披髮坐從容, 寒雨隨風渺遠峰.
微灰氣盡爐心冷, 流水聲添浦口舂.
明沙古渡叫寒雁, 殘草空庭鳴獨蛩.
自喜豐年吟不寐, 枯苗八月興吾農.

## 8월 10일 칠언시 한수

상투 푼채 동창에 의젓이 앉아
찬비속에 희미한 먼산을 바라보네
재속에 불씨없어 화로는 차거웁고
출렁출렁 물소리에 물방아 가락맞네

나루터 모래밭에 기러기 기럭기럭
풀시든 뜰안에서 귀뚜라미 귀뜰귀뜰
풍년이 좋아서 잠못자고 읊노니
결실의 8월이라 우리 농부 기뻐하리.


## 八月十日五言詩一首

又聞一進會及日人潛入西江佛洞, 復臨時觀察崔基南爲中人所捕, 囚在
過獄, 題曰:

日爾崔基南, 號爲時察使.
黑衣倭賊同, 髡首山僧是.
先王制禮壞, 父母髮膚毁.
吾雖完古徒, 黍汝大姓氏.
自云保國民, 演說欺人子.
付倭囚邊方, 開明胡不恥?
苟能斥地方, 何必顀天記.
我爲守舊黨, 觀爾新民技.
自古天厭穢, 興亡從可視.


## 8월 10일 오언시 한수

소문을 들을라니 서강불동에 일진회와 왜놈들이 잠입한후 림시관찰인 최기
남이란 작자가 중국사람에게 나포되여 감옥에 들어갔다 한다.

최기남이란 그 작자
시찰사라 뻐기네
검은 옷 왜놈과 다름없고
까까머리 중모양일세
선왕의 례의를 어기고
부모가 준 머리 깎았네

나는 비록 완고한자이나
네 놈은 우리 성씨 더럽혔구나
국민을 보호한다 떠들어쳐도
감언리설로 사람을 속이는 수작
왜놈에 아부하여 이곳에 갇혔으니
개명신사 부끄럽지 않느냐
넓은 땅을 물리칠수 있다면
하늘이 적은것을 무너뜨릴게 뭐냐
나는 옛례 굳게 지키며
신민된 네 놈 기량 살펴보련다
자고로 하늘은 더러운것 꺼리나니
흥망은 언제나 끝을 볼수 있다네.


# 八月十一日七言詩一首

復讀杜聖人. 餞門叔於龍邱而寄詩梁大同:

當年恨不一臨親, 樂地抽身養性眞.
老圃藥苗深雨露, 南川秋月更精神.
歲寒蝸屋暮歌起, 雲掃龍邱晴景新.
樗材慰賀囊參術, 來頭醫國看回春.


## 8월 11일 칠언시 한수

시성 두보의 시를 다시 읽고 룡구에서 문숙을 바래며 시를 지어 량대동에게
부치노라.

당년에 가까이 못사귀여 한이 되더니
그곳에서 몸을 빼여 참된 성정 길렀어라
늙은 포사 약을 심어 은혜 가득 남기고
달 비낀 앞강물은 정신 맑게 하더이라

섣달그믐 오막살이 노래소리 들리노니
구름가신 룡구에 날이 개여 산뜻해라
둔재를 위안해 의술을 가르쳤나니
나아가 나라 고쳐 봄이 오게 하소서.


## 寄一韻於任賢俊

我居窮鄕日稀親, 君臥靜園學得眞.
□□□□□*目迹, 一天微雨霽精神.
精神分處詩心動, 目迹到時秋意新.
明月淸風□□□, □*花芳草會明春.

---

* 원문에 탈락되었음.
* 원문에 탈락되었음.


## 임현준에게 시 한수를

편벽한 산촌이라 벗들 보기 드물고
그대는 밭속에서 참답게 배웠더라
(다섯자 탈락) 눈가는 곳
하루맞은 가랑비에도 정신을 맑게 하리
생각이 옮겨져 시 쓸 마음 떠오르면
눈가는 곳마다 가을빛이 새롭구려
청풍명월(넉자 탈락)
만화방초 어김없이 명년봄에 만나리라.


## 八月十二日五言絶句一首

朝日採烟草, 滿園秋色早.
里老笑余狂, 帶鎌歌浩浩.

## 8월 12일 오언절구 한수

아침에 담배잎 따러 나가니
담배밭에 가을빛 완연해라
마을의 늙은이 미쳤다 웃건만
낫을 쥐고 목청껏 노래부르네.


## 閑臥中庭而詩興漸長

淸夜臥庭中, 興深世慮空.
砧聲千戶月, 燭影半簾風.
野闊烟微白, 天抵霞漸紅.
咏罷傾樽酒, 豐歲樂天公.


## 시흥이 일어

고요한 밤 홀로 뜰에 누웠더니
시흥이 도도해 세상만사 잊었구나
집집의 다듬이소리 달빛타고 들려오고
바람에 주렴 날려 초불꽃이 하늘하늘
드넓은 들에는 하얀 안개 피여나고
드리운 하늘가에 아침노을 붉어라
시읊고 상쾌히 잔 기우리니
어화 풍년 하느님도 즐겨하여라


## 八月十八日七言詩一首

西雲杳杳北風凉, 白紵秋山向遠方.
離情何內飛鴻落, 別意金陵流水長.
人歸古渡江蘆白, 歲暮窮山庭樹黃.

詩韻轉淸更進酒, 醉歌浩浩唱義皇.


## 8월 18일 칠언시 한수

아득한 서천 구름 북풍은 차거웁고
흰모시저고리 입고서 멀리 떠나네
리별이 한스러워 기러기 날아 앉고
그 뜻을 알은데 물은 길이 흘러라
건너가는 나루터엔 갈꽃이 나붓기고
한해저문 산촌뜰에 나뭇잎 누르렀네
시짓느라 술이 깨여 다시금 마시나니
기세 높은 술노래 복희씨를 가송해라.


## 八月二十七日五言詩一首

朝陽又暮陰, 茅屋愛時*吟.
秋熟家家酒, 歲寒戶戶枯.
鳥啼樂暮意, 雁叫向南心.
披卷育孔子, 依枕夢山林.

-------------------

* ≪時≫는 ≪詩≫자의 오기인듯하다.


## 8월 27일 오언시 한수

아침해 떠올라 서산에 지고
즐거이 방에 앉아 시를 읊노라
가을이 깊어가니 집집마다 술이요
한해가 다 가니 가가호호 모탕질소리
새들은 깃을 찾아 재잘재잘
기러기 강남간다 기럭기럭
책을 펼쳐 공자 글을 외우더니만

혼곤히 잠이 들어 산숲을 꿈꾸노라.


# 九月三日五言詩一首

採草過霜田, 掩帷惜日天.
晴光楓葉外, 晚景菊林前.
客罕下階鳥, 樹疎橫野烟.
抽身皆樂地, 無事又經筵.


## 9월 3일 오언시 한수

담배잎 뜯어서 서리내린 밭을 지날 때
애석쿠나 구름은 맑은 해 가리누나
다시 개여 단풍숲 저밖엔 해밝은데
국화꽃에 물든 노을 더더욱 황홀해라
손님이 드물어 섬돌에 새들이 놀고
잎진나무 광야에 저녁안개 서려라
몸을 빼여 이렇듯 즐거웁나니
여가있어 또다시 경서를 읽네.


# 九月十二日登九景臺偶題一句

學士臺西九景臺, 靈池之下合川回.
四山暮苗蓼花落, 萬里長風林雨開.
歲晏農村烟氣淨, 天低廣野海聲來.
丹楓紫榴自家興, 從古游人賞幾盃.


## 9월 12일 구경대에 올라 시 한수를 지었노라

학사대 서쪽은 구경대로구나

452 | 한시집(1)

령지못 아래에 합류한 강물 흐르네
서산에 저녁피리 여꿔꽃 떨어지고
만리에 부는 바람 비뿌려 숲설레네
한해 저문 농촌에 저녁연기 가볍고
하늘 닿은 광야 끝에 파도소리 들려오네
석류꽃빛 단풍이며 정들어 흥나는데
자고로 유람객들 몇잔술을 기울였나.


## 九月十四日早食後告別過龜岩臺因題一句

荷塢歸笻臨古臺, 高秋九月草林開.
殘磴風高松子落, 遠林日隱鳥聲來.
晴沙數里渡頭柳, 宿雨千年石面苔.
處士李公一去後, 白雲流水共相迴.


## 9월 14일 아침먹고 떠나서 구암대에 이르러 시 한수를 지었노라

하오에서 돌아가다 구암대에 올라서니
구월이라 높은 하늘 초목도 잎 다 졌네
바람세찬 자갈길에 잣송이 떨어지고
해를 가린 숲속에선 새소리 들려라
나루터 모래밭에 버드나무 우뚝 섰는데
천년세월 비를 맞아 들우엔 이끼꼈네
처사 리공이 이곳을 떠나간후
물에 비낀 흰구름 오고가고 하여라.


## 九月二十三日游龍淵而題一韻

與君携手上釣臺, 溪路嶇崎林樹開.

寂寂石門長不閉, 主人何日訪源來.

## 9월 23일 룡연을 거닐면서 시 한수를 지었노라

벗의 손을 맞잡고 조대에 오르니
시내길 울퉁불퉁 숲속으로 뻗었어라
호젓한 돌문은 노상 열리였거니
주인은 어느날에 룡연을 찾아올고.


## 九月二十三日七言詩一首

風雩是日咏歌人, 岩室當年行樂身.
魚隊浮沉皆理氣, 瀑流潑話更精神.
已知泉石久無主, 但覺溪山緣有眞.
乞得斯間田百畝, 靜搆茅屋讀顔仁.

## 9월 23일 칠언시 한수

바람부는 우사단에 오늘은 시 읊는이들*
돌집은 그 옛날 한몸을 즐기던 곳
고기떼 노닐어도 그 뜻이 알려지고
폭포가 쏟아지면 정신이 맑았으리
샘물바위 오래도록 주인을 잃었어도
산과 시내 인연있다 느껴지네
이곳에 백무밭 얻을수 있다며는
초가삼간 지어놓고 유교경서 읽으리라.

---

* 이 구절은 ≪론어·선진편≫의 ≪시좌≫장에서 공자의 물음에 대답한 증석(曾晳)의 말
  을 리용한것이다.

## 九月二十五日七言絶句一首

日長老圃菊猶紫, 秋晏深園草復靑.
不襪不巾坐抱膝, 呼兒磨墨記心銘.


## 9월 25일 칠언절구 한수

해빛 든 밭에 핀 자지색 국화꽃
가을빛 짙어지나 풀색은 푸르구나
맨머리에 맨발로 무릎끼고 앉아서
동자불러 먹을 갈아 심명을 적어두네.


## 九月二十七日七言詩一首

書聲烟雨村, 無事坐掩門.
茶竈香秋味, 苔階生履痕.
紅遮楓徑外, 黃映菊籬根.
開明今世界, 俯仰愧乾坤.


## 9월 27일 칠언시 한수

비내린 마을에 글소리 랑랑하고
사립문 닫은 뜰에 조용히 앉았어라
차달이는 다로우에 가을맛이 풍기고
이끼낀 섬돌에는 신자국 완연코나
길섶까지에 붉은 단풍 덮이고
울밑에는 노란국화 해빛에 눈부시네
개명한 세계라 떠들어치건만
올려봐도 내려봐도 하늘땅에 부끄럽네.

# 九月二十九日五言詩一首

推枕思寒夢, 正心誦古文.
夜光浮燭動, 鄰語隔墻聞.
風冷西山雪, 天晴南浦雲.
工夫慚未到, 久與世情分.

## 9월 29일 오언시 한수

베개를 밀어놓고 찬꿈을 되새기며
정성쏟아 고문을 읽었노라
초불은 하늘하늘 밤을 밝히고
담너머 들려오는 이웃집 말소리
서산에 눈내려 바람은 차고
남포에 구름끼고 하늘은 맑아라
재간이 미흡하여 부끄럽구나
오래동안 세속과 정을 갈랐네.

# 九月三十日五言詩一首

出門望大野, 秋色正蕭蕭.
落日含殘雨, 寒蘆落晚飄.
車遲沙外岸, 人遠柳邊橋.
多少箇中景, 咏終復寂寥.

## 9월 30일 오언시 한수

사립문 나서서 들판을 바라보니
가을빛은 바야흐로 쓸쓸하여라
저문날에 끊을 비 멎지를 않고
갈꽃은 저녁바람에 나붓기네

모래밭 둔덕에는 소달구지 느질느질
버드나무 선 다리에 사람모습 희미해라
가을풍경 하나없이 아름답다만
읊고나니 적막감이 되살아나네.


## 十月一日七言絶句一首

白屋無塵惟菊業, 書聲終日兩三童.
萬樹秋聲鳴上下, 一天雲霧霽西東.


## 10월 1일 칠언절구 한수

먼지없는 집안에 국화꽃 맘껏 피고
하루종일 애들의 글소리 들리네
갈바람 불어치니 나무마다 울어예고
온 하늘 덮던 운무 이리저리 개이노라.


## 十月二日七言絶句一首

架揷橋前掃褄氛, 盡忠奮義防秋軍.
千百年來聲不寂, 至今人誦古碑文.


## 10월 2일 칠언절구 한수

가삽교앞에서 도적을 무찔러
충의 다해 방추군 분발했네
공훈은 천고로 묻혀있었거늘
오늘까지 사람들은 옛비문을 외운다오.

## 十月四日樂遠朋而因題一韻

曉庭掃碧苔, 有客兩三來.
相言久不見, 但恨勸無盃.

## 10월 4일 먼곳에서 찾아온 친구를 위해 한수 짓노라

새벽녘 뜨락에 푸른 이끼 쓰는데
벗들이 찾아와 노닐었노라
오래동안 못보았다 주고받는 말
술 한잔 권하자니 잔이 없구려.

## 十月五日七言絶句一首

椿樹和風玉樹新, 三春行樂百花辰.
清泉鶴上掃金地, 白水寒山落葉陣.

## 10월 5일 칠언절구 한수

춘수에 미풍이니 옥수나무 생기있고
백화 피여 즐길 때는 봄날이더라
샘터 백학 나래펴 금지를 쓸었으리
백수한산에 락엽이 몰아치네.

## 十月九日與翊在相談爲題一韻

世話轉清詩酒斟, 寒雲微雨此時心.
死君死賊孰非義 箕聖流源貝*水心.

---

* 《貝》는 《浿》자의 오기인것 같다.

## 10월 9일 익재와 함께 이야기를 나누면서 짓노라

세상일 말하다 시읊고 술마시네
찬구름 비뿌릴 때 가슴속 이내 심사
성현, 도적 죽어도 그 뉘가 시비하랴
성인 기자는 원류 패수는 깊구나.


## 十月十一日七言詩一首

數椽茅屋接芳冷, 掃地和風文物新.
書籍堆案先聖蹟, 稻粱盈庾後孫仁.
凄凉一夜雲千里, 行樂三春花十旬.
積善之家餘慶覩, 荊棣玉樹又良辰.


## 10월 11일 칠언시 한수

연목가지 초가에 귀한 몸 식어지고
가신 땅에 화풍이라 문물은 새롭네
책상에 쌓인 책 선성의 업적이고
창고에 쌓인 쌀은 자손을 기르리라
구름은 천리 훨훨 이 한밤 처량한데
꽃들도 백날 활짝 삼춘을 즐기잔다
적선한 집에선 경하할 일 많나니
동생과 자식들게 좋은 시절 차려지세.


## 十月十一日七言詩又一首

生近藝墻遊硯田, 同門千古五倫篇.
淸風明月好爲主, 流水靑山知八絃.
氣像洪爐中點雪, 形容平地上神仙.

嚶嚶谷鳥化天鶴, 溪柳深園鎖暮烟.

## 10월 11일 칠언시 또 한수

문사들과 살아서 문필생애 돌아보면
천고의 오륜은 다같이 지켰구나
청풍 명월 주인이 되기를 즐기고
류수청산 가락에 들줄 아네
기상은 화로속 한점의 눈송이런가
모양은 평지우 우뚝 선 신선이런가
골짜기서 우는 새 높이 뜬 학이 되고
시내버들 깊은 뜰 저녁연기 서렸네.

## 十月十七日和崔伯儒五松亭詩

百年地僻俗人稀, 山下孤亭松外扉.
七隱古村多士友, 會遊日日舊冠衣.

## 10월 17일 최백유의 오송정시에 화답하여

긴긴 세월 벽지에는 속인이 오지 않고
산아래 외로운 정자 소나무 둘러섰네
동떨어진 옛촌에 벗들도 많아서
모이면 언제나 옛의관 차림일세.

## 十月十八日七言絶句一首

淸晨靜掃夜來雪, 天地皓昭庭戶寒.
巷路深深聽履迹, 書童一二走相看.

## 10월 18일 칠언절구 한수

이른아침 조용히 밤새온 눈 쓰노니
천지는 하얗고 정원은 차디차구나
마을길 멀리서 자취소리 들리더니
어린 서동 몇놈이 자꾸자꾸 돌아보네.


## 和伯儒樂三齋詩

性分之樂自天生, 一境絃歌起誦聲.
山到西南積簀屹, 水流東北觀瀾明.


## 백유의 악삼재시에 화답하여

제 성정 지키는건 천생의 락이라
한가락 뜨으니 읊는 소리 울리네
산이 돌아 서남에서 광주리모양 되고
물이 흘러 동북쪽 훤한 물결 보누나.


## 十月十九日五言詩一首

窓外十分明, 遠客片影生.
飄風如有急, 落地自無聲.
疑是瓊花世, 不然白玉京.
欲書新景好, 冷暖舊詩情.


## 10월 19일 오언시 한수

창밖이 너무나 환해서
하늘보니 눈꽃이 떨어지네

회오리바람 그렇듯 세차거니
떨어지는 눈 소리하나 없구나
구슬꽃이 피여난 세상이런가
아니면 백옥단장 서울이런가
글쓰자면 새 경치가 좋으련만
차고더움에 옛시가 정다와라.


# 十月二十一日五言絶句一首

詩律永歌言, 功名不復論.
青雲隔洛道, 白雪復梁園.


## 10월 21일 오언절구 한수

시률은 읊고 노래뜻을 알리노니
공명을 다시 말해 무엇하리
검은구름 락도를 막았는데
흰눈이 량원을 덮었네.


# 十月二十二日騷體詩一首

雲散雪晴兮, 日暮風輕;
有人來訪兮, 冷暖世情;
經筵有事兮, 茅屋且清;
數句短歌兮, 五言長城;
落日雪乾坤, 風寒茶竈溫;
客歸有酒社, 兒散讀書村.


## 10월 22일 소체시 한수

구름 걷히자 눈이 멎고
해질무렵 바람도 가벼워라
한 친구 날보러 찾아왔거니
차고더운 인정세태 말하더라
경서를 가르쳐야 했나니
초가는 더없이 맑았더라
글귀 몇줄 지어 노래부르노니
5언으로 장성을 쌓았더라
해지자 천하는 눈세계인데
바람차도 차달이는 다로는 따끈하구나
손님이 돌아가면 술마시는 모임이런가
애들이 집에 가선 책읽는 마음일세.


## 十月二十三日與容淳談於良宵題奎韻

世話詩談付玉壺, 壺壺傾盡坐似愚.
未應關北無豪士, 長恨海東有腐儒.


## 10월 23일 용순이 찾아와 밤까지 이야기를 나누었다. 규(奎)자운으로

세상사, 시이야기 술잔과 동무하고
술병마다 다 기우리니 멍청하니 앉았어라
관북에 준걸이 없다고 못하리니
해동에 썩은 선비 그 원한 못 잊으리.


## 十一月一日朝出河南暮夜歸路醉吟一句

雪輕生履痕, 夜久絶人喧.

天地三冬冷, 江山數里昏.
砧聲岸前宅, 燈火水西村.
觸目皆詩興, 醉飮還□□*.

---

* 원문에 두자가 탈락되였음.


# 11월 1일 아침에 하남을 떠나 한 밤에 귀로에서 취중에 읊은 시

숫눈길에 발자욱 찍는다
밤이 깊어 인적이 없구나
하늘땅은 엄동설한에 떨고
강산은 어둠속에 잠기였네
강언덕 앞집에서 다듬이소리
물건너 서촌에 등불 빤하다
어디보나 시흥이 떠오르고
취토록 마시니 또(탈락).


# 十一月十日短歌述懷

出門履白兮, 夜雪一尺;
飄風怒號兮, 自朝至夕;
天氣淸寒兮, 山下小宅;
風雪不憂兮, 爨薪多獲;
柴門常關兮, 終日無客;
無姓無名兮, 不襪不幘;
世世農家兮, 羹蔬飯麥;
安居飽暖兮, 何用博奕;
架揷千籤兮, 先聖遺迹;
時時學習兮, 玩味無斁;
非我求蒙兮, 有兒挾冊;
默坐如愚兮, 視今如昔;

放懷天地兮, 咏歌自適;
祝天聖人兮, □□*福百.

---

* 원문에 두자가 탈락되였음.


## 11월 10일 단가-회포를 읊노라

문밖에 나서자 밟히는건 흰땅
밤새 내린 눈 한자나 되네
회오리 윙윙 휘몰아치는 소리
아침부터 저녁까지 끝이질 않네
날씨는 차디차 무서운 랭기
산아래 초가집을 엄습하누나
허나 눈보라 무섭지 않아라
땔나무 가득 쌓아 놓았거니
사립문 언제나 닫겨있노니
해종일 찾아오는 손님 없어라
세상에 이름을 날리지 못했고
버선도 아니신고 책권도 아니썼네
세세손손 농부의 후예라
야채국에 보리밥일세
굶지 않고 편안히 살아가니
바둑판 벌려서는 무엇하리
참대 천가지 꽂혀있거니
성인들이 남겨준 업적일세
때때로 배우고 익히니
그 재미 끝없이 싫지 않아라
나도 몽매무지 바라지 않나니
애들은 책을 안고 오더라
어리석은듯 묵묵히 앉아있으나
오늘을 보면 어제일만 같아라
마음내켜 하늘땅을 품었거니

구속없이 자적한 몸 노래하노라
하늘과 성인에게 비노니
(탈락) 백복을.


# 十一月十二日七言絶句一首

同里酒歌同里人, 四山霽景四山雪.
前世醉人後世人, 去冬寒雪今冬雪.


## 11월 12일 칠언절구 한수

동네의 술과 노래 동네사람이요
사산의 개인 경물 사산의 눈이라오
전세에 취한 사람 후세의 사람이라
지난 겨울 내린 찬 눈 올해 겨울눈이로다.


# 十一月十七日七言絶句一首

風聲昨夜三尺雪, 月暈東井十字氛.
晴飄莫說春米價, 喪亂從如西北軍.


## 11월 17일 칠언절구 한수

어제밤 세찬 바람 눈이 석자 내렸고
동산에 달뜨자 달무리에 십자같네
날개인 날 선풍이여 봄쌀값 묻지 말라
소란하니 서북군소식 알수 없도다.

## 十一月十八日七言絕句一首

一天霽雪一天寒, 半日清談半日歡.
好酒三盃詩四句, 匣琴半世歌三嘆.

## 11월 18일 칠언절구 한수

눈이 하루 개이면 하루 날씨 춥구나
청담으로 반날이면 즐겨서 반날이라
좋은 술 석잔에 글귀가 네줄이요
반생동안 거문고로 탄식하는 노래소리.


## 十二月二日騷體詩一首

咏雪花之紛白兮, 知松栢之晚翠;
堯舜禹之世遠兮, 我安歸而企治;
噫山河之騷動兮, 忍伶傽之忿恚;
驅城津之倭賊兮, 聞甲山之兵義;
撫十年之磨劍兮, 足半生之持醉;
是富貴而詘人兮, 寧貧賤而肆志;
掃一夕之微蚊兮, 馴千里之良驥.

## 12월 2일 소체시 한수

하얗게 흩날리는 눈송이 읊을제면
소나무의 푸른 기상 알리로다
요순우 시절은 아득한 옛날
내 어디로 돌아가 치세를 바라리오
애통하다 천하가 란리에 빠졌건만
외롭게 그 원통 참아야 하는가
성진의 저 왜적을 쫓아내자고

갑산의 의병거사 소식들었네
서리발 치는 칼을 십년동안 갈고 또 갈아
반생이란 긴긴 세월 취해 있구나
그 부귀한 놈들은 굴복하여도
차라리 가난해도 마음대로 살리라
저녁때 모여드는 모기떼 없애고
하루에 천리가는 준마를 길들이리.


## 十二月六日騷體詩一首

天久陰而不霽兮, 風蕭蕭而日昏;
出東門而長歌兮, 雪皓皓於乾坤;
嘆世色之淒慘兮, 陽氣晦於木根;
厭新學之演說兮, 憂舊經之聖言;
人爭趨於巧詐兮, 俗何多於讐怨;
悲下山之狡兎兮, 嗟窮林之投猿;
走韓盧而欲逐兮, 謀齊鴻之一翻;
物無常於生殺兮, 天必遞於寒溫;
詩言志而咏歌兮, 傾床外之淸樽.


## 12월 6일 소체시 한수

오래동안 흐린 하늘 개일줄 모르고
바람은 잉잉 울고 날은 저무네
동문밖에 나서서 긴노래 부를제
하얀눈 천지에 은색포장 덮었네
세상 경물 참담하여 한탄하노니
양기는 나무뿌리에 가리웠노라
신학이 좋단 연설 싫증이 나고
경서에 담긴 성언 어겨질가 근심일세

사람들은 다투어 기편술에 날뛰거니
속세에 원한많다 말할게 무엇이랴
산내리는 교활한 토끼가
궁한 숲 찾아드는 원숭이를 탄식하네
한로를 쫓느라 사리를 도모하고
제홍을 도모하다 엎어지는구나
만물이 언제나 살생을 일삼으니
하늘은 세상에 차고더움 주더라
시는 뜻을 말하거니 노래부르자
상옆의 청주를 통쾌히 기울이세.


## 十二月八日七言詩一首

蓂葉欲新學未新, 自羞飽食暖衣身.
要知早晚四時節, 只在傳還一氣勻.
八道物情改化世, 十年事業坐帷人.
從今研究無通塞, 更着工夫辨得眞.


## 12월 8일 칠언시 한수

달력잎 새로우나 배움은 뒤떨어져
일신의 호의호식 부끄럽기 그지없도다
조만간에 4계절이 있음을 알터이니
가고오는 사이에 한절기가 흘러갔네
팔도의 물정에 세상이 바뀌려는가
막료들은 십년간 경술에 열심했는데
이제부터 파고듬에 막힐것 없나니
공력을 더 들이면 참답게 가려내리.

# 十二月九日咏雜詩一首

雪山下松前廬, 枕邊硯案上書.
安居須著儒家樂, 僻地常稀勢客車.
日無事詩遣興, 歌欲終心有餘.
新學盛時舊學廢, 士情固處世情踈.
語默如知識, 人愚多毁譽.
分明禍福從善惡, 萬古天心正不虛.

## 12월 9일 영잡시 한수

설산아래 소나무앞에 초가집 한 채
베개옆엔 벼루놓고 책상우엔 책이로다
편히 살며 저술함은 선비의 락이요
벽촌이라 벼슬아치 보기는 드물어라
일이 없으면 시로 마음을 달래고
노래는 끝나도 여흥은 오래 남더라
신학이 흥성할 때 구학이 쇠퇴되고
선비 뜻이 굳은 곳에 세속인정 성기누나
침묵을 지키니 만사가 알리고
사람이 성실하면 훼방이 뒤따르네
선악에 따라서 화복이 분명하니
만고천심 허탄할가 바르기만 하여라.

# 十二月十日雜言詩一首

學時習學時習, 如齊坐如尸立.
沉反復沉反復, 短是綆深是汲.
學不厭學不厭, 得一二於百十.
靈臺雲雨霽何時? 學時習學時習.
行高遠行高遠, 山有巔原有隰.

先難後獲今如許, 如齊坐如尸立.


## 12월 10일 잡언시 한수

배울제 익히고 배울제 익혀라
방제같이 앉거나 시동같이 서거라
잠자코 다시다시 배우고 익혀가되
짧으면 닿지 못하고 길어야 담아올릴수 있네
배움에 추호도 게으름 없어야
백가운데 한둘을 참답게 배우리
마음속의 구름비 언제야 가셔질가
배울제 익히고 배울제 익혀라
뜻을 높이 가져라 뜻을 멀리에
산은 봉우리 있고 들엔 진펄 있느니라
가난후에 얻은 수확 오늘도 그럴지니
방제같이 앉거나 시동같이 서거라.


## 十二月十一日雜言詩一首

雪飄白雪飄白, 夜三更燈一枝.
心將泰然情卒衛, 無聲意馬遠驅地.
初從程門戶, 復出蔡城池.
雪飄白雪飄白, 奉窺管焚香時.
少年妄起義兵慮, 暗步入門我自知.
□□□*何問, 自天心不欺.
雪飄白雪飄白, 時非愚夫愛吟詩.

---

* 원문에 석자가 탈락되였음.

## 12월 11일 잡언시 한수

흰눈이 내린다 흰눈이 날린다
삼경이라 방안에 등불이 밝아라
마음은 태연해도 생겨나는 경계심
침묵속에 말을 탄듯 먼곳으로 질주해라
처음으로 정문호를 따라서
다시 채성지에 나가노라

흰눈이 내린다 흰눈이 날린다
가만히 엿보니 분향할 때로다
젊은이 의병거사 경망해 근심이거니
기습하고 에워싸고 범과 삵 쳐야 하리
(탈락)물어서 무엇하리
하늘은 마음을 못속이게 하도다
흰눈이 내린다 흰눈이 날린다
시대가 날 버리니 시 읊기만 즐기노라.


# 十二月十二日五言絶句一首

寒雪夜來晴, 滿天呈月明.
萬里江山色, 一般銀海平.


## 12월 12일 오언절구 한수

낮에 오던 찬눈이 저녁에 개여
온 하늘 별천지 달도 밝구나
만리의 강물과 산색은
반듯한 은빛바다 같아라.

## 十二月十三日七言絶句一首

雨聲襲燭燭射雨, 山影倒窓窓負山.
頭戴花容厭風雨, 面補紙眼鑒江山.


## 12월 13일 칠언절구 한수

비소리 초불에 울리고 초불빛이 빛발을 헤가르나니
산그림자 창에 비끼니 창이 산을 업었구나
머리에 꽃을 얹어 바람비 꺼리고
창호지를 마주하니 강산이 비껴있네.


## 十二月十四日七言詩一首

去年臘日雲漠漠, 今年臘日雪霏霏.
年年歲歲俗漸蔽, 歲歲年年節無遠.
今冬如覺氣進退, 半世厭聽人是非.
此日年年無恨意, 饑則如餐寒則衣.


## 12월 14일 칠언시 한수

작년 랍일에 구름이 끼더니
올해 랍일엔 흰눈 흩날리네
해해년년 풍속은 점점 가리워지고
해마다 절기는 어김없이 찾아오네
금년겨울 분기가 좀 물러가는듯
반평생 세상시비 싫도록 들어왔네
이날은 해마다 한스러움이 없거니
배고프면 밥을 먹고 추우면 옷을 입네.

# 十二月十五日五言詩一首

紛紛千里雪, 皓皓萬人家.
輕飛映鏞寂, 徐下任風斜.
江山惟玉彩, 樹木盡琪花.
御寒頻索酒, 無事更煎茶.

## 12월 15일 오언시 한수

천리에 흩날리며 쏟아지는 눈
가가호호 은색으로 단장하여라
차분차분 뙤창에 내려앉아서
송이송이 바람타고 날려가누나
강산은 백옥으로 단장했는가
나무에는 기화꽃이 피여났는가
추위를 막으려고 술을 자주 찾거니
할 일없어 차엽이나 달여마시지.

# 十二月十六日書答饋禮

無日不雪兮, 山山玉屑;
歲暮瞻寒兮, 有句擊節;
深巷稀看白日暉, 窮山朝暮雪霏霏;
如今萬里風從起, 可是一天雲掃掃.

## 12월 16일 친구의 례물을 받고서

날마다 눈내리니
봉마다 옥가루라
세밑음식 차거웁고
글귀 맞춰 장단치네

깊숙한 골목안은 해빛도 그리웁고
궁핍한 산간마을 아침저녁 눈날리네
지금은 만리에 바람일거니
일조에 구름을 쓸어없애리.


# 十二月十七日雜言詩一首

雲冥冥雲冥冥, 深閉戶記心銘.
十年空抱齊門瑟, 半世狂吟楚客醒.
不見雪山白, 安知松栢靑?
雲冥冥雲冥冥, 默忘言倚素屛.
莫問紛紛菴外事, 禮而可視禮而聽.
善惡謬千里, 仁愚同一靈.
雲冥冥雲冥冥, 日慘寒雪飄零.
接物觀時皆應要, 會心樂處靜儀形.
萬里從事體, 一念惟聖經.
雲冥冥雲冥冥, 太陽一點淪滄溟.


## 12월 17일 잡언시 한수

구름이 덮여 하늘은 캄캄한데
지게문 닫아걸고 심명일기 적노라
십년간 부질없이 제문의 비파안고
반편생 마구 읊던 초나라 손 깨여났네

설산을 보지 않고
푸른 송백 어이 알랴
구름이 덮여 하늘은 캄캄한데
묵묵히 말을 잇고 병풍에 기댔어라

어지러운 집밖일을 묻지를 말고

례의에 맞거들랑 보고듣고 하여라
선과 악은 천리라 어긋나고
어질고 어리석은 하나의 령혼

구름이 덮여 하늘은 캄캄한데
해빛마저 싸늘하고 눈송이 흩날린다
사물에 접해보면 가지가지 요긴하고
흐뭇한 맘 즐거울 때 의용도 의젓해라

만리에 종사할 몸
일념만은 성경이로다
구름이 덮여 하늘은 캄캄한데
일점의 붉은 해가 큰바다에 떨어지네.


# 十二月十八日雜言詩一首

月娟研月娟娟, 出門笑仰靑天.
雪山萬里瓊樓外, 天地一光銀海前.
豪士停杯問, 美人推戶憐.
月娟娟月娟娟, 坐吟詩愛不眠.
我願君王能體此, 一輪天下照無邊.
浮出寒微屋, 昭臨幽暝園.
月娟娟月娟娟, 二八缺三五圓.
自是吾無纖芥恨, 人間事事莫非然.
器盈須有溢, 物極必無全.
月娟娟月娟娟, 一般淸意付殘篇.


# 12월 18일 잡언시 한수

달도 밝네 달도 밝아
하늘을 우르러 내 웃노라

만리설산 옥루밖은
하늘땅이 은바달세
호협남아 잔놓고 묻는데
문을 여는 미인은 어여뻐라

달도 밝네 달도 밝아
시 읊노라 잠못자네
원하노라 우리 임금 이정상 살피시여
달님인양 온 누리를 골고루 비쳐주소
희미한 집우에 떠올라
밤동산을 굽어보소

달도 밝네 달도 밝아
이팔에 이즈러져 삼오에 둥근다네
털끝만한 원한도 이로부터 없으리라
인간세상 대소사가 막불연하리니
그릇이 차면은 넘어나는데
극에 이른 사물이 온전할손가

달도 밝네 달도 밝아
조촐한 이내 맘 잔편에 부치노라.

# 十二月十九日五言絶句一首

深夜書聲歇, 中天月一輪.
雪白山成玉, 霜寒壁滿銀.

## 12월 19일 오언절구 한수

깊은 밤 글소리 멎었는가
중천에 달바퀴 걸렸구나

눈이 희여 메부리 백옥이런가
찬벽에 성에 끼니 은벽이렸다.


# 十二月二十日五言絶句一首

烟火孤村外, 夕陽小院中.
無語依欄住, 閑雲西復東.


## 12월 20일 오언절구 한수

마을밖 저녁연기 외로운데
석양은 좁은 뜨락 비추네
말없이 란간에 기대섰는데
무심한 구름만 오락가락.


# 十二月二十一日騷體詩一首

海雲陰陰兮, 朝日深深.
午暉過院兮, 暮雪迷岑.
白屋淸冷兮, 寓以歌吟.


## 12월 21일 소체시 한수

바다구름 침침하니
아침해도 희미해라
대낮해는 정원지나고
저녁 눈에 뫼는 아득해
눈덮인 집 청량하니
노래에만 기탁하네.

## 十二月二十二日七言絶句一首

雪花寂寂臥山廬, 萬古經綸書五車,
觀治不居秦以下, 究心常在物之初.

## 12월 22일 칠언절구 한수

눈꽃이 조용한데 산간집에 누웠고나
만고의 치세방책 하많이 읽었노라
치세를 보자면은 진나라후 바이없어
궁구지심 어느제나 물초(物初)에 있느니라.

## 十二月二十三日騷體詩一首

朝稀雪兮雲寒, 午喜晴兮日闌.
人已閑兮抱卷, 詩永歌兮掩門.
無寒深閉戶, 終日讀書聲.
半村烟火暗, 萬里雪山平.
暮雲四起兮, 天氣陰陰.
夜又開霽兮, 衆星參參.
俯察天人兮, 獨坐閑吟.
無人深夜後, 月下奉星圖.
欲察天陰久, 更觀兵氣無.
誰知黃海岸, 多聚綠林徒.
開霽雲萬里, 焚香烟一爐.

## 12월 23일 소체시 한수

아침엔 눈내리고 찬구름 끼는데
낮엔 개여 기뻤더니 해가 저무네
사람들 조용해져 책을 들고서
시를 읊고 노래하며 문을 걸었네

날씨가 차거워서 방문을 닫고
진종일 읽고읽는 글 읽는 소리
마을은 반나마 어둠에 잠기고
만리설산 골짜기 눈이 꽉 찼네
저녁구름 흩날리고
날씨 침침하더니
밤이 되자 맑게 개여
뭇별이 반짝반짝
하늘과 사람을 살펴보며
홀로 앉아 한가로이 읊조리네
인적이 사라진 깊은 야밤에
달빛아래 성신도를 들고 보노니
하늘은 오래오래 흐릴것이나
군사기운 없을것도 보인다네
그 누가 알리오, 황해바다가에
록림의 무리들이 욱실거림을
만리에 구름이 말끔히 개여
분향연기 향로에 가득하리라.


# 十二月二十四日五言絶句一首

雪封門外路, 人坐月中廬.
欲知萬古事, 須讀五車書.


## 12월 24일 오언절구 한수

내리는 눈 문밖길 막아놓고
사람은 달님집에 앉았어라
만고의 옛일들을 알려하거던
다섯수레 책을랑 읽어야 하리.

# 十二月二十七日七言絶句一首

消磨日月詩千卷, 傲嘯乾坤酒一樽.
儒門有意無人會, 雲滿寒山雪滿園.

## 12월 27일 칠언절구 한수

세월을 보내느라 시 천권 읽고
천지에 울부짖어 술 한독 먹네
유가의 뜻있음을 아는이 없고
온 산엔 구름이요, 온 동산엔 눈이로다.

# 戊申一月十五日上元

上元大氣淨, 中天月一輪.
雪花千琪樹, 銀燭萬家春.

## 무신년(1908년) 1월 15일 상원날

상원날 날씨는 말끔히 개여
중천에 걸린 달 유난히 밝네
천만그루 기수나무에 눈꽃이 피고
은촉 밝힌 천만호에 봄빛 넘치네.

# 一月二十三日五言絶句一首

日中靑陽闌, 風來白雪殘.
日暮南陽客, 來宿山齋寒.

## 1월 23일 오언절구 한수

중천에 뜬 해님은 봄 란간을 비추고

동에서 부는 바람에 흰눈 녹네
해질무렵 찾아온 남양의 손님
묵고갈 산간집은 춥기도 해라.


## 三月十一日五言絶句一首

初過百五辰, 有客踏烟塵.
心事冰消盡, 水通四海春.


## 3월 11일 오언절구 한수

백닷새 한식날을 갓 지냈는데
나그네 풍진길을 밟아왔어라
맘속에 얼음장이 스르르 녹아
물흐르는 넓은 세상 봄빛 가득해라.


## 三月二十七日咏春日於騷坫

遊絲豪蕩醉春山, 綠樹深處柴不關.
楊柳風清溪路外, 杏桃花發野春間.
安謀醇美一杯好, 共得優游半日閑.
寒後陰谷陽氣至, 義軍何日凱歌還.


## 3월 27일 소단에서 봄날을 노래하여 아희부러 종이를 찾아내여

실버들 휘늘어진 봄동산 취했는가
푸른나무 우거진 곳 사립문 열려있네
시내가 버들숲이 청풍에 우줄우줄
시골마을 이집저집 살구도화 활짝 폈네
어쩌면 미주 한잔 얻어마시며

우리 함께 한가로이 노닐어볼고
옹달진 골짜기에 봄볕 드는데
우리 의군 어느제야 개선해오랴.


## 三月二十九日咏暮春詩

無事一閑身, 園林風不塵.
嬉游時景晚, 文酒我家貧.
日靜簾垂地, 鳥啼花暮春.
每催年矢急, 冷暖更誰人.


## 3월 29일 늦봄을 노래하여

일없이 한가로이 지내는 이 몸
동산의 아늑한 숲 먼지도 없네
즐거이 노닐자니 좋은 풍경 저물고
시 읊으며 술하려 해도 내 집은 가난해라
발을 쳐 드리운 고요한 이 봄
새가 울고 꽃이 피는 봄은 저무네
해해년년 살같이 재촉하거니
차고더움 헤아릴이 누구이더냐.


## 四月一日送於林舊禮

雲外靑山不見人, 遠天歸雁渺心神.
鳥聲樹樹斜風日, 花事村村細雨春.
常有枕依東渡夢, 那無扇遮北來塵.
今朝此翰多懷積, 何日靜園一拜親.

# 4월 1일 림구례에게

구름밖은 청산인데 사람은 안보이고
하늘가의 기러기떼 이내 마음 절절코나
나무마다 새가 울고 스친바람 솔솔 불고
마을마다 꽃이 피고 오는 봄비 보슬보슬
동녘땅 건너갈 꿈 어느제나 품어있고
북녘서 이는 먼지 막는 부채 없을손가
오늘은 이 글월에 회포도 많을시고
어느날 뜰에 들어 어버이 뵈오리오.


# 別崔仁錫於柳亭

脆柳亭前立送君, 無言托袖意慇懃.
想思千里吳洲月, 托贈一枝江北雲.
此去遠山多險路, 相逢何日細論文.
陰陰野樹春光暮, 杳杳楊川雁影分.

# 류정에서 최인석과 갈라지며

취류정 정자에서 그대를 바래노매
말없이 소매잡은 이내 마음 은근해라
천리길 남녘달 그리노니
한송이 강북 구름 전해주리
이제 가는 저 먼산 험한 길 많으리니
어느제나 다시 만나 글귀를 파고들랴
침침한 들나무에 봄빛이 저무는데
아득한 버들개천 기러기 비추누나.

## 四月二日題新詩於脆柳亭

楊柳長堤柳作亭, 晴沙數里夕烟冥.
眠依闌枕衣衿冷, 坐寫新詩筆硯靑.
安得良朋來與會, 爲謀醇酒醉同醒.
却隨咏到無言處, 聞道世波流濁涇.


## 4월 2일 취류정에 새 시를 적노라

버드나무 줄친 뚝에 버들을 정자삼고
맑은 모래 깔린 밭에 저녁연기 어두워라
베개에 몸 맡기니 옷깃은 차고
새 시를 앉아쓰니 붓벼루 검네
어쩌면 친구들을 청해다
미주를 얻어놓고 취하고 깰거나
너도나도 읊다가 말이 없으면
들을라니 세파는 흐린 경수*로 흘러드네.

________________

* 경수는 위수(渭水)에 반하여 언제나 흐려있는 물줄기.


## 四月三日苦吟農圃詩

陰雲欲雨時, 暮日遠山眉.
樹樹烟光歇, 林林春色遲.
人心同所頭, 天意有何私.
不作商霖喜, 苦吟農圃詩.


## 4월 3일 농포시

음산한 날씨에 비가 뿌릴듯
저무는 해 먼산우에 올라앉았네
나무마다 연기빛 잠기여 있고

수풀마다 봄빛이 무르익노라
인심도 바라는바 모두 같거니
천의가 어이하여 사사로우랴
단비가 좋다고 글을 안짓고
농사일을 애달프게 읊조리누나.


## 四月十一日寫結交行一篇

結交猶結心, 此心堪比石與金.
金石易消心不易, 來來契合去去深.
今人結交徒結口, 利路勢庭別如厚.
只因一事懷小愠, 從此生憎成大咎.
嗟呼, 大夫! 貪利忘義非吾徒.
知我管鮑難再得, 結交輕薄不如無.
休將心腹辭, 說與結交知.
人舌劍鋒錯, 世路蜀山卑.
相對問機微, 退去徒訕誹.
此後無情口, 反成大是非.


## 4월 11일 결교행* 한편을 지어보이노라

사귀자면 마음을 사귀리니
이 마음 돌과 쇠에 비기리라
쇠와 돌은 녹기 쉽고 마음만은 녹지 않아
올수록 가깝고 갈수록 깊어지네
지금 사람 사귄다면 입으로만 사귀노니
리득과 세력에 각별히 빌붙는다
한가지 일로 하여 작은 원한 품는다만
이로부터 생긴 앙심 큰 재앙 빚어내네
아, 대부들이여!

리득 탐내 의를 잊는 우리가 아닐지니
나를 아는 관자, 포숙 다시 보기 어려우리
친구가 경박하면 없는것만 못하니라
마음속 말하지 말라 맘속 말을
친구한테 말 말어라 알리지 말라
사람혀끝 칼날인양 날이 서있고
세상길은 촉산길*을 낮다고 하네
얼굴을 맞대고서 기미를 묻고
물러가면 헐뜯고 빈정대누나
이뒤로는 사정없는 입이란것이
큰 사단을 빚어낼 화가 될리라.

---

* 벗을 사귀는 노래.
* 촉으로 들서는 산길. 리백은 촉도길이 하늘에 오르기 보다 더 어렵다고 했다.


# 四月十二日五言詩一首

讀岳飛之輔國而爲灑兩行淚. 題時雨之破塊而喜, 吟五律韻:


山村坐翠微, 時雨好霏霏.
林花紅正濕, 路草綠初肥.
足慰三農圃, 均添千里畿.
下階喜解渴, 不笠不蹇衣.


## 4월 12일 오언시 한수

악비가 나라를 보좌하였다는 대목을 읽으며 흐르는 눈물을 어찌지 못하였
다. 단비에 흙덩이 풀어지는 기쁨을 오언률시로 읊조리노라.

산턱에 자리잡은 산간마을에
보슬보슬 기다리던 단비 내리네

숲속의 꽃 비를 맞아 더더욱 붉고
길섶의 풀 비에 젖어 살쪄 파랗네
농부 마음 후련해지도록
천리에 어디 없이 단비 내리네
섬돌을 내려서서 흠뻑 맞으며
삿갓도 안썼거든 옷걸을손가.


# 四月十三日七言絶句一首

寒雨微霏送晩雷, 山村寂寂水聲來.
不知昨夜雪飄落, 疑是今朝花滿開.


## 4월 13일 칠언절구 한수

밤우뢰가 치더니만 찬비가 내렸는가
산간마을 고요한데 물소리 웬 일인고
간밤에 내린 눈을 모르고있었기로
아침에야 온 누리에 꽃폈는가 하노라.


# 四月十四日七言絶句一首

朝雨霏霏午日晴, 農村無事鋤花圃.
兩三童子一烟亭, 楊柳依依綠掩戶.


## 4월 14일 칠언절구 한수

아침에는 보슬비요, 낮은 개인날
시골에서 할일 없어 꽃밭 가꾸네
일연정에 어린것들 퐁퐁 뛰놀고
휘늘어진 실버들 문가리우네.

# 四月十五日五言詩一首

淡烟雨後村, 隔水老農喧.
播稻依平陸, 種菜坐小園.
垂楊猶曲路, 微草自閑門.
浩浩長歌放, 詩觴醉社樽.


## 4월 15일 오언시 한수

실비가 부슬부슬 내린 마을에
물건너 늙은 농부 이야기 한창
평전에는 허리굽혀 벼씨 뿌리고
채마밭엔 앉아서 남새를 심네
수양버들 골목따라 휘늘어지고
한적한 문앞에는 잔풀 자라네
름름히 긴노래를 부르고나면
시정은 술독에 취해있어라.


# 四月十六日五言詩一首

閑來多少蹤, 手植兩三松.
高岩巢遊鶴, 偃如盤老龍.
當窓搖月影, 連圃雜花容.
將要明堂柱, 好陰泰峙對.


## 4월 16일 오언시 한수

한가한 발자국 얼마나 내며
소나무 두서그루 심어놓았네
높은 바위 깃든 학이 날아예고
누우면 늙은 룡이 서린것 같아라

창문에 빗긴 달을 희롱하느냐
꽃밭에 핀 고운 꽃에 섞이려느냐
명당의 기둥으로 자라나리니
그늘 좋아 태치에 봉하리라.*

―――――――――――

* 태치(泰峙): 고대천자가 하늘신에 제사를 지내던 곳. 고대천자는 명산대천 지어는 큰 나
무로 책봉했다고 한다.


# 四月十七日五言詩一首

落梅新雨後, 怨柳綠陰初.
今日北征馬, 幾時東出車.
此行千里地, 幸付一對書.
逖矣終無約, 慨然意有餘.


## 4월 17일 오언시 한수

비그친 뒤 매화 떨어지고
록음초의 버들을 원망하노라
오늘은 북정의 말 달리거니
어느제나 동진 수레 몰런고
떠나는 이번 걸음 천리길
요행이다만 글월 한통 보내노라
멀고멀어 마침내 기약없어
개연히 생각만 맴도네.


# 四月十八日觀李白詩爲和 ≪花落知多少≫云

園林花晚枝, 風雨夜來時.
露中秀應墮, 樹■紅漸移.

窮山深閉戶, 殘燭起吟詩.
千古遺淸韻, 一天有所思.


## 4월 18일 리백의 시를 보다가 ≪花落知多少≫*에 화답하여

동산숲에 늦게 핀 꽃 가지마다에
야밤에 비바람 휘몰아쳤나
이슬이 무거워 꽃향기 지고
나무는 성기고 꽃잎이 졌네
깊숙한 산간집에 문을 걸고서
등촉을 밝히고 시를 읊노라
천고에 남을만한 비범한 시는
그 언제나 생각는바 있어야 하리.

---

* ≪花落知多少≫는 당나라 시인 맹교(751-814)의 시구인데 작자가 여기서 리백의 시로 오인한것 같다.


## 四月十九日五言詩一首

人皆問卜著. 我獨默言時;
死生由運命, 善惡自安危;
閑梅空地落, 香火法爐移;
無物皆應要, 正心然後知.


## 4월 19일 오언시 한수

모두들 점바치에 점치는 이때
나 홀로 묵묵히 말이 없노라
사생은 운명에 달려있는데
선악은 분에 맞는 안위 있다네
매화는 빈들에 떨어지고

불공은 향로따라 옮겨지네
사물마다 장래가 약속되여 있나니
마음을 바로잡은 후에야 알리.


## 四月二十日看飛燕雙雙來巢於堂上爲吟一句

日暖午窓色影過, 春深華屋賀語多.
風前深蒼苦■土, 而後烟溪輕蹴波.
處棟不知連魏火, 巢林適見亂隋戈.
去年乳燕還來否, 閑倚書床一咏歌.


## 4월 20일 제비가 쌍쌍 날아와 당상에 둥지를 틀므로 그것을 보고 읊조린다

따뜻한 날 창문에 그림자 지나가고
늦은 봄 좋은 집에 경하인사 많고많아
바람타고 골목에서 갈매흙을 물어오고
비 개이고 안개 피는 시내물 차며 노네
마룻대에 살고있어 위나라 불 모르고
숲속에 깃들며는 수나라 창 보련만은
지난해 간 새끼제비 되돌아 네 왔느냐
책상에 기대여서 한가로이 노래하네.


## 四月二十一日七言詩一首

茅齋日暖小扉開, 楊柳靑靑有客來.
深巷已通塵外迹, 古書擬擇世間才.
放懷天地詩千軸, 論義河山酒一盃.
狂吟爛醉君莫笑, 八道鼓聲動地雷.

## 4월 21일 칠언시 한수

따뜻한 날 초가집 사립문 열렸는데
버들은 푸르청청 손님이 찾아드네
깊숙한 골목은 진세밖을 통했거니
옛책에서 고르렸다 세상의 인재를
하늘땅을 품은 시는 천수를 헤아리고
산천을 담의하는 한잔술 드노라
마구 읊고 녹초됐다 그대여 웃지 말라
팔도강산 북소리는 대지를 진감하네.

## 四月二十三日騷體詩一首

天氣陰陰兮, 雨態深深.
慰滿三農兮, 願豊吾心.
農家自樂兮, 社酒會斟.
着新替舊兮, 時聽田禽.
里老相迎兮, 相談古今.
世遠堯衢兮, 誰作商霖.
不見漢官兮, 貢沮周琛.
箕聖遺墟兮, 倭寇來侵.
恐不安業兮, 樂土何尋?
車轔馬蕭兮, 冥冥紛祲.
太平何日兮, 阜財和琴.
出門長嘆兮, 我意沉沉.
三復農書兮, 一歌一吟.

## 4월 23일 소체시 한수

날씨는 흐리여서 비내릴상싶거니
농부를 위로하는 내 소원이 풍년일다

농가는 락에 넘쳐 사일(社日)술 부어놓고
신구가 바뀜에 들새소리 듣노라
늙은이를 만나서 고금을 담론하니
요(堯)세상은 먼 옛날 상림은 누가 하리
한관(漢官)을 보지 않고 자공의 저지는 보배여라
성인기자 남긴 터에 왜적이 침노했고
안가락업 못할진대 락토를 어이 찾노?
차마소리 요란하니 란리기분 어둑해라
태평세월 언제일고 재물많고 가락곱게
문을 나서 장탄식에 내 생각 답답코나
농서를 뒤번지며 노래하며 읊조리네.


# 四月二十四日七言時一首

綠樹深村春寂寂,　好聽黃鳥兩三聲.
自知閑味餘茶熟,　猶有詩心觸物生.
天里好山雲乍缺,　一樓*垂柳雨初晴.
晚來又倚開門立,　隔岸農家烟火平.

––––––––––––

* ≪樓≫는 ≪縷≫의 오기인것 같다.


# 4월 24일 칠언시 한수

푸른 나무에 싸인 마을 봄은 고요한데
꾀꼬리 꾀꼴꾀꼴 노래불러 정답고나
먹던 차는 달이는데 한적한 맛 안다만
경물에 부딪치니 시정이 떠오른다
천리의 좋은 산에 구름이 탁 트이고
한오리 실버들에 오던 비 개였구나
저녁무렵 문을 열고 문에 기대 섰노라니
강건너 농가에선 저녁연기 퍼져가네.

# 四月二十五日五言詩一首

朝日鋤菜圃, 滿園白日煦.
午後雲陰陰, 忽送千峰雨.
百尺東天虹, 萬隊西山霧.
山齋不從容, 時有兩三客.
富允金秉學, 南隱李仕益.
晚來各送歸, 空階春草碧.
深夜坐閉戶, 隔浦聽鳴蛙.
農談會冷席, 書聲有人家.
美味久抱卷, 閑情更煎茶.


# 4월 25일 오언시 한수

아침에 남새밭 기음을 매니
온 동산에 밝은 해빛 따사롭구나
점심뒤에 구름끼여 어둑하더니
별안간 봉이마다 비가 내리네
동천에 백자넘는 무지개 서고
서산에 뭉게뭉게 안개가 피네
산촌서재 조용하지 않아서
때때로 손들이 두셋 든다네
부윤 김병학 남은 리사익
밤이 되면 제각기 돌아가고
섬돌에는 봄풀만 그저 푸를뿐
깊은 밤 한가로이 앉았노라면
개울건너 개골개골 개구리 울고
찬자리에 모인이들 농사이야기
불컨 집엔 글소리 들려오누나
책 읽기가 훌륭한 맛이라 할제
차달임은 한적한 정취라 하리.

# 四月二十六日五言詩一首

　　深深書掩帷, 浩浩坐吟詩.
　　風動綠陰潤, 天晴白日遲.
　　許瑀亦來訪, 罷茶送別離.
　　付書崔昇斗, 傳信李南基.
　　鍾鬱河東在, 更封尺素詞.
　　落難謀不合, 慷慨志相隨.
　　千里遠征路, 平明高建旗.
　　莫言機密事, 恐有外人知.


## 4월 26일 오언시 한수

　　조용한 대낮에 휘장을 치고
　　의롭게 앉아서 시를 읊노라
　　록음은 바람결에 반들거리고
　　개인날 시간은 길기도 해라
　　허우도 나를 찾아 들리였거늘
　　차대접을 하고서 떠나보냈네
　　서한을 부친이는 최승두씨고
　　편지를 나른이는 리남기씨라
　　종욱은 하동에 머무르면서
　　더구나 편지까지 보내왔구나
　　란리를 당코보니 모략 안맞고
　　강개한 뜻으로 해 서로 따르네
　　천리길 머나먼 길 원정하는 길
　　날이 새면 높이높이 기를 꽂으리
　　기밀의 이야기는 말말을것이
　　외인의 들을수도 있으리로다.

## 四月二十七日五言詩一首

重霧朝罷後, 白日午晴初.
焚香深閉戶, 無語坐箸書.
雲氣晩來地, 詩聲山下廬.
有客來相宿, 情談更不踈.


## 4월 27일 오언시 한수

아침을 끝낸후에 안개 짙더니
대낮에야 해가 나고 맑게 개이네
깊숙한 문을 닫고 분향올리며
말없이 정좌하여 글을 짓노라
해질무렵 구름이 몰려들 오고
산기슭집 시읊는 소리 들리네
손님이 찾아와 묵어갈제면
마음을 주고받고 정다웁다네.


## 四月二十八日五言詩一首

白波溪外沙, 綠樹雨中家.
烟鎖孤亭柳, 露滴半□□*.
□□□□□*遠浦聽鳴蛙.
危坐如無事, 咏終更進茶.

---

* 원문에 두자가 탈락되였음.
* 원문에 다섯자가 탈락되였음.


## 4월 28일 오언시 한수

흰물결은 시내가 모래톱 핥고
푸른 나무는 비속의 집을 둘렀네

안개는 외론 정자 버들을 덮고
(2자 탈락) 이슬 듣는다
(5자 탈락) 먼 물가에 개구리소리 들리네
할 일이 없는듯 도고히 앉아
시를 읊고나서는 차를 든다네.

## 四月二十九日五言絶九一首

寒雲連上下, 鳴雨迷東西.
來路楊柳暗, 滿園秀蒺藜.

## 4월 29일 오언절구 한수

차거운 구름은 오락가락
소낙비에 동서남북 가릴수 없네
길가의 버들은 어두웁고
온 동산엔 찔레꽃이 피였구나.

## 五月八日七言詩一首

情談轉轉酒因綠, 楊柳靑靑鶯出黃.
一劍豪歌愁俠藪, 十年漢節泣中郎.
菊徑有時風爲掃, 柴門無事日猶長.
窮途吾類可憐恨, 滿幾聖經誰更將.

## 5월 8일 칠언시 한수

정다운 말 주고받고 술은 철철 파랗거니
푸른 버들 숲속에서 꾀꼬리 날아나네
일검의 미가는 협객을 시름하고

십년의 한절은 중랑 일 눈물겹네
국화길 때때로 바람이 쓸어주고
사립문 할 일없어 하루해도 지리해라
궁한 길에 우리네들 가련도 하거니
책궤에 찬 성경대로 그 뉘가 이끄랴.


## 五月九日五言詩一首

疎雨過深院, 雲陰日斜時.
醉談天下士, 笑讀古人詩.
李友赴明川, 翠蓋山城路.
慷慨志有餘, 閉戶書露布.


## 5월 9일 오언시 한수

보슬비는 깊은 뜨락 지나가고
해질무렵 날씨는 흐리여지네
천하지사 취중에 담론하고
옛시를 즐겨 읽어가노라
리씨는 명천으로 떠나가는데
산성길에 푸른 산 보일락말락
강개한 지사의 뜻 차넘치고
문걸고 싸두었던 책을 펼치네.


## 五月十日五言詩一首

深深盡掩關, 危中此身閑.
芳草斜陽外, 鳴蛙寒浦間.
抱膝依小幾, 無語看遠山.

越可懸北闕, 漢今征南蠻.
出門又一笑, 山河屬誰手.
兵聲萬國梅, 羌笛孤城柳.
暮送羅南役, 泣語世□□*.
□□□□□*, 倭旗鳥幕後.
斜日照深院, 踈雨過孤亭.
陳平貧好□, □□□□□*.
□*復漢祚移, 暗祝諸葛靈.
心事故不語, 寂莫階草靑.

---

* 두자는 원문에 탈락되였음.
* 5자는 원문에 탈락되였음.
* 6자는 원문에 탈락되였음.
* 한자는 원문에 탈락되였음.

## 5월 10일 오언시 한수

심심한 대낮에 빗장을 걸고
위망중에 이 몸은 한가하여라
석양밖에 방초 자라고
찬 개가에 개구리우네
무릎안고 작은 상에 기대여앉아
말없이 먼산만 바라보누나
월나라 북궐에 달아매였고
한나라 이제금 남만을 치네
집문을 나서면 웃음거리요
강산은 누구의 손에 있으랴
황매시절 사처의 병장기소리 요란코
외론 성에 푸른 버들 강적소리 애끓는다
해질무렵 라남요역 보내노니
흐느끼며 (3자 탈락)
(5자 탈락)

왜놈기발 군막뒤에 펄럭이누나
깊숙한 뜨락에 저녁해 들고
외로운 정자에 보슬비 오네
진평은 가난해도 즐겼고 (1자 탈락)
(5자 탈락)
한나라 사직을 회복(1자 탈락)
제갈량의 신령에 몰래 비노라
마음속 간직한 일 말하지 않고
고요한 섬돌에 풀만 푸르네.


## 五月十二日五言詩一首

無事鋤農圃, 朝露帶日晞.
有客來相訪, 終日開柴扉.
如珪自西會, 仲極自北歸.
渴懷進酒酌, 閑情烹狗肥.
雷雨晚來急, 依案聽水聲.
今日客多至, 仲坪來玄生.
族人星七甫, 披譜自分明.
莫說心中事, 難測世上情.


## 5월 12일 오언시 한수

할 일이 없을제 채마밭 매면
아침이슬 해빛 받아 반짝이네
찾아들 손님이 있으려니
사립문은 노상 열어두네
여규는 서쪽에서 만나려 오고
중극은 북에서 돌아왔구나
목마른 가슴을 술로 추기고

한적한 정취로 개잡아 삶네
저녁에 소낙비 사납더니
책상에 기대여 물소리 듣네
오늘은 찾는 손님 많기도 많아
중평의 현생도 찾아왔어라
종친인 성칠보 들리였거니
족보를 펼쳐보면 분명하리라
마음속 일들을 이야기 말아
헤아리기 어려울손 세정일이라.


# 五月十四日七言詩一首

陰雨霏霏坐寒山, 長夏寥寥盡掩關.
書不讀秦漢以下, 氣出入天地之間.
心上有天懸日月, 目中無地皆夷蠻.
長歌一曲因痛飲, 雙袖濕盡血泪斑.


# 5월 14일 칠언시 한수

궂은비 쭈룩쭈룩 한산에 앉았는데
긴긴 여름 조용한 낮 빗장을 걸었구나
책을 읽어도 진·한 후는 읽지 않고
천지간에 기운이 들며날며 하노라
마음속에 있는 하늘 해와 달이 걸렸건만
눈안에 드는 땅엔 오랑캐뿐이구나
통쾌하게 마시고서 노래 한곡 부르노니
흠뻑 젖은 두소매는 피눈물에 얼룩졌네.

## 五月十六日五言絶句一首

風稀綠陰潤, 天晴白日遲.
無語暗垂淚, 國勢變奕棋.

## 5월 16일 오언절구 한수

솔솔 부는 바람에 록음이 윤기 들고
맑게 개인 저 하늘에 여름해는 길고길다
묵묵히 말이 없이 속으로 짓는 눈물
국세가 무상함이 바둑돌 같아라.

## 五月十七日七言詩一首

東邊日出西邊雨, 思入浮雲淸暝天.
閑則烹茶愁飮酒, 飮來吃飯困來眠.
焚香危坐如無事, 自與詩書結靜緣.
不中不簪垂短髮, 不襪不履衣裳褰.
無姓無名眞如此, 如愚如佛又如仙.
野老笑我晝掩戶, 長夏寂寂火日燃.
我有心事故不語, 自思自笑還自憐.

## 5월 17일 칠언시 한수

동녘엔 해떴는데 서쪽엔 비뿌린다
맑았다 흐렸다 구름같이 들뜬 생각
한가하면 차 달이고 시름이면 술이거니
주리면 밥을 먹고 졸리면 잠이로다
정좌하여 향 피우니 할 일이 없는건가
스스로 시서와 인연을 맺은걸세
망건 동곳 다 버리고 짧은 머리 헤치고

버선 신도 다 벗고서 옷을랑 걷었구나
이름없고 성도 없어 이토록 참되거니
천치인가 부처인가 신선인듯도 하여라
농부는 날 웃는다 대낮에 문 건다고
적적한 긴 여름에 타는 해를 어이하랴
내 마음에 맺힌 일을 짐짓 말을 안하고저
혼자 생각 절로 웃고 어여삐도 여긴다네.


# 五月十八日五言詩一首

朝去仲坪鄕, 午過立石場.
幸逢有志士, □□□□□*.
□□*問結義, 柳店各盡觴.
市人安知我, 悲歌醉欲狂.
片雲忽送霧, □□*微雨來.
而已白日暮, 征駒歸意催.
杳然自此去, 何時同飮杯.
淸彼五里荷, 遠寄一枝梅.

---

* 5자는 원문에 탈락되였음.
* 두자는 원문에 탈락되였음.
* 두자는 원문에 탈락되였음.


# 5월 18일 오언시 한수

아침에 중평 갔다가
점심지나 석장에 섰네
유지지사 다행 만나
(5자탈락)
(2자탈락)결의 묻고
류점에서 잔 들었네

시정아치 날 알손가
슬픈 곡조 내 미친다
조각 구름 비 묻었네
(2자탈락)가랑비라
날은 벌써 저물어서
돌아가자 말이 운다
아득할손 이제 가면
언제 같이 잔을 들랴
오리련꽃 조촐할사
매화 한송이 부치리라.


## 五月二十日五言詩一首

病骨依殘枕, 愁雲溪上平.
體困多夢寐, 氣弱迷魂情.
草屋寒帷掩, 茶竈香烟生.
身外知無物, 悲風窓隙驚.


## 5월 25일 오언시 한수

병들어 누운 몸 베개에 의지하니
시름 담은 저 구름은 시내를 덮었고나
시달린 이 몸은 잔꿈도 많고많아
내 기운 허약하고 내 넋이 흐리였네
초가집 차디찬데 휘장을 드리우고
차 달이는 다로에선 향연 오르노라
이 몸밖에 그 무엇도 없는것이 빤하다만
창틈으로 떨며 부는 저 바람에 놀라누나.

# 五月二十一日五言詩一首

山房聞邑期, 依枕茶罷時.
暮送齊允歸, 懷人付尺詞.
微雨杳遠岾, 寒烟生暮涯.
無語看花圃, 寂寞菊數枝.

## 5월 21일 오언시 한수

산간집에 읍의 소문 들리여왔네
베개에 기대여 차를 마실 때
해질무렵 제윤을 바래고나니
그리는 친구가 편지 보냈네
먼산에 가랑비 자욱한데라
저물녘 찬연기 피여오르네
말없이 꽃밭을 굽어보면서
고요한 국화꽃 꽃가지 세네.

# 五月二十四日五言絶句一首

浮雲蔽白日, 雷雨北山前.
豈知去掃盡, 依舊覩靑天.

## 5월 24일 오언절구 한수

뜬 구름 해를 가리우고
소낙비 북산에 퍼붓네
어이 알랴 구름을 쓸어내리면
푸르른 저 하늘 여전하리라.

## 五月二十五日五言絶句一首

小心雖一片, 中有萬念隨.
芳草夕陽路, 獨行踽踽時.

## 5월 25일 오언절구 한수

작고작은 마음은 한쪼각이나
오만가지 생각이 거기서 나네
방초가 우거진 석양길을
내 홀로 걷노라 타달거리며.

## 五月二十六日五言絶句一首

世事修多變, 交情久又深.
要知天運在, 先自民聽尋.

## 5월 26일 오언절구 한수

세상만사 잠간사이 변덕도 많고
사귄 정은 갈수록 깊어만 가네
천운이 있나없나 알려 하거든
맨먼저 백성하소 들어야 하리.

## 五月二十七日五言絶句一首

嵐飛山一角, 柳暗路三叉.
佇立村烟晚, 翩翩歸暮鴉.

## 5월 27일 오언절구 한수

산모퉁이 아지랑이 가물거리고

버들이 휘늘어진 길은 세갈래
우두커니 섰노라면 저녁연기에
깃을 찾는 까마귀만 까욱까욱.


# 五月二十八日五言詩一首

不履不巾坐, 中天午日紅.
暑多風少力, 熱極扇無功.
炎海飜千里, 火旗燒半空.
狂吟松樹下, 人影小窓東.


## 5월 28일 오언시 한수

망건 벗고 신도 벗고 앉았노라면
중천에 뜬 해님은 붉게 타누나
더위가 물리는데 바람 자니
찌는듯한 더위에 부챈들 어이해
불바다 천리에 굽이치는가
불기발이 반공에 타번지는가
소나무아래서 마구 읊는데
뙤창동쪽 그림자가 얼른거리네.


# 五月二十九日五言詩一首

　聞行人之說, 倭兵入者介介敗亡而死者二百餘人, 義兵死者亦三十餘人,
爲吟數句雲:

　西來問消息, 一喜又一悲.
　倭賊喪膽日, 義士弔魂時.

孤城悲羌笛, 間道從漢旗.
出門又遠望, 北書來何遲.
人生感意氣, 慷慨有所思.
暈月一天照, 陣雲千里隨.
丈夫寧死義, 少年不好師.
太平問何日, 兵聲西北陲.

## 5월 29일 오언시 한수

들자니 왜병이 들어가서 몽땅 패하여 죽은 놈이 2백여명이나 되고 의병도 30여명이 죽었다 한다. 그로 하여 몇구절 읊노라.


서쪽에서 찾아와 묻는 소식은
기쁘기도 하거니와 슬프기도 해라
왜놈들의 간담이 서늘해진 날
의사들의 충혼을 조상할 때라
외론 성에 강적소리 구슬픈데다
간도는 한나라 기발 따르리
문을 나서 저 멀리 바라보노매
북녘에서 오는 소식 어이 늦은고
인생이란 의기에 북받치는 법
강개속에 생각는바 있는것일세
무리 쓴 달 온 하늘 비추고있어
뭉게뭉게 피는 구름 천리나 떴네
대장부 의롭게 죽으려건만
소년은 군사를 좋아 안하네
묻노니 언제나 태평해질고
군사는 서북에서 함성올리네.

## 六月二日五言絶句一首

書不讀秦漢以下, 意雖在山水之間.
頭上有天懸日月, 目前無地盡夷蠻.

## 6월 2일 오언절구 한수

책을 보아도 진·한 이후의 책은 보지 않노라
마음이야 푸른 산 맑은 물에 달려가지 않으랴
머리우엔 하늘이요, 하늘엔 해와 달 걸렸어도
눈에 보이는건 어데라 없이 왜놈들뿐이구나.

## 六月三日五言詩一首

忽有門弟河奎, 自本邑轉至朱溫仲坪, 受玄機衡來書示亡. 余奉讀再三,
長嘆下淚而已矣. 慨然爲詩曰:

時來聞消息, 嘆息爲噓嘻.
暗垂新亭淚, 空抱黍離悲.
有誰掃孔廟, 無人保城池.
仰天祝關帝, 依案泣仲尼.
忠臣嘗膽日, 義士奮臂時.
回首扶桑枉, 灑淚先春碑.

## 6월 3일 오언시 한수

문제(門弟) 하규(河奎)가 본읍으로부터 주온중평(朱溫仲坪)에 이르러 현
기형(玄機衡)에게서 받은 편지를 나에게 보였다. 나는 그 편지를 읽고 또 읽
으면서 장탄식하였고 눈물을 흘렸을뿐이었다.

날아온 소식 듣고

허구픈 한숨 짓노라
남몰래 흘리는 신정의 눈물
나라 망한 슬픔이여

공자묘엔 누가 제사지낼고
성새를 지킬 사람 없단 말인가
하늘을 우러러 관제에게 기원하고
탁상에 기대여 중니를 우노라

충신이 와신상담하는 날은
우국지사 분발하여 나서는 때라
머리돌려 나라운명 생각하며
선춘의 비석에 눈물 뿌리노라.


# 六月四日五言詩一首

怒甚偏傷氣, 氣多太損神.
神疲心易役, 氣弱病相因.
勿使悲歡極, 當令飮食均.
壽夭休論命, 修行只在身.


# 6월 4일 오언시 한수

노여움이 극성하면 기를 상하고
울화가 쌓이면 정신 상하기 마련
정신도 상하고 마음도 괴로우면
원기를 잃어 병들고 말리라
너무 슬퍼도 말고 너무 기뻐도 말라
끼니마다 음식을 고르게 먹어야지
장수와 단명을 천명이라 믿지 말고

제 몸을 제절로 돌볼지어라.


## 六月五日五言絶句一首

斜日柳邊亭, 晴沙橋外潯.
野水無人渡, 寒烟生欲冥.


## 6월 5일 오언절구 한수

버들아래 정자엔 지는 해 비끼고
다리놓인 물가엔 하얀 모래터
둘러봐야 물건너는 사람 하나도 없고
밥짓는 연기는 이어질락 끊어질락.


## 六月十四日五言絶句一首

懷抱交暢處, 天氣霽晴時.
意逐雲千里, 神來筆一枝.


## 6월 14일 오언절구 한수

마음이 풀릴 때는
날씨도 개인 날
구름따라 천리를 달리는 마음
령감에 사로잡혀 쓰는 시 한수.


## 六月二十九日七言詩一首

暖日薰風孤草亭, 人閑書靜一山靑.

垂楊高枕時三夏, 流水遠案書五經.
却灑金陵周顗淚, 狂吟楚澤屈原醒.
可憐回首漢陽處, 滿地干戈紛榾冥.


## 6월 29일 오언시 한수

해 맑은 날 훈풍부는 호젓한 정자
인적 드문 고요한 낮 산만 푸른데
수양아래 높이 누운 이 한 여름날
흘러가는 저 물은 대지에 5경을 쓰는가
내 금릉에 주이*의 눈물 뿌리나니
미친듯한 노래엔 굴원도 잠을 깨네
슬프도다 머리돌려 한양성밖 바라보니
어데라 없이 어지러운 싸움판이네.

---

* 중국 동진시기의 관료임.


## 七月十九日四言詩一首

蠢爾倭賊, 逞毒行邪.
罪已貫盈, 曷雲其思.
皇天震怒, 降喪下灾.
殆以病疫, 繼之饑饉.
雹而傷之, 水而害之.
惟天無私, 賞罰分明.
惟喜是報, 有罪必滅.
欽夫昊天, 眷保我邦.
若欲扶持, 俾有全安.
赫明照臨, 居高聽卑.
一叫百拜, 悠悠蒼蒼.

## 7월 19일 사언고시 한수

이 나라를 잠식하는 왜놈들
얼마나 악독하고 간사하냐
하늘에 사무치는 놈들의 죄악
생각만 해도 몸서리치거니
하늘이 진노하시여
놈들에게 재액을 내리였도다
처음엔 역병이 들게 하더니
뒤이어 기근에 허덕이게 하고
우박을 퍼부어 짓쫓고
홍수를 터치여 빠져죽게 하노라
대공무사한 하느님은 상벌이 분명하여
착한 사람 복받게 하고
죄지은자 망하게 하도다
아, 공경스런 하늘이여
이 나라를 보호해주소서
부축해 주시려거든
비노니 안전을 지켜주소서
밝은 빛 내리시고
이 소원 들어주시면
크나큰 은혜에 백번 절하리다
유유창창한 하늘이여.

## 七月二十三日五言詩一首

秋風山下廬, 跪坐讀軍書.
東土夕陽里, 北方多事餘.
心旗搖遠道, 意馬駕征車.
再拜祝孫武, 願今賊掃除.

## 7월 23일 오언시 한수

가을바람 스치는 산기슭 초막에서
꿇어앉아 병서를 읽고있노라
동편땅은 해지는 석양인데
북국은 병화로 소란하거니
마음의 기발 원정길에 휘날리며
생각의 말을 메워 전차를 달리리라
손무에게 두번 다시 절하며 비누나
원쑤들을 모조리 쓰러눕히라고.


## 七月二十四日七言詩一首

仁爲安宅德爲扉, 瓜葛綿延春又肥.
笑扶鳩杖忘榮辱, 坐青溪雲無是非.
三更月冷鵑猶泣, 萬里風清鶴自飛.
數關薤歌何處白, 空山落日雨霏霏.


## 7월 24일 칠언시 한수

인의로 집을 삼고 덕으로 사립 삼으니
그대의 뜻 오이넝쿨마냥 뻗고뻗었더라
막대짚고 웃으며 영욕을 잊었고
내와 구름 바라보며 세상소란 멀리 했어라
야삼경 달빛아래 두견새 슬피 울고
만리장천 청풍타고 백학이 날아예는데
관을 세며 혜로가를 어디에서 말할고
공산에 해는 지고 궂은 비만 뿌리니.

# 七月二十九日五言詩一首

洞天秋寂寂, 林蒼雨濛濛.
烟薄山因霧, 露寒樹復風.
夜深燈影處, 人坐水聲中.
無語數簷滴, 拍案讀天*公.

---

* ≪天≫은 ≪太≫자의 오기인듯하다.

# 7월 29일 오언시 한수

쓸쓸한 가을하늘
구질구질 내리는 비
마을엔 엷은 연기 산엔 짙은 안개
비방울 맺힌 나무 바람조차 스산한데
깊은 밤 등불아래
들리나니 물소리뿐
묵묵히 락수물소리 헤여보다
툭탁 상치고 강태공을 읽노라.

# 八月三日四言古詩一首

恭惟父母, 生我劬勞.
欲報其德, 天亦不高.
父兮生育, 母兮乳養.
惟余小子, 一無善像.
無定無省, 西出東征.
入無承順, 游易其方.
寸草春萋, 慈鳥夜啼.
僅哺報輝, 我不如兮.
人皆孝養, 我獨無爲.

子不子兮, 供奉幾時?
再拜慶祝, 雙星景垂,
父兮母兮, 康之寧之,
歌爾天保, 請彼華祝.


## 8월 3일 사언고시 한수

공경하는 량친께서
이 몸 낳아 기르셨네
하늘보다 높은 은덕
어이하면 다 갚을고
아버님 나를 낳고
어머님 날 길렀네
하지만 내 몸에는
착한데란 하나 없어
부모공양 한 일 없이
동표서랑 끝이 없네
집 들어도 마뜩잖고
떠돌기도 향방없네
봄볕은 따사로이 어린싹 만져주고
자애로운 까마귀는 밤중에 우노니
은혜 깊은 지성에는
까마귀만 못하노라
남은 효도 다하건만
나는 불효 막심하네
불초자식 나는 언제
어버이를 모실런고
재배하며 비노라
두분께서 장수하길
아버님, 어머님
부디부디 강령하소

두분의 귀체만강
하느님 보호하소
어버이 어버이
천년장수 비나이다.


## 八月三日與龍潭同登管窺樓題一首

安危身勢入登樓, 千里雲山積雨收.
劍心惟壯豪歌放, 流水東南一色秋.


## 8월 3일 아침에 룡담과 함께 관규루에 올라

운명 모를 몸으로 관규루에 오르니
천리산발에 내리던 비 그치여라
검심(劍心)은 장하기로 호기찬 노래 부르는데
동남으로 흐르는 물에 가을빛 짙어가네.


## 八月二十四日五言詩一首

眞邪又夢耶? 哀痛復長嗟.
心本淸如水, 年今妙似花.
園里紅葉亂, 天末白雲斜.
從看曾游處, 惟有啼暮鴉.


## 8월 24일 오언시 한수

꿈인가 생시인가
애통하고 절통하다
마음은 물같이 맑고
나이도 꽃같았건만

동산엔 단풍이 날리고
하늘가엔 흰구름 비꼈구나
지난날 함께 노닐던 곳 둘러보니
애오라지 울음우는 저녁 까마귀뿐.

## 八月二十四日七言絶句一首

生於鄰里學同門, 春讀詩書秋讀論,
淸霜昨夜愁蘭蕙, 筆月無光孤照園.

## 8월 24일 칠언절구 한수

이웃에 나서 공부도 함께 했다네
봄에는 사서 읽고 가을엔 론어 읽으며
어제밤 찬서리에 란초혜초 스러지고
어스름한 달빛만 외론 동산 비추네.

## 九月九日五言詩一首

重陽天氣晶, 釀酒好相迎.
只解尋歡樂, 誰能許死生.
猶餘三寸氣, 便有一腔情.
閉戶獨長嘆, 何時報太平.

## 9월 9일 오언시 한수

중양절 날씨도 맑은데
술걸러 놓고 서로 청하네
사람마다 즐길줄을 안다만
그 누가 죽음을 내 맡긴다나

내 아직 목숨이 붙어있으니
한가슴 차넘치는 정열이 있네
문 닫고 호올로 장탄식하니
언제면 태평세월 알릴고.


# 九月十一日四言古詩一首

雲氣淡濃, 秋色淒淒,
叢菊始花, 靑蘭猶茁,
對酒放歌, 我心憂怵,
出門長嘆, 悲風瑟瑟.

## 9월 11일 사언고시 한수

구름이 엷어졌다 짙어졌다
싸늘한 가을날씨라
국화는 떨기떨기 피여나고
란초도 우긋이 자라나네
잔들고 마음껏 노래부르니
오히려 마음만 서글퍼지네
내 문을 나서서 장탄식 할제
아, 바람마저 울며 지나라.


# 九月十二日隨感隨筆

無情棄我者, 昨日之日不可留,
有時感我者, 今秋之秋多隱憂,
對酒長歌放積中, 愁懷誰與訓,
長林暮雨起灑泪, 天地漠漠陰雲悠.

## 9월 12일 감수따라 적노라

무정하게 나를 버린
어제날의 그날은 만류할것 없건만
때론 나를 감화하는
올가을 가을날엔 근심도 많네
잔 들고 긴 노래로 속을 털자 하건만
가슴에 품은 시름 뉘 더불어 풀것이냐
긴 수풀에 저녁비는 눈물을 자아내고
하늘땅 아득한데 검은구름 오락가락.


## 九月十三日行路難

寒風驚, 寒雲生.
空山蟬脫殼, 遠天雁叫聲.
愧我守株久, 俯仰古今情.
日昏陰, 氣蕭森.
天道常變易,
人事自淺深,
終朝坐無語,
怫鬱獨傷心.
心多酸, 座不安.
誰能愁不恨? 誰能悲不嘆?
坐短恨, 立長嘆, 行路難, 行路難.


## 9월 13일 행로난

찬바람 울부짖고
구름조차 스산한데
빈산엔 매미가 허울을 벗고
하늘가엔 기럭기럭 기러기 나네

앉아서만 기다리던 내가 생각노라
해 저물어 날씨도 음산한데
천도는 노상 변하고 바뀌이며
인사는 저절로 옅고 깊고하도다
아침내내 말없이 앉아있노니
답답해라 내 홀로 속만 상하고
마음은 괴롭고 자리는 불편하네
그 누가 시름하며 한탄 안하고
그 누가 슬퍼하며 탄식 안하랴
앉으면 짧은 한탄, 서면 긴 탄식
아, 세상살이 어려워라 세상살이 어려워라.


## 十月二十八日獨坐山房醉吟隨筆云

東山之上夕陽紅, 東山之下凍雪白.
暮食村村起烟火, 寒衣家家催刀尺.
君不見巨門之陽, 龍淵齋長醉人口.
龍潭呼余謂醉隱, 不冠不簪又不幘.
披髮跣足歌拍案, 曲肱閉目臥安席.
每日索酒囊乏錢, 每日無魚盤登麥.
居於何地出何方? 魚頭鬼面皆蠻貊.


## 10월 28일 홀로 산방에 앉아 취해 읊조리며 붓을 들다

동산우엔 저녁노을 붉은데
동산기슭엔 흰 눈에 얼어붙었네
마을마다 저녁연기 피여오르고
집집이 옷마르는 가위질 소리
그대는 보는가 큰문의 바깥에
룡연재에 취해 사는 사람을

룡담은 나보고 취한 은사라 부르거늘
갓도 동곳도 책건도 아니 썼네
대머리에 맨발로 책상 치며 노래하며
팔베고 눈을 감고 자리에 편히 눕네
날마다 술마시니 돈주머니 비였고
밥상에 고기없이 보리밥만 올라라
아, 어데서 살며 어데로 갈거냐
보이는건 모두다 도깨비 같은 오랑캐들뿐이니.


# 十一月六日四言古詩一首

雪滿窮山, 日映中天.
雲誰之思, 西方諸賢.
彼諸賢兮, 率弦空拳.
一死猶輕, 再生幾年.
保莒者齊, 雪恥者燕.
燕齊之小, 吾韓亦然.
每飯思穀, 夢中得田.
是可將兮, 干城之堅.


# 11월 6일 사언고시 한수

산에 눈 덮이고
해가 중천에 뜬 날
그리운이 누구뇨
서천 간 현인일세

그 현인들마다
빈 주먹으로 싸우고있네
죽는것은 가볍거니
얼마나 더 살거냐

거(莒)땅을 지켜내긴 제나라이고
치욕을 설원하긴 연나라일세
연나라 제나라는 작은 나라
우리의 한(韓)나라도 그러하다네

끼니마다 곡식을 생각하면서
꿈에서도 논밭을 얻고자 하네
그런 사람 장군되여
튼튼히 나라를 지키리로다.


# 己酉一月一日五言詩一首

游子念鷄筋, 男兒志四方.
舉頭自嗟嘆, 低頭獨彷徨.
兒行數百里, 父母數萬里.
萬里有時窮, 父母心不已.
父母心不已, 游子行路傍.
路傍無深谷, 路傍無高崗.
高崗與深谷, 皆在父母心.
父母依閭望, 游之行路吟.
我吟欲放懷, 親望應下淚.
下淚無時乾, 放懷有時醉.
游子醉雖忘, 父母淚不忘.
父母淚不忘, 我行驛路傍.
我行一路傍, 一步一悲傷.
遙向白雲拜, 新年壽且康.


# 기유년(1909) 1월 1일 오언시 한수

호협한 기개 뻗친 글 읽고
장부의 뜻을 천하에 두었건만

머리 들고 긴 한숨짓고
머리 숙인채 호올로 방황하네

이 아들 가는 길 수백리이면
어버이 마음은 만리를 달린다네
만리길도 끝날 때 있네마는
어버이 마음은 끝없는줄 아노라

어버이 마음은 끝이 없건만
집떠난 아들은 길에서 헤매이네
길가엔 깊은 골짜기도 있고
길가엔 높은 산마루도 있건만

높은 산마루 깊은 골짜기는
근심어린 어버이 마음속에 있다네
어버이는 동구에서 기다리고계신데
이 아들은 길만 가며 읊조린다네

이 몸은 회포풀려 읊조리건만
어버이는 뜨거운 눈물을 흘리시리
눈물은 마를줄 모르는데
회포풀어 때로는 취한다네

이 아들은 취하면 잊기도 하지만
어버이는 눈물을 잊지 못하네
어버이의 눈물을 잊지 않고서
이 몸은 역로가로 가고가누나

이 몸은 걷고 또 걷네, 멀고먼 길을
걸음걸음 슬픔을 덧쌓아가며
어버이 그리여 멀리서 절 드리며

새해의 장수강녕 바라옵니다.


# 二月十日五言絶句一首

新風動地起, 趣利小人多.
巧邪如是盛, 人事可奈何.


## 2월 10일 오언절구 한수

무슨 바람 불어서
리득에 눈어두운자 이리도 많으냐
간사한 놈만 늘어나는 판이니
이 세상 일 어이하면 좋단 말이냐!


# 二月十五日七言詩一首

誼爲情弟學同門, 幸接芳園成一村.
三春行樂花前蓋, 半夜清談月下樽.
當年綵服慶椿地, 是日靈輀殘草原.
珍重形容無復覩, 悲風凄雨又黃昏.


## 2월 15일 칠언시 한수

형제 같은 정의로 한 스승을 모시였고
그대 댁과 이웃하며 한 마을에 살아왔네
삼촌봄날 꽃구경도 함께 즐겼고
야밤까지 이야기하며 달 아래 잔 들었지
지난날 채의 입고 아버님 축수 하던 곳
오늘은 령구차에 마른 풀밭 찾아가네
진중한 얼굴모습 다시는 볼수 없고

스산한 비바람에 황혼이 든다.

## 二月二十日五言詩一首

夜色冷如許, 山齊靜不喧.
焚香依小幾, 把卷坐黃昏.
燭盡三條焰, 雪餘六出痕.
恨無王子訪, 願與古人言.

## 2월 20일 오언시 한수

랭기가 스며드는 사늘한 밤빛
산간집은 고요속에 잠겨 있어라
염향하고 탁상에 의지하고서
책을 들고 황혼까지 앉아있다네
초불을 세대 불꽃 다시 잇고
눈송이는 여섯꽃잎 흔적 남기네
왕자*가 찾지 않아 유감이거니
옛사람 마주하고 말하고싶어라.

---

* 신선 왕자교(王子橋)를 이름.

## 二月二十二日七言詩二首

當今好學者其誰? 奎月西天■墨池.
主人新韻雲生朶, 才子前程花滿枝.

琴書夜冷江聲濕, 講樹春深風色吹.
莫恨國文無所用, 昇平時節後人期.

## 2월 22일 칠언시 2수

지금도 글공부에 열중하는이 넌고
별도 달도 기울건만 묵지는 젖네
주인의 새 글귀에 구름송이 피여나고
선비의 앞길은 가지마다 꽃송일세.

거문고도 타고 글도 읽는 밤 강물소리 세차고
늦은 봄 봄바람은 나뭇가지에 불어스치네
국문이 쓸모없다 한탄말것이
태평세상 돌아오면 후진들 즐겨보리.


## 二月二十二日後前韻再吟

當途驥步許馴誰? 他日龍腮非小池.
不妨天涯酬瓊韻, 要將驛路寄梅枝.
枌柚古洞惟絃誦, 楊柳遠城休笛吹.
一二吾孺同學意, 四三更月憶歸期.


## 2월 22일 앞의 운을 따라 또 읊노라

길떠난 천리마를 뉘라서 길들이랴
뒤날에 룡노닐 곳 작은 못 아니라네
천하의 명시에 다 화답하고싶으니
먼길을 가더라도 매화가지 부쳐주게
두메산골 벽촌에서 노래 부를지언정
번화한 도시에서 피리 불지 않겠노라
한둘 동학들과 공부하던 정 깊거니
해와 달 바뀔수록 돌아가고싶은 마음.

## 二月二十四日五言詩一首

明沙數里野, 踽踽獨行時.
歲晏冰猶結, 沙輕風欲吹.
寒烟孤柳渡, 落日斷橋陂.
欲識春生理, 拭看秋草靡.

## 2월 24일 오언시 한수

흰 모래 깔린 긴긴 들길을
나 홀로 타달타달 걸어가노라
해 저무니 얼음도 얼어붙고
모래 날리는 바람 일려나
쓸쓸한 나루가엔 연기 서리고
다리너머 언덕으로 해 떨어지네
봄날의 생기를 만끽해보려고
지난해 묵은 풀을 뒤져보노라


## 四月一日五言詩一首

村深地僻行人少, 茅屋蕭條似隱家.
黃梅時節遠山雨, 綠草池塘終日蛙.
閑來多種陶翁菊, 醉後謾鋤邵氏瓜.
倚檻浪吟天欲暮, 却將草史記年華.

## 4월 1일 오언시 한수

외진 마을이라 길손 드문 곳
쓸쓸한 초막은 은둔자의 집같네
장마철 먼산엔 장대 같은 비발
풀 우거진 련못에는 개구리 울음소리
한가하면 도연명의 국화를 심고

술 취해선 소평 외밭 기음을 매네
문에 기대 시를 읊다 날이 저물면
내가 쓰는 야사에 년대를 적어넣네.


## 四月二日五言詩一首

滄海東頭雨欲晴, 歸雲流水是閑情.
紅塵隨處殘花事, 綠樹深村好鳥聲.
便賦新詩酢逸興, 自傾芳酒慰平生.
無人與語同盟約, 曲徑小溪咏獨行.


## 4월 2일 오언시 한수

푸른 바다 동편에 비가 개려나
뜬 구름 흐르는 물 한가론 정경일세
속세는 어디에나 꽃지는 일 있고
나무숲속 마을에는 새소리 정답구나
시 한편 지어서 소탈한 흥취에 보답하고
저절로 술따르며 한평생을 위로하리
그 뉘와 만나자는 언약도 없었으니
시내가 오솔길을 홀로 가며 시를 읊네.


## 四月四日七言絶句一首

我有一生山水癖, 賞游日日踏靑來,
狂吟詩酒臥雲塔, 喜把魚竿上釣臺.


## 4월 4일 칠언절구 한수

내 한평생 록수청산 즐기여

날마다 풀밭을 거니노라
술 마시고 시 읊으며 구름탑에 누워도 보고
낚시대 들고 낚시터로 나가기도 하노라.


## 四月十三日與同儕游於龍淵, 口占數句, 因題磐石云

放鶴德下電巖上, 中有靈區名龍淵.
平平磐石五六里, 多少奇迹自天然.
仙人游處馬蹄印, 道僧過後錫杖雕.
西巖左右盡紅葉, 暖風遲日客逍遙.
數仞石塔何人築, 落花寂寂鳥聲來.
千載雲悠游龍疊, 五更月明滿月臺.
游比浩蕩綠陰潤, 況復淸明四月天.
奇離屏前多魚鳥, 雨傘峯頭收雲烟.
水水波暖魚極樂, 林林花落鳥能言.
谷深或月漁樵人, 地癖元無車馬喧.
寒流白石十分淨, 瑤草奇花四時好.
是亦人間別乾坤, 何必尋眞蓬萊島.
今日無雩咏歌入, 當年石室讀書身.
暇日淸游雖山水, 有時一念出風塵.
日暮却尋下山路, 靑陰曲路八九人.


## 4월 13일 동배들과 룡연을 노닐며 구점 몇구를 반석에 쓴다

방학덕아래 면암에 오르면
룡연이라 부르는 신령스런 곳 있네
오륙리 잘되는 평평한 반석우에
기이한 흔적 많이도 남아있어
신선이 놀던 곳에 지팽이 새겨있네
서쪽 바위 두리엔 서단이 널렸는가

따스한 바람속에 유객들 노니느냐
소소리 높은 석탑 그 누구 쌓았느냐
소리없이 꽃은 지고 새소리만 들리네
천년 세월 구름은 룡루를 스치고
오경이면 달빛이 만월대를 비추도다
실버들 너울너울 록음은 윤택나고
황차 또한 맑은 날씨 사월의 하늘
기리병앞에는 물고기도 새도 많고
우산봉 꼭대기엔 안개가 걷히도다
따스한 내물에선 고기들 헤염치고
꽃지는 수풀마다 새들의 노래소리
깊은 골안엔 어부나 초부 있는지
외진 고장이라 거마 소란없네
흰 바위우로 흐르는 물 맑고맑아
기화요초 사시장철 아름다워라
예가 바로 인간세상 별천지이거든
봉래섬을 더 찾아 무엇할거냐
오늘 우사대에 춤추고 노래하며 들어가노니
지난날 석실에서 글읽던 사람이라네
한가론때 산과 물에 노니느라면
때로는 속세를 떠난듯한 생각드네
날저물어 산길을 내려가노니
오불꼬불 그늘진 길에 여덟아홉사람.


# 六月二日五言詩一首

西渡醉眼恢, 中天星幾回.
遠尋知己會, 喜看經筵開.
劍氣江聲入, 琴心山色來.
從客中有事, 往往問奇才.

## 6월 2일 오언시 한수

두만강 건너와 취했던 눈 펀뜻 떴네
그동안 하늘의 별들은 몇번 떴다 졌느뇨
멀리 와서 벗을 찾아 만나보니
반갑게도 서당을 차려놓았네
무지한 티를 강물에 씻어 보내는대로
거문고에 담긴 마음 청산같이 푸르러가리
태연한체 하지만 품은 생각 있어서
때때로 뛰여난 인재없나 물어보노라.


## 六月二十二日五言絶句一首

三江賦遠游, 千里獨相求.
我自芝山下, 雲歸啼鳥愁.


## 6월 22일 오언절구 한수

세 강*은 한데 모여 흘러가건만
천리밖에 온 나는 홀로 벗을 찾노라
푸른 산을 내리며 듣노라니
저물녁 새울음은 구슬프구나.

---

* 세강은 두만강, 동성용강(東盛湧江, 지금의 해란강), 지국자강(地局子江, 지금의 부르하
통하)를 말함.


## 七月二十五日七言絶句一首

陰雨霏霏江上村, 滿遠秋草不開門.
依案坐數簷頭水, 天地茫茫日色昏.

## 7월 25일 칠언절구 한수

강촌엔 부슬부슬 궂은비 내리고
대문 닫힌 뜨락엔 가을풀 무성하구나
탁상에 기대여 락수물 세니
하늘땅 망망한데 해는 저무네.


## 八月一日五言詩一首

寒流雙浦間, 小齋淸且閑.
中有遠來客, 環四皆靑山.
日日記野史, 寂寂門常關.
有詩我自吟, 有酒我自斟.
無人語心事, 默坐聽林禽,
一無適俗韻, 有誰肯相尋?
出門又長嘆, 江山非我土.
鱸蓴自秋風, 天地方暮雨.
豈不懷歸家? 畏此百羅苦.
蜂蠆尤逞毒, 狐鬼方媚行.
空垂新亭淚, 獨坐浣江聲.
縱橫計不就, 慷慨意有淸.
空山木葉落, 落日坐讀兵.


## 8월 1일 오언시 한수

찬물은 언덕사이를 흐르고
작은 집은 조촐하고 한적하여라
먼곳에서 찾아온 손 여기 살고
사면은 푸른 산 둘리였네
날마다 야사만 적다보니
쓸쓸히도 문은 노상 닫혀있네

시가 떠오르면 나홀로 읊고
술이 생기면 나절로 따른다네
마음 나눌 사람도 없으니
묵묵히 새소리만 앉아 듣노라
세속과는 조금도 어울림 없어
그 누가 날 보러 찾아올가?
대문을 나서면 장탄식이니
이 강산은 내 고장이 아니기때문
추풍 인다 농어회 순채생각*
이 천지에 저녁비가 내리고있네
내 어이 집생각이 없으리오만
천백가지 그물코가 두려웁구나
벌떼는 독살을 더 부리고
여우는 둔갑하고 달라붙네
헛되이 시정의 눈물만 흘리여
홀로 앉아 강물소리 듣노라
꾸미는 일 뜻대로 되지 않아도
강개한 의기는 참으로 깨끗하여
빈 산에 나뭇잎 지는 시절
지는 해 바래며 병서를 읽네.

______________________

* 이 시구는 진(晉)나라의 장한이 로령으로 관직에서 물러났다는 전고에서 연유함.


## 八月三日雜言詩一首

哀哀父母, 生我劬勞.
遷之燥濕, 以乳以袍.
養至八歲, 命入鄕塾.
誦詩學書, 奄過十六.
又就外傳, 七年游讀.

父兮資糧, 母兮裁服.
非父何學? 非母誰育?
欲報其德, 昊天無極.
我生我生, 遭此荊棘.
寸心未報, 征南征北.
人皆近侍, 我何不得.
密密衣縫, 母恐歸遲.
懲忿慎言, 父命在玆.
今我生日, 心實感悲.
陟岵陟北, 白雲南望.
哀哀父母, 思我不忘.
思我不忘, 倚門倚閭.
云胡不歸? 歸歟歸歟!
秋露凄凄, 我生之辰.
惟余小子, 萬不逮人.
放浪形骸, 奔逐風塵.
不定不省, 游又無方.
況此世路, 空遺憂傷.
我生之日兮, 我歌且長.

胡不歸胡不歸? 父兮母兮景入楡桑.
掃淵菴而置床兮, 積千聖之萬言.
中有我而閑坐兮, 茶初熟而酒溫.
水清清而山高兮, 對松月其開門.
宜妻子之湛樂兮, 同友人而討論.
登咏壇而鼓瑟兮, 臥脆亭而傾樽.
我有是而不樂兮, 土地屬于誰乎?
彼犬羊之橫行兮, 奈狐兎之踐踏?
軾越蛙而願報兮, 得韓盧以欲走.
復我東之舊疆兮, 樂其樂而供父母.
胡不歸胡不歸? 父兮母兮安康否?

## 8월 3일 잡언시 한수

슬프도다 부모님

이 몸을 낳으시여

진자리 마른자리 골라 눕히며

젖먹이고 감싸서 키우셨네

여덟살나는 해에

촌서당에 붙이니

시서를 읽는 동안

열여섯살되였다네

외지스승 모시게 하여

7년 공부 시키셨네

아버님 량식 장만하시고

어머님 옷을 지어주셨네

아버님 아니더면 어이 공부하며

어머님 아니더면 어이 자랐으랴

그 은덕을 갚자 해도

호천이 막극해라

나는 지금 한평생

가시밭길 헤매이네

촌심도 못갚고서

남정북정 헤매누나

남은 다 어버이를 가까이 모시는데

왜 나만은 그렇지 못한가

한뜸한뜸 바느질하며

어머님은 나를 기다리시고

말마다 조심하라

아버님은 나를 단속하시네

오늘은 나의 생일

마음 실로 쓰리구나

험한 길 걸으며

어버이 그리여 남쪽을 바라보네
슬프도다 부모님은
나를 잊지 못하시니
나를 잊지 못하시고
문에 기대 기다리리
어이하여 못돌아오냐
돌아오라! 돌아와!
가을이슬 차겁구나
나의 생일 이날에는
불초한 나만은
사람구실 못하고
방랑하는 이 몰골
풍진속을 헤매이네
정처없이 향방없이
떠돌고 또 떠도네
이 세상 인생길엔
설음밖에 더 없노라
나의 생일 이 날에는
노래도 길어지네

왜 안돌아가느뇨 왜 안돌아가?
아, 아버님 어머님 계시는 고향–
바닥 쓸고 침상을 놓은 방안
하많은 성인들의 서적을 쌓아놓고
한가운데 내가 있어 편안히 앉았노라면
차도 끓고 술도 더워났었지
산 좋고 물도 맑은 고향
문열면 소나무우에 달이 걸린 밤
처자들 기뻐하는걸 보며
벗님네와 마주앉아 담론도 하고
영단에 올라가 거문고 타고

취류정에 앉아 술잔도 기울였었지…
내 그전때조차 기뻐하지 않았노라
내 나라 땅 뉘 손에 들었는고?
개놈들이 횡행하며
여우토끼 짓밟는걸 어이하랴
월와에 허리굽혀 갚으려 하고*
한로를 구하여서 쫓아버리리*
우리 해동 옛강토를 다시 찾으면
기꺼움 그 즐거움 어버이께 드리라
어이 아니 돌아가랴 안돌아가랴
아버님 어머님 안강하시온지?

---

* 월와(越蛙)는 월나라의 개구리이며 식(軾)은 춘추시기의 전차의 상자앞에 가로 댄 나무임. 식에 의지해 허리를 굽히면 대방을 존경함을 뜻한다. 월나라 왕 구천(句踐)이 오나라를 치러 나서는데 성난 개구리가 보였다. 그는 식에 의지해 허리를 굽혔다. 그것은 무지한 미물도적앞에서 노기등등한것을 긍정적으로 받아들여 존경을 표시한것이다. 월왕의 식월와의 해석을 듣고 군사들은 싸움판에서 목숨을 내걸고 싸웠다는데서 군졸들의 사기를 격려하는 전고로 씌여왔다.

* 한로는 전국시기 한나라의 좋은 개다. 이름은 로 또는 자로(子盧)라고 한다.


# 八月七日騷體詩一首

詩言志而永歌兮, 對靑山執古書.
非我心之養生兮, 日復日再三梳.
唯世人之除髮兮, 獨吾生而愛髮.
受身體於父母兮, 畏吃嚙之蚊蝎.
吾孺道之窄窄兮, 神農禹憂已役.
憶掛冠之東門兮, 將懸頭於北闕.


# 8월 7일 소체시 한수

포부를 시로 엮어 길이 읊으며
푸른 산 마주하고 옛책을 들었노라

맘속으로 기르자고 한것은 아니건만
날마다 빗고 빗고 또 빗노라
세상사람 머리를 빡빡 깎는 때에
나만은 머리칼을 아끼고 아끼노라
부모님 낳아주신 귀한 몸이거늘
어이 모기나 전갈에게 뜯기랴
우리가 살아갈길 좋아지기만 하네
신농씨 하우씨는 가고 없는데
동문에 갓 걸었던 일 회억하노니
나는 나의 머리를 북궐에 걸리로다.


## 八月十五日騷體詩一首

長歌發兮天中節, 有酒有肴兮味且洁.
家家省墓兮掃石碣, 祭祖先兮樂諸侄.
來聚游場兮男欣女悅, 吁嗟遠客兮單子子.
棄親離墓兮奔逐風塵, 我思東歸兮如此良辰.
如此良辰兮百倍思親, 登高處兮嘆少一人.
心之憂矣兮物亦感神, 風蕭蕭兮葉陳陳.
夜久坐兮月輪低, 雁南飛兮復鳥啼.
酒滿壺兮醉似泥, 我且歸兮路不迷.
歌正長兮聽鄰鷄.


## 8월 15일 소체시 한수

긴 노래 부르노라, 천중절날*
술도 안주도 맛좋고 정갈코나
집집이 성묘하고 비석쓸며
조상에 제지내 조카들 기뻐하네
놀이터에 모인 남녀 기꺼워하는데

이역에 온 이 몸만은 외톨이로다
친척도 선영도 버리고 풍진에서 헤매노니
이런 날 이런 때엔 고향이 그립구나
이런 날 이런 때엔 고향생각 간절한데
높은데 올라보면 내 자리는 비였으리*
울적한 마음이라 보이는건 다 서글퍼라
바람이 설렁대니 나뭇잎 설레이네
밤에 오래 앉았으면 달도 기울려는가
기러기떼 날아가고 까마귀 슬퍼우네
술병 기울이며 곤죽되게 취하거니
아, 고향으로 돌아가는 길 잃지 않았노라
긴 노래 부르고 또 부르는데
이웃집 닭우는 소리 들려와라.

______________

* 천중절(天中節)은 단오명절인제 중추절(仲秋節)의 오기(誤記)인가 한다.
* 당조시인 왕유(王維)의 ≪九月九日憶山東兄弟≫에 登高處와 少一人이란 말이 있다.


# 八月十八日五言詩一首

自顧已過事, 吾今有奕焉.
誰知心上意, 便失性中天.
見顯隱微地, 視瞻幽獨筵.
身如陷不義, 雖死孰爲憐?


## 8월 18일 오언시 한수

스스로 지난일을 돌아다보면
이제금 이내 마음 연약해지네
내 맘속 품은 뜻을 그 누가 알면
영낙없이 천성을 잃게 되리라
은밀한 사사일 드러낸다면

한적하고 외로운 자리만 보리
한 몸이 불의에 빠지게 되면
죽은들 뉘라서 불쌍히 여기리오.


# 八月二十一日五言絶句一首

此物緣何事, 本意非好師.
山齋秋寂寂, 遠客雁南時.

## 8월 21일 오언절구 한수

이것이 무슨 일로 이러한거냐
훌륭한 스승이 본의 아닐세
산간집에 가을기분 적적한데
먼곳 손이 기러기떼 바래노라.


# 八月二十二日七言絶句一首

滿天風雨最蕭蕭, 一點秋燈耿耿霄.
短衾高枕終無寐, 八月江西萬木凋.

## 8월 22일 칠언절구 한수

온 하늘에 비바람 스산하고 쓸쓸한데
가을장밤 한점의 호롱불 깜박이네
짧은 이불 높은 베개 잠 이루지 못하는데
강서에서는 팔월이면 만목 락엽이 우수수.

## 八月二十三日五言詩一首

千里人北渡, 八月雁南征.
時時望天末, 何處是鏡城?
我家月山下, 明月夜從容.
知有不變者, 籬菊與窓松.
居然歲雲暮, 幾待主人回.
風前葉自茂, 霜後花須開.
擧目山河異, 蕭蕭江上楓.

## 8월 23일 오언시 한수

천리길을 걷고걸어 북국에 건너오니
8월에 기러기떼 남으로 날아가네
이따금 하늘끝을 쳐다보네만
경성은 어디에 있노
고향집은 달뜨는 산아래 있어
밤새도록 밝은 달 비쳐주리라
울밑의 국화며 창문밖의 소나무는
변함없이 예대로 싱싱하지만
덧없이 흘러가는 올해도 저물어
주인 돌아오길 기다리고있겠지
소나무 바람맞아 이파리무성하고
서리 내리면 황화꽃 피겠지
둘러보니 여기는 낯설은 이역
강언덕 단풍도 서글퍼 보이네.

## 八月二十四日七言絶句一首

悲風落日過林邱, 白紵寒衫不勝秋.
皮服毛冠今世界, 如吾儀者果其誰?

## 8월 24일 칠언절구 한수

바람부는 황혼에 수풀지나노라니
흰 모시 한삼으로 못견딜 가을추위
갖옷에 털모자 행세하는 세상에
나 같은 거동이 얼마나 되노?


## 八月二十五日七言詩一首

雙浦之間一兩村, 家家烟氣又黃昏.
年光棄我絃催矢, 世路連山車析軒.
秦巷非時偶語者, 楚江落日獨醒原.
親朋若問吾行色, 破網弊冠不變言.


## 8월 25일 칠언시 한수

강언덕에 자리잡은 두서너마을
집집이 연기이는 저물녘이라
세월은 날 버려도 줄은 살을 재촉하니
인생길 첩첩청산 수레마저 부서지누나
진항(秦巷)에서 시국비난 우연한 말이였고
초강(楚江)에서 해저무니 홀로 본원 깨닫네
친구들이 내 행색 묻거들랑
망건은 헐었어도 말만은 변함없다고.


## 八月二十六日七言詩一首

所看絆身歸未得, 蕭條關塞苦居留.
人亡邦瘁天何意? 雨濕風寒我獨愁.
梅笛三更惟皓月, 鱸蓴千里又淸秋.

每歎日記無歡日, 擧日時時悲楚囚.

## 8월 26일 칠언시 한수

시끄러운 일 많아 돌아가지 못하고
쓸쓸한 변방에서 고생스레 살아가네
사람 죽고 나라 병드니 천의가 왜 이럴고?
비에 젖고 바람찬데 나홀로 시름하네
야삼경 달밝은 밤 피리소리 들으니
고향 천리 맑은 가을 그리웁구나
날마다 글은 써도 기쁜 날 없고
두눈에 보이는건 망국노된 겨레뿐.

## 八月二十七日五言詩一首

秋天霽宿雨, 家家築場圃.
南畝載禾黍, 東滿載稷稌.
老農聚相語, 我家多虛瘐.
今年僅糊口, 租稅輸官府.
此地獨蟲災, 他坊期含哺.
今聞本國農, 山野皆免凶.
蕓窓罷書讀, 余亦喜相從.
云云亦何爲, 時與醉客逢.
東鄰有婚家, 十千斗酒濃.
言罷遠相去, 遙聽雁嗈嗈.
入門記野史, 山齋自從容.
忽復狂歌放, 江上靑數峰.

## 8월 27일 오언시 한수

밤새껏 내리던 비 그치니

집집이 떨쳐나 탈곡장 닦네
앞들에선 벼와 기장 걷어들이고
동쪽 골짜기에선 피와 찰벼 실어들이네
늙은이들 모여앉아 하는 말
우리 집 곡식창고 많이 비였다네
관가에 조세를 바치고나면
올해에는 입에다 풀칠이나 할는지
이고장엔 충재가 들었는데
딴데 가면 배나 불릴는지
듣자니 올해의 본국농사는
산이건 들이건 흉년면했다오
창가에서 읽던 책 집어던지고
나도 그들의 이야기에 끼였는데
근심스런 이야기들 무슨 소용 있으랴
때마침 취한 손님 만났구나
이웃마을 잔치집은
독에 술이 차넘치더라네
이야기판 끝나서 헤여지는데
하늘에서 들려오는 기러기소리
집에 돌아와 야사를 적어놓고는
내 방에서 걱정 잊고 지내노라
아, 푸른 산 푸른 강을 마주서서
목청껏 부르는 나의 노래여!


## 八月三十日五言絶句一首

我來君所望, 相對意如忘.
不知霜露白, 但見蒹葭蒼.

## 8월 30일 오언절구 한수

그대가 바라는바 내가 왔더니
서로 보자 생각 잊은듯해라
서리가 하얗게 내린줄 모르고
싱싱한 갈대만 보일뿐이네.

## 九月一日七言絶句一首

曉來寒雪連朝白, 四面靑山一色中.
而已太陽消盡去, 好山佳氣樹叢叢.

## 9월 1일 칠언절구 한수

새벽부터 내리네 흰눈 내리네
푸르던 산들이 은산으로 변했네
하지만 해빛에 눈이 녹으니
산에는 의구히 숲들이 우거졌네.

## 九月三日七言絶句一首

夷然此笑却忘我, 萬里風烟江上收.
欲咏新詩何處好? 爲臨黃菊賞淸秋.

## 9월 3일 칠언절구 한수

흔연히 웃으며 나자신을 잊노라
긴 강우엔 연파가 걷히도다
새 시 읊기 좋은 곳 그 어데이뇨
국화를 바라보며 맑은 가을 구경하네.

# 九月五日五言詩一首

自言又自嘆, 世色近如何?
黑白變棋局, 懷襄翻海波.
我磨心上劍, 誰執意中戈?
空憤食猶減, 勞神病亦多.

## 9월 5일 오언시 한수

홀로 중얼거리며 한숨짓노라
세상형편 날따라 어떠하냐뇨
세상판국 변하는것 흑백분명해
평정할 일 생각하니 파도가 구비치네
내 맘속에 장검은 벼린다마는
함께 마음의 창을 잡을이가 뉘안고
공연한 분노에 밥맛만 떨어지니
정신도 흐리고 병도 늘어가네.


# 九月八日七言絶句一首

淸秋病骨起蕭然, 午榻坐眠如佛仙.
啼鳥寒窓歸分罷, 小爐微火起茶烟.

## 9월 8일 칠언절구 한수

맑은 가을 병든 몸 조용히 일으켜
신선같이 침상에 앉아 조으네
창가에 울던 새도 돌아간 뒤에
화로의 약한 불에 차김만 피여나네.

## 九月九日七言詩一首

獨在異鄉扶病痾, 此時此日意如何?
梅花萬國兵聲壯, 楊柳孤城笛吹多.
酒不解愁因醉睡, 心無所定亦狂歌.
巨門後麓艮峰下, 掃墓幾人登踏莎.


## 9월 9일 칠언시 한수

호올로 타관에서 병들었으니
이런 때의 심경이야 말해서 무엇하랴
겨울철 만국에선 병기소리 요란터니
여름철 외론 성엔 피리소리 구슬프네
술로도 시름 못가셔 취해 자는데
마음을 진정못해 제멋대로 흥얼거리누나
거문동 뒤기슭 간봉아래에
성묘하러 몇몇 사람 잔치밭에 오르네.


## 九月九日又吟一首

去年今日不在家, 今年今日又天涯.
明年今日安樂否? 中心家國共咨嗟.
白雲何處是親舍, 靑風江上落日斜.
他日歸園應報我, 知有籬菊滿黃花.


## 9월 9일 또 한수 읊조리며

지난해 이날에도 집에 있지 않았고
올해 이날에도 하늘끝을 떠도네
오는 해 이날에는 안락하게 지낼지
나라 걱정 집 걱정에 탄식만 하노라

어버이 그립고나 어버이집 어디메냐
청풍강우에는 지는 해 비꼈어라
뒤날 고향가면 내게 알려라
울밑의 국화꽃이 노랗게 피였다고.


# 九月十二日七言絶句一首

南方文氣北方身, 無事醉歌有酒鄰.
我國同胞二千萬, 忠肝義膽幾多人.


## 9월 12일 칠언절구 한수

남국에 뜻을 두고 북국에 온 몸
한가할 땐 이웃집 술에 취해 노래부르네
우리 나라 2천만 동포가운데
의롭고 충성한자 몇몇이나 되는고?


# 九月十三日深夜起坐咏雪

夜色愈生冷, 開門雪尚飄.
寒山已失翠, 凍浦不生潮.
何處落梅笛? 誰家碧玉簫?
不見山陰客, 如坐梁園霄.
從此松獨秀, 以今菊不凋.
寄語同學少, 莫愁寒來霄.
經冬必有暑, 過夜復爲朝.
日月豈久晦, 陰陽互相消.
春和間幾日, 憑詩歌舜韶.

## 9월 13일 깊은 밤에 일어나 앉아 눈을 읊노라

밤에는 이불마저 설렁했거늘
문을 여니 눈발은 아직 날려라
먼산은 푸른 빛 잃어버렸고
얼어붙은 나루엔 조수도 잠잠하네
어디서 들려오는 피리소리냐
어느 집 누가 부는 통소소리냐
산음의 길손은 보이지 않고
량원의 저녁에 앉았는듯하네?
이제부턴 소나무만 푸르를테니
그래도 국화는 상기 지지 않았네
함께 공부하던 친구들이여
근심말라 하늘에서 찬기운 온다고
겨울이 지나가면 여름이 오고
긴밤이 지새면 아침오기 마련이라
해와 달 어이 오래 그믐만 되랴
음과 양은 서로 만나 다투는 법이거늘
따사론 봄 언제나 돌아올런고
시를 빌어 순임금의 소악을 노래하노라.


## 九月十六日欲寐不得苦吟一首

人皆鼻雷動, 我獨耿耿時.
窓外雪月白, 城上更鼓遲.
欲寐苦不得, 難忘多所思.
慈鳥亦何意, 永夜啼聲悲.


## 9월 16일 아무리 모대겨도 잠오지 않네

남들은 우뢰같이 코고는 이 밤

나만 홀로 잠들지 못하고있네
창밖엔 눈빛 달빛 희고도 흰데
성우의 북소리 높기도 하구나
아무리 모대겨도 잠은 오지 않고
생각만 새록새록 떠오르는데
까마귀야 너는 무슨 사연있기에
밤새껏 구슬픈 울음만 우느냐.


# 九月十九日五言絶句一首

大漠孤烟直, 長江落日斜.*
日落長江白, 烟中孤棹過.

---

* 시의 앞구절은 당나라시인 왕유의 오언률시 ≪使至塞上≫가운데의 ≪大漠孤烟直, 長河
落日圓≫두 구를 빌어온것 같다.


## 9월 19일 오언절구 한수

사막엔 외줄기 연기 곧추 숫고
긴 강엔 지는 해 비꼈어라
해지니 강물은 희게만 보이고
연기속에 외론 배 지자가도다.


# 九月二十三日五言絶句一首

江山時漸肅, 雪白北風寒.
試看孤松秀, 依然春色繁.

## 9월 23일 오언절구 한수

강산은 차차로 쓸쓸해지고

눈바람 사납게 기승부려도
홀로 선 저 소나무를 보라
의연히 봄빛을 띠고있지 않느뇨.


## 九月二十五日借唐詩韻隨筆題六字詩二首

心常馳入戰國, 意雖在樂魚樵.
世色日變又甚, 物理榮則必枯.


末計訪仙無圖, 初意入山爲樵.
理有碩果不食, 世與秋草同枯.


## 9월 25일 당시의 운을 빌어 6언시 두수를 쓰노라

마음은 언제나 싸움터로 달리노라
어부나 초부될 뜻 품기는 하면서도
세상이 날마다 험악해지지만
뻗고뻗던 넝쿨도 시들 때 있지 않더뇨

신선을 찾자던 말책도 허사로 되었네
처음엔 초부될 생각도 했건만
큰 과일 만나도 먹지 않더니
이 세상도 가을풀같이 시들 때 있으리라.


## 九月二十六日秋懷

滿地陰雲凍不收, 蕭蕭風葉已經秋.
客心無逐年華老, 日暮關山人獨愁.

## 9월 26일 가을의 회포

하늘엔 서린 구름 가실줄 모르고
쓸쓸한 바람에 락엽지는 가을
나그네맘 늙어감을 쫓지 못하니
해 저무는 이역에서 홀로 시름 하노라.


## 九月二十六日悲秋詩

秋雲渺渺秋風起, 送秋秋天天亦寒.
已覺秋窓秋欲盡, 秋樹孤村葉語酸.
三更不寐五更起, 蕭蕭客枕秋夢殘.
秋風不爲吹愁去, 耿耿秧燈秋夜長.
秋天起吟秋聲賦, 那堪風霜助凄凉.
九月邊天已秋雪, 五更今夜下秋霜.
霜雪中有經秋客, 坐抱秋氣題秋辭.
爲何秋窓挑殘燭, 殘燭搖搖秋影移.
天下幾人知秋否, 時是志士感秋時.
誰家寒枕無秋思, 何處深園無秋聲.
秋欲去盡思不盡, 江城秋夜鼓角鳴.
不知秋思何時已, 春和消息百花明.


## 9월 26일 가을을 슬퍼하여

가을구름 아득하고 가을바람 이는데
가을을 보내노니 가을날씨 차겁고나
가을창가 느껴보자 가을은 다 지나가고
외로운 마을 가랑잎 지는 소리 애처롭네
3경까지 잠못들다 5경에 깨여나니
서글픈 베개가엔 가을꿈 남았는가
가을바람 내 시름을 불어가지 못하는데

가을등불 가물가물 가을밤도 지리해라
가을날 일어나서 가을소리 읊노라니
처량을 더해주는 바람서리 견딜소냐
9월의 하늘가엔 가을눈이 내리였고
오늘밤 5경에는 가을서리 내리였네
눈서리를 맞고있는 가을 나그네
가을기운 앉아안고 가을노래 짓노라
어이하여 가을창의 초불 불똥 통겨버리냐
불꽃따라 흔들리네 불꽃 그림자
가을을 아는이가 이 세상에 몇몇이뇨
지금은 지사들이 가을을 느낄 때더라
그 뉘의 베개가에 가을 심사 없으랴
어느 깊은 뜨락에 가을소리 없으랴
가을은 가려 해도 생각은 가실줄 모르는데
강성의 가을밤 고각소리 들려와라
가을의 회포는 언제나 다할는지
봄이 오면 백화가 만발하리라.


# 九月二十七日七言絶句一首

深巷日斜烟火稀, 半薦風動雪花飛.
一枝棲息宜何處? 時看疎林夕鳥歸.


## 9월 27일 칠언절구 한수

해지는 골목에 밥짓는 연기 성긴데
문밖에 바람불어 눈송이 날리여라
가지를 가리여 앉던 새들도
저녁이라 보금자리 찾아가도다.

## 十月二日五言絶句一首

終日看山巓, 望春不見春.
偶讀性理說, 春在底個仁.

## 10월 2일 오언절구 한수

종일토록 남산만 쳐다보며
봄을 기다려도 봄은 아니오네
우연히 성리학 읽어보니
봄은 어질 ≪인≫자에 있었구나.

## 十一月十日五言絶句一首

一陽始生日, 萬物初動時.
欲識消長理, 試看盈虛期.

## 11월 10일 오언절구 한수

일양(一陽)이 처음으로 자라는 날
만물이 처음으로 소생할 때라
지고 크는 리치를 알려 하거던
차고 비고 하는 때를 보아야 하리.

## 十一月十一日五言詩一首

夢臥大江邊, 夜闌水聲平.
時與澹溪會, 晞迷欲曙天.
身上着青襦, 輪車亦在前.
坐閱山水綠, 儀表自天然.
看得抱琴句, 楚山吳江連.

忽然起罷夢, 疑坐水府仙.
瞻前復顧後, 淸儀如在筵.

## 11월 11일 오언시 한수

꿈에 큰 강가에 누웠는데
밤도 깊어 물소리 고요해라
때마침 담계와 만났는데
벌써 희붐히 날이 밝네
몸에는 검은 저고리 입고
바퀴차도 앞에 서있네
앉아서 산수록을 보는데
의표는 스스로 천연적이라
≪거문고 안고≫라는 글귀를 보니
고향은 달라도 마음 서로 통하나봐
갑자기 꿈을 깨니
룡궁에 앉은 신선 같구나
앞뒤를 돌아보니
청아한 자태 연석에 앉은듯해라.


## 十一月十五日七言詩一首

時余留於延吉廳東谷, 地名雙浦洞, 與二三學業者危坐小齋, 安過炎凉,
名其齋曰回陽. 蓋扶揚抑陰底意思也. 是午有詩題齋壁雲.


冬至已過春又回, 回陽齋上一陽來.
已知進退否爲泰, 自此消長地有雷.
小浦雲光初霽雪, 寒山風氣乍動梅.
至今俗記西行日, 江雪霏霏草滿堆.

## 11월 15일 칠언시 한수

이때 나는 연길청 동곡(東谷), 지명은 쌍포동(雙浦洞)이라는 곳에 머물러
있었다. 몇몇 글을 배우는 사람들과 함께 작은 서재에 정좌하여 염량을 편안
히 보냈다. 그 서재를 회양(回陽)이라 이름했는데 양을 부축하고 음을 억제한
다는 뜻이다. 이날 낮에 시를 지어 벽에 썼노라.

동지가 지나 다시 봄이 돌아오니
회양재엔 일양(一陽)이 오리라
진퇴를 알았으니 비운은 행운 되려니
이제부터 소장(消長)하여 천둥이 운다
개울가의 구름빛에 눈이 개이고
차거운 산바람에 매화꽃 움트누나
이제금 서행길 떠날려고 서두르는데
강에 내리는 눈 풀무지 휘뿌리네.

## 十一月二十日五言絶句一首

不知忠正公, 看此九莖叢.
眞節飛霜白, 孤心貫日紅.

## 11월 20일 오언절구 한수

충정공을 알지 못했더니
아홉무지 혈죽을 보았어라
절개는 서리발인양 깨끗하고
외론 마음 해빛을 가리웠네.

## 十一月二十日因感李俊之死於海牙, 遂爲之詩曰

人必皆惡死, 君獨不愛生.
當日裁判席, 扶義吐血情.
痛哭兩三日, 國事終不成.
抽刀揾胸脅, 披肝濺血精.
鳴呼君死否, 萬國有風聲.
此死知不死, 大義千秋明.
生者今無地, 死者反爲榮.
欲招死者魂, 弔此生人名.
此生良足恥, 古離風雪程.
同胞二千萬, 幾懷此忠眞.


## 11월 20일 헤그에서 돌아간 리준의 장거에 감동되여 시를 읊노라

사람은 누구나 죽기를 싫어하건만
그대만은 삶을 아끼지 않았더라
그날 그대 재판받는 자리에서
정의를 지켜서 혈정을 토했더라
이삼일 괴롭게 통곡했건만
나라일 좀체로 이룩하지 못했어라
그대는 칼을 뽑아 제 가슴 쿡 찔러
쏟아지는 선지피를 만장에 휘뿌렸네
아, 그대는 정녕 죽어갔는고
만국을 한바탕 들썽하게 하였더라
그대를 어찌 영영 죽었다고 하랴
의로운 큰 뜻은 천추에 길이 빛나리라!
산사람은 이제금 몸둘 곳 없건만
죽은이는 오히려 영광하여라
죽어간 그대 넋을 애달프게 부르는데
산사람 이름을 조문하노라
이런 삶은 진정 수치스럽거니

풍설과 더불어 지루하게 지내리라
이천만 동포들 꼼꼼히 생각해보시라
동포여, 이천만 동포여
그 몇이나 상금도 충정을 품고있으랴.


# 十二月十三日五言詩一首

我在與誰同, 狂歌向晚風.
江山寒雪白, 天地夕陽紅.
念上冰斯冷, 胸中劍獨雄.
西來今幾月, 無事歲將終.


## 12월 13일 오언시 한수

내 누구와 더불어 함께 있느뇨
밤바람 맞으며 마음껏 노래 부르네
차거운 강산엔 흰눈 덮였는데
하늘땅 비추는 저녁해 붉기도 하네
생각우의 얼음은 차디차건만
가슴속의 장검은 날파람 이네
간도땅 밟고 온지 몇 달이던고
속절없이 이 해도 저물어 가네.


# 庚戌一月一日五言詩一首

去年羅南客, 今日江西人.
人皆喜佳節, 我獨悲良辰.
離家半千里, 又見一年春.
國淚兼家思, 痛餘兩三卮.
酒本忘憂物, 不醉將何爲.

忽焉詩歌發, 詩非愛吟時.
爲持一樽酒, 遠慰諸同胞.
迨玆獻歲後, 一心會結交.
一心斯爲國, 共登烟花郊.


## 경술년(1910년) 1월 1일 오언시 한수

작년에는 라남객이였건만
오늘은 간도사람 되었구나
사람마다 명절날 기뻐하건만
나만은 좋은 날을 슬퍼하노라
집떠나 반천리 타향에 와서
또다시 새봄을 맞이하누나
나라 일 걱정되여 눈물 홀리고
집생각 떠올라 술만 마시네
술은 본시 근심걱정 가셔주건만
어이하여 술마셔도 취하지 않나
시흥이 문득 일어 노래부르니
시국 좋다 읊조림이 시가 아니네
이 술 한잔 진정으로 고히 부어서
먼곳의 겨레들을 위로하나니
마침 해를 보낸 지난 기회를 타서
한마음한뜻으로 내 나라 위해
우리 함께 연화교에 오르자구나.


## 一月八日五言絶句一首

何遠登高去, 冰山行路難.
行行莫進徑, 大道常安安.

## 1월 8일 오언절구 한수

먼길 떠나 높은 산 넘어가려니
빙산을 지나가는 길 험난도 해라
길 멀어도 지름길에 들지를 말라
탄탄한 큰길은 그 언제나 편안하다네.

# 三月十四日七言絶句一首

立江上兮波聲長, 春草綠兮寸心傷.
思東歸兮多虎倀, 陟岵屺兮雲茫茫.

## 3월 14일 칠언절구 한수

강가에 섰노라니 파도소리 길고길어
봄풀은 파릇파릇 내 마음 슬퍼라
동녘땅 돌아가면 창귀도 많을진데
산에 올라 바라보니 구름만 오락가락.

# 三月十五日五言詩一首

出*村扶病坐, 喜雨物生時.
芳草溪邊道, 垂楊江上湄.
風光如是好, 天道自無私.
寄語韓人族, 春回枯木枝.

---

* ≪出≫은 ≪山≫자의 오기인것 같다.

## 3월 15일 오언시 한수

병든 몸 부추기며 산촌에 앉아있노라니

단비가 부슬부슬 만물이 소생하네
록음방초 우거진 강변길 바라보니
수양버들 하늘하늘 내가에서 춤을 추네
풍광은 이렇듯 좋을진대
천도만이 종래로 사심없다네
이내 말씀 들어보소 한인겨레들
고목가지에 봄빛이 돌아오리라.


# 三月十七日勸學詩

學心識路徑, 然後知所趨.
泣岐多楊墨, 如天有孔朱.
登高必自卑, 千里尺地始.
日行幾十程, 月行致千里.
一朝到實地, 事事無不宜.
若將半途廢, 可惜前工爲.
不爲學則已, 學之求實情.
鑿地水可透, 積土山可成.
須要先立志, 自將不欺心.
終始誠敬字, 求道一味深.
嗟汝挾冊者, 勤勤以力行.
力行近乎知, 知則稍就明.


## 3월 17일 권학시

심(心)을 배우면 지름길 알고
앞으로 나갈 길을 알게 되노라
기로의 눈물은 양묵탓이요
하늘처럼 밝음은 공자 주자 있음이라
높은 산은 낮은데로부터 올라야 하고

천리길도 한자부터 시작되니라
하루에 몇십리 꾸준히 걷게 되면
한달이면 천리길을 걷게 된다네
하루아침 실지에 이른다면은
일마다 마땅치 않은것 없으리
일을 하다가 중도에서 그만둔다면
지난공이 모두다 허사로 되리
배우지 않으려면 그만이지만
배우려면 부지런히 실정을 탐구하라
땅을 파야 샘물이 솟아나오고
흙이 쌓여쌓여 산이 된다네
모름지기 뜻을 먼저 세워야만이
스스로 제 마음 속이지 않느리라
언제나 시종 성실하고 존경하여라
탐구의 길 그대로 깊고도 깊네
아, 책을 끼고 다니는 사람들이여
부지런히 힘을 써서 실행하여라
힘써 실행하면 아는것과 가깝게 되고
알게 되면 조금조금 밝아지리라.

## 三月十九日五言詩一首

有誰折花來, 柳在水中哉.
不知根已斷, 藜然花欲開.
今雖有生氣, 不久將自頹.
安得接木手, 扶移善培栽.
一朝有雨露, 復見元氣回.

## 3월 19일 오언시 한수

그 뉘가 꽃을 꺾어왔는가

물속에 버들을 꽂아놓았네
뿌리가 끊어진줄 알지 못하고
꽃이 활짝 피기를 기다리누나
지금은 아직 생기가 있어보이나
오라잖아 스스로 시들어질텐데
어쩌면 접목수 정히 모시여
부축하며 잘 옮겨 심을것이뇨
하루아침 이슬비를 맞게 된다면
또다시 원기가 돌아오리라.


# 三月二十八日五言詩一首

昨夜一雷聲, 動盪萬物情.
陰崖魍魎走, 深山狐兎驚.
早起開門戶, 十分天氣晶.
遠近好風景, 左右皆春榮.
客地如無事, 詩亦偶然成.


## 3월 28일 오언시 한수

지난밤 우레소리 요란하더니
삼라만상 움찍움찍 움직이누나
음침한 벼랑엔 도깨비 달리고
심산엔 여우 토끼 놀라서 뛰네
아침일찍 일어나 창문을 여니
천기는 개이여 수정같이 맑네
원근의 풍경은 이렇듯 아름다운데
방방곡곡 그 어디나 봄꽃이 한창일세
객지에서 속절없이 세월을 보내는데
시흥 일어 우연히 시 한수 썼네.

# 四月一日五言絶句一首

中夜挑燈坐, 雲陰雨下時.
多少關心事, 意馬遠驅馳.

# 4월 1일 오언절구 한수

야밤중에 호롱심지 돋구고 앉았노라니
음침한 구름이 감돌더니 비가 쏟아지네
많고많은 관심사가 눈앞에서 아물거리는데
나의 뜻 준마인양 먼곳으로 질주하네.

# 四月五日與諸友閑談

水流山色青, 中有學詩庭.
知己來相會, 狂吟楚客醒.
小路欲何之? 朝陽山下陂.
長歌行且止, 春色獨怡怡.

# 4월 5일 친구들과 한담하다가

맑은 물 흘러 산색 푸른 이곳
시 쓰고 배우는 뜨락 하나 있네
마음을 알아주는 지기들 모여
마음껏 읊조리니 초객(楚客)이 깨네
꼬불꼬불 오솔길은 어디로 뻗었느뇨
양지바른 비탈길 거닐다가 멈추어서니
노래하며 거닐다가 멈추어서니
봄빛은 유달리 좋고 좋구나.

## 四月八日尋春

携酒偶尋春, 冠童數十人.
山色惟如古, 風光又一新.

## 4월 8일 봄을 찾아

술병들고 어쩌다 봄 찾아가네
수십명 관동들과 함께 가노라
산색은 예대로라 다름없건만
풍광은 오늘따라 더욱새롭네.

## 四月十日偶吟

斜陽芳草路, 流水落花濱.
終日獨來往, 此心知幾人.

## 4월 10일 하염없이 읊은 노래

방초길엔 석양이 비추는데
흐르는 물가에는 꽃잎이 지네
종일토록 내 홀로 바장이거니
이내 마음 알아줄이 몇몇이더뇨.

## 四月十日七言詩一首

遠客無心獨看山, 朝陽峰下鳥飛還.
千年日月暗東國, 萬里風雲動海關.
雖有奇謀無用處, 果能何策濟時艱?
仰天一笑深林去, 外面詩歌我自閑.

## 4월 10일 칠언시 한수

나그네 무심코 먼산만 바라보거니
조양봉아래로 날새들 돌아가네
천년세월 동국땅은 어둑컴컴하였더니
만리풍운 휘몰아쳐 해관땅 뒤흔드네
묘책이 있다 한들 쓸데 없거늘
무슨 묘책 이 난관 넘길수 있으랴
앙천대소하면서 깊은 숲 들어가서
모든 일을 외면하고 한가로이 시만 읊네.


## 四月十三日五言絶句一首

盈盈雙浦間, 四面皆靑山.
中有一茅屋, 絃歌終日閑.

## 4월 13일 오언절구 한수

두기슭사이 물은 철철 넘치고
동서남북 사면은 푸른 산일세
그가운데 초가집이 한채 있거니
진종일 거문고로 한가로와라.


## 四月二十一日五言詩一首

山齊柴不關, 有客頻往還.
永極自理洞, 尙訥踏募山.
龍潭亦來會, 春風談笑間.
已而各分散, 苔階履痕斑.

## 4월 21일 오언시 한수

산간집의 사립문은 닫지 않노니
손님들이 자주자주 드나든다네
영극은 리동에서 찾아왔는데
상눌은 모산을 밟아왔다네
룡담이도 날보러 와 모두 모여서
담소하는 사이에 봄바람부네
모임이 끝나 제각기 헤여지매
이끼 낀 섬돌에는 발자취만 남았네.


## 四月二十七日偶吟一首

滿天風雨入山家, 讀罷孫吳堪自嗟.
楊柳孤城羌笛亂, 扶桑千里夕陽斜.
神籌我欲坐帷也, 强力誰能挽國耶?
一片孤舟風不利, 茫茫大海問津涯.


## 4월 27일 하염없이 읊은 노래 한수

온 하늘에 찬비바람 산간집에 휘몰아치는데
손오병법 읽고나니 스스로 그 감탄 금할수 없네
양류의 외론 성엔 강적소리 어지럽고
부상에서 천만리 석양이 비꼈네
신기한 묘책있어 군막에 앉자 해도
그 뉘가 힘으로써 나라를 구한다더냐
외로운 쪽배에서 바람마저 거센데
망망한 바다에서 물가나루 찾는고나.

# 四月二十八日七言絶句一首

霏微夜雨灑寒窓, 人迹山家犬吠哤.
客枕未成東渡夢, 鐵衣聲壯松花江.

## 4월 28일 칠언절구 한수

보슬보슬 밤비는 들창을 씻어내고
인적있는 산간집에 개들이 짖어대네
나그네는 동쪽땅 꿈 꾸지도 못했는데
쇠갑옷소리 장해 송화강을 들썽하네.

# 四月二十九日七言絶句一首

雲收而霽日西天, 山下孤村起夕烟.
舍北老人無一事, 抱兒來坐小溪邊.

## 4월 29일 칠언절구 한수

구름걷고 비가 개인 서천에 해걸렸고
산아래 외로운 마을 저녁연기 하늘하늘
뒤집의 늙은이는 할 일이 없음인가
아이를 품에 안고 개울가에 앉았노라.

# 五月一日五言絶句一首

有客踏靑來, 履痕階面苔.
謾歌招隱曲, 落日遍池臺.

## 5월 1일 오언절구 한수

산책하며 푸른 풀 밟고 온 손이

이끼 낀 섬돌우에 자국 찍었네
초은(招隱)곡을 천천히 부르노니
지는 해 못가의 정자 물들이누나.


## 五月五日七言詩一首

如何此地淹留久? 客里端陽兩見過.
顧影自嘆還自笑, 擧盃能飮又能歌.
奇謀無用多奸賊, 只手難障潰大河.
幾日賦歸隨白鷺, 五湖西上是吾家.


## 5월 5일 칠언시 한수

어이하여 이곳에 오래 머물며
객지에서 단오명절 두번 보내네
그림자 돌아보며 자탄하고 저를 웃고
술잔들면 마시고 노래도 부르네
묘한 계책 많은 간적(奸賊) 어쩌지 못하고
한손으로 무너지는 강뚝 막을수 없다네
며칠이면 백로따라 돌아갈런가
오호의 서쪽에는 내 집이 있도다.


## 五月十一日七言絶句一首

學問之道別無他, 只在自修功磋磨.
成始成終誠一字, 眞工自古不求多.


## 5월 11일 칠언절구 한수

학문을 닦는 길은 딴 도리가 없느니라

스스로 수양하고 연마해야 하느니라
시작도 결말도 정성성자 하나일뿐
참된 공은 자고로 많은것 탐내지 않음일세.


# 六月一日七言絶句一首

人間行樂雖雲好, 如是不如死去早.
死生二字寄心情, 吹萬疾風孤勁草.


# 6월 1일 칠언절구 한수

인간의 향락은 좋다고 하지만
이렇듯 살자면 죽음보다 못하리라
살고 죽는 두글자는 심정에 기탁하고
몰아치는 질풍은 외로운 풀대 쓸어눕히네.


# 六月五日偶吟

危坐默忘言, 無人心事論,
陰雲欺白日, 暮雨不開門.


# 6월 5일 하염없이 읊은 노래

묵묵히 말도 잊고 도고히 앉아
세상일 론할 심사 하나 없어라
음산한 구름은 해 가리우고
저녁비는 사립문을 닫게 하노라.

## 六月二十八日五言詩一首

矯矯欲何爲, 多少龍相隨.
龍潭池章會, 龍巖李南基.
昌極玄龍圃, 尙訥朴龍洲.
龍湖車鎬均, 龍崗崔眞淳.
我亦在其中, 自號龍淵人.
如史與若弟, 一心通氣身.

## 6월 28일 오언시 한수

높이 뛴들 무엇하리오
하많은 룡들이 뒤를 따르네
룡담은 지장회요, 룡암은 리남기고
창극은 현통표요, 상눌은 박룡주라
룡호는 차호균, 룡강은 최진순
그중에 나도 있어 룡연은 내 호여라
모두다 형제같아
온몸이 한맘일세.

## 九月二十八日五言絶句一首

爲學無他得, 須從誠字看.
明春肯相見, 終始且言歡.

## 9월 28일 오언절구 한수

배우려면 그 무엇도 탐내지 말고
모름지기 정성성자 따라 보아라
명년봄에 기껍게 만나려면
시종 기쁜 말만 이야기하세.

# 十一月十七日五言絶句一首

幸登古聖殿, 得拜五聖位.
恨不終侍坐, 是乃夢中事.

## 11월 17일 오언절구 한수

다행히 옛성전에 올라가보니
다섯 성인 정중히 모셔져있네
종일토록 못 모시여 유감이거니
이것은 곧 꿈속에 있은 일일세.

# 辛亥四月二十七日七言詩一首

訪我良朋半日程, 芒鞋布襪覺身輕.
初行問路疑岐衆, 積力登山大道平.
處世須爲君子業, 隨時無作小人情.
如今叔度東溝在, 不見數旬鄙吝生.

## 신해년(1911년) 4월 27일 칠언시 한수

반나절 걸어 나를 찾아온 좋은 벗이
미투리에 버선 신고 가벼운 몸차림
길물어 초행걸음 갈림길도 많았으리
힘을 모아 산넘는데 큰길 걷듯하였어라
세상살이 모름지기 군자처럼 할것이니
언제나 작은 인정만 베풀어서는 안되리라
이제금 숙도는 동구에 있으련만
몇순을 못봤으니 로자돈을 아낀걸가.

## 五月二十四日七言詩一首

開夜深山山毓精, 伊來幾待後人情.
奇峰千里來飛鳳, 翠壁千尋環作城.
自下只看雲杳漠, 當中始覺路分明.
此行非爲求仙境, 何日鄕園樂太平.


## 5월 24일 칠언시 한수

심산속에 들 트이고 산은 정화 길렀으니
그대 와서 후세인정 얼마나 기다렸나
천리의 신기한 봉에 봉황새 날아예고
천길되는 푸른 벼랑 성벽인양 둘러있네
산아래서 쳐다보면 구름만 아득한데
한가운데 들어서니 분명히 깨달도다
이번 걸음 선경을 찾자함이 아니거니
언제 가면 고향에서 태평세월 즐길가.


## 六月二十二日讀俠義傳爲題篇頭

鐵石體難改, 桂薑性不移.
丈夫寧可死, 決不受人欺.


## 6월 22일 의협전을 읽고

쇠와 돌은 그 몸체를 못고치고
새앙계피 제 본성 못바꾸네
대장부는 차라리 죽을지언정
남들의 릉욕을 참지 못하네.

# 六月二十二日讀俠義傳又題一首

大明分明在, 奸人曲曲行.
若無眞義士, 名敎豈能成.

## 6월 22일 의협전을 읽고 또 한수 쓰노라

큰길은 분명히 펼쳐있건만
간특한 무리들은 구불구불 걷노라
진정한 인의지사 없다 하면은
정명과 교화가 어찌 이룩되리.

# 閏六月二十日五言詩一首

連日陰雨下, 太陽深蔽焉.
豈知雲掃盡, 依舊睹靑天.
森森理萬象, 皓皓月一圓.
直以心神恍, 非徒眼界姸.
人文俱宣朗, 寒暑互遞傳.
恭惟韓社稷, 幾時復得全.

## 윤 6월 20일 오언시 한수

며칠두고 궂은비 질질 내리니
해님도 깊숙이 숨어버렸네
어찌 알랴 구름이 가시여지면
예대로 푸른 하늘 보게 되려는지
삼라만상 삼엄하게 다스린다만
한바퀴 둥근달 밝고 밝으리
마음 정신 그대로 황홀하다면
눈앞에 아름다움만 보이는것 아니여라

레의교화 모두다 명랑해지고
추위 더위 서로서로 옮기여 가리
한(韓) 사직을 받들고 공경한다면
어느때고 온 나라가 부활되리라.


## 十二月十八日七言絶句一首

信知春色遍天下, 又與故人相對歡.
起望東天因敬祝, 使吾家國報平安.


## 12월 18일 칠언절구 한수

온 천지에 봄빛이 찾아왔는데
친구들과 마주앉아 즐기는구나
동쪽하늘 바라보며 삼가 비노니
내 나라 내 집을 편안케 하소.


## 十二月十九日痛論時事

俯仰乾坤醉夢寒, 兩三人影白衣冠.
中心家國有罔極, 外面詩歌任歡.


## 12월 19일 아픈 마음으로 시사를 론하며

하늘땅에 맡기고 취한 꿈 찬데
관을 쓰고 흰옷 입은 두세 그림자
마음속의 내 나라 내 집 망극하오니
시와 노래를 외면하고 마음대로 즐겨보세.

# 壬子正月一日五言詩一首

是日問何日, 天下皆知春.
道當窮時通, 人必屈處伸.
滿酌栢葉酒, 敬起祝天神.
挽回我國權, 保佑我家身.
更酌一盃酒, 慰我大韓人.
顧諟天明命*, 一向作新民.
待時者幾多, 爲事須及辰.
神檀枝生生, 仙李葉蓁蓁.
洪運人聚艮, 至德帝出寅.
而今雲誰思, 陟彼采山榛.
身雖在幽谷, 心常入風塵.
抉老來周岐, 嘗膽臥越薪.
聽芙蓉江聲, 幾人來問津.
時事兩相適, 萬物皆得新.
欣然望南天, 和氣漸氳氤.

---

* ≪顧諟天明命≫은 ≪례기(禮記)≫·<대학·강호>편에 나오는 말이다.

## 임자년(1912년) 1월 1일 오언시 한수

묻노니, 오늘은 무슨 날이냐
천하가 다 아는 춘절이로다
갈길은 막힐 때에 통하여지고
사람은 굽은데서 펴게 된다네
백엽주 술잔에 가득 부어서
경건히 천신제 비옵나이다
내 나라 주권을 만회해주고
우리 집 우리 몸 보우해주소
또다시 한잔 술을 가득 부어서
내 나라 겨레들을 위로합니다

천부적인 밝은 천성 노상보거니
종래로 새로운 백성으로 되여 왔노라
시기를 기다리여 얼마였던고
모름지기 때가 돼야 성사한다네
신단수 가지는 싱싱도 하고
신선 오얏잎들은 무성도 하네
홍운으로 사람들이 북에 모이고
지덕으로 제왕이 인도해내리
이제금 그 뉘가 생각하느뇨
저 산에 올라가서 개암따려고
몸은 비록 유곡에 있기는 해도
마음만은 세상일 걱정하노라
주나라 기산에 늙은이 모시고
월나라 섶에 누워 쓸개맛 보네
부용강 물소리 듣고있노매
나루터 묻는이가 몇몇이더뇨
시국과 가사가 바로잡히면
만물이 모두다 새로워지리
흐뭇이 남쪽하늘 바라보노니
기온은 날따라 따뜻해지네.


## 甲寅一月一日七言詩一首

新年甲寅日壬子, 南望故國路漫漫.
我本東土大韓人, 祖父母韓姻婭韓.
西渡六年爲何事, 此日關山空自嘆.
已知大勢分久合, 自古一理危則安.
陰消陽舒各有時, 日往月來無停丸.
三十三年又加一, 愧我無算老江干.
山村猶有古人風, 歲拜家家酒盃寬.

樽前百感其奈何, 新春消息雪尙寒.
百萬生靈在漏船, 三千畫馬幾桑乾.
寄語東西有志者, 好運來時結一團.

## 갑인년(1914년) 1월 1일 칠언시 한수

새해로다 갑인년 임자날에
아득히 먼 고국땅을 바라보노라
나는 원래 동국땅 대한의 사람
조부모며 인아들도 한국이란다
강 건너와 6년동안 무얼했던고
오늘도 관산에서 헛된 자탄뿐
갈라진지 오래면 모이는것 아는바니
위태하면 안정됨은 자고로 한리치라
음은 지고 양이 펴져 저마다 때가 있고
해가 지고 달이 뜨며 돌고도는 공이라네
설흔세해 지났는데 또 한해 더하거니
셈없이 강가에서 늙어감이 부끄럽네
산간마을 옛풍속이 그대로 남았으니
집집마다 세배들이 술대접을 한다네
술두루미앞에 하니 천만감상 어이할고
봄소식은 완연하나 눈은 아직 차겁고나
천백만의 산넋들이 새는 배에 올랐으니
삼천의 무장획책 몇해를 지냈던가
동서에 널려있는 지사들게 알리노니
좋은 운이 찾아들 땐 한동아리 되자구나.

## 一月十五日步月有詩

娟娟今夜月, 天上人間來.

無言步月立, 忽憶故山梅.
江南春色早, 寒梅應欲開.
不知今夜月, 幾人望故鄉.
天涯看月色, 月色同漢陽.
安得隨月影, 照去我東方.
安前千里近, 月下孤影寒.
出自望鄉臺, 欲問思君灘.
思君不可得, 悲歌又長嘆.
兒曹學舊俗, 呼馬且呼牛*.
隔墻酒歌起, 遠村燈籠浮.
物態似故園, 江山非吾州.
光武舊老在, 來說盛朝時.
于今無復覩, 荊棘滿眼愁.
入門傾餘盃, 憤淚謾吟詩.

---

* 呼馬呼牛는 ≪장자·천도≫편에 나오는 말로서 남이야 헐뜯든말든 상관하지 않는다는 뜻으로 쓰임.

## 1월 15일 달빛아래서

밝고도 부드러운 오늘밤 저 달
하늘에서 인간세상 내려왔는가
말없이 달빛아래 걷다가 서니
고향산 매화꽃 그리워지네
강남의 봄빛은 일찍하거니
겨울에 피는 매화 피였으련만
오늘밤 밝은 달 바라보면서
고향을 그리는이 그 얼마이랴
천애지각에서도 저 달빛을 보노니
한양의 월색도 다름없겠지
어쩌면 달그림자 따르고 따라

동쪽땅 내 나라를 비추어볼가
천리길도 눈앞처럼 가까울진데
달빛아래 외로운 그림자 서글프구나
망향대에 혼자 나와서
사군탄(思君灘) 어데메뇨 묻고저 하네
님 그리는 마음은 얻지 못하고
노래는 구슬프고 긴 한숨 짓네
애들도 옛풍속을 배워가지고
망아지요, 송아지요, 부르고있네
담너머 집에선 술노래 일어나고
원촌의 초롱불 바람에 흔들거리네
사물형태 고향과 다름없건만
강산만은 내 고을이 아니로구나
광무조의 로신들이 남아있거늘
조정이 왕성할 때 이야기하리라
지금에는 다시 볼수 없다만은
두눈에 가시덤불 시름겹구나
문에 들어 먹던 술잔 기울이니
분한 눈물 쏟아져 시만 읊노라.

# 六月十八日次杜工部愁詩韻

丈夫並幸一番生, 大眼通看擧世情.
前聖後賢心傳授, 上天下地理分明.
氣過勇處頻磨劒, 意到堅時便作城.
直道于今猶可想, 寧吾不進不須橫.

## 6월 18일 두보의 애수시 운을 따라 읊노라

우린 함께 일하며 같이 사는 대장부

눈을 크게 뜨고서 온 세상을 훑어보네
선성과 후현들을 진심으로 전수하고
하늘과 땅의 도리 똑똑하게 가르도다
기개 넘치고 용맹 떨치여 장검을 자주 갈며
먹은 마음 굳을 때면 성곽도 이룩되리
곧은 길만 오늘까지 생각하고있거니
전지은 못할망정 횡행은 안하리다.


## 七月三十日七言詩一首

飽食暖衣幾多人, 白紵秋衫不勝寒.
我曹本是韓種子, 父母是韓兄弟韓.
暮雨山中黑冠散, 秋風江山白衣寒.
黑冠白衣何處多, 天是大韓地是韓.
多年墾上爲何事, 悲歌落日天又寒.
生而不歸死而歸, 秋夢夜夜歸大韓.
漁歌一曲驚歲晩, 落葉蕭蕭秋氣塞.
漁夫汝亦渡江否, 豆滿一帶分華韓.
慕義山色秋氣多, 豆滿江聲劍心寒.
大韓大韓韓何在, 一片中心保有韓.
萬國兵聲落梅花, 少年毛髮驚秋寒.
循環一理秋復春, 何處靑山非東韓.


## 7월 30일 칠언시 한수

배불리 먹고 따뜻하게 사는자가 몇몇이며
가을에 모시적삼 추위를 견딜소냐
우리들은 본시부터 한나라의 종자니
부모도 한나라요, 형제도 한나랄세
저문산속 비내리고 검은 갓은 헤여졌고

산과 물에 가을바람 흰옷이 차거워라
흰옷과 검은 갓이 어디메에 많단 말고
대한의 하늘이요, 한나라의 땅이로세
여러해 간도에서 무슨 일 해왔던고
지는 해에 슬픈 노래 날씨도 차겁고나
살아서 못간다면 죽어서나 돌아갈가
가을밤에 꾸는 꿈은 꿈마다 귀한(歸韓)일세
어부의 가락속에 한해도 빨리 가니
락엽은 우수수 가을기운 차겁구나
어부여, 그대도 강 건느려 하는고
두만강은 중화와 한나라를 갈라놨네
모의산의 산색은 가을기운 차넘치고
두만강 물소리에 칼 같은 맘 차겁고나
대한 대한 나의 대한 대한은 어디 있노
한쪼각 마음속에 한나라를 지녔고야
만국의 총소리에 매화꽃 떨어지고
소년모발 재빨리도 추운 가을 되었구나
돌고도는 순환리치 가을가면 봄이 되리
어느곳 푸른 산이 동방한국 아닐런가.


## 八月三日七言詩一首

是日卽余三十四歲時生日也. 同學諸友沽酒爲賀生辰, 擧筆題詩云:

小子非是愛吟詩, 詩是父母劬勞時.
三年然後免於懷, 有身有國找已知.
西渡于今幾多年, 萬事東方水自流.
來歲何如去歲否, 一春過去又一秋.
爲歌六歌歌正烟, 秋風蕭蕭天氣寒.
此日年年伏祝意, 國權挽回二親安.

## 8월 3일 칠언시 한수

오늘은 내 서른네돐 생일날이다. 여러 친구들이 술을 떠가지고 나의 생신을 축하하였다. 이에 붓을 들어 시를 쓴다.

소자는 시읊기를 즐기는바 아니오나
로고많은 어버이들 위로할 때 쓰오이다
나서 삼년 지나서야 어머니 품 떠나옵고
나라 있고 몸도 있는 이 도리를 알았어라
간도땅 건너온지 이제금 몇해더냐
동방의 만사는 물처럼 흘러가네
새해가 돌아오면 작년보다 어뗘할고
한봄이 지나가면 또 한가을 다달으네
륙가 지어 부르니 목이 바로 메이는데
소슬한 가을바람 날씨도 차겁고나
해마다 이날이면 엎드려 비오이다
국권이 만회되고 량친안강 하옵소서.


# 八月二十六日七言詩一首

世到危場造勢雄, 道將通處有時窮.
山河興廢千槍裡, 天地盈虛一氣中.
密計多年才力屈, 悲歌落日酒盃空.
一言均寄東西友, 萬國兵聲草木風.


## 8월 26일 칠언시 한수

위태로운 세상이 영웅을 낳거니
길이 곧 통하건만 때로는 막힌다네
산하의 흥망성쇠 총대에 달려있고
천지가 비고 참은 하나의 기(氣)에 있네

비밀계책 여러해라 재주와 힘이 다 됐거니
해질무렵 슬픈 노래에 술잔마저 비였구나
간곡한 말 골라잡아 친구들게 보내노니
만국에 총소리요, 초목도 설레이네.


# 乙卯三月三日七言絶句一首

再逢乙卯況良辰, 瞻彼天南有老人.
今古幾誰同此日, 斑衣彩彩百花春.


## 을묘년(1915년) 3월 3일 칠언절구 한수

날씨도 좋은 날에 을묘년 또 맞았는데
남쪽하늘 저 멀리 로인 한분 계신다네
고금에 몇몇이나 좋은 날 함께 했나
슬하에 울긋불긋 반의 입은 꽃봄일세.


# 三月二十日七言絶句一首

數日東風夫氣好, 野桃山杏一般春.
偶然觸目成佳句, 夜雨山山物色新.


## 3월 20일 칠언절구 한수

며칠새 동풍이 불어오는 좋은 날씨에
복숭아꽃 살구꽃 봄빛이 무르익네
우연히 바라보니 좋은 시구 떠올라라
간밤 내린 비에 산마다 새단장했구나.

## 四月二十七日五言詩一首

丈夫不欲淚, 有時淚自下.
世間千萬事, 無非下淚處.
時有一樽酒, 東征思鐵馬.

## 4월 27일 오언시 한수

대장부는 눈물을 안 흘리지만
때로는 눈물이 절로 난다네
세상에는 천사만사 많은 일 있어
그 모두가 눈물을 뿌릴 일이라
때로는 술동이 옆에 끼고서
동정길의 철기를 생각하노라.

## 五月二十三日五言詩一首

與潭向茂島發程. 淡臨別揮淚, 咽咽不成說, 余亦不覺泫然, 潭乃拂袂而行. 余因好語慰淡而分手. 適有所思賦韻贈與曹秉泰曰:

莫向林中去, 林中多虎狼.
林外有大路, 古今同趨向.
居亦而竢命, 君子之所持.
行險而僥幸, 小人之所危.
君小由此別, 判然路兩歧.
戒哉復戒哉, 君子是所期.

## 5월 23일 오언시 한수

아침에 일어나 술을 가져다 마시며 밥을 먹은후 룡담과 함께 무도를 향해 떠났다. 허담은 림별할 때 눈물을 뿌리며 흐느껴 말을 못하였다. 나도 저도

모르게 눈물이 났다. 룡담이 팔소매를 뿌리치고 떠나자 나는 좋은 말로 허담
을 안위하고 갈라졌다. 마침 생각이 떠올라 시를 지어 조병태에게 주었다.

숲속에로 가지 말아, 가지를 말아
숲속에는 이리범이 욱실거리네
숲밖에는 큰길이 열려있거니
옛날이나 지금이나 그리로 가려네
편안히 살면서 운명을 기다림은
정녕 군자가 지킬바일세
위험한 길 가면서도 요행바라니
이것은 소인지 가는 길일세
군자와 소인은 구별 있으니
걸어가는 두갈래길 확연 다르지
경계하고 경계하고 또 경계하라
이것이 군자가 바라는바일세.


# 七月十八日輓詩一首

往哭於曹秉春, 且有輓云:

欲裁哀誄諜先傾, 十九春光石火明.
人生從古雲稀壽, 世劫如君寧不生.
西風此日可憐恨, 北學當年最厚情.
伊昔形容無復睹, 空山落月水流聲.


# 7월 18일 만시 한수

이날 조병춘을 곡하러 갔다. 그리고 만시를 지었다.

그대를 헤아려 조문 쓰자니 눈물만 쏟아지네
19년 춘광은 부시불 반짝하듯 짧고 짧구나

인생은 예로부터 장수한자 드물었건만
세상운수가 그대 같다면 살기를 원치 않으리라
서풍도 한많은 그대를 불쌍히 여기노라
북간도에서 배우던 그 정 얼마나 두터웠던가
영영 다시는 그대 모습 볼수 없게 되었으니
텅빈 산에 달도 지고 물소리만 들려오네.


## 八月十五日七言詩一首

獨把寒樽須自傾, 五更今夜萬愁生.
江山氣像秋將老, 天地精神月正明.
六七年來何事業, 三千里去故都城.
已知義理無今古, 莫敎冰炭一器幷.


## 8월 15일 칠언시 한수

홀로 앉아 찬술잔을 저절로 따르니
오늘밤 오경까지 수심만 이는구나
강산의 기상은 가을빛 짙어가고
천지의 그 정신 달빛도 밝구나
륙칠년간 이곳에서 무슨 일 해왔던고
옛도성 삼천리 떨어진 이곳에서
의리는 고금이 없음을 알고있노니
어찌 얼음과 숯불을 한그릇에 담으리.


## 八月十七日哭笑歌

龍潭來談, 痛飮旋歸, 余哭笑長歌云: 一哭又一哭.

天下事可笑, 世上事可哭.

潭友知此心, 天涯久相逐.
我有故國鼎, 於是饘, 於是粥.
吃罷頻索酒, 君戴黑冠我白服.
山爲谷, 海變桑, 彼此此心無翻覆.
此笑此哭幾多日? 蔽一言大飮一宿.

## 8월 17일 울고 웃네

이날 룡담이 와서 이야기하다가 통쾌하게 마시고 돌아갔다. 나는 ≪울고 웃네≫를 지어 불렀다.

한바탕 울고 또 울어나 볼가
세상일 생각하니 가소롭기 짝이 없네
천하만사 생각하면 울고만싶어라
친구야 룡담아 내 마음 알리라
천애지각 오래오래 따라다녔지
나에게는 고국의 솥이 있노니
밥과 죽을 이 솥에다 지어 먹노라
먹고나면 술도 자주 찾아 먹었지
그대는 검은 갓 나는야 흰옷 입었네
산이 곬이 되고 바다가 상전되더라도
그대 마음 내 마음 변치 않으리
이 웃음 이 울음 얼마나 갈고
한마디로 툭 찍으면 장밤을 마시잔다.

## 八月二十二日中秋感懷

朝時龍潭過我, 以中秋韻及感懷詩示之.

尋常雙眼對南傾, 天地中秋百感生.
最此良辰堪寂寞, 聊何好友討分明.

凉風萬里通關塞, 皓月千家似漢城.
歸臥故山何日又, 狂歌無節醉歌幷.
人消物盡逢今日, 國泰民安感古先.
晝耕夜讀且無地, 秋穀春生猶有天.
兩翁已沒心安放, 數友相將命苟延.
毀譽休戚那關了, 不語中惟向聖賢.

## 8월 22일 추석날의 감회

아침에 룡담선생이 나한테 들렸을 때 추석운자를 따라 즉시 감회시를 써서
보여드렸다.

례사롭게 두눈 뜨고 남쪽 땅 바라보니
천하의 가위날에 천백감회 떠오르네
하도좋은 이날에 적막함은 웬 일인고
친한 벗과 짝을 무어 시국을 성토하네
시원한 바람은 만리관한 통하는데
달빛아래 천가만호 서울인양하노라
언제면 돌아가서 고향산에 드러누워
미칠듯 노래하고 술노래에 취해볼고
사람도 만물도 다된 오늘 당했으니
나라백성 안녕 위해 지난 옛날 생각노라
농사짓고 글 읽는데 땅이란 없어도
가을가고 봄이 오면 하늘이야 있을테지
두 늙은이* 돌아가니 마음은 어디 둘고
벗들과 더불어 목숨만 지탱하리
명예도 부서지고 안락도 없어졌으니
무언중에 성현이나 생각해보리.

---

* 두 늙은이는 류의암과 김성암을 가리킴.

## 八月二十四日奉和龍潭感懷詩韻

一出林園驚歲晚, 冰將至處履霜先.
可嗟歸雁獨南國, 何事哀猿多北天.
海陸風雲同變合, 江湖日月自遷延.
蒼葭秋水無人見, 且閉寒門讀聖賢.

## 8월 24일 룡담의 감회시운에 화답하여

원림을 나서니 저물었다 놀라는데
얼굼이 오기전에 서리부터 밟는구나
아, 기러기는 홀로 남쪽나라 돌아가건만
어이하여 원숭이는 북쪽에서 애닯게 우나
해륙풍운 변화교합 모두 함께 하는데
강호의 해와 달만 배회하고있느냐
푸른 갈대, 가을물을 보는이 없는데
문닫고 추운 방에서 성현책만 읽고있네.

## 八月二十四日再書懷寄龍潭

獨立秋天萬事空, 西風落日意無窮.
人心反復黃金裏, 世道浮沈黑海中.
欲保此身無別計, 更將聖學着眞工.
親朋散在西江上, 春酒幾時來會同?

## 8월 24일 또 한수 룡담에게 부치노라

가을날에 홀로서니 만사가 허무하고
서풍에 해가 지니 생각 끝없어라
인심은 황금속에 뒤번져 지는데
세도는 흑해중에 떴다가도 가라앉네

이 몸을 지탱하려면 다른 계책 없거니
더더욱 성학(聖學)에다 진짜 공력 들이렸다
친한 벗들 간도땅에 흩어져 사는지라
어느때야 다시 만나 봄술을 나눌런가.


## 九月六日七言詩一首

落葉蕭蕭秋正悲, 楚歌四面我何之?
側身天地多荊棘, 回首河山盡虎狸.
畏死偸生非士子, 赴湯蹈火幾男兒?
中宵大讀出師表, 韓水東南太極旗.


## 9월 6일 칠언시 한수

락엽이 우수수 가을날씨 서글퍼라
사면이 초가(楚歌)인데 내 어디로 간단 말이야
몸돌리자니 그 어디나 가시덤불 뒤엉키고
강산을 돌아보니 이리삵이 살판치네
죽음을 두려워 간신히 살아감은 대장부 아니거니
칼산과 불바다 뛰여든 남아 얼마이더뇨?
한밤중에 출사표를 큰소리로 읽노라니
한나라물 동남에는 태극기 휘날리네.


## 九月九日七言詩一首

敬次朱文公 ≪九日登天湖≫韻, 寄龍湖云:

塞上又逢重九時, 茫茫心思向東歸.
胡天風雨秋波冷, 韓地山川朝日輝.
舊遊何處多黃菊, 無酒孤村望白衣.

于今世色眞哀歡, 祇是吾儕對翠微.

## 9월 9일 칠언시 한수

삼가 주문공이 ≪9일 천호에 올라≫의 운을 밟아 룡호에게 부치노라.

변새에서 또다시 중양가절 맞는데
망연한 내 마음 동녘땅에 돌아가네
호천의 비바람에 가을물은 차겁건만
한나라 강산은 아침해살 찬연하리
황화꽃 만발하던 옛놀이터 어드메뇨
술도 없는 외딴마을 백의동포 바라보네
참으로 애탄할사 오늘의 세상형편
애오라지 우리네들 푸른 산만 마주하네.


# 九月十六日五言詩一首

寒雲凍不收, 霜降滿江洲.
已愴物侯變, 兼生故國愁.
砧聲千戶月, 葉語四山秋.
歸去將何日? 鏡湖夢白鷗.


## 9월 16일 오언시 한수

차거운 구름은 얼굼을 걷지 않고
온 간도땅엔 서리발 덮였구나
삼라만상 변하는것도 서러웁거니
고국에 대한 시름 삼삼이 떠오르네
달빛아래 천가만호 다듬질 또닥또닥
가을날 사방산엔 가랑잎이 속삭이네
어느때면 이내 몸 돌아갈거냐

경호물의 갈매기만 꿈속에 드네.


## 丙辰三月十一日五言絶句一首

東風習習吹, 春色至天涯.
物物皆生氣, 何人不識時.


## 병진년(1916년) 3월 11일 오언절구 한수

따뜻한 동풍이 솔솔 부는데
천애지각엔 봄빛이 찬연하구나
천태만상 모두가 생기 들거니
이 시국을 모를이가 그 뉘 있으랴.


## 丁巳十二月十四日七言詩一首

是天親戚賓朋來自四方, 稱觴慶賀, 余以敬次晬韻呈賀云:

鐵樹花開歲暮天, 高堂琴瑟自淸然.
而今遠族皆同樂, 從古吉人以永年.
氣像洪爐中點雪, 形容平地上神仙.
欲將是日再回甲, 讔我諸宗累世傳.


## 정사년(1917년) 12월 14일 칠언시 한수

이날은 친척, 손님, 친구들이 사방에서 모여와서 잔을 들어 축수하였다. 나도 생일잔치를 경하하여 시를 지어 드리노라.

세밑에 소철나무에 꽃이 피었네
고당의 비파소리 맑기도 해라

오늘따라 먼 친척 함께 즐기니
예로부터 길한 사람 장수한다오
기상은 큰 화로속의 점설같다면
용태는 평지우의 신선이여라
이날에 다시금 회갑하노니
여러 종족 청한 잔치 세세손손 전하는 법.


# 十二月二十八日四言詩一首

小晦戊子. 風動陽舒.
今夕何夕? 歲將除矣.
我思束歸, 劍山刀水.
事業未成, 每催年矢.
彼有何知? 笙歌鬧里.
大叫出門, 心焉如燬.
蒼蒼者天, 庶幾起死.
寒盡爲春, 只信此理.


## 12월 28일 사언시 한수

그믐은 무자일, 바람일고 양이 기를 펴네
그믐날은 어떤 날인가 한해가 다 가는 날
내 불바다 헤가르며 동쪽땅 건너 왔건만
일은 성사못한채 또 이해를 놓쳐버렸구나
그대들은 어이알랴, 노래소리 흥성한 마을이건만
문차고 밖에 나서니 마음은 부글부글 타번짐을
아, 푸른 창천이여 몇 번이고 죽을고비 넘어왔더뇨
추위가면 봄이 되는 이 리치만 믿는다네.

## 戊午一月一日七言絶句一首

和風徐動三千里, 脾肉更生又一年.
墾上幾多同志者? 坐春是日望蒼天.


## 무오년(1918년) 1월 1일 칠언절구 한수

따스한 봄바람 삼천리에 스며드는데
기개를 못 떨치고 또 한해를 지냈구나
간도에 뜻 같은 지사들 얼마이더뇨
새봄을 맞으면서 창천만 바라보누나.


## 一月三日五言絶句一首

天下無別人, 別人是孝悌.
孝悌爲仁本, 此心只愷悌.


## 1월 3일 오언절구 한수

천하에 별난 사람 없도다
별난 사람 효성과 공경일세
효성과 공경은 인의 근본
이 마음은 오직 화목을 바랄뿐이네.


## 二月二日七言絶句一首

獸蹄鳥迹遍天下, 有口難言人是非.
獨立關山知己少, 大明日月大韓衣.


## 2월 2일 칠언절구 한수

새와 짐승 발자국이 어디 없이 찍혔는데

입 가져도 인간시비 입을 열기 어렵다네
관산에 외로울사 지기는 몇몇이뇨
밝고 밝은 해 달아래 한복차림 하고있네.

김승학 편

# 해 제

김승학(金承學, 1881-1964)은 호 희산(希山), 자는 우교(愚敎)로 평안북도 의주 사람이다. 한일합방후 중국으로 와 1919년 대한독립단을 조직하였으며 재무부장에 선출되였다. 그후 광복군 사령부 군정국장 겸 군수국장으로 활약 하던중 일헌에 피체되여 옥고를 겪었었다. 1921년 상해 ≪독립신문사 사장≫ 림시정부 의정원 의장 및 주만 참의부 참모장을 지냈다.

그의 한시 6수(역문을 포함)는 모두 ≪독립군시가집≫(송산출판사, 1986. 10)에서 옮겨 온것이다.

## 立志出鄕

聞道羅鮮國, 新開別乾坤,
妄想遊說計, 今渡鴨綠江,
王韓兩巨頭, 不識何許人,
外敵跋扈廷, 士當投筆時.


## 큰 뜻을 품고

듣건대 라선국*은
새로 별천지를 열었다 한다
부질없이 달래보려는 생각으로
지금 압록을 건느노라
왕목란 한병화 두사람*은
알지 못할게라 어떤 인물인가
밖의 도적이 우리 나라에서 덤비니
선비들이 붓을 던지고 병기를 잡을 때로다*.

---

* 라선국은 만주에서 발해국 다음에 있는 방인국을 말함.

* 왕목란(王牧蘭), 한병화(韓秉華)는 라선국을 창건한 인물.

* 이 시는 1900년 10월 벽동군 벽주진(碧潼郡 碧舟鎭)에서 압록강을 건너 중국군벌의 원조를 얻어 의병을 일으키기 위하여 대황구에서 환인현 차구 뒤골짜기로 가면서 지은 시이다. 당시 그는 중국의 의화단란으로 뜻을 이루지 못하고 1901년 귀국하면서 아래와 같은 시를 지었다.


## 亡命路上*

不怕偵犬入, 最畏蚊群侵.
渴含自己水, 饑餐玉蜀黍.
兄弟峰頭層立石, 一推直轉擊追兵.
怡和洋行汽船便, 輸送手槍數百杆.
無恙穩着寬縣否, 我亦乘時問爾安.

革命客從亡命路, 宜令官憲起疑心.

--------

* 1920년 5월 상해에서 무기를 구입하여 이화양행 기선편으로 삼두랑구에 도착하여 외적의 추격으로 도피하면서 지은 시이다. (≪독립군시가집≫ 제123페지에서)

## 도망군의 길

사냥개가 오는것은 두려울것 없지 마는
모기떼가 덥쳐드니 이것이 가장 두렵구나
목마름은 오줌으로 목을 추기고
배 고프면 옥수수를 그냥 씹는다
형제봉우에 높이 섰던 바위들이
한번 차니 굴러내려가 오는 적을 물리치네
안동현으로 가는 이화양행 기선편에
작은 총 수백자루 실어보냈거니
탈없이 편안히 관전현까지 갔는지
나도 때를 타서 네가 간곳을 묻고저
혁명객이 도망군의 길로 다니니
관헌들의 의심을 받는것이 마땅한 일이다

## 檻車*

去國離家卄有年, 檻車回見故鄕天,
愁雲應漠馬山下, 豪氣暫潛鴨水邊,
販槍激動義軍勢, 史筆驚醒事大眠,
上林何日鳥頭白, 回節韓廷國威宣.

--------

* 1930년 7월에 3부(三府)합작을 마치고 임지(任地)로 귀환하다가 일헌에게 체포되여 국내로 압송되면서 지은 시구이다. (≪독립군시가집≫ 제124페지에서) 시의 제목은 편자가 단것임.

## 죄인의 수레

나라를 버리고 집을 떠난지 20여년만에
죄인 실은 수레로 돌아오며 고향하늘을 바라본다
수심있는 구름은 내 집이 있는
마두산아래 아득하게 덮혔을것이요
호화스러운 기운은 잠깐동안
내가 갇히우는 압록강감옥에 잠기리로다
무기를 많이 사드렸으니 의병들이 형세를 격동시켰고
곧은 붓을 들었으니 사대주의의
잠꼬대를 경계하여 깨웠도다
상림동안 어느날에 까마귀 머리가 희여지여서
절월(節鉞)을 가지고 돌아오는 한나라
조정에 나라 위엄을 펼가보냐

## 獄中感懷

問哭老師又哭親, 人倫罪惡重吾身;
鐵窓弔月因無色, 面目淚汗自濕巾;
處世忠心超凡老, 奉先誠力出天眞;
雪夜霜朝出寂地, 誰能代我掃墳塵.
我生我長素寒微, 母織父耕妻採薇;
不事家生貧若洗, 衰侵鬢髮雪紛飛;
手植庭槐成棘蔭, 傳來墓幕弊柴扉;
傍人莫笑行無跡, 徐待公論定是非.

## 옥중감회

며칠전 늙은 선생을 위하여 물었더니
오늘은 부친님 별세하심을 위하여 또 묻게 되나
인류의 죄와 악이 이내 몸에 거듭하도다

감옥철창밖에서 호상하는 달은 인하여 빛이 없고
두눈에 흐르는 눈물땀은 저절로 수건을 적시도다
세상에 계시여 충성하는 마음은 예사 로인보다 다르고
선조를 받드는 정성과 성력은 천진한데서 나왔다
눈오는 밤 서리아침에 山이 적막한 땅에
뉘가 능히 나를 대신하여 무덤에 띠끌을 쓸리요
내가 나고 내가 자란것이 본래 빈한하고 미약하였으니
母親님은 삯베짜고 父親님은 밭갈으시고 안해는 고사리를 캐였다.
平生에 집살림살이를 일삼지 않았으니 가난하기 물로 씻은듯하고
衰하는것이 머리털을 침노하니 귀밑털이 희기가 눈같더라
내 손으로 심어놓은 느티나무는 가시덤불을 이루었고
先世부터 傳하여 오는 齋室은 섶으로 만든 문짝이 헤여졌더라
곁에 사람들은 내가 해놓은것이 없다고 비웃지 말라
천천히 공변된 의논을 기다려 잘못이 定하여 질것이다.


## 五十而覺

如昨生過五十年, 世情晚覺始知天;
六尺雖繫縲絏下, 方寸恒在無臺邊.
好事備嘗三國獄, 無功猥忝兩朝恩;
喪家亡國因何故, 總是未醒事大眠.


## 깨달음

어제 갓난아이 같은데 五十年을 지나갔구나
세상물정을 늦게야 깨달았으니 지금에야 하늘 理致를 알았더라
여섯자되는 몸은 비록 죄없이 옥에 갇혔으나
한치만한 마음은 항상 독립운동 하던 곳에 있도다
일을 좋아하여 여기저기 참견하니 세 나라 옥을 모두 갇혀 보았고
功勞없이 猥濫히 두 나라 恩惠를 입었더라

집을 잃어버리며 나라를 亡한것이 무슨 연고이였던가
모두가 다 우리가 外國을 依賴하는 점을 깨닫지 못한탓이다.


## 獄中慘狀*

定界紅墻遠挿天, 中建小國問幾年;
佩劍巨頭局中王, 假仁老僧佛前眠;
自古帝君施毒處, 到今弱者滅身邊;
若不打埋此等窟, 大衆所願終難宣.

———————————

* 옥중에서 지은 詩.


## 옥중참상

국경선을 그어놓은 붉은 벽돌담이 멀리 하늘에 닿았는데
그가운데 작은 나라를 세운지 묻노니 몇해가 되었는가
긴검을 찬 큰대가리는 그가운데 王이 되었고
착한체하는 늙은 중은 부처앞에서 졸고있더라
예부터 임금된자 독한 위엄을 펴는 곳이고
지금까지 弱한자는 몸을 亡하게 하는것이더라
만일 이런 惡窟을 쳐 묻어버리지 않으면
大衆의 願하는바를 마침내 펴볼수 없더라.

김지섭 편

# 해 제

　　김지섭(金祉燮, 1884-1924)은 호 추강(秋岡), 일찍 민족독립투쟁에 뛰여들었다. 그는 1924년 1월 5일 왜놈의 천황을 살해하기 위하여 동경에 이르러 황궁이 있는 이중교(二重橋)에 폭탄을 던졌으나 미수로 그치고 일경에게 체포되여 옥고를 치르다가 사망하였다.

　　이 한시집에 수록한 그의 시 두수중의 한수는 김의사가 1923년 상해에서 배를 타고 거사하려 일본으로 가는 배안에서 지은것이고 그밖의 한시 ≪대장부 일어섰으니(仗義挺身)≫은 거사를 수행하지 못하고 체포되여 옥고를 치르다가 옥사하면서 남긴 시편으로 알려지고있다. (출전: ≪독립군시가집≫)

## 平生志

萬里飄然一粟身, 船中皆敵有誰親;
崎嶇世路難於蜀, 忿憤輿情甚矣秦.
今日潛踪浮海客, 昔年嘗膽臥薪人.
此行已決平生志, 不向關門更問津.

## 평생에 품은 뜻

만리창파 넓은 바다에 좁쌀 같은 이 한몸
배안 사람은 모두 원쑤 친할이 누가 있나
기구한 인생길 촉도만큼 험난하고
세상 인정은 차겁기만 하구나
오늘 숨어 헤매는 떠돌이 나그네는
일찍 와신상담 나라원쑤 갚으려 했네
이번 행차에 평생의 품은 뜻을 결정했으니
관문으로 가는 길을 다시는 묻지 않으리라.


## 仗義挺身

丈夫挺身立, 無語劍自鳴;
千秋未盡恨, 都付易水聲*.

---

* 易水聲은 형개가 연의 태자단의 뜻을 받들고 자객으로 진시황을 죽이러 갈 때 죽을 각
오를 하고 가는 길에 역수에서 부른 노래를 말함.

## 대장부 일어섰으니

대장부 몸바쳐 일어섰으니
사람은 말없어도 칼은 우네
천추의 미진한 한을
오로지 역수성에 부치노라.

김좌진 편

# 해 제

　김좌진(金佐鎭, 1889-1930)은 호 백야(白冶), 충청남도 홍성군에서 출생하였다. 1905년 서울 륙군무관학교에 다녔다. 1911년 북간도 독립군사관학교를 세우려 자금을 모으다가 일경에게 피검되여 서울 서대문 형무소에서 2년 반이나 갇혀있었다. 1916년에 ≪광복단≫에 참가하였으며 1919년에는 북로군정서 무장독립군 총사령으로 되었다. 그는 청산리 전투를 겪은후 부대를 거느리고 밀산에 이전하여 10여개 민족독립단체로 무어진 대한독립단의 총재로 지냈고 그후 신민부를 세우고 중앙집행위원장을 맡고 활동하던중, 1930년 1월 반역자에게 피살되였다.

　이 한시집에 수록한 그의 두수의 시는 작가가 북로군정서무장독립군 총사령으로 활약하던 시기에 읊조린 시편들이다.

## 斷腸之痛*

刀頭風勁關山月, 劍末霜寒故國心;
三千權域倭何事, 不斷腥塵一掃尋.

---

* 김좌진장군은 눈쌓인 ≪북간도≫산야에서 혈전을 계속할제 밤잠을 이루지 못하면서 이
  시를 읊었다고 한다.

## 단장의 아픔

적막한 달밤에 칼머리의 바람은 세찬데
칼끝에 찬서리가 고국생각을 돋구누나
삼천리 금수강산에 왜놈이 웬 말인가
단장의 아픈 마음 쓸어버릴길 없구나.

## 向祖國進軍

炮雷鳴送萬邦春, 大地靑丘物色新;
山營月下磨刀客, 鐵寨風前秣馬人.
旌旗蔽日連千里, 鼓角掀天動四隣,
十載臥薪嘗膽志, 東浮去海掃醒塵.

## 조국 향해 진군

대포소리 울려퍼져 만방에 봄이 오니
푸른 뫼 우리 땅에 새빛 아름다워라
달빛아래 산영에선 칼을 갈고
바람세찬 산채에서 말을 먹이네
전투의 기발 천리길에 휘날리고
울리는 군악소리 하늘을 우리네
풀섶에 누워 10년 쓸개핥던 그 의지로
원쑤 쳐부시고 피비린 싸움터 쓸어내세.

리정편

# 해 제

　리정(李禎, 1889-1942)은 반일민족독립운동에 나선후 1920년좌우 시기에
북로군정서 총사령관 김좌진의 비서관으로 활약하였다. 그후 그는 북만 동경
성에 대종교 천전을 세우려다가 일경에게 피검된후 옥고를 치르다가 사망하
였다.

　그의 한시 ≪진중음(陣中吟)≫은 1920년 10월 하순 청산리에서 멸적의 매
복진을 쳐놓고 이제나저제나 하고 일군이 오기를 기다리던 시각에 읊조린 시
편으로 알려지고있다. (출전: ≪우등불·리범석전≫)

## 陣中吟

木落山容靜, 天高月影肥.
壯士意萬馬, 待旦夜深長.

## 진중음

락엽이 고요한 산골짜기
높이 뜬 달 휘영청 비추누나
장사의 마음속엔 일만군마 달리는데
날새길 기다리자니 밤이 이리 깊구나.

김중건 편

# 해 제

  김중건(金中建, 1889-1933)은 민족독립투사이고 사상가였으며 문학가이기도 하였다. 그는 1989년 12월 조선 함경남도 영흥군에서 출생하였다. 그의 도호(道號)는 소래(笑來)이고 별호로는 련산, 불페, 몰나 등이 있다.

  1910년 망국의 설음에 모대기던 그는 조선독립의 일념을 안고 서울에 올라가 천도교에 가입하여 활동하는 한편 극원철리(極元哲理)를 체계화하여 신주의원종(新主義遠宗)을 창안하고 대공화무국사상을 창론하였다. 그는 1913년에 중국에 와서 원종교(元宗敎)를 표방하고 자기의 정치리상을 선양하며 민족독립운동을 벌리였다. 그는 1933년 3월 흑룡강성 녕안현 팔도하자에서 피살당하였다.

  김소래는 민족독립운동을 벌리던 시기 가사와 산문을 많이 창작하였을뿐만 아니라 한시도 많이 지은 것으로 알려지고있다. 그러나 장기적으로 되는 모진 세파에 인멸되다보니 지금 찾아볼수 있는것은 몇수에 지나지 않는다. 여기에 게재한 한시는 《소래집》 제1권(소래선생 기념사업회 편. 1969) 제53페지와 제54페지에 게재된것이다.

## 白頭山有情

白頭山色四時雪, 鴨綠江聲千里波;
龍心豈足王魚國, 鶴行本非濕蘆洲.

## 백두산유정

백두산의 산색은 사철눈이요
압록강의 물소리 천리파도에서 오네
룡의 마음 어찌 민물고기속에 머물러 있으리오
학은 본래부터 물가 갈밭에 머물러 있지 않는데.


## 韓圭卨對韻
## (二十三歲時作)

今春余別木犀花, 初放片舟出世波,
兒蝶偕偕簾外舞, 小螢耿耿草邊過,
將探入虎投機可, 欲釣深魚不餌何,
兄弟莫效頭鼠態, 地通十極道無他.

## 한규설의 운을 따라
## (23세에 지음)

나는 이 봄 계화꽃과 작별하고
일엽편주를 세파에 맡기노라
주렴밖에선 애된 나비 사쁜사쁜
풀섶 지나는 반디불은 반짝반짝
범의 굴에 들어가 덫놓기는 쉬워도
깊은 물 낚시에는 고기도 안물리네
형제들은 늙은 쥐의 꾀 본받지 말게
땅밑엔 십극밖에 다른 길 없네.

# 建元元年元旦作詩

琴調雖有妙, 奈何指不妙,
須得指妙彈, 奈何耳不妙.
庭中有一樹, 日月總無影,
根據盤石裡, 楪立淨土上,
枝長葉又大, 花妙果又貴,
我將摘此實, 一飽宇宙饑.
山深水根深, 天高鳥飛高.
寧爲蜂衆將, 不作虎君臣,
今日逢子貢, 明朝得孔明,
我將此數子, 大齋宇宙歌.


## 건원 원년 원단에

거문고 곡조가 묘하다지만
손가락 어이 이리 둔한고
귀는 어이 이리도 미욱한고
뜨락에 선 한그루 나무는
해와 달 비쳐도 그림자없네
반석에 뿌리박은 저 나무
정토에 고스란히 서있어
가지 뻗고 뿌리 자라서
꽃 피더니 귀한 열매 맺혔네
내 그 과일 정성껏 따서
우주의 주림을 달래보리라
산 깊으니 물마저 깊고
하늘 높으니 새도 높이 나네
벌이 되려면 왕벌로 되고
범의 신하론 되지 않으리
오늘은 자공(子貢)을 만나 뵈고
래일엔 제갈공명 얻으리라

그 몇사람 거느리고
우주의 노래 함께 부르리.


## 會寧獄詩

朔風吹我送鄕關, 飛雪寒雲客味酸,
誰喜更瞻彼日月, 奈羞忍踏此江山.
群啼世界孤情熱, 一笑乾坤萬事間,
到此儵生何所足, 以其道在是人間.


## 회령감옥에서

삭풍은 이 몸을 시골에 보냈네
날리는 눈 찬 구름에 몸은 차구나
뉘라서 이곳의 해와 달을 즐기랴
이곳 산천 밟아보니 부끄럽구나
세상의 정렬적다 모두들 울지만
한번 웃음에 세상만사 다 잊히네
예 와서 살아감이 무슨 삶이랴만
그런대로 사는것이 인간 리치인가봐.


## 二十五歲時作

無底石舟泛靈海, 極宇一回只一朝,
萬浪千風終日至, 南南北北無所碍.


## 25세에 지음

밑없는 돌배가 령해에 떠서
우주를 한번 도니 하루아침 일

진종일 풍랑일다 그만 그치니
남북에 어디 가나 거칠것 없네.


## 寄海山翁(對句)

胸中靜矜三更月, 心上思盧四時春.

## 해산옹에게(대구)

밤중에도 이 가슴 고요하니
마음속 생각은 사철 봄일세.

김두봉 편

# 해 제

　김두봉(金枓奉, 1889-1961<?>)은 조선 경상남도 동래군 출생으로 보성중학교를 졸업하고 주시경문하에서 국어를 연구하고 광문회에서 조선어사전 ≪말모아≫의 편찬에 종사하였으며 1916년에는 ≪조선말본≫을 저술하였다. 1919년 3·1운동직후 중국 상해로 망명, 1922년에는 그 수정증보판 ≪깁더 조선말본≫(상해 새글집 폄)을 저술하였다. 광복직후 평양에 돌아가 조선어문연구회를 창립하고 한때 조선민주주의인민공화국 최고인민회의상임위원회 위원장으로 선거되여 북조선에서 활약하다가 1958년에 정계에서 퇴출하였다.

　한시 ≪진단을 빌다(祝震壇)≫는 신규식이 상해에서 꾸린 주간신문 ≪진단≫ 제13기(1921년 1월 1일) 제3면에 발표되였는데 원문과 역문이 ≪한문한역(韓文漢譯)≫으로서 모두 작자자신이 쓴것이다.

## 祝震壇

仗弘益人間太白力, 任他九變之是否.
擔重大責任爾興起, 竟達偉大之目的.


## 진단을 빌다

더함을 너르힐가 마뫼그늘에
누리야 아홉 번 바꾸이든말든
큰 검을 메고서 너 일어났으니
거룩한 그 뜻은 이루고말리다.

윤봉길 편

# 해 제

　윤봉길(尹奉吉, 1908-1932)은 호 매헌(梅軒), 충청남도 례산군의 한 가난한 농가에서 태여났다. 그는 일본침략자와 맞대고 싸울 웅심을 품고 1931년 봄에 고향을 떠났다. 1932년 4월 29일 상해 홍구공원에서 의거한후 일본헌병에게 체포되여 그해 12월 9일 오사까감옥에서 서거하였다.

　이 한시집에서 수록한 그의 두수의 시는 거사전에 쓴 시로서 그중의 한수는 백범 김구선생에게 드린 유시이다.

## 滌汚*

沐溪一曲水, 修德源自流;
滌吾身汚穢, 無盡格千秋.

---

* 이 한시의 제목은 편자가 단것임.

## 때는 맑게 씻고서

목발이시내* 한구비 맑은 물은
수덕산 깊은 근원 샘솟는 물줄길세
내 몸의 더러운 때 씻어버리고
천추를 흘러 다함없으리.

---

* 목발이시내(沐溪): 윤봉길의사의 고향에 있는 시내. (≪매헌 윤의사 어록≫에서)

## 先生赤誠*

巍巍靑山兮, 載有萬物.
鬱鬱蒼松兮, 不變四時.
濯濯鳳翔兮, 高飛千仞.
擧世皆濁兮, 先生獨淸.
老當益壯兮, 先生義氣.
臥薪嘗膽兮, 先生赤誠.

---

* 이 시는 1932년 4월 29일 거사를 앞두고 백범 김구선생께 드린 시다. 시의 제목은 편자가 단것임.

## 선생의 붉은 정성

높고높은 푸른 산이여 만물을 심어키우는도다
울창한 푸른 소나무여 사시 변하지 않는도다
광채좋은 봉황의 날개여 천길하늘 높이 나는도다

온 세상 모두 혼탁함이여 선생만이 홀로 맑으시도다
늙어가시나 더욱 정정함이여 선생의 의기 크시도다
섶에 누워 쓸개를 맛보심이여 선생의 붉은 정성이로다.

조정환 편

# 해 제

　저자 생졸년대 미상. 조선 경상남도 김해 출신. 1910년대에 조선국내에서 항일운동을 하다가 3·1운동후 만주로 건너와서 고국에 있는 가족들과 일체 련락을 끊고 오직 조국독립만을 위해 활약하였다.

　조정환(曹正煥)의 한시 ≪이 몸은 이국땅 중국에 묻히누나(白骨漢山川)≫는 애국지사로서의 그의 위국충정이 잘 나타난 작품이다. 아래에 수록한 이 한시는 ≪독립군전투사≫에서 뽑아낸것이다.

## 白骨漢山川

丹心韓日月,　白骨漢山川.
卸却人間事,　今朝獨立年.

## 이 몸은 이국땅 중국에 묻히누나

나라 향한 붉은 마음 늘 한나라의 일월 같은데
이 몸은 이국땅 중국에 묻히는구나
이제 인간만사 뿌리치고 정리해버리니
오늘아침이야말로 독립의 해로구나.

부평초 편

# 해 제

저자 신원 미상.

부평초(浮萍草)의 한시는 신채호가 북경에서 꾸린 ≪천고(天鼓)≫잡지 제 1권 제1호(1912년 1월 출간)에 발표되였음.

## 祝天鼓

國亡今已十關年, 苦待天明天不明,
明天將待天鼓鳴, 二千萬人開愁眉,
天鼓已光東大陸, 只願發展全世界.

## 천고를 비노라

나라가 망한지 어언간 십년이 차
날밝기만 고대해도 새날은 밝질 않네
래일은 천고가 울릴터라
2천만 동포가 찌프렸던 미간 다시 펴리
천고의 빛발 동쪽땅 비춘다만
바라노라 그것이 만국에 비춰지길.

림지산 편

# 해 제

저자 신원 미상.

림지산(林之山)의 한시는 신채호가 북경에서 꾸린 ≪천고(天鼓)≫잡지 제
1권 제1호(1912년 1월 출간)에 발표되였음.

## 祝天鼓

風雨凄凄滿四方, 十年不聞鷄鳴聲.
鷄鳴一聲動天地, 瞬息新光不期來.

## 천고를 비노라

비바람 휘몰아쳐 사방이 쓸쓸한데
십년토록 계명성이 들리질 않네
장닭이 홰를 치면 하늘땅 진감하리니
잠간새에 새 광명이 찾아오리라.

완사 편

# 해 제

저자 신원 미상.

완사(浣史)의 한시는 신채호가 북경에서 꾸린 ≪천고(天鼓)≫잡지 제2권 제2호(1921년 2월 1일 출간)에 발표되였음.

## 祝天鼓

鼓響嘡哓四海震, 濁亂斯世獨春秋.
願同天上一輪月, 萬古光明永不休.


## 천고를 비노라

둥둥둥 천고소리 사해를 진감하니
어지러운 란시에 특이한 춘추로다
원하노니 하늘의 둥근 저 달처럼
만고에 그침없이 광명을 뿌려다오

극화 편

# 해 제

저자 신원 미상.

극화(克和)의 한시는 신채호가 북경에서 꾸린 ≪천고(天鼓)≫잡지 제2권 제2호(1921년 2월 1일 출간)에 발표되였음.

## 祝天鼓

天地混元正大氣, 鐘爲天鼓聲.
筆削誅討任其職, 招起倍達精.
禱爾功於時兩*若, 協和於萬方.
祈爾壽於南山如, 籌之以永昌.

———————————

* ≪兩≫는 ≪雨≫자의 오기인듯하다.

## 천고를 비노라

천지가 혼돈일제 원기가 대기를 바로잡았다더니
종소리인양 천고가 울려퍼지네
글로 꾸짓고 다스리는 일 천직이라
배달의 얼을 불러오리라
비나니 그대 공적이 급시우라
모든이들과 손잡기를
비나니 그대 명이 남산같아
영원토록 번창하기를.

백취광부 편

# 해 제

저자 생졸년대 미상. 우천의 한시 ≪接白醉老哥祝震壇詩有感≫의 해제에
의하면 백취광부의 성은 현(玄)씨고 본명은 천묵(天默)으로서 1920년대초에
북로군정서의 부총재를 지내였던 항일독립군의 한 장령이였다.

백취광부(白醉狂夫)의 한시 ≪진단을 비노라(祝震壇)≫는 신규식이 상해
에서 꾸린 ≪진단(震壇)≫주보 제18기(1921년 2월 27일 출간)에 발표되였다.

## 祝震壇

震壇高築五洋洲, 鑑語東西若決流,
長夜乾坤新日月, 亂臣世界又春秋,
雷聲所過誰無耳, 劍氣何多敵有頭,
帝出舊墟經渤海, 生靈今古仰靑邱.

## 진단을 비노라

오대주 사대양에 진단이 우뚝 솟아
동서에 론평내여 격류를 일으켰네
건곤의 기나긴 밤 새 일월 맞아오니
란신이 욱실대던 이 세상에 춘추가 바뀌네
우뢰소리 높을진대 못들을이 어데 있고
검날에 푸른빛 비꼈으니 살아남을자 어데 있으랴!
제왕이 옛터에서 나와 발해를 지나고
고금에 생령이 청구*를 우러르네

______________

* 조선을 가리킴.

조완구 편

# 해 제

조완구(趙琬九, 1880~1955)의 호는 우천(耦泉)이다. 신규식의 한시 ≪寄耦泉仁棣老同志≫(≪兒目淚≫에 수록)의 내용을 살펴보면 우천은 1910년~1920년대의 항일독립운동가로서 성은 조(趙)시고 상해 임시정부에서 국무위원으로 활동하였다.

우천(藕天)의 한시 ≪백취로형의 시 <진단을 빌다>를 읽고(接白醉老哥祝震壇詩有感)≫는 신규식이 상해에서 꾸린 ≪진단(震壇)≫주보 제18기(1921년 2월 27일 출간)에 발표되였음.

## 接白醉老哥祝震壇詩有感

[小引]白醉老哥, 益壯其氣, 賢勞於軍政署, 多所擘畫, 溯往年和龍靑山之間, 日夕談討. 言議風生, 雖處隘窮, 不餒不兀, 心恒慕之, 老哥, 頎身銀鬚, 望若渾然, 苦志一誠, 終始不渝. 念老哥, 不以老自餒, 追隨戎馬, 以酬素志, 奈此年壯, 投在滬濱, 手弄文墨, 志事未就, 空嘆時逝, 愧無自定. 今又接老哥毫端發英, 不覺起懶, 聊誌數墨, 以表遠仰, 顧吟非素技, 韻澀意鈍, 因欲介紹, 不暇藏拙. 老哥姓玄, 天默其名, 爲軍署副總裁, 白醉其字, 今年六十歲也.

白醉元來非白醉, 英風颯爽撼人前.
掀翻皓鬚更如見, 舊進不會讓少年.
素志一酬風格格, 運籌戎馬正無休.
欣看子弟能繩武, 滿地黃花明月秋.
遠寄一詩誌意壯, 逢蓬勃勃躍毫端.
八千里外歡無已, 漫作數言代報安.

## 백취로형의 시 ≪진단을 빌다≫를 읽고

[머리글] 백취로형은 건장하고 씩씩한데 군정서에서 근무하면서 많은 책을 읽었다. 전에 나는 화룡과 청산사이를 래왕하며 그와 조석으로 이야기를 나누었다. 그는 생동하고 재미나게 이야기한다. 빈궁하나 굶주리는 사정은 아니였으며 마음이 강직하여 흠모하는바였다. 로형은 헌걸찬 몸매에 흰수염이 잘 어울리며 굳은 뜻과 지극한 정성이 변할줄 모르는분이시다. 늙었다고 한탄하지 않고 병마를 따라다니며 참뜻을 이룩한 로형을 생각하면 이토록 젊고 건장하면서 황포강반에 파묻혀 뜻도 펴지 못한채 덧없는 세월이나 한탄하는 자신이 부끄럽기 그지없다. 오늘 또 로형의 비범한 시편을 접하고보니 저도 모르게 마음이 일어 몇글자 끄적여 흠모의 마음을 표하는바다. 시구 맞추는 재간이 약하고 운을 겨우 맞추며 뜻 전달이 잘 안되여 소개하려 해도 흠이 있을것이다.

로형은 성씨가 현씨요, 명함이 천묵이시며 군서의 부총재이신데 백취란 그의 자이고 년세는 금년에 예순이시다.

백취는 본디 백취가 아니외다
름름한 그 풍채는 세인을 놀래우나니
희슥한 귀밑머리 더더욱 친절코
분발정신 젊은이를 뒤지지 않네
품은 뜻 이룩하여 더욱더 름름하네
지칠줄 모르고 군마를 령솔하네
자제들 싸우는걸 기꺼이 바라보나니
땅에는 들국화요, 하늘에는 가을 명월
붓을 휘둘러 시 한수 지어
멀리멀리 보내왔으니 그 뜻 장하구나
8천리밖에 있는 몸이 기쁨에 겨워
분수없이 몇글자 끄적여 문안으로 삼노나.

계민오각 편

# 해 제

저자 신원 미상.

계민오각(界民吳覺)의 한시 ≪매원이 애닲아(哀梅園)≫는 신규식이 상해에서 꾸린 ≪진단(震壇)≫주보 제20기(1921년 4월 24일 출간)에 발표되였다.

이 시에 나오는 주인공 매원(梅園)은 성이 역(易)씨고 본명이 상(象)이며 중국 호남성 장사(長沙)사람이다. 신해혁명에 참가한 민주혁명가로서 1920년 11월 25일 새벽에 지방 반동군벌의 습격을 받아 피살당하였다. 피살되기 전에 그의 친밀한 전우였던 조선인 계민오각 즉 이 한시의 저자가 그 유서를 읽고 그를 애도하는 시를 지어 해내외의 유지인사들에게 널리 알리였다. 한시 ≪매원이 애닲아(哀梅園)≫는 원래 여덟수였는데 지금까지 전해온것은 4수뿐이다.

# 哀梅四首

### 其一

憶昔東征日, 中懷萬里情.
烈風摧短鬢, 胡笳多慘聲.
有客忽然至, 聊吟洽素誠.
論文卑漢魏, 扑浪話潮生.
訂交忘色相, 風義解宵征.
示卷明肝膈, 死生猿鶴盟.

### 其二

中原風雨多, 城狐蒼狗變.
願結素心人, 同化穿楊箭.
屈指計眞才, 感慨梧桐院.
之子倍辛勤, 講學聚羣彦.
儒文與俠武, 歲寒節乃見.
別我顧鞍詩, 氣壓蓬萊殿.

### 其三

箕子善爲奴, 檀君在何處.
亞雨寒復寒, 男兒明互助.
決氣傾人命, 慷慨同袍賦.
之子中原來, 停鞭證芳素.
風雲乍離合, 我復長征去.
別咏步文山, 從容兩知遇.

### 其四

形勞如馬足, 四海可爲家.
展轉江南地, 采襭盈寒葩.
之子縱橫氣, 仗劍入長沙.
林高惹風妬, 奚論鸞與鴉.

去去五羊城, 相逢棠棣花.
神廢互神立, 歡謔歎光華.

## 매원이 애닯아(4수)

### 1

언젠가 있었던 동정의 나날 생각켜
맘속에 만리의 정 솟구치네
짤막한 귀밑머리 열풍에 휘날리는데
웬 피리소리가 이다지 구슬프냐
문득 손님이 찾아주셔서
서로 시구지어 화답하니
마음이 한결 개운해지네
글로 말할진대 한위만 못하다만
격정은 파도처럼 솟구치네
교정에 낯빛 살피잖고
뜻을 펴며 밤을 지새네
시편 펼쳐 흠집 드러내나니
생사가 원학지맹이로구나.

### 2

중원엔 풍우도 많아라
도읍이 질펀한 풀밭 될줄이야
결백한 이와 사귀여
함께 날카로운 화살 되고파라
손가락 꼽아 참된 인재 세여보매
오동원에 감개무량쿠나
그대 너무너무 근신하시여
글공부 가르치실제 뭇자제 모여들었네
유학에 무예를 겸했으니
엄동설한에 송절이 나타나리

나와 헤여지며 리별시 읊으매
봉래전에 무거운 기운 드리우네.


   3
기자님 종노릇하실줄 아셨다는데
단군님은 어데 계시느냐
찬비내려 추위가 더해지는데
사나이 서로들 도와주네
의기가 강하여 목숨도 아끼잖고
아낌없이 주머니 털어 친구들 돕네
그대 중원에서 이리로 왔는데
오자부터 미덕을 보여주었네
풍운의 조화로 갑자기 리별과 상봉을 겪나니
나는 또 장정을 떠나야 하리
문산을 거닐며 석별의 시편 읊나니
태연히 두 지기가 상봉하였네.


   4
피로도 모르고 끝없이 돌며
사해를 집으로 삼았고
강남땅을 돌고 또 돌며
추위에 떠는 꽃송이 감싸주었네
사나이의 기개를 떨쳐
장검이 되어 장사로 갔네
수풀이 우거져 바람을 시샘케 하니
어찌 난새가 까마귀를 론할가
오양성에 가서 아우를 만나고
신을 페하고 호신을 세우며
기꺼이 희롱하고 탄식을 마치네.

백산학인 편

# 해 제

저자 신원 미상.

백산학인(白山學人)의 한시 ≪달밤에 느낀바 있어(月夜偶感)≫는 1928년
(民國十七年) 6월 3일자 ≪민성보(民聲報≫ 제4면에 실렸다. 이 시는 ≪민성
보≫에서 찾아볼수 있는 유일한 한시이다.

## 月夜偶感

明月照靈臺, 靑光無境涯,
臨事多奇計, 懷憂數擧杯,
讀書皆聖者, 說法是如來,
□□終不寐, □□□窓開.*

---

* 원 자룡에 이 시의 마지막 두구의 5자가 찍혀나오지 않았음.

## 달밤에 느낀바 있어

명월은 령대를 비추고
푸른빛은 끝이 없어라
응변의 묘계가 떠오르지 않아
일배일배 술잔만 기울이네
읽은 책은 모두 성인의 글이였고
본받은건 다 여래*의 설법이였는데
…아 긴긴밤 종시 잠 이룰수 없어
…고즈넉히 창문을 열었네

---

* ≪여래≫는 석가모니를 가리킴.

무명씨 편

# 해 제

저자 신원 미상.

이 한시집에 수록한 두수의 시는 상해에서 간행한 ≪독립신문≫(1919년 11
월 8일 제4면)에 게재되였다.

## 獄中感懷(二首)

一日與隣房通話, 爲看守之竊聽, 雙手被輕縛. 二分間卽吟.

隴山鸚鵡能言語, 愧我不及彼鳥多,
雄辯銀號沈默金, 此金賣盡自由花.

又

一念頓覺淨無塵, 鐵窓明月自生新,
憂樂本是惟心在, 釋加原來尋常人.

## 옥중에서 느낀바 있어(2수)

하루는 곁방과 이야기를 나누다 간수에게 들키워 두손을 묶인채 2분동안에 시를 읊었다.

1

롱산의 앵무새는 말도 잘 왼다던데
나는 그 새보다 말수 적어 부끄럽네
웅변하는 은앞에 금이 침묵하니
이 금 주고 자유의 꽃 한껏 사리라.

2

졸던 잠 불시 깨니 티끌없는 세상인가
철창의 밝은 달은 방금 떠올라 왔나
근심도 기쁨도 마음가질 탓이려니
석가모니 그 사람도 보통인간인가봐.